长篇报告文学

天路入云端

国家电网有限公司工会 编

中国电力出版社

图书在版编目（CIP）数据

天路入云端 / 国家电网有限公司工会编 . — 北京 : 中国电力出版社 , 2018.8（2018.10 重印）
ISBN 978-7-5198-2267 5

Ⅰ . ①天… Ⅱ . ①国… Ⅲ . ①报告文学－中国－当代 Ⅳ . ① I25

中国版本图书馆 CIP 数据核字 (2018) 第 164641 号

出版发行：中国电力出版社
地　　址：北京市东城区北京站西街 19 号（邮政编码 100005）
网　　址：http://www.cepp.sgcc.com.cn
责任编辑：胡堂亮
责任校对：朱丽芳
装帧设计：钱幼树
责任印制：石　雷

印　　刷：北京盛通印刷股份有限公司
版　　次：2018 年 8 月第一版
印　　次：2018 年 10 月北京第二次印刷
开　　本：710 毫米 ×980 毫米　16 廾本
印　　张：25.75
字　　数：404 千字
定　　价：98.00 元

国网工会组织职工作家

深入藏中电力联网建设工地

精心采访、忠实记录、倾情书写国家电网建设者——

勇担重任的为民情怀

勇于吃苦的英雄气概

勇开天路的创造力量

勇攀高峰的时代风采

一部弘扬"电力天路精神"的鸿篇巨制
一曲"努力超越　追求卓越"的英雄赞歌

P2　　P44　　P84

目录
Contents

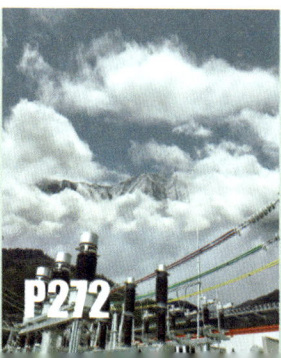
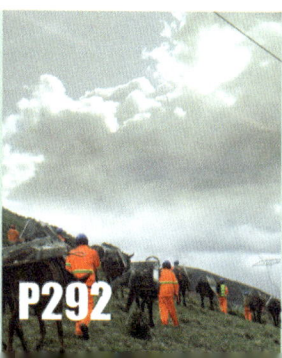

P246　　P272　　P292

天路入云端

长篇报告文学

● 为了修建这样一条高难度的 500 千伏和 220 千伏的输电线路，国家电网公司的建设者克服了常人难以想象的困难，将银线架在了雪域高原，为藏族同胞送去了光明。

第一章
指挥部在云上

○ 周玉娴

引 言

到达西藏林芝的时候，正是西藏一年中的雨季。

云追着山，山揽着云，蓝莹莹的天，绿茵茵的山，清凌凌的水，林芝在一片祥云的笼罩下，呈现出一年中最美好的容颜。

从云端向下看，起伏的山峦间，银色铁塔忽隐忽现，将一座座知名的和不知名的大山牵在一起。银线下面，有河谷里的小村庄，有开阔地上的小城镇，也有如林芝这样的"雪域江南"在尼洋河边展示出欣欣向荣的面孔，迎接远方到来的客人。

风，是柔的；雨，是随性的；午后的阳光，是慵懒的。

猛烈跳动的心脏，提醒着我，这里是海拔 2800 米的高原。

2017 年 8 月 8 日，我们到达藏中联网建设工程指挥部，这里原本是国网西藏电力有限公司的培训中心，如今是电网建设大会战的指挥部。一面巨大的红色展板竖在主楼前的广场上，红色的背景上是一幅巨型地图，地图上有一条蜿蜒曲折的电网建设示意图，旁边的文字是工程介绍。

这让我想起两天前在国网西南分部的情形。

8 月 6 日，我在国家电网公司西南分部办公楼里看到一座巨大的沙盘。

一条银色的输电线路从青海的西宁出发，经过日月山、海西、柴达木，一直延伸到拉萨，沿线平均海拔 4500 米，最高海拔 5300 米，海拔 4000 米以上的地区超过 900 公里。这是青藏联网工程。

另一条线路，将昌都电网与四川电网相连，它跨越了怒江、金沙江和澜沧江聚集的"三江"断裂带，沿线多为高山峻岭和无人区，平均海拔在 3850 米，最高海拔 4980 米。这是川藏联网工程。

我们将要去采访的地方，在沙盘上犹如一条飘在山间的洁白哈达，将西藏东部的昌都电网和西藏中部的电网相连，为西藏人民送去吉祥。

这是一条 500 千伏输电线路——藏中联网工程，它起于昌都市芒康县，止于山南市桑日县，跨越西藏三地市十区县，线路总长 2738 公里。

藏中联网工程地处青藏高原的中东部，翻越拉乌山、东达山、业拉山、色季拉山、布丹拉山等海拔 4500 米以上高山五座，跨越澜沧江、怒江、雅鲁藏布江十余次，穿越藏东南原始林区和然乌湖、来古冰川、雅鲁藏布大峡谷等十个国家级自然保护区，还会经过世界地质结构最不稳定区域——通麦天险。

沟壑纵横、白绿相间的青藏高原地形地貌微缩在沙盘上，沟壑底部是大江，白色是雪山，绿色是原始森林。沙盘上亮着各色小灯的输电线路，在临近四川的地方开始变得密集。

"嗒！"沙盘上一条线亮了，"嗒！嗒！"一条条闪着红色、银色光亮的输电线路游走在祖国西南的丰富水电资源上，这些外送通道凝聚着人类的奇迹。

透过国网西南分部工会主席杜小波的眼镜，我能清楚地看到他眼中闪着明亮的光。我循着他的讲解，摸索这条线路的走向。

横断山脉、念青唐古拉山区、澜沧江、怒江、帕隆藏布江、雅鲁藏布江。藏中联网工程平均海拔 3750 米，海拔最高的铁塔塔基竟然达到了 5295 米。在这条 2738 公里的输电线路上，铁塔就像被赋予了生命一般，奋力向上延伸，执著地向着天空生长。整个藏中联网工程要组建这样的塔架 3411 基，构成这些塔架的有 1313 万个组件、2114 万颗螺栓和 22 万吨塔材。

心潮澎湃，仅从沙盘上看青藏高原上这条即将竣工的输电线路，我的豪情就溢满胸中。

今天，我身临其境，站在指挥部院子的巨幅展板前，仔细端详这项工程的蓝图，顿感国家电网公司责任之重大、使命之光荣，耳边再次响起 2017 年 4 月 6 日国家电网公司董事长、党组书记舒印彪在藏中联网工程开工动员大会上坚定的声音：藏中联网工程是目前世界海拔最高、海拔跨度最大、自然条件最复杂的输变电工程，公司各有关方面要牢固树立"四个意识"，大力发扬"老西藏精神"和"努力超越、追求卓越"的企业精神，建设好这一关系富民兴藏大局的德政工程、民心工程、战略工程，确保实现安全和质量双胜利！

这是号召，是重托！

我站在这里，我站在了漫漫历史长河的一个时间坐标上。

几亿年前，地壳运动，远古的洪荒之力造就了大陆漂移，形成了高山大河，形成了独特的青藏高原地貌。

几亿年间，人类在这苦寒之地，氧气稀缺之地，繁衍生息，创造了独特的藏地文化。

几亿年后，我们的电力建设者将一条能源输送大动脉建在了高山之巅、大河之上。原始的自然力，化作电流奔腾。

古老的藏地，因此繁荣兴旺。

藏中联网工程，标志着西藏地区 500 千伏电网主网架初步形成，西藏电网实现跨越式发展，迈入超高压时代，为富民兴藏、全面建成小康社会提供了重要的电力支撑。这也意味着世界上海拔最高的 500 千伏变电站、海拔最高的输电塔位，均落户西藏。

我将目光转向无尽的蓝天，望向天边，这条电力天路犹在眼前。

眼前这张巨型施工图俨然就是一张军事指挥图。指挥部负责宣传的罗宗诗指着"林芝变电站"的图标对我说，前几天，国家电网公司总经理、党组副书记寇伟来到建设工地，慰问一线员工，高度评价藏中联网

○ 藏中联网工程建设沿线路险难行，从林芝指挥部到最东端的 500 千伏芒康变电站，即使每天啥也不干，只顾赶路也要整整两天时间。

工程建设工作"安全管理好、质量进度好、后勤保障好"，对大家"缺氧不缺精神，海拔高斗志更高"的精神给予高度赞扬，希望大家鼓足干劲，一定要把这项突破生命禁区、挑战生命极限的重大工程建设好。

这是鼓舞，是鞭策！

"动态投资 162 亿元，新建、扩建 110 千伏及以上变电站 16 座，新建 110 千伏及以上线路 2730 公里。2018 年建成投产后，将坚强西藏东中部电网，促进西藏水、风、光清洁能源开发和外送，提高 155.6 万西藏各族群众生活质量，对于富民兴藏、民族团结具有重要意义……"

关于工程的方方面面和各种数据，他烂熟于心。

他是国家电网公司副总经济师，国网西南分部主任、党委书记，藏中联网工程建设指挥部总指挥——王抒祥。

他总结了这项工程的六大世界难点：一是世界海拔最高的电网工

程；二是世界海拔跨度最大的电网工程；三是世界自然条件最复杂的电网工程；四是运输条件最艰难的电网工程；五是绿色施工要求最高的电网工程；六是参建人员健康保障最严峻的电网工程……

面对作家，他诙谐幽默、情真意切。

藏中联网工程建成后，将满足西藏中部电网负荷发展需求，提高中部电网的供电可靠性，促进中部地区水电开发，同时满足拉萨到林芝的铁路供电需要，工程建设意义重大。

"一定注意安全，感谢你们来到我们的建设者身边，书写他们的苦与乐。"

带着他的嘱托，我们中国电力作家协会的 13 名电力作家在电力作协副主席潘飞的带领下，奔赴林芝，奔赴藏中联网工程建设一线，去记录发生在雪域高原的感人故事。

从林芝向西望去，山连着山，云堆着云，望不见拉萨。

从林芝向东望去，山同样连着山，云还是堆着云。

这条号称"云端上的电力天路"的输电线路，像是一条飘在西藏山水间的洁白哈达，连接起西藏的能源网络。

林芝是藏中联网工程建设指挥部所在地，地理位置处在电网工程建设的中间点。

从林芝向东，一直到西藏昌都芒康县，指挥部里的人都叫它昌林段；从林芝向西，到西藏山南市桑日县，他们称之为拉林段，这一段线路主要满足拉林铁路供电需求。

后来的几天，我走了一趟昌林段，才发现它竟然和有着最美国道之称的 318 国道"川藏线"基本重合。

高山大江，悬崖峭壁，原始森林，冰川河流……这块美丽的原始之地，美得令人窒息，一双眼怎么也不够用。

然而，我低头看路的时候，后背不禁发凉，一道道天险、一弯弯激流、一片片密林、一处处艰险，直击心底。

宁静的指挥部给人一种错觉，仿佛在这里的人都是天边的闲云，或是近处缓缓的尼洋河。但当我眺望远方的时候，我的思绪飞扬。

一基基铁塔就在高原的山水间蜿蜒穿行，翻滚着跳上云端的高山，又跳跃着跃到谷底的河边，在云里雾里跳跃腾挪。

"为了修建这样一条高难度的 500 千伏和 220 千伏的输电线路，国家电网公司的建设者克服了常人难以想象的困难，将银线架在了雪域高原，为藏族同胞送去了光明。"这项工程的总指挥，王抒祥的话语在我耳边响起。

指挥部的一天——波密、朗县两个分指——
电视电话会议——指挥长的自豪和担当

2017 年 8 月 12 日这天，王抒祥很忙。

据说，他 8 月 11 日就从成都飞往林芝，可是飞机到了林芝机场，怎么也降不下来。在西藏，飞机起飞不了、降不下来，那是常有的事。于是他在成都又留了一天后，12 日坐了最早一班飞机飞到林芝。脚一沾地，他又转身上了车，直奔藏中联网工程建设一线。

王抒祥身上的担子很多。无疑，藏中联网建设指挥部总指挥这个担子是最重的，也是最让他牵肠挂肚的。8 月是雨季，自然灾害多，但又是工程的施工窗口期，有三万多人分布在建设沿线的上百个施工点。工程安全质量、工程进度、物资供应，甚至每一个进场人员的身体状况，都在他心里装着。

不打招呼直接去现场，是他的一贯作风。2016 年 4 月 6 日工程开工以来，王抒祥每个月都会去建设一线一次。这种工作方式是他的风格，也是我第一次见到他时的感受。

8 月 7 日，在四川成都西南分部会议室里，王抒祥面对前来采访的中国电力作家协会的作家们说："直接到一线，我能了解到最真实的工程现场情况，了解到一线最难解决的事。"王抒祥的说话声不大，却掷地有声，毫不拖泥带水。他个子不高，面黑眉阔。一身运动便装，坐在会议桌对面，我却能感受到他强大的气场。

和我们电力作家座谈，他没有多说这个工程的意义，却说了他数次去川藏线上的感受。雪域高原的美景让他觉得肩上的担子尤其重。保护好生态，建设好大美西藏，做一个完美的工程留给子孙后代，王抒祥心里装的不仅仅是一个工程，还有他这一代人的担当和情怀。

8月12日，当王抒祥正在工地检查的时候，林芝的指挥部3楼的会议室里，一场气氛严肃的早会刚刚开始。

8时45分，指挥部的各个部门负责人和相关负责人就已经到场，他们手中拿着报表，表情认真严肃。8时57分，李俭步履沉稳地走进会议室。在长桌主位坐定后，没有过多话语，只一句："好，现在开早会，各部门汇报。"他转向左手工程部代表说："工程部"。接下来的两个小时，工程部、安质部、计财部、物资部、医疗后勤部、协调办、综合部、国网物资公司、信通公司、四川电力医院以及北京洛斯达和苏州苏通物业两家支持机构，一一发言。

李俭是藏中联网建设工程副总指挥，主抓工程进度和质量。一个电网建设中，工程的进度和质量，无疑是最主要的，是龙头，其他部分都是支持系统，是为这个龙头服务的。这样的早会是指挥部工作的常态。将各个部门负责的事项集中汇报，由主持工作的负责人定夺，一起想办法解决，然后将大大小小的建设任务细化分解到各个部分。从我国目前大型项目建设的经验来看，筹建指挥部是行之有效的工程建设管理方法，一般在工程开工前正式组建。指挥部由项目主管部门从本行业、本地区所管辖的单位中抽调专门人员组成。

李俭本是国网西南分部副主任，从藏中联网工程建设这个任务落在国网西南分部起，他就知道他会和这个工程结缘。因为他和他的一班兄弟曾经奋战在青藏联网工程的工地上，一起在被人称为"生命禁区"的五道梁战斗过，那里是青藏高原西部高山地区，天高地寒，四季犹冬。他还带着队伍在川藏联网工程奋战过，那里地形复杂，施工管理难度大。

"我们是啃过硬骨头的，我们能在五道梁上建铁塔，能在川西高原上建铁塔，也能在这里建铁塔。"李俭对自己的工作有着十足的信心，他在电网建设领域，有着丰厚的建设经验。工程建设指挥部一般是在前期工作阶段先成立项目筹建处，当时李俭就已经在筹建处了，他清楚这个工程的巨大意义，也愿意将自己身经百战的经验传授给年轻的电网工程建设者。当然，每个工程都是独一无二的，藏中联网工程建设就面临着难以想象的困难。

桌子上茶杯里的水，袅袅的热气升起，渐渐散尽。李俭眯着眼睛，厚厚的镜片后面，是一双颇具威严的眼睛。这双眼睛可以从桌子上每一个数据后面，洞穿工程现场的状况，可以将一个个数字化为一个个工程建设的进度情况。坐在会议桌的一头，一个多小时了，他都没有吭声。好容易，最后连两家物业公司负责人也说完了前一日的工作要点。各部门发言完毕，会议气氛稍稍轻松一点，大家才想起端起茶杯喝口水。在高原工作生活，多喝水，勤喝水，是保持身体健康的一项必要习惯。但是，一个多小时的汇报，很多人都盯着桌上的汇报材料，不敢放过一个数据，连喝水都忘了。

虽然坐在这里的负责人都是在工程建设中能够调动兵马的头头，但是在"将帅"面前，还是不敢造次。会议停顿了那么半分钟，李俭才清清嗓子，没有对他们的发言评价，却说起了另外一件事。

"上周去波密工地，沿线跑了几个点，有的进度跟不上，我看进场人员短缺是大问题。"

"这个月的报表里，有一个项目部报来，组塔的施工队人员跑了一半。"

"好不容易招来的人，安全培训了，高原习服了，有进场资格了，干了没几天跑了，太可惜了。"李俭的眉头顿时皱紧了。

原来，一些进入高原的建设工人好不容易进入施工现场，却遇到了8月的雨水，雨水还格外多，路又不好，施工队伍人心不定，甚至有些施工班组到了施工现场才发现，施工条件远比他们想象的差。活干了不到一半，干脆，一走了之，连剩下的工钱也不要了。

"既然目前增加进场人员已经来不及了，就要留住人。"

"我也是这么给他们说的，但是他们也是一肚子苦水。"

显然，这些都是突发状况，李俭经验老到，胸有成竹，给出了具体办法：组塔班组按吨位付酬。遇到连天阴雨，就会窝工，没有收入。施工单位可以适当发放一些误工费或者支付相应的伙食费。留住人远比新招人要强。李俭又说到了工程部负责人刚才的汇报，各标段的进度和指挥部要求的不一致。如果按照目前进度，当年 10 月 15 日之前不可能完成施工进度。西藏生态脆弱，每年西藏自治区人民政府会下禁山令，到了 11 月不可能再组塔施工。

"10 月底组塔必须完成，这是死命令。"一改刚才出主意想办法的语重心长，李俭突然加重了语气，在场的人不由得为之一振。

这是一句死命令啊！我想到了影视剧中重大战役里的指挥部："对面山头碉堡难攻，我命令你们必须拿下，行不行？"

——行！

不是吗？在西藏高海拔地区施工，仅高原反应一项就让很多人望而却步。失眠、心悸、头昏脑涨、肠胃不适，甚至呼吸窘迫，寝食难安，见了美景想撒个欢，也得掂量掂量自己的小心脏。在这样的地方组塔施工，没有大型机械，工人每天都是重体力劳动，施工难度和挑战可想而知。

同样的工作难度在波密分指和朗县分指也都遇到了。

与其他电网建设工程不同的是，藏中联网工程建设因为沿线路险难行，从林芝指挥部到最东端的 500 千伏芒康变电站，即使每天啥也不干，只顾赶路也要整整两天时间。到最西端的 500 千伏沃卡变电站，赶路也要一天半。这样的地质地貌，对施工进度管理和安全风险管控有着极大的挑战。在指挥部筹建之初，就有了建设分指的计划。这样，随着工程开工建设，两处分指挥部也同时建设起来了。

波密，位于西藏东南部地区，帕隆藏布江北岸。

浑浊的帕隆藏布江江水奔腾翻滚，白云在青山边停驻，宿雨才歇，空气里满满的都是水。太阳热烈的中午，车子在路边停下。下车向前看，各种各样的车辆沿着路右侧排成了长龙。

"堵车了，有可能是泥石流。"有经验的司机小邢喃喃自语。

"不会吧，我们还得在中午赶到波密。"眼看着手表的指针指向了11时。

8月11日11时，从芒康折返林芝的时候，夜宿八宿县，计划在波密的藏中昌都电网联网工程波密分指挥部（以下简称波密分指）歇脚，顺便采访这个分指挥部的指挥长周林，但是没想到离波密县所在地扎木镇还有50公里的地方遇到了大堵车。

下车，步行，越走心里越是没底。大货车，小轿车，藏族同胞挂着经幡的小皮卡，满满地排在了路边。沿途车上的人们一个个懒洋洋的，有的前后车还聊起了天，一看就是堵了很长时间。越走心里越是担心，道路左侧空空的，没有车，只有河水奔流的巨响。

大概八分钟后，我才发现一辆巨大的红色铲车。

"看，是泥石流。可能是昨晚冲垮的，今天还没有修好。"

"你看，什么时候能修好？"

"很难说，有的时候一堵一天。要不然，我让你们早上带些吃的？"司机小邢和我一边走一边研判形势。

前面一个大河拐弯处，聚了很多人。气氛不是很紧张，仿佛是在看一场热闹。我钻进人群，找到河边一处大石头站上去，望见一辆崭新的红色大挖掘机，上面写着"武警抢险"字样，正在近山的一边刨石头，然后慢慢地开到临河的一边倒石头。

泥石流滑坡，顺着帕隆藏布江右岸的318国道一段，巨大的石块裹挟着小石块和泥沙，冲过了路面，直奔江中。江边，好几块巨石，据说都是被连夜大雨从山上冲下来的。这在这里很常见，护路的武警官兵已经习以为常，他们迅速集结，正用铲车挖掘砂石填充垮塌的路基。

我发现临近滑坡的地点，堵车的车辆中，有好几辆装着塔材的大型货车。司机正坐在驾驶室里焦急地张望，我上前搭话。

"师傅，你从哪里来？"

"从丽江来的，去波密。"

"是建藏中联网的吗？"

"是的，在这里堵了一夜。"

"昨晚怎么过的？急不急？"

"当然着急，昨晚就在车上睡了一宿。"

这辆车从丽江转运站来，车上塔材印有"呼高"字样，应该是运到波密向西那段原始森林地区的。这位司机说，这还算幸运的，眼见着今天应该能修好路。他在昌都的时候，因为大雪，堵车堵了三天三夜。

我们的确幸运，只等了两个小时，路基本就修好了，可以让小型车快速涉水通过。

等我们到达波密分指的时候，已经是下午两点。

午后的阳光格外耀眼，穿透厚厚的云层射到分指挥部对面的大山上。几基银色的铁塔闪着奇幻的白光，就像那银线和铁塔是用银色画笔画到青山上似的。这样一幅色彩饱满的油画，再配上山下奔腾汹涌的一条大江，真是养眼。波密分指的工作人员早早就等在饭店，我们匆匆吃饭，等着采访分指挥长周林。

"真正的管理核心是在现场，在办公室里谈不上工程管理。"波密分指挥长周林说。说这句话的时候，我们已经在分指等了他一个小时了。原来，他一早就去了古乡的包16检查昨夜泥石流对工程进度和施工安全造成的影响。因为泥石流，在图通麦天险的路上，有一棵大树倒了，横在了路上，车辆通行受阻。1971年出生，有着20多年输电线路基建经验的周林，心中时时刻刻都绷着一根弦，他说："我们分指的任务就是完全按照总指的要求，对工程的每一个细节都不放过，严格按照施工要求和进度完成。"波密分指目前有28人，来自20个单位，在周林的带领下，大家分工协调，让一条条有着坚强骨骼的输电线路跨越在最美的雪域高原上。

与波密性质相同的另一个分指挥部在林芝的朗县。

天路入云端

长篇报告文学

从云端向下看，起伏的山峦间，银色铁塔忽隐忽现，将一座座知名的和不知名的大山牵在一起。

如果不是藏中联网工程，我可能永远都不知道这个坐落在喜马拉雅山北麓、雅鲁藏布江中下游的小县城。它是个"袖珍"县城，按照藏中联网工程拉林铁路供电工程现场指挥部（以下简称朗县分指）的指挥长李万智的介绍，这个县城步行一圈是 2100 步。

1976 年在拉萨出生的李万智，在原来单位就从事过基建，这次作为朗县分指的指挥长，按他的话说是"重操旧业"。但是这个"旧业"可非比寻常，这是第一条连接藏中的 500 千伏输电线路。而李万智负责的这一段，还有拉林铁路供电配套工程。到时候，不光是电，拉萨到林芝还要修通铁路，这对藏中地区经济发展，提高当地人民生活水平有着重大意义。对此，李万智心里太清楚了。

8 月 14 日，雅鲁藏布江江水奔腾，阴翳的天空飘着小雨，这让我想起了我的家乡江南水乡的"黄梅天"。湿漉漉的天，湿漉漉的地，湿漉漉的空气。在这样的天气里，朗县却呈现出一种泥黄色的样子。

宾馆、饭店、小卖部沿着县城唯一的一条大街依次排开。这些店家都呈现出一种饱胀的样子，很多一次性塑料生活用品塞满了小卖部，氧气、矿泉水和蜡烛，贩卖的摊点挤到了大街上。饭店大都是内地人去开的，四川的地名依次写在这些饭店的门楣上。宾馆更是一房难求。我一个人到达朗县分指挥部，指挥部竟然都协调不到一间房子。只好将我安置在隔壁一间新开的酒店。房价类似于京郊的三星宾馆，房间却是逼仄得不行。

李万智对我说，这个只有一万四千多人的小城，因为拉林铁路建设来了一批人住下了，又因为藏中联网工程建设，我们又来了，指挥部也是租的当地一家老板的宾馆，宾馆也是去年才开张的，到处是简易的彩钢瓦的棚子。

这个大山深处雅江边的小县城，外来人口已经超过本地人口，俨然一个兴旺的城市了。

今日，朗县分指的气氛有些紧张。从一早的餐桌上，我就能感受到。

一场电网建设的工程不亚于一场持久的战役，藏中联网工程全线最高峰参建人数会达到五万人。这么庞大的体量，离不开指挥部的统筹协调，离不开分指挥部的协助管理，离不开各个业主项目部和施工项目部的齐抓共管。要运作这样一个庞大的机器，一套机制必不可少。每日的早会是日常管理，周例会就是一场军事指挥会议。

藏中联网工程建设周例会电视电话会议在早上 9 时准时开始。

8 时 50 分，在朗县分指最大的会议室里。

"昌林联网工程现场指挥部就位！"

"拉林铁路供电工程现场指挥部就位！"

"包 11 就位！"

"包 13 就位！"

……

虽然施工周期长达一年多，但是，指挥部的人们将每一天都当作一个有效的工作日。一周时间，更是一个电网建设的周期。一周时间，在城市的写字楼里，可能就是五个工作日和两天周末；在小城的生活里，就是五天上班，两天郊游；在乡村，更是庄稼草木生长的漫长进程中的一个过程。

在藏中联网建设工程指挥部，七天，会有很多事情发生。

在鲁朗原始森林里新长出的一基高大的铁塔，在怒江天险陡峭的悬崖上架设的天梯，在米堆冰川附近的高山上新搭设的一条攀岩绳索，在拉林铁路建设现场新放出的一条导线……在施工的黄金时间里，藏中联网工程的建设者不会放过任何一天。

云卷云舒，天光大好，正是沿线电力建设者挥汗如雨的时候。

从朗县分指会议室的大屏幕上，我看到了林芝总指的会议现场。总指挥部里几乎所有专项负责的人都在视频里出现了。

想起 7 天前，在总指挥部参加的那次早会，李俭的总结直击各部门各项工作的要害。安质部：新进施工班组越来越多，施工高峰期就在眼前，安质部必须要求施工管理单位对每一个施工班组进行培训，有效实施安全管控；物资部：督办重点要放在金具和绝缘子运输上。目前，塔材和螺具已经不是重点了，那些事情可以交给四川或者西藏的物资公司去办。他甚至对安质部提到的林芝变电站建设中生活污水排放问题大发雷霆，因为这是干扰到藏族同胞生活的大事，他责令林芝变电站必须尽快解决。他说他会一直盯着这个事。那天早会的经历让我记忆犹新。今天，周例会，相比更是高效协同、严肃紧张。

现在，同样紧张的气氛，从视频那端传送到了朗县分指。朗县分指的会议室不大，位置被坐得满满当当。李万智和指挥部几个相关负责人坐在前排，一边准备着发言材料，一边盯着屏幕上的动向。他们像是要接受大考的学生，又像是带着队伍上阵的将领。

屏幕上，藏中联网工程总指挥助理张明勋在主持会议。

电视电话会议成为总指和分指、各标段之间最快捷的协调工作、解决问题的方式。发现问题，当即解决；需现场解决的，就立刻奔赴现场就地解决。2018年4月，接任王抒祥担任工程总指挥的国网西南分部主任刘勤一到任，就奔赴施工一线，针对工程安全建设的薄弱环节，多次进行现场检查，督促整改。

我采访刘勤的时候，他正参加国家电网公司年中工作会。说起刚到施工一线，他说，我接任总指挥的时候，工程架线和变电安装已进入最后冲刺阶段，但越是这个时候，越要紧抓建设的安全和质量。工程施工作业点多、线长、面广，工程沿线地质灾害多发、易发、频发，高空作业、跨越施工、森林防火、交通运输等安全隐患众多。我多次去现场进行检查，对建设进度落后的标段，督促更要保证安全和质量，不要盲目赶进度；对施工力量不足的标段，督促协调其上级单位加强队伍力量；针对施工单位行政负责人到岗、到现场不足的共性问题，安排指挥部积极与国网总部沟通汇报，得到总部安质部支持并专文下达关于加强藏中工程施工安全管理的文件，规定各施工单位领导必须在岗在位，并要求施工单位所在省公司领导要到现场督促，确保安全质量。月度例会、安委会、办公会、党委会等会议总是把安全和质量放在第一位，对安全优质完成工程建设提出高标准；对排查出的安全隐患问题，严格下达整改防治要求。"容不得我们有半点差错、半点懈怠！"刘勤坚定地说。他告诉我，他当时在第二次安委会暨6月份月度例会上强调："大家必须打起十二分精神，咬定目标不动摇，科学合理调整施工计划，周密部署、通力协作、稳中求进，刚性执行计划管理，全力以赴确保里程碑目标任务的实现。"

工程已到最后冲刺阶段，能够参建这样一个"德政工程""民心工程""光明工程"，刘勤说这是国家电网公司党组对他的信任，也是他人生的一次重大考验。事实上，刘勤在国网四川省电力公司工作时，就曾经历过新甘石工程建设和川藏联网工程建设，深知高原电力工程建设的艰辛。

采访中，许多同志都提到刘勤"是个有魄力的实干家"。他刚一上任，就狠抓藏中联网工程最后阶段的重中之重——"调试"：组织审定工程系统调试大纲与系统调试方案。刘勤说，联调工作是对整个工程建设的检验，要以科学的态度，吃苦耐劳、攻坚克难、扎扎实实、一丝不苟地做好启动投运前的继保、安控和失步解列及频率电压紧急控制的调试工作。7月16日，西南电力调控中心共产党员示范队赴藏中联网工程现场，刘勤为他们授旗，鼓励他们把党旗插在工程投运一线，要精心调试，以健康的体魄、积极的心态、过硬的作风投入到工程安全启动投产工作中，确保藏中联网工程正常投运和投运后电网的安全稳定运行。

面对建设难度极高的藏中联网工程，作为总指挥的刘勤深感责任重大，他言语间流露出的自豪感、荣誉感和使命感深深打动了我。过去，西藏电网分为昌都、藏中、阿里三个地区电网，独立运行。通过青藏和川藏联网工程，藏中和昌都电网分别与青海和四川电网相连。藏中联网工程投运后，将实现青藏、川藏两大工程的互联，极大提高西藏主网供电能力，有效扩大西藏电网覆盖的区域。目前，阿里联网工程正在进行前期工作，依托这几大工程，西藏电网将统一并入西南电网同步运行。一个坚强可靠的西藏电网将为建设一个美丽且长治久安的西藏提供有力的保障。说到此处，刘勤兴奋不已。

西藏清洁能源非常丰富，水资源理论蕴藏量居全国首位，同时还是世界上太阳能资源最为丰富的地区之一。藏中联网工程投运后，西藏的清洁能源将与西南其他地区的清洁能源一起，实现在全国范围内的优化配置。前不久，国家电网公司"藏电入渝"消纳框架协议签约仪式在重庆举行，总交易规模16.3亿千瓦时。计划2018年到2020年，将逐年输送1亿千瓦时、7.3亿千瓦时、8亿千瓦时的西藏清洁电力至重庆，这是迄今为止藏电外送单笔体量最大的协议，构建了藏电外送新格局。刘勤充满信心地说："安全优质地建成藏中联网工程，就是我对公司党组上交的最好答卷，也是我们作为国家电网人自身价值的最好体现。"

清晨的黑管乐音——干了一辈子的工程——总指挥助理最忙——他们身上的使命感

晨光穿透厚厚的窗帘，我的心脏在胸腔里怦怦地有力跳动。

在西藏，我总能听到心跳声。在静谧的夜里，在爬上高山的时候，还有就是我们的车经过各种天险的时候。今早，心跳还算平和，原来是有隐约的乐音让静静的晨更加深沉。

悠扬的乐音，绵远深长，仿佛是从遥远的南伽巴瓦峰上泻下的金色阳光，照进暗冷的房间。我慢慢起身，下床，洗漱，穿上抓绒衫。

8月12日，林芝指挥部在淡淡的晨雾中醒来。

天蓝，带着水汽；云青，堆堆卷卷。

昨夜有雨，指挥部环形的小楼中间是小花园。桃李丰实，花儿娇艳，露水清莹，凉气习习。

循着乐音过去，一幢小楼的一层露台边，有人在吹黑管。

仔细一看，原来是四川攀枝花供电公司的杨林。我是《国家电网报》编辑，他是基层通讯员，我们几年前就通过电话。到指挥部的第一天，是他热情迎接我们，帮我提重重的大箱子。他在指挥部担任摄影任务。

他说，他每天吹的黑管声是指挥部的起床号。

没走出 10 米，饱满、明亮、清晰、婉转的《茉莉花》乐音传来，那是弥漫着水乡气息的曲子，好像还带着茉莉花的清香。

我会心一笑，看向山边，有白云静在，也在听"茉莉花"。在雪域听江南名曲，别有一番情致。在一场硬仗的指挥部，听柔美雅致的曲子，也别有一种动人的味道。

沿着指挥部的步道走一圈，路上先后遇到了藏中联网建设工程安质部的陈钢、工程建设部的周全。陈钢说，这是他们每天的运动。刚来的时候，还在指挥部的球场打羽毛球，可是现在不敢了。高海拔运动过后带来的身体损伤，他之前没有预料到。其实，在这里，只要不动，新陈代谢就是平原地带的两倍。

走第二圈的时候，我们三人遇到了工程副总指挥蔡德峰。他姗姗来迟，脸上颇有疲惫之色。

如果说藏中联网工程是一场战役，那么指挥部里的人们就是一个个将领。说他们是将领一点儿也不为过。蔡德峰就是林芝总指挥部里的一员大将。他干了一辈子工程，干了一辈子的西藏电网建设。

如今，在这项大工程里，他分管工程的生产技术、物资、财务。

"25 年来，我只干了一件事——建电网。"蔡德峰对我说，这是他一生的总结，已经写好了。他在西藏电网工作了 25 年，见证了西藏电网从无到有的过程。他建设的电网由 35 千伏电网、110 千伏电网、±400 千伏直流工程、超高压电网，再到如今的 500 千伏输电网。说到这一点，他颇为自豪。

每次，经过海拔 5013 米的米拉山口，道路左面一片的大山上，全是铁塔。他说这时候，他的胸中都有一种豪情油然而生。每一次，他都会对司机说："你看那一片铁塔，电网，它们都是我建的。"司机师傅则笑笑，要么答上一句："知道啦，蔡总，您是电网建设大功臣。"可不是吗，为了建设西藏电网，这么多年来，他和家人分居各地。父母是20 世纪 50 年代入藏工作的，如今在成都安享晚年；妻子在拉萨工作，孩子从小学四年级开始就考入内地的藏族班，现在读高二。他自己呢，一年到头都在工地，没有多少时间陪家人。

"我们一家人，在四个地方生活，各自照顾好自己就好了。"平实的话语里，有对家人的愧疚，其中的辛苦只有他自己知道。因为，在西藏干电建，大家几乎都是这样的生活状态。可又有谁知道，在西藏出生的他对这片土地的深情。

"也许你们在318国道上，关注的是美和险，而我每次去，关注的都是铁塔组立进度。心中总有莫名的自豪。"用西藏口音的普通话说这句话，每一个音节都很短促，蔡德峰说出来格外坚定。2015年8月底组建这个指挥部，他是最早被派来组建指挥部的27名管理人员之一。从一开始的设计，到迎接来自五湖四海的工作人员，蔡德峰在这个工程上倾注的心血最多。他心中明白，藏中联网工程建成对西藏电网的意义所在。500千伏的电网网架，会给西藏电网带来质变，这是一个不可取代的工程。以后，西藏同胞用电会更加方便，不会因电网网架不够坚强而要应对断电现象。这项工程的建设平台也很高，国家电网公司总部足够重视，国网西南分部几乎一半的精兵强将都被调遣到了指挥部。而国网西藏电力有限公司也将他这样的有着极其丰富高原电网建设经验的领导派驻到这里。

在西藏从事电建事业，没有四季，也没有节假日。因为，工程的进度就是他们的工作节点。在林芝指挥部，蔡德峰每天8时起床，9时开早会，然后是不定期召开技术推进会，日常工作就是处理物资安全等，与现场对接。事实上，这样有规律的生活并不是他工作和生活的常态，每个月，得有三分之二的时间是在现场。他眼睛看向窗外，估摸着说，从芒康跑一趟拉萨，单程需要十天左右，再看几个点，小半个月就过去了。"嗯，我的工作就是总是在路上。"蔡德峰莞尔一笑。好像要是我没有问他，他还没有意识到自己的生活原来是这样。

说到令人感动的事，蔡德峰一下子想到了2016年11月发生的一件事。当时，他到包21的工地检查生产进度和安全质量，遇到一位彝族工人。他问这位参加者，你觉得工地怎么样。原本以为，这位彝族大叔会倒苦水，因为在高海拔地区的冬天施工，艰苦程度非一般人能想象。

"打了大半辈子工，没见过一个工地对农民工如此关心。在工地高反有免费的药，还有医生给体检。"彝族大叔激动地说。

当时，作为工程指挥者之一的蔡德峰，心中也是感动。事实上，干过一辈子电网工程的蔡德峰对这项工程中的"以人为本"精神的理解，是他最想说的。藏中联网工程建设中，国家电网公司充分考虑到工程建设的艰苦，为了将后勤保障做好，特地招标了医疗保障单位，沿途设置了医疗保障机构。

最让蔡德峰惦念的，当然是工程建设安全。

沿线山势险峻，组塔放线都有难度。工程全线的安全工作，从组立铁塔的时候就开始了。他每个月到施工现场最重要的检查内容也是安全。

沿线路险难行，安全运输是难点。318国道上一天的工程运输车辆就有400多辆。400辆大卡车是什么概念呢？亲爱的读者，您就想象一下吧，那种载重量几十吨的大卡车，一字排出几十里地去。400辆！连在一起，排在翻山越岭、道路崎岖的川藏线上，假使一起鸣笛，那就是给大山安上了一个巨大的音响，何其壮观！不过，蔡德峰没心思考虑这些，他还要考虑人员安全。

工程沿线有333个营地，是工人住宿的地方，都要逐一清查。为此，指挥部请来了地质专家，一个个地检查营地安全。

"一颗火种都不能带，这是死命令。"

"工人得吃热饭啊，没有火怎么行？"

"原始森林落叶堆积几千年，腐叶的深度无法测量，底下有沼气，见到火就会出大事。"

"好，我们的工人绝对不带一颗火种。"

蔡德峰和地质专家讨论后，下了这个决定。

蔡德峰无奈地对我说："这些都可以克服，但是气候我们掌控不了。"

2017年7月8日、9日、10日，中央电视台第一次以多媒体互动的形式，将藏中联网工程建设现场在多个媒体平台直播。央视新闻频道，央视新闻客户端，央视新闻移动网，"今日头条"，这些颇具影响力的媒体"大 boss"从来都是高端大气上档次的范儿。这次，他们要在直播领域尝尝鲜，接接地气，秀一把。秀什么呢？当然是秀出我们的中国风采，秀出彰显实力的"国家名片"——藏中联网工程。

可就在 7 月 9 日，小暑节气后三天，内地的人们还在空调房里纳凉的时候，中央电视台新闻频道直播工程现场却下起了鹅毛大雪。摄像机拍到了东达山顶的狂风暴雪中如火如荼的施工现场。您想想看，同在一个国家，您还在为外面骄阳似火、闷热濡湿的暑气烦躁的时候，同一个时间，我们的工程建设者正顶着风雪在海拔 5295 米的山顶施工。这种感觉有多奇妙啊！

"我们开玩笑说，那次雪下得及时，让全国人民都看到了我们施工的难处。"蔡德峰苦笑。

面前的一杯水已经凉透，我全然无感。我听得投入，蔡德峰说得也投入。他一说起这个工程，就全然忘了自己。他身在办公室，可是心已经飞跃高山森林、湖泊江河，飞到了施工一线。他说："任何一个工程都是坚持的结果，我们干电建的，就是要有一股敢于拼搏的勇气。再难的工程也会拿下。"

和蔡德峰一样有着这样豪情的，还有张明勋。

刚到指挥部第一天，晚上吃饭的时候，我对李俭说，我要采访指挥部领导，包括您。李俭说："别采访我，采访张明勋吧！"我以为这是谦虚的话，是客套话。等我问陈钢和周全的时候，他们也说："采访我们张总吧！"等到晚餐在食堂吃饭的时候，坐在我对面的藏中联网工程建设指挥部综合部主任黄华明也说，采访张总吧！我才意识到，不采访张明勋对我的写作将是一个损失。

可惜的是，我几次在指挥部都没有找到他。数次问询的结果都是："张总在波密""张总在澜沧江""张总在芒康"。

张明勋到底在哪儿？

8月8日到11日，我和中国电力作协副主席潘飞、知名电力诗人邱东晓、蒲素平一起，沿着318国道从林芝出发，经波密、八宿、左贡到芒康，来回在路上就用了四天时间。一路上，小雨、大雨、冰雹、大雪、大雾不停变换。沿着318国道，泥石流、飞石、塌方、地震时有发生。8月11日11时，在距离波密50公里处，泥石流冲毁了道路，武警官兵正在修路，两边的车辆堵了将近十公里。和位于波密的分指联系，才知道张明勋也在波密附近。我心中暗自高兴，要是能见到他就好了。

等我们的车堵了两个小时左右幸运地通过刚刚修复的泥石流路段到达波密的时候，已经是下午两点了。到了波密一问，张明勋在新疆送变电建设施工一线，那是原始森林深处，山高林密路险，波密分指的工作人员母磊建议我们直接返回林芝，在林芝等着张明勋。

8月13日，我已经在林芝住了两天，该追着采访的人都采了，就是不见张明勋。那天早上，在食堂，我和蔡德峰、陈钢、周全和黄华明正围着桌子吃早餐。一桌子人，我都认识了。

这时候，一位中等身量、脸膛黑红的人，利落地坐在了陈钢身边。他们一开口就说起了工地上的事，全然没有看顾桌子边的我们几个电力作家。等到蔡德峰向他介绍我们的时候，他客气而敬而远之地点头，算是打了招呼。我还不遗余力地对他说："张总，我想今天采访您。"他没有回答。蔡德峰打了圆场，说周记者已经把我们全部采访了，就剩你了。张明勋才淡淡地说："有时间再说吧！"我心想，千万别说"有时间"。这句话的敷衍程度在微信朋友圈可是出了名的。"有时间请你吃饭。""有时间一起做某某。"那都是搪塞之语，言外之意是"我没时间搭理你"。于是我紧接着他的那句"有时间再说吧！"说了一句"今天上午我去您办公室找您"。他不置可否，没有说啥。只是匆匆吃饭，不时和身边的人讨论工程的事。

我心中敲响了一万个小鼓。当记者八年，头一次碰到如此冷面的人。我面皮薄，本想放弃，可是想到之前大家一致推荐，又想到明天还要去朗县分指采访，时间紧迫。一股勇气从心底升起，电网都能建到东达山顶，我还怕张明勋把我赶出门外？

指挥部的办公场所实际上就是食堂边的一座小楼，三层，办公室环着排列，中间有一个小小的中空的天井，采光非常好。不管白天还是夜里，这里都是静悄悄的。尤其是三楼，指挥部的领导几乎都在这层。同在这一层的还有综合部的办公室。罗宗诗是四川物资公司借调到西南分部工作的人员，指挥部筹建，她又被抽调到指挥部，负责党建以及综合事务。她带着我到张明勋办公室门口，几乎是猫着腰，屏着气息。我被她的样子感染了，也噤了声，脚步都放轻了些。罗宗诗探头，用右手食指轻轻扣了几下门，看没动静，又轻轻叩了几下。门是半掩着的，她转头对我小声说："可能没人，估计也没走远。今天张总应该在。我们等会吧！"我不甘心，说："我在这等吧，你回去忙你的。"原本以为，她会说"我们一起等吧"，没想到，她立刻答应，逃跑似的，小步急驱地走了。

就在我东张西望打量环境的时候，张明勋快步走来，好像是从天井对面一个办公室里出来。他见我在门口，有点惊讶，随后还是礼貌地请我进屋。

办公室很大，东南角是办公桌，西南角是沙发和茶几。他径自去收拾文件，我就直接坐在了他办公桌对面的椅子上。显然，他有些局促，对我这样一个不速之客，他没有准备好。我是他繁忙紧张工作表格中的一个特例，没在他的考量范围内。

"喝水吗？"

"好，谢谢张总。"

他给我泡了茶，端到我面前。

"有什么需要问的？"他开门见山，非常直接。

我说明了我们此次采访的目的，就请他先介绍他自己。

"哦！"他像是领到了任务口令，开始自我介绍，"我叫张明勋，是国网西藏电力有限公司总经理助理，藏中联网工程建设总指挥助理，以前在西藏经研院和电建都干过。"

"我老家在四川，生在西藏，1987年在西藏参加工作。工作28年，其中做过电网物资、电网规划、建过小水电站。哦，我还当过青藏联网工程的突击队队长。"

我倒是吃惊他这面试一样的简介。

我刚要开口，突然，他好像想起什么，慌张起身，准备离开。

"哦，还有一个事要和蔡总说，这会不说等会怕忘了。"

我立刻回答："您随意，我在这等。"

他头也不回，一阵风似的奔出办公室。

看着从茶杯里袅袅升起的热气，我心里有点儿小担心，张明勋不会有事脱不开身，拒绝我的采访吧！

还好，大约十分钟后，他还是回来了。看到我杯中的茶水下去了一半，他又给我续上热水。

为了打破僵局，我说，张总，您介绍您这次去现场，都到了哪些地方吧！

说起工作，张明勋明显松了一口气。他开始介绍他这次去现场8天的行程。从藏中联网工程最东端的芒康开始，他一口气将现场所有施工单位的进度、难点和遇到的人员和物资的困难都说了一遍。像是工作汇报，又像是一次工作的梳理。

8月8日，在500千伏芒康变开现场会，芒康变建设进度有些滞后，召集了青海送变电负责人开会，重排工期。9日下午到了江西送变电施工现场，他们特别困难，给他们想了对策，后来到了如美镇，也就是觉巴山附近查看铁塔单基策划情况。10日，在500千伏澜沧江变电站，厂房要吊装。结果在214国道上，堵了一个多小时，因为邦达山上下大雪。11日到波密，看了9包、11包、12包、13包的情况。13包的组塔施工人员人太少，因为靠近米堆冰川，苦得很，有些工人跑了。到了嘎朗湖，上到山里，在密林中施工，更加艰苦，发现有20%左右的人员流失。又到新疆送变电施工现场，都是在原始森林里，雨太多，施工时间少，有30%的人员流失。有一家送变电正在组立一基315吨重的铁塔，要督促他们做单基策划，塔又高又大，是同塔双回的，没有作业平台，风险太大。

张明勋的讲述又快又准，数据就像是被存储在他的大脑里，随时可以调出。之前，总有人对我说，在高原，脑袋反应会比较慢，说话也会比较慢。可是，听张明勋这一通话，其精准，其清晰，让我惊讶。幸亏我走过林芝到芒康一段，幸亏之前我已经采访过好几位工程建设者，不然哪里能听得懂他说的话。

算一算，到 8 月 13 日为止，张明勋已经跑了七趟全线。

"管工程还是要到现场。"他的话坚定有力，不容置疑。

和蔡德峰一样，张明勋也是西藏出生的，当地人称之为"藏二代"。他们的父母大多是新中国成立后进藏工作的汉族人。"藏二代"生在西藏，又在西藏工作。说起对西藏的感情，"藏二代"一点不比藏族同胞少。一个人的出生地，往往赋予个体生命的底色。雪域高原，透彻的阳光，纯净的空气，大美的风景，让生活其中的人懂得和大自然和谐相处的重要。

我在蔡德峰和张明勋身上，看到了一种强烈的使命感。这是与生俱来的，是从他们的父母第一代进藏工作就具有的使命。从革命斗争的锤炼中产生的"爱国主义、自力更生、吃苦耐劳、边疆为家"等，到后来形成的"特别能吃苦、特别能战斗、特别能忍耐、特别能团结、特别能奉献"的"老西藏精神"。和蔡德峰一样，张明勋的父母也在内地养老，孩子 10 岁之前都在成都老家，12 岁就去了内地的西藏班学习。一家人常年分居各地，难得一见，据说这是很多"藏二代"的生活状态。

采访过程中，好几次，有人送报表过来给张明勋，

他每天要看动态的工程建设数据，随时掌握现场变化。

很明显，在说完工作之后，张明勋渐渐放松了脑中紧绷着的那根弦。他给自己也倒了一杯水，小啜一口，问我："你在318沿线看到我们的铁塔了吧！"我简要介绍了我们的行程。他主动给我介绍起了沿途的民俗风情。藏中联网工程沿线的藏文化不同。从沃卡到芒康，自驾一趟来回要半个月时间。在沃卡变电站附近是雅砻文化，比如山南市，那一带

● 您还为外面骄阳似火，闷热湿濡的暑气烦躁的时候，同一个时间，我们的工程建设者正顶着风雪在海拔5295米的山顶施工。

都是平顶的房子，因为当地雨水少，是西藏粮仓，农业文化发达。林芝，是工布文化，房子都是尖顶的，因为山多，雨水多，当地藏族同胞从事农业的少，以前是以打猎为主。到了东边的芒康、左贡，那里是康巴文化，当地人住色彩鲜艳的碉楼，半农半牧。

采访张明勋的第二天，8月14日，我在朗县分指参加周例会，在电视屏幕上再次看到他主持大会，依然是严肃的一张脸，依然是铿锵有力的话语。记得采访中，他说过一句话："干这个工程就是要积累经验，要有科技创新，要为下一步西电东送建立水电基地。西藏可开发的水电资源目前只开发了不到百分之一。"

高难度的"国家名片"——挑战一切不可能
——高原上一面火红的旗帜

"知其不可为而为之"，这是孔夫子在两千多年前说的话。

这句话融进了中国人的血脉中，成为我们这个民族挑战一切不可能的座右铭。在采访藏中联网工程建设中，我遇到了太多的事例，它们都给这句话做了注脚。

2017年5月30日，国资委的"国资小新"新媒体平台、《国资报告》杂志社，联合《人民日报》经济社会部、中国新闻网、环球网、新浪财经、中央电视台中文国际频道、中央电视台外语频道、《环球时报》舆情调查中心，这些顶尖的中央媒体，在网上发起了一场为期半年的"第三张国家名片"的网络推介活动。他们邀请全球网友推荐自己心中的"国家名片"，活动迅速引发网络热议。

网友们沸腾了，中国改革开放近40年，不管是经济实力，还是政治影响力，我们在国际上都有了举足轻重的地位。

"国家名片"，哪一个领域里的哪一项工程，能够代表"国家名片"？

投票中，微博共计603476位网友投票，微信共计979186票，网络平台共计438461票，特高压、中国水电、中国航天、中医药、中国文化、中国 4G 标准、智能手机、中国桥梁、隧道建设技术、超级计算机等中国标准、中国智造、中国技术名列前茅。当时，不在投票期内的藏中联网工程，还未进入公众视野。

"超级电网工程来了！藏中联网今起开建"。4 月 6 日，藏中联网工程正式开工建设，中央电视台新闻频道的这条新闻引人注目。新闻时间不长，却给予了这项工程高度的肯定——这是继青藏联网、川藏联网工程之后，世界上海拔最高、海拔跨度最大、自然条件最复杂的输变电工程。因其建设高度和建设难度，被称为"云端上的电力天路"。

央视要搞直播，直播什么？当然是能够称之为"国家名片"的大工程、大事件。

数来出去，他们相中了藏中联网工程。

其实，在电力行业的人看来，电力行业的"国家名片"是轮不到一个电压等级只有 500 千伏的电网建设工程的。将范围再缩小到电力领域的输电技术方向，一条条在建的特高压输电线路，哪一条不比藏中联网工程电压等级高、技术创新多、综合实力强呢？可是，央视领导是有眼光的，因为藏中联网工程不仅仅是一项普通的 500 千伏输电工程。

这条输电线路挑战了太多的不可能。

挑战人的力量！

在所有的能代表国家实力的工程中，藏中联网工程是最能体现人的力量的工程。

"你怎样认识藏中联网工程"采访期间，对每一个接受采访的人，我都会问这样一个问题。出乎我的意料的是，他们的回答趋于一致——这是一项拥有诸多世界第一的伟大工程。他们都用"伟大"这个词来形容这项工程。

伟大在哪里？

是人。

王抒祥深知，任何一项工程要建好，都必须依靠人。而人心，说复杂很复杂，因为每个人主题诉求都不同。

7月到8月间，在藏中联网施工高峰期，参建者可达五万人。五万人就有五万个故事，五万个诉求，五万种想法。这些建设者分布在318国道川藏段沿线的山顶沟壑间，和各种变幻莫测的自然环境打交道，还要预防随时可能出现的高原反应。他们来到这里，有人是为了一份收入不错的工作，有人是为了实现人生的理想，还有人是为了感受不同的人生。

其实，人心，说简单也简单，只要有一个主心骨，找到一条精神的链子，将人们的精神意志和情感思想连起来，五万人就能生发出撼山动地的力量。

在工程未开工前，临阵指挥的王抒祥坐镇军中，浓眉飞扬，声音却亲切近人。他和指挥部的几个相关负责人将整个工程从设计到施工，将环保到安全，以全局视野在心中又盘算了几个来回。除了沙盘里的那条模型实物线路，他们心中一条精神的线豁然明亮。

——党的建设。

党建，几乎是大家共同想到的。

27个人来到林芝的总指挥部的时候，林芝也在雨季中。

云和雨如影随形。太阳下有雨，晨起有雨，傍晚暮雨潇潇后，一道彩虹挂在天边。

27人饭后站在指挥部的院子里，望着天，啧啧称叹：真是好地方啊！

2015年8月底，指挥部最初的27人，来自十几个不同单位，可谓"五湖四海"。

然而，你可曾想到，来自不同地域和单位，这对管理者来说，挑战很大。不熟悉的人，不熟悉的思维方式和工作方法，不熟悉的生活方式和情感表达。要把他们拧成一股绳，要打一场必胜的战役，要干一项开创西藏电网建设新纪元的大工程，要在雪域高原立下电网建设的丰碑，就必须有相同的志愿。

27人必像27棵高入云天的南迦巴瓦峰下的云杉，必须像27面飘扬云端的鲜红旗帜。

王抒祥不愧为"统帅",他火眼金睛,一眼就看到了这 27 人的共同之处,他们都是中国共产党党员。

他们都是在鲜红的党旗前高喊过誓言的,他们都是经过各级党组织严格考验的,他们也都是在电网建设一线久经考验的。

这个相同点比任何一个相同点都管用。信仰,足以统领灵魂,足以鼓舞精神,足以形成信念、意志和品格。

2017 年 4 月 6 日,在工程开工的仪式上,国家电网公司董事长、党组书记舒印彪,国家电网公司党组副书记辛保安,和王抒祥座谈。他们叮嘱,越是艰苦的地方,越能锻炼党员的品质,藏中联网工程建设应该是"中央企业在重大工程党建上的一面旗帜"。

中央企业在重大工程党建上的一面旗帜——王抒祥记下了,同时,也在心中盘算着如何将党旗真正插在雪域高原。

当黄华明拿出一沓厚厚的党建汇报材料的时候,他在沙发上刚刚睡了两个小时。昨夜,写月度例会材料到凌晨 3 点,来不及回近在咫尺的宿舍休息,他 5 点起来整理材料,又开始继续工作。

作为一名老党员,他从王抒祥手中接过了"军令状",要将工程党建工作细化到具体工作中,而不是"纸上谈兵"。

党建必须融入中心工作,黄华明有一套办法。他在电建一线工作 22 年,17 年都在各个电网建设工程的办公室工作,如今他是国网西南分部办公室主任兼工程指挥部综合部副主任。综合部的事情相当细碎烦琐。2017 年全年,他只回过一次家。那还是患有严重帕金森症的 78 岁高龄的老父亲烧水时被开水烫伤,他正好有一个空档时间,就连夜赶回成都。看到父亲病情,他泪如雨下,跪在父亲床头给父亲抹药。再次回到指挥部,黄华明对谁也没说家里的事。综合部的几个人看到的是自己的领导每天眼睛红红的,每天都在埋头苦干。黄华明心里比谁都着急,他要在最短的时间里,拿出党建方案,他要将这个工程所有的参建者的心思拧在一起,"等工程结束,一定回家好好照料双亲,好好给 11 岁的儿子做一顿饭"。

工程沿线 34 个临时党支部建起来了，34 个党员之家建起来了，19 个共产党员服务站建起来了……

2017 年 6 月 8 日，央视导演来工程一线搜集直播素材，看到芒康到林芝段 318 国道沿途的共产党员服务站里，骑行的人们在帐篷里休息，这里还提供水、氧气、充电等。有骑行者坐在休息区里，流着眼泪对导演说："还是党好，还是国家电网好。"导演看到，每天骑行、自驾在川藏线上的三万到四万游客，几乎都得到过藏中联网工程共产党员服务站的帮助。在服务站还可以扫码关注"电力天路"微信公众号和 APP，宣传了国家电网公司品牌。

我发现，自然环境恶劣的地方，人与人之间的关系往往格外亲密。看到黄华明手中的共产党员服务站建设标准，里面对供骑行者休息的区域大小、帐篷尺寸都有严格规定。令我惊叹他们思考之细致。

电网人的严谨，电网人的执行力，电网人的奉献精神，这些概念都实实在在落在了这些数据上。

"在高原上工作，最稀缺的是氧气，最宝贵的是精神。"蔡德峰对我说这些话的时候，我觉得我和一个老党员的心贴近了，我的心也和那面鲜红的党旗贴得更近了。

成效是显著的，党建工作像一条看不见的链子，将大家的心拴在了一起。从 27 人到 100 多人，再到一个个项目部招标进场，再到 5 万建设大军进入一线，整个工程进度在这条精神之线下紧紧拴在了一起。

临时党支部统一管理党员，包括最基层的民工中的党员。

与党员所在单位党委取得联系，临时党支部接受党员所在单位和指挥部临时党委双重管理。

临时党支部定下了现场负责人，举行"三亮三比"活动和劳动竞赛。

一个个党支部战斗堡垒发挥了巨大作用。

在这项攻坚克难的战斗中，党组织这个战斗堡垒屹立在工程建设一线鼓舞士气、教育团结、攻坚克难，在安全、质量、环保等各个岗位上也需要有我们党员创先争优、任劳任怨的身影，带动参建员工以顽强的意志、拼搏的精神，不断攻克建设难题。

当四川送变电刘文锦笑着握住我的手的时候，他胸前的党徽在蓝色工装上格外显眼。他所在标段有怒江天险。

在怒江之上的绝壁上，30 多名工人花了 90 天，修建了 9658 级台阶的梯子，号称"怒江天梯"。这是通向 149 号铁塔的唯一道路。149 号塔，高 74.5 米、重达 191 吨，承担着大档距跨度和抗风抗冰的重要任务。

党员优先—— 一句响亮的承诺，激励了多少人。维护 2.8 公里的天梯，安全维护队队员是清一色的党员。不是党员，不让去。因为那里动辄就有十级大风掠过峭壁，因为那悬崖下游怒江奔腾。

2017 年 7 月 2 日，央视新闻联播用三分钟时间专门报道了一条新闻——高原上电力共产党员服务队。

中央党校的张荣成教授看到新闻后，专程来到藏中联网工程建设现场考察。

"不可思议，不可思议，你们党建的资料都给我，我要当这个工程的党建专家。"

"帮我多收集素材，我以后去全国各地党校讲课，这就是最好的素材。"

"你们党建的故事太感人，我被感动了。"

张荣成对着黄华明絮絮叨叨的，完全没了党校教授的深沉。

2017 年 7 月 8 日是个星期六，正是我国大部地区暑热高温的时候，大家纷纷趁着早上稍稍凉爽的时候进行一些户外活动，上午 10 时太阳升起，大地升温，人们几乎都躲进了空调房里避暑。打开电视，一片冰雪世界，头戴蓝色安全帽，身穿蓝色工装的电建工人正在雪山上组塔。天，蓝莹莹的，雪，白皑皑的，风，吹得红旗猎猎作响。解说员正在讲解藏中联网整个工程全景及建设中的故事。随着电波传递，一幅幅电力建设者一线劳作的场面传向千家万户。"中央电视台新闻频道CCTV13""央视新闻客户端""央视新闻移动网""今日头条"，这是一场直播的盛宴。只要你在电视、电脑、手机的屏幕前，你就能看到《点亮高原》现场直播。如果你登录新浪微博，关注中央电视台新闻中心官方微博"央视新闻"，你还能收看到《云端上的电力天路》互动直播。

人们被这真实的建设场景震撼了，人们被雪域高原如画的美景震惊了，人们被这样一群可歌可泣的建设者震动了。在网络媒体直播平台下，网友们纷纷点赞留言。

"为电力建设者点赞。"

"你们是最可爱的人。"

……

更有俏皮幽默的网友留言：

"看到如此艰辛的施工，我立刻有了去交电费的冲动。"

连续三天，每天上午 10 点，人们仿佛习惯了这个时候等候在电视机前，央视新闻频道的收视率出奇的好。

经过国家电网公司和中央电视台两个多月的精心准备，藏中联网工程大型新闻直播节目《点亮高原》《云端上的电力天路》取得了意想不到的也在情理之中的社会效果。

这次直播，对指挥部里的工作人员来说，是一个莫大的鼓励。那几天，他们的手机上收到最多的是远在家乡的亲人朋友的祝福短信。

"孩子他爸，你辛苦了，乐乐还在电视上找你呢，他说他告诉他的同学你在西藏造电网呢。"

"儿子，好好干，得给你们单位争光。"

"我代表单位向你们致敬，安心工作，注意身体！"

"你就在藏中联网吧，电视上正在直播呢，没想到那么艰苦哇！"

……

黄华明说，很多同事那几天都流泪了。没有双休日，没有节假日，没有朝九晚五的作息时间，大家一心朝着一件事奔，一心要干好这个工程。得到了家人、朋友、同事的支持和认可，就无怨无悔了。再难的工程，有人心聚成火，就不怕。

援藏援到了大工程——三个人的党支部
——在生死一线间

在林芝、波密和朗县的指挥部里，有一部分特殊的工作人员。他们不是西藏电力有限公司的员工，也不属于国网西南分部员工，他们来自全国各地国家电网公司系统十几家单位。他们所学专业也不尽相同，但是都在藏中联网工程中发挥着重要作用。因为他们有一个共同的特点：有一颗年轻不羁的心，有丰富的专业知识，有"诗和远方"的理想情怀。

"没想到，援藏援到了大工程。"苗峰显笑从心底来，露出了一口洁白的牙齿。一副无框近视眼镜，面皮白净，斯斯文文。这句话里带着山东口音，仔细听，又透着诙谐，好像他来朗县是捡到了一个大元宝。

在此之前，苗峰显就已经是国网交流公司诸多建设工地上的一名工程管理人员了。

2009年7月，也就是世界首条商业运行的特高压交流试验示范工程——晋东南—南阳—荆门特高压输变电工程投运后的6个月，苗峰显博士研究生毕业，加入到了特高压建设大军中。在国家电网公司，有一支年轻的富有朝气的高学历队伍，他们和中国特高压输电工程一起成长，他们在大地上编织着强大的电网，从220千伏电压等级，到330千伏，500千伏，750千伏，再到1000千伏。这个骨骼强劲的电网犹如脊梁一般挺立在中华大地。从第一条投运的特高压交流输电工程开始，将近十年间，伴随着一条条特高压输电工程投运，一群群电力科技工作者也成长起来。

苗峰显就是其中一员。

从晋东南—南阳—荆门特高压交流试验示范工程扩建工程线路工程管理牵头人，到全面牵头负责"皖电东送"线路工程管理，苗峰显成为国网交流公司年轻的科技管理人员中的佼佼者。"没有比人更高的山，只要有正确的努力方向，有勇于拼搏的精神，无论多大的困难，都将迎刃而解。"皖电东送工程投运的那天晚上，他在日记本上写下了这句话。

年轻人的心总是向上的，他们不怕困难，不怕挑战，有难度才能锻炼意志品质。真金不怕火炼。在国网交流公司选拔援藏人才的时候，苗峰显报名了。虽然，他知道孩子还小，妻子一个人在北京带着孩子生活会很累。但是，雄鹰不能总关在家里，得飞向更广阔的天空。2015 年 11 月 6 日，苗峰显接到了援藏指令，要求他四天后，也就是 11 月 10 日抵达西藏。他的内心，既激动又忐忑，激动的是要到更广阔的地方去挑战新的目标，忐忑的是真要马上离开妻子孩子，该如何安顿这温馨的小家呢？

和他有相同顾虑的还有两位同事：宋洪磊，一名电气工程的博士；刘建楠，一名电力系统及自动化硕士。

2015 年，他们仨人作为国网交流公司援藏人员，一起到了藏中联网工程建设指挥部，一起被分配到朗县分指。在机场送别的时候，国网交流公司派代表送来鲜花，他们仨雄心勃勃向雪域高原进发了。送行的有他们的妻子、孩子。苗峰显的孩子才两岁，一个劲儿地朝爸爸挥舞小手，妻子们却偷偷抹了下湿润的眼眶。三位高才生，三位在特高压工程建设中表现突出的科技管理者，将要去建设世界上海拔最高的输电工程了，大家都有期待。是金子在哪里都会发光，可是在气候环境复杂的西藏，在地质灾害频发的地方干电网工程，在医疗生活条件相对落后的朗县生活，他们将面临怎样的挑战呢？

苗峰显担任朗县指挥部助理（常务）兼工程管理部主任，全面协助指挥长做好规范管控和创新管理工作；宋洪磊担任综合部主任；刘建楠担任安质部主任。三人一上岗，就感受到了肩头沉甸甸的担子。还好，国网交流公司为了打消他们的后顾之忧，让后勤工作人员和他们三人的妻子建了一个微信群，实时关注三位援藏人员的家庭困难；还好，国网交流公司党委让苗峰显、刘建楠、宋洪磊成立了"国网交流建设分公司援藏临时党支部"，及时开展党组织活动。精神的力量是无穷的。有了单位当靠山，他们克服了高原生活的不适，甩开膀子干了起来。

在紧张的工程建设管理工作之余，他们编制了一系列完整的工程建设管理资料。他们和林芝的总指挥部一起编印的《管理与技术创新》第一期早在 2016 年 8 月就制作好了，并送到了沿线施工单位和工程建设人员的手上。有关工程管理经验的《川藏铁路拉萨至林芝段供电工程——现场建设管理工作大纲及配套制度》三册厚实的手册也已经编制出来。李万智打心底佩服这三位的执行力，他说："这几本手册能为今后西藏地区电网建设，提供有效的工程管理方面的借鉴。"

作为临时党支部书记，苗峰显更是工作突出。他将特高压建设管理的理念融入藏中联网工程建设管理纲要之中，利用创新突破管理瓶颈；编制拉林铁路供电工程建设管理工作大纲，并组织编制配套措施 23 项；编制并发布工程《建设动态》，实现工程管理要求落实的可追述目标；编制工程建设纪实画册《记·忆》，记录工程建设的艰难险阻，回忆曾经攻坚克难、挥洒汗水的场景；组织编制《管理与技术创新》专刊，搭建管理与技术经验交流平台；创建《拉林供电第一时间》微信平台，及时发布工程建设信息；建立"拉林铁路供电工程建设行为规范""拉林铁路供电工程工作纪律八项规定"，推动现场建设指挥部的规范管理；提出"拉林铁路供电工程安全宣言""拉林铁路供电工程创优宣言"，营造"安全第一、质量至上"的施工氛围；统一工程相关技术管理要求，严格推行标准化基建管理程序；创建《"四不两直"综合检查荣辱榜》，创新采用缺陷清单累计排名方式，充分调动了各参建单位强化现场管控的主动性。

很多时候，心态不同，干活态度也会不同，出的成绩也会不同。当妻子手捧鲜花在首都机场迎接他的时候，苗峰显心底却很踏实，他对前来迎接他的同事淡然地说："作为一名援藏干部，不辱使命，尽自己最大能力，为藏中联网工程建设多做贡献，这是我的职责所在。所幸，我们践行承诺，高质量完成了任务。"

在藏中联网建设工程中，援藏人员面临的第一个考验是身体。

一起回来的宋洪磊和刘建楠，脖子上还挂着洁白的哈达，他们舍不得取下来。天知道，他们在朗县经历了怎样的惊心动魄。这纯白的哈达，正映照了他们有着一颗纯净的赤子之心。

"回头想，那就是与死神擦肩而过。"宋洪磊一说话就会自然地微笑，给人一种温暖的感觉。这个天生的暖男，说这样一句话的时候，也能给人如沐春风的感觉。

那是 2016 年 7 月 26 日。他们三人组成的党小组开展活动，去朗县附近一个村看望藏族学生，送去学习用具，顺带辅导学生学习。那天和其他的日子没有啥不同，一早上，天有点小雨，他们没放在心上。这样的天，他们早熟悉了。在中午回来的路上，宋洪磊隐隐感觉胃有点疼。等到了分指挥部，疼痛加剧。分指挥部的医疗保障医生诊断，可能是阑尾炎，也可能是胃病。宋洪磊也没太在意。可是，到了晚上，疼痛愈加剧烈，他已经直不起身了。李万智和苗峰显决定，当晚就送他去林芝总指挥部。清晨，当他们到达林芝市人民医院的时候，宋洪磊已经疼得直不起腰来。医生给开了输液的药，可是还未确诊。就在他们输液的时候，消息传来，他们凌晨 3 时 30 分刚通过的一个叫卧龙的地方，4 时许发生泥石流，道路中断。宋洪磊一边按着疼痛的腹部，一边庆幸自己命大，如果被泥石流拦在路上，后果不堪设想。可是更让他没想到的是，后面还有困难等着他。

下午，林芝人民医院的医生为他会诊，才确定是阑尾炎。有医生提出，考虑在高原做手术的危险，保守治疗，有医生提出，必须尽快手术，冒着风险也得做手术。就在医生对这个病例有不同诊疗意见的时候，宋洪磊已经精疲力尽。疼痛暂时缓解了，腹部依然翻江倒海，他有呕吐的感觉可又吐不出来。当同事给他打水回来的时候，输液也结束了。突然，护士惊叫："你好好看护他，我去找医生。"同事再一看宋洪磊，吓了一跳。宋洪磊脸无血色，嘴唇和指甲都涨满了血，紫里发黑。同事是个大小伙子，见此情景也吓得哭了，拉着宋洪磊的手一个劲地说："洪磊，你怎么样，你感觉怎么样。"

林芝人民医院的医生诊断，这是急性阑尾炎，而且很可能已经穿孔，必须立即手术。而且，要是手术，必须有病人直系亲属在手术同意单上签字。同事立刻打电话给朗县的指挥李万智，宋洪磊也拨通了北京的国网交流公司的电话。国网交流公司高度重视，立刻和宋洪磊远在山东菏泽的亲人取得联系。晚上10时，三方商议，输液不停，由林芝的总指挥部派专人送宋洪磊第二天飞成都，转机回菏泽手术。

宋洪磊后来想起这事，总说就像不曾发生过一样。要不是腹部还留着疤痕，他几乎将那个与死神赛跑的夜晚忘记了。也是，他手术完刚拆线，就又回到了指挥部。家人不同意，亲戚来看望，都叫他别再去西藏了。他哪里肯，7、8月正是工程施工的窗口期，工地有上万人在奋战，分指综合部更是事务繁杂，他这个主要责任人怎能临阵脱逃？当他咧着大嘴笑嘻嘻地站在分指门口的时候，李万智和同事们都来迎接他。

原本平静而忙碌的分指又正常运转了。可是，刘建楠又出了问题。

2015年，他们仨人作为国网交流公司援藏人员，又一起到了藏中联网工程建设指挥部，一起被分到朗县（从左向右分别是宋洪磊、苗峰显、刘建楠）。

2017年3月14日，工地刚过了一个冬天，正准备复工。这时候，分指的各位负责人都一心扑在了建设一线。开工前的安全检查是大事。刘建楠作为安质部主任，是这项工作的第一责任人。那天，他像往常一样，去工地安全检查。搭建的索道牢靠不牢靠，施工点有没有安全防护栏等，事无巨细，他都细心检查。他是个北京出生的孩子，从小在胡同里长大，进入交流公司不久，就到了荒郊野外施工场地工作，刚开始不适应，可他爱较真。

腰部传来阵阵隐痛，刘建楠的腰就渐渐弯了。同事觉得他不对劲，平时到工地上总爱东瞧瞧西望望，核对工作票，识别进场人员二维码，今天的刘建楠仿佛干啥都慢半拍。中午时间到了，预定检查的地方还没看完，刘建楠没有休息的意思。同事们知道，这个满口京片子的小伙子，特别认真，不干完不罢休。正午的阳光温暖湿润，远处雪山的白帽子越来越小，近处河流奔腾。刘建楠慢慢坐在了一块石头上，捂着腰，起不了身。同事这才慌了，忙扶他上车直奔指挥部。到了朗县人民医院，没有医生，医生下午3点才上班。苗峰显和宋洪磊都赶来了，他们求着护士找来医生，挂急诊，抽血化验，拍片子。结果，医生看到片子说无法判断，因为拍的片子质量有限，太模糊，推荐他们去附近的军区医院。宋洪磊背起刘建楠就往外奔，开车，好容易到了十几里之外的军区医院。医生又下班了。他们又求着医生回来给做检查。医生诊断，可能是肾结石，这里条件有限，最好保守治疗。苗峰显一听就急了，上次宋洪磊走了一遭鬼门关，这次可不能出事。可是，刘建楠病情恶化得很快，他上厕所都撒不出尿了。看着一头汗水的刘建楠，苗峰显说："走，咱回北京治疗。"一方面，林芝有直飞北京的航班，另一方面刘建楠家在北京，亲人照顾很方便。就这样，十万火急的，刘建楠回京做了手术。

手术后两天，刘建楠出现在了朗县分指。大家惊愕地看着他，好像他是个超人。刘建楠笑着说："嗨，没大事。肚子上打个孔，把石头打碎了。好了！"李万智不放心，让他好好休养一段时间，刘建楠却急了。开工前的安全检查还没完呢，紧张啊，他怎么能不在现场呢？此时，朗县已经进入 4 月，风有些大，云儿在天上游走。刘建楠心里还是希望回到这里，这里的云多美啊！像小时候在胡同口看见的那些云朵。

指挥部里援藏的人，很多都是本单位的佼佼者，他们要么有深厚的工作经验，要么有高学历和专业知识，要么有着非同常人的意志。不过，他们都有一个共同的想法，能到藏中联网建设工程——一个对西藏有着划时代意义的伟大电网工程，是他们人生的幸运。他们愿意将平生所学，将毕生经验，将青春年华，奉献给雪域高原上的座座铁塔、条条银线。

杨林又吹起了他的黑管，悠扬的乐音让天边的白云都停住了。林芝指挥部旁边就是一个部队的营地，每天的起床号清亮的号音和黑管沉稳绵长的乐音混合。指挥部又何尝不是一个军营？只不过在这里，凝聚人心的不是军规军纪，而是一个信念，那就是建好迄今为止世界上最复杂、最具建设挑战性的高原输变电工程。

蔡德峰还记得，去年在米堆冰川施工的情景。2016 年 7 月，在米堆冰川附近，有峭壁上的两基塔需要组塔，工人们需要攀岩才能上到施工点。这条攀岩的绳索还是之前指挥部找到专业运动员架设的。

当时，在现场的中国工程院的一位院士不理解："为啥要攀岩去组塔，就不能找一条别的路吗？"蔡德峰拿来卫星地图给这位院士看，院士俯首称叹："这里是唯一通道啊！"

这么难的工程也只有中国人能干，在中国，也只有国家电网人能干。

天路入云端

长篇报告文学

● 他们都是种塔的人，
把一粒粒神奇的种子种在雪
山之巅，精心地呵护着种子
生根发芽、苗壮成长，长成
一副钢筋铁骨，顶天立地。

第二章
在那东达山上

○ 林 平

从500千伏芒康变电站终端塔所在的乌拉山一路向西，翻越业拉山、东达山等高山，跨过澜沧江、怒江等众多河流，我采访了由江西送变电公司承建的线路包4、由甘肃送变电公司承建的线路包5、由四川蜀能电力公司承建的线路包6和500千伏左贡开关站的施工现场，随后又像云一样飘到波密的原始森林，与承建线路包14和包15的河南送变电公司的施工者亲密接触，倾听着他们的心跳，一直被他们的故事感染着。

生死营救

立秋刚过，西藏澜沧江流域雨水不断，云遮雾绕，冷风瑟瑟。我打着雨伞，伫立在新建的川藏公路如美澜沧江大桥上，听水，观山。

脚下，澜沧江水哗哗流淌，裹挟着大量的泥沙，从更远处的山谷间迢迢而来，日夜冲刷着横断山脉深处的这道山壑，愈切愈深，愈深愈险，直至险成眼前汹涌的模样，望一眼都让人头晕。机器的轰鸣声从澜沧江两岸传来，甚为惹耳。我知道，那是柴油发电机的响声，几乎每家每户都在发电，他们盼电已经盼了半个多世纪，今天才隐隐看到了希望。

仰望南岸，湿漉漉的云彩笼罩着座座山头，更有一些云彩垂至山腰，若再往下，仿佛即要漫至我的脚下直至江面了。即便是阴雨天气，那云彩也是棉絮般的白，一朵一朵，或丝丝缕缕，萦绕山间，久久不肯散去。山坡上，银亮的铁塔的身影不时在云彩中隐现，一基，两基，三基……随山势而定，从这个山头跳到那个山头，从这个山坡跳到那个山坡，绵延不绝，直至看不见的远方。还有两基铁塔只长出了半个身子，在云雨中默默地站立着，静待一双双粗糙的手前去组立。

倘若细看，可见两基铁塔在澜沧江南北两岸遥遥相望。要不了多久，就会有粗壮的银线把它们紧紧地连接在一起，把山坡或山头上那些跳跃的独立的铁塔连接在一起，从澜沧江畔向东西两边延伸，东至昌都，西达林芝，待那时，在这澜沧江畔的如美小镇，以至川藏公路沿线，进而扩大到整个雪域高原，便再也听不到柴油发电机的轰鸣声了。此刻，在目之所及的更高的山顶上，仍有几基铁塔在浇筑基础，对于那些已经长成的铁塔来说，它们只是刚刚种下的种子，翘待生根发芽、茁壮成长。从整条 500 千伏藏中联网线路工程来看，它们是一个小小的缺口，缺口里面或许盛装了太多的故事，那些故事也许足以把这个小小的缺口填满。

为何缺口？又盛装了哪些故事呢？我这样想着，便说了出来。

负责这段线路施工的江西送变电公司的施工项目部经理周震指指身边的助手熊军说："你问问他吧，他去年初来时是施工四队队长，现在是藏中联网工程线路四标段施工项目部的常务副经理，他最清楚。"

"有一个耐张段改线了，延误了部分工期。"熊军平静地说。

我心中一动，捕捉到了一个隐隐的信息，脱口问道："为何改线？"

熊军语焉不详，周震也只是轻轻地笑了笑。我猜测，这笑容里大概就有足以填满那个缺口的故事吧？我的猜测得到了藏族青年江村罗布的印证。那个下午，趁着细雨停歇的间隙，在熊军的引导下，我赶到位于澜沧江畔的芒康县如美镇派出所，见到了所长江村罗布。28 岁的江村罗布告诉我："那是一个特别惊险的生死营救的故事，我以前从没遇到过。"

"生死营救？"我惊诧道，"出事故了？"

江村罗布点点头说："塌方了，埋了三个人。"

我的脑海里迅疾出现了山崩地裂的惊险画面。显然，江村罗布说的埋了三个人的塌方，应该比山崩地裂小得多，否则，怕是眼前的澜沧江已经断流而成为横断山脉深处的一座堰塞湖了。

"人救出来了吗？"我的心悬了起来，嘴唇嗫动了一下，却是没敢说出来。我担心听到的是相反的答案。

江村罗布似乎看出了我心中的疑问，点了点头，继而絮絮地讲述着那个生死营救的故事。我暗暗地松了一口气，细心地倾听着。随着江村罗布的讲述，十个月前发生的扣人心弦的故事的经过犹如电影胶片一样，逐渐连缀在了一起，在我脑海里徐徐展开——

2016 年 10 月 9 日的天气跟今天特别像，有些阴冷。江村罗布正在派出所里值班。下午 4 点多钟，他突然接到县里的电话："藏中联网工程线路四标段 48 号塔基施工现场发生了塌方事故，请立即前去现场组织营救！"对方语气急促，不容置疑。

情况万分紧急！

他心里咯噔了一下，作为在如美镇工作了几年的派出所所长，他熟悉如美镇的山山水水，也深知 48 号塔位的地质情况。

如美镇位于澜沧江畔一块狭窄的山谷间，两边高山，山上植被稀疏，草木难生，仅有少量的高原低矮植物星星般散布山上。48 号塔位处于澜沧江南侧一座大山的半山腰，那里海拔 3000 多米，地质状况极不稳定，碎石裸露，晴朗的天气下都时有山石沙土滚落下来，遇到阴雨天，滚石滑坡更是屡见不鲜。让江村罗布着急的是，三个鲜活的生命被埋在山石沙土下面，随时都有死亡的危险，必须尽快组织营救。他立即带领两名民警赶往出事地点——如美镇对面一座高山的山坡上。

上山无路，山上碎石遍布，土质疏松，用力一踩，就会有碎石疏土滑落，塔位在半山腰，需手脚并用才能上去。江村罗布足足花了一个小时，气喘吁吁地赶到塌方现场。塔坑周围已经聚集了 20 多人，有人在哭，有人在叫喊，有人愁眉不展，有人在紧急寻找钢管和木头，十万火急的样子。塔坑虽然被塌方的山石填埋了大半，探头一望，仍可见坑井下的石块距离坑口有六七米的样子，一个小伙子在井下忙碌着，不时地说着话，像是在对被埋的人喊话。坑口边的三个人手里一起抓着一条绳子，绳子直通井下小伙子的腰间。

一群人见警察赶到，呼啦啦地围拢过来，七嘴八舌地说着塌方的事情。

"具体什么情况？"江村罗布强装镇定地问道。

时任施工管理的线路4包项目经理徐旭说："塌方了，埋了三个人。正在井下救援的是我们施工四队的队长熊军，在用氧气瓶给被埋的人输送氧气。"

熊军正是这个惊险的生死营救故事的主角。这位1985年出生的电网建设者，显得异常沉稳，俨然久经沙场的老兵，而当时他只有31岁。

很快，江村罗布便了解了塌方的更多细节。48号塔位基坑为施工二队开挖，设计基坑深度15米，已经开挖了11米，基坑直径2.6米，看上去就是一口幽深的枯井。被埋的两男一女正是在基坑里继续开挖的民工。

江村罗布快速地观察着现场。基坑内的砂石离坑口约七米，钢筋混凝土护壁也出现了裂缝，裂缝似乎还在一分一秒地持续扩大，护壁随时都可能垮塌下去。基坑上方的山石也已松动，岌岌可危，二次坍塌的险情紧紧地攫着每个人的心。山下是奔腾不息的澜沧江，看上去犹如一条小溪，小溪的两侧密布着火柴盒似的房屋。江村罗布从未遇到过塌方救援的事情，看到眼前的景象，他大脑里一时有些蒙。

这时，井下的人朝上喊话："升井！"坑口的人马上拽紧绳子，齐心协力把井下的人拉了上来。是一个小伙子，头戴红色安全帽，身着深蓝色工装，脸上汗水裹着灰土，花猫脸一般，唯有他的一双眼睛是明亮的。

他就是熊军。

江村罗布了解到，熊军比他早到一个多小时。当天下午两点半时，塔位上方的山体突然坍塌，石头和沙土瞬间涌进基坑，埋住了三名作业的民工。他们头顶上堆积的砂石厚度至少有两米。施工二队队长付永安和工人们当时就傻眼了，好在砂石之间有大大小小的缝隙，能透进空气，否则，被埋人员很快就将窒息而亡。待回过神来，付永安赶紧把携带的氧气瓶通过管子插进石缝，给被埋人员供氧，又急急地给在十多公里外的项目部的熊军打电话向求援："出事了！多带几个氧气瓶赶到48号铁塔基础来！"熊军来不及多问，拎上几个氧气瓶，又下意识地回头又找了一台切割机，放在车上，沿澜沧江畔蜿蜒前行了一个多小时，才赶到事故现场。

据熊军后来讲述，他赶到塌方塔位时，现场已经聚集了十多人，正议论着如何救人，由于害怕二次塌方，谁也不敢下到基坑去。熊军主动说："用绳子拉好我，我下去看看！"于是，他腰系安全绳，带着氧气瓶，缓缓地下到七米多深的基坑内，只见石块、土块、木料、模板交错堆在一起，丝毫不见被埋民工的影子。

这一次独自下坑井，拉开了熊军七下坑井生死营救的序幕。

"在那种险情随时都可能发生的情况下，你不是专业救援人员，也缺少专业救助工具，你为什么会一直坚持营救他们呢？"10个月过去了，如今面对熊军，我疑惑地问。

熊军不假思索地说："有两个原因。第一个原因是，我第一次下去时，向石块下面喊话，我听到一个微弱的女人的声音，我能听出她是在哀求，她渴望生还。她说：'求求你救救我，我还有两个孩子，我不能死……'"熊军在井下的喊话，让三名被埋人员看到了生还的希望，他们像是抓到了一根救命稻草，呼救声从土石缝里钻出来，即便十分微弱，也能听出其中的恐惧，其中就有那个女人的求救声。他接上输氧管，拧开输氧阀，捏住输氧管的一端往石缝里插，这些生命之气一丝一缕地钻进了石缝，石块下面的声音渐渐平静下来。

"第二个原因是，后来我问被埋人员的家属，他们之中有女人的丈夫和弟弟，有男人的妻子和亲人，却没有一个人愿意跟我下井救援。我就想，我一定要把他们救上来，只是，这话我没有说出来。"熊军的目光中透着坚毅。

话虽如此，当时的情形却让在场的每一个人的心都悬在了嗓子眼。那时，基坑上方的浮石已全部松动，坑井护壁也大面积开裂，有的混凝土壁块在逐渐凸出，随时可能塌下来。熊军在坑井下发现，整个塌方处呈斜角状，基坑塌方位置距离坑口约7米，被埋人员困在坑井下面约11米的位置。

熊军第一次升井后，喘息着对付永安说："井下情况复杂，单靠我们自己的力量很难把人救上来！"

"你说怎么办？"付永安嘴唇哆嗦道。

"报警！"熊军不假思索地说，"请求当地政府、武警、公安、医疗等力量前来救援，并通知被埋人员家属前来现场。"

于是，一个电话打到了左贡县公安局。

于是，江村罗布赶了过来。

不大一会儿，十几名消防官兵也赶到了现场，救护车也赶到了澜沧江边。被大家寄予厚望的消防官兵面对坑井竟然束手无策。

此刻，江村罗布面对我，平静地说："我猜测，那些消防官兵似乎也从未遭遇过塌方营救的事情，面对坑井，他们一时半会儿摸不着头脑。"

无论如何，先要制定行之有效的营救方案才行。作为当地派出所所长，江村罗布立即将大家召集在一起，研究营救方案。

大家的目光都集中到了熊军的身上，尽管他们对熊军的经历并无多少了解，甚至一点都不了解，但因为熊军无所畏惧的下井举动和表现出的少有的沉稳，他们都把熊军当作了营救被埋人员的救命稻草。

在藏中联网工程线路4标段施工项目部，我听熊军讲过他的故事。熊军是伞兵出身，2006年12月退伍之后，先到江西省电力技师学院深造了两年，旋即进入江西送变电公司，成为一名电网建设者。2012年，他被提升为施工队副队长，一年之后被提为队长，成为江西送变电公司第一个被破格提拔的队长。在八年的电网工程建设过程中，他有着多次成功救助多名遇险人员和协助抓获抢劫者的经历。

其一，八年前的 2010 年，熊军在四川西昌一条正负 800 千伏线路施工期间，开车去施工项目部开会，半路上有人拦车，他担心遇到老赖，并未停车。虽然如此，他的良心却大为不安，待开过去了 100 多米远，又倒了回来，见那人浑身是血，询问得知那人是护林员，彝族，所骑的摩托车摔到了悬崖下面，他便把那人扶到车上，开车 40 多分钟，将其送回了家，待他赶到项目部时，已经迟到了，受到了严厉批评，他没有任何解释。

其二，2013 年，在云南富宁县糯扎渡送广东正负 800 千伏直流输电线路工程立塔检修期间，他忽然接到一个同事的呼救，说是在敲塔时惊动了群蜂，遭到群蜂围攻，伤势严重。他立即赶到现场，把两个受伤的同事送到当地医院，医院给两人均下了病危通知书。他又连夜跟着救护车把两位同事送到了离当地医院较近的广西百色的一家医院，检查的结果让人十分揪心，一人的血小板浓度只有正常人的三成，一人的瞳孔放大，已无生命体征。他随身没有带钱，医院也不愿救治，他扑通一声跪在医生面前，哭泣道："求您救救他们吧，他们是在电网施工中受伤的，我可以把车押在这儿……"七天之中，他连续签了四份病危通知书，最终挽回了两位同事的生命。

其三，2014 年秋的一天，熊军抱着儿子陪妻子去医院检查身体，忽见一位老太太在追赶一个小伙子，老太太边追便喊："他抢了我的东西！"熊军立马把儿子放进妻子怀里，拔腿追了上去。歹徒见状，转身往另外一个方向逃去，与保安撞个正着，束手被擒……

熊军的沉着冷静与他的年龄极不相称。如今，在这生死攸关的时刻，他依旧沉着冷静，提出了一个方案："先起吊基坑内的大石块，然后清理砂石，救出被埋人员。"

这个方案危险性较大，却能最大限度地缩短营救时间。

经过讨论，江村罗布和消防官兵同意了这个方案，被埋人员家属无计可施，也同意了此方案。

熊军立即组织营救人员把搜集来的木头和钢管作为支撑打进混凝土

天路入云端

长篇报告文学

● 照明灯亮了，坑口的提吊设备架设好了，一场生死营救的行动在寒冷的澜沧江畔迅速展开

护壁，为营救争取宝贵的时间。

天色逐渐暗淡下来，夜幕降临，气温越来越低，澜沧江的水汽升腾起来，很快弥漫到了山腰的基坑四周，每一位救援人员都感到阵阵寒意。照明灯亮了，坑口的提吊设备架设好了，一场生死营救的行动在寒冷的澜沧江畔迅速展开。

熊军把手机等物品掏出来，放在一边，要再次下到井下。他请求一名消防战士和他一起下去施救。

照明灯光把井下照得如同白昼，井下横七竖八的支撑和随时都可能坍塌的混凝土护壁清晰可见，面目狰狞。熊军刚下到井口，突然停了下来，转身对同伴说："慢，请把我的手机拿来，我要发一条短信！"同伴赶紧把他的手机递给他，他快速地发了一条短信，便在安全绳的帮助下，踩着登井梯，和那名消防战士一前一后下到了井底。

此刻，面对历尽艰难的熊军，我问当时发的是什么短信，他笑了笑说："基坑内的情形太过危险，一切难料。我老婆当时已怀有八个月的身孕，我担心一旦出不来了，提前安排一下后事。我的短信是发给住在同一个小区的一个同事的，写的是：'兄弟，万一我有什么事，请帮忙照顾我家人！'"

我的心咯噔了一下，顿生一种说不出的悲怆。

当时的情形不容人们多想，唯有行动，立即行动，把生死置之度外。

提料桶从井口放了下来，熊军和消防战士把石块搬进提料桶，江村罗布和守在坑口的人一起把提料桶提吊上去，倒掉石块，再把提料桶放下来。如此循环往复，两个人在井下忙碌了一个半小时，一块块大大小小的石头被运到了地面上。这时，熊军欣喜地对消防战士说："快看，那儿！"

消防战士顺着熊军手指的方向，看到了一件衣服的后背。那是一名被埋人员的背影，是个男子。

这个背影，让熊军精神倍增，他一边搬运着石块，一边跟那个背影说话："你要挺住，我们很快就会把你救上去！"背影的声音十分微弱，却是充满了希望。

然而，井坑内的两块巨石压得那个背影动弹不得。凭借熊军和消防战士两个人的力量，无论如何搬不动巨石，唯一的办法就是起吊。

就在这时，意外发生了。空中乌云翻滚，雨水说来就来，铺天盖地，一些雨水还下到了坑井里，落在熊军的脖子上，熊军感到了一丝沁骨的凉意。坑井上下土质疏松，含水性差，雨水一旦下得大了或者下得久了，就有可能引发更大的塌方或滑坡。

江村罗布在坑口冲井下喊道："暂停作业，你们赶紧上来！"

熊军和消防战士不得不中断营救，上到地面。两个人已然成了灰人。

时间一分一秒地流逝着。每耽搁一分钟，被埋人员离死神就更近一步。眼看着已是晚上8点半钟了，坑井下的三名民工已经被埋了六个小时，仍没能救上来，大家都心急如焚，只能一遍又一遍地朝井下喊话，安慰他们坚持住，别泄气。幸运的是，小雨下了片刻便停息了。

救援行动继续进行。

熊军刚要下井，就见黑黢黢的山坡上亮起了手电光，接着上来了一群人，其中有芒康县的领导，也有得到消息赶来的被埋民工的家属。

江村罗布告诉我，那个芒康县的领导是个副县长，跟他一样是藏族人。副县长很快了解了现场的情况，对救援方案又经过了反复权衡，并征得家属同意，决定仍使用熊军提出的救援方案，即先直接起吊巨石，再清理碎石模板。

下井前，熊军望着一群叽叽喳喳的被埋人员的家属问道："你们谁愿意跟我一起下去救援？检查一下保护措施，把支撑加固一下？"几名家属面面相觑，一时都静了声音，无人上前。

这时，一个名叫蔡成洪的合同工站了出来，语气坚定地说："熊队，我跟你一起下去！"

熊军拍拍蔡成洪的肩膀，以示鼓励和感谢。两人系好安全绳后，依次下到了井底，用圆木支撑住所有可能坍塌的井壁，把钢丝绳套在两块巨石上，才从井坑内爬了上来，等待起吊巨石。

此刻已是午夜1点钟。10月的横断山脉已是深秋，午夜时分是一天中最冷的时段，气温降至零度以下，寒风透过他们单薄的衣衫直刺骨髓，依稀可闻山下奔涌的江水涛声。困意袭来，有的人和衣躺了下去，有的人仍守在坑口参与救援行动。副县长眼见一切安排停当，便悄然离开了现场。

起吊井坑内的巨石开始了。地面上一片寂静，唯有耳边吹过的风声、山下澜沧江的涛声和起吊装置吱吱扭扭的声音。熊军不敢站在坑口目睹这一过程，他担心巨石在起吊过程中意外脱落，也担心混凝土护壁再次塌方。

一切都充满了悬念，每个人的心都悬到了嗓子眼。

幸运的是，井坑内很快恢复了平静，滑石停止了坠落，之前的保护措施发挥了重要作用。两块石头都被成功地吊了上来，被埋人员没有受到二次伤害。仍有中型石块需要起吊。

熊军和蔡成洪再次下到井坑内。井底空间狭小，两人只能采用倒挂身体的姿势进入救援作业面。熊军在下，抱起井坑内的石头，示意坑口的人将他拉起一段，他艰难地把石头递给蔡成洪，再由蔡成洪把石头放进身边的提料桶里，由坑口的人提上去。随后，熊军再次被放至坑底，再次抱起一块石头上升，如此循环往复。熊军累了，便跟蔡成洪换个位置，继续干活。两人轮番作业，犹如两只不知疲倦的吊篮，在井下上上下下地忙碌着，把井底的石头一块一块地提吊上去。

不知道往返了多少次，两个人渐渐地都感觉精疲力竭了。当蔡成洪再次抱着一块石头升至熊军身边时，熊军喊道："千万不要松手，我来接！"还没待他抱紧石头，蔡成洪就因体力透支，手臂突然松开了，石头脱手往下掉去。

"井底有人，石头万一砸到被埋人员，后果不堪设想，一定要接住石头！"这个念头在熊军脑海里一闪即逝，他本能地伸出左腿去挡石头，拼尽全力，把石头挡在井壁上靠着。

此刻看去，那块石头在熊军的左腿与井壁之间，稳稳地悬着，一边是混凝土井壁，一边是熊军的一条腿，仿佛玩杂技一般。随着时间的推移，熊军的左腿开始哆嗦，悬空的石头也开始哆嗦，随时都有掉下去的危险。他感觉那块石头越来越沉，似有千钧之力，他的左腿渐渐麻木了，失去了知觉。眼看着他要支持不住了，蔡成洪及时被提到了他的身边，成功地把石头搬开，放进了提料桶里。

所有的人都长长地舒了一口气。

一切都在按照预定方案进行着，胜利在望。

然而，就在搬动最后一块大石头时，塌方发生了。一阵石头雨从坑口处急速落下，砸向井底，咚咚咚地响，井下传来了微弱的哭声。坑口上所有的人都围了过来，探头下看，为被埋人员的生死捏了一把汗。

熊军和蔡成洪一边安慰着哭泣的被埋人员，一边再次抱起石头，井下井上齐心协力，终于将那块大石头吊了上去。三位被埋人员的身体完全露了出来，他们即将获得新生。

这时，熊军才发现，起吊石头易，起吊人难。井内钢模纵横，没有太大的空间足够通过被埋人员僵硬的身体，他们被钢模死死地卡在了井底。

营救行动被迫中断。

此刻已是凌晨4点钟，熊军和蔡成洪经历生死考验，体力已严重透支，不得不再次升井上到地面，瘫软在烂石堆上，疲累交加，很快就睡着了。目睹了刚才的大面积塌方，已经无人再主动提出下井营救了。

时间在难挨的静默中悄然流逝。

6点半钟，天色蒙蒙亮。熊军醒了，再次来到坑口，探头下望，发现基坑下有一个人的身影。是一个民工下井了。他突然想到了昨天带来的切割机，马上叫人拿过来，他决定再次下井，用切割机切割阻碍救援的钢模。

刺耳的声音夹杂着飞溅的火花，从井下传到了坑口。切割行动持续了近两个小时，井下的钢模被一块一块地切割开来。熊军立即冲坑口喊道："下绳！"

于是，三根安全绳从坑口抛了下来。熊军和那个民工把三根安全绳依次系在三位被埋人员身上，再让他们坐进提料桶里，由坑口的人依次把他们拉了上去。第一个升井的是位男民工，第二个升井的，就是哀求熊军救助的那个育有两个孩子的女人，第三个升井的是最后一个男民工。随后，熊军和那位民工也先后上到了地面。

终于胜利了！塌方现场一片欢呼，掌声雷动。熊军还没来不及解下安全绳，就被蔡成洪紧紧地抱住了，两个男人相互捶打着对方的后肩，嘤嘤而泣，足足哭了一分钟。他突然感到一阵恶心，扭头吐出了一摊黄水。那是一摊黄疸，因在井下安全绳勒得太久所致。待他擦去眼泪、擦干嘴角，才发现三个民工都已被人抬着往山下去了。

此时是上午 11 点半，距离三个民工被塌方掩埋过去了整整 21 个小时。在这一过程中，江村罗布一直守护在坑口，指挥着这场漫长的生死营救。熊军七下井坑营救被埋民工的故事，也远播他的家乡江西省南昌市和他的工作单位江西送变电公司，成为人们传颂的话题……

听完江村罗布讲述的生死营救的故事，我异常感慨，脱口问道："那三个被救的民工现在哪儿？能见见他们吗？"

不待江村罗布回答，静坐一旁的熊军便说："他们都回了四川凉山的老家，听分包商说，他们是彝族。他们都受了点轻伤，我曾去医院看望过他们。"

彝族？这是我在熊军的故事中第二次听到彝族。这一次，汉藏同胞一起历经了 21 个小时的生死，营救出了三个彝族同胞，实乃幸事。完全可以想象得到，藏中联网工程将会凝聚着汉族、藏族、彝族等多个民族同胞的心血和汗水，是多民族通力协作的结晶。

"还能找到他们吗？"我又问。

熊军缓缓地摇了摇头，说："很难能联系上他们了。他们在回老家之前说，藏中联网工程太艰难了，他们以后再也不干电网工程了。"

我心中一震，顿涌一种难以名状的酸涩，久久说不出话来，为那三个死里逃生的彝族同胞，也为至今仍奋战在艰险的横断山区电网建设一线的建设者。

当我再次伫立川藏公路如美澜沧江大桥上，仰望云雾中的高山，面对沉寂的那个缺口，周震悄然走到我身边，他似乎猜到了我心中的疑问，说道："去年 10 月底，由五个地质专家组成的调查组来到了澜沧江畔，调查 48 号塔位坑口塌方事故的原因，定性为地质原因。"很快，周震便接到了设计变更通知，这个耐张段的线路改线了。周震说，他们会采用交叉作业的方法，把因此耽误的工期抢回来，保质保量按时完成施工任务。

说这话时，雨还在下，塌方的山坡上云雾缭绕，静寂无声，仿佛什么都没有发生过。唯有云雾中不时显现出的银色的铁塔，伫立在高远的荒山上，默默地诉说着曾经发生的故事。

风雪东达山

"林老师，你一定要爬 196 号塔位吗？"下车之前，线路包 5 标段施工项目部年轻的常务副经理张博再次问我，"塔位海拔太高，很难爬上去，您要是爬不动，就不要勉强了，在垭口看看就可以了。"

不到长城非好汉，我已经站在东达山垭口了，岂有不上塔位之理！不管怎么说，塔位与垭口的直线距离不过一公里，垂直距离只有 165 米，在我 50 岁的生命中，还没有哪座高差如此小的山头令我望而却步。

"早在来藏中联网工程采访之前，得知世上 500 千伏海拔最高的塔位在我采访的标段内，我就决定要登上它，怎么可能只在垭口观望呢？你们建都建了，难道我空手都上不去？我一定要爬上去！"我轻描淡写地说。我心里还有一句话没有说出来，那句话是："真是太小瞧我了！"

张博笑了笑，没再说话。我能感觉到，他的笑容有点意味深长。他越是这样笑，我心里越是有一种要证明什么似的决心。

透过车窗，我扭头仰望着风雪中那座积雪皑皑的山头和山顶上影影绰绰的铁塔，跃跃欲试。下了汽车，还没迈步，张博又说道："林老师，要是实在上不动，就回来，我这里有所有关于 196 号塔的资料。"

我冲他摆了摆手，不再理会他，头顶风雪，脚踩积雪，往山顶的高塔方向走去。当时，我无意中看了一下怀里的手机，记下了那个时刻：8 月 10 日，农历闰六月十九，下午 2 点 40 分。

这个塔位的编号是藏中联网工程线路包 5 标段南线 196 号，位于西藏昌都左贡县旺达镇的东达山，海拔为 5295 米。

说来奇怪，沿川藏公路自东向西翻过觉巴山，天气就有了变化，开始的小雨变成了雨夹雪，越野车在横断山脉的云雾里穿行着，腾云驾雾一般，望不见天空和谷底。再往西行，漫山遍野白雪点点，待缓缓爬行至东达山垭口时，已经是风雪交加的冰雪世界了。据说，东达山垭口是川藏公路中海拔最高的垭口，很多途经此地的旅者下了汽车，裹着厚厚的衣服，在风雪中拍照留念。

我的目标不是垭口。我的目标是最高的山顶——藏中联网工程中那个能够着天的制高点的塔位，尽管风雪漫途。

迈出第一步时，我的脚步轻快，虽然有些气喘。在海拔 5130 米的垭口，走路也会胸闷气喘。毕竟海拔高，氧气稀薄，对于我这个极少上高原的人来说，不气喘才怪。迈出第二步依然轻松，待迈出第三步时，我就觉得有点不对劲，这风雪不是以前经历过的风雪，这山也不是以前攀登过的山了。我开始喘粗气了。不仅大口地喘粗气，而且脚步越来越沉重，似乎身肩重负，每前行一步都要付出巨大的气力。

这太不可思议了！眼看着山顶上的铁塔在风雪中静静地站立着，并不遥远，为何攀登起来竟要付出千钧之力？难道是我不再年轻，抑或是这雪域高原的山真的不同于内地的山？我开始认真思考张博的话了。

我下意识地扭头看了一眼身后的汽车。那辆送我到垭口的越野车静静地趴在漫天的风雪中，像是冻僵了一般，一动不动，它把张博和司机裹在它的肚子里，似乎是在等着我回头，以便一口把我也吃进肚子里。

我不能回头，坚决不能！

我抬起头，往山顶望了望。那基铁塔依然静静地站立着，任凭风吹雪打，岿然不动。从我的脚下到铁塔之间的山坡上，全是白茫茫的雪，我看不到路，甚至看不到哪怕最浅的脚印。这山坡上应该有一条简易的登山的路，从张博他们去年初第一次上山开始，一年半的时间内，他们一定会在无路的山坡上踩出一条简易的路，况且一个月前，中央电视台还在山顶塔位前向全国观众做了一次组塔的现场直播。

我怀着虔诚的朝圣般的心情，一步一步地向山顶跋涉着。山顶上的那座塔中之王，即是我心中的圣地。对于我这个第一次来此朝圣的旅者，山坡上即便有路，也被白雪覆盖了，我是无论如何都找不到了，只能深一脚浅一脚地往山上走去。一直往上走便是王道，总有一刻会登上山顶，抵达天塔。

我不再回头看东达山垭口，不再去看那些拍照的旅人，也不再去看肚子里装着两个人的越野车。我只有全神贯注地往上攀登，才有希望一步步地接近目标。

风雪抽打着我的脸颊，我不觉冷，也不觉疼，我的注意力几乎全在脚下。我不知道脚下是虚是实，我时常踏空，不是踩进了雪坑里，陷了下去，就是踩到了一块碎石上，脚下一滑，哗啦啦地带下一片碎石，露出褐色的土石的模样。未几，我的运动鞋里便灌满了雪，那雪很快便化成了水，我便满鞋都是雪水了，湿透了袜子，也湿透了下半截裤子。便想，那些施工人员遇到风雪天气是怎么上山的呢？在施工项目部，我分明见到过他们在风雪中登山和施工的图片。

我在心中暗暗地为自己加油，暗暗地数着数：一步，两步，三步……当数到100多个数时，我再也没有力气数下去了，躯体仿佛被掏空了一般，成了一具只有骨架而没有血肉和灵魂的空壳。我剧烈地喘息着，胸口起伏得厉害，几乎能听见我咚咚的心跳。我想即刻躺下去，好好地休息一会儿。可是不能，遍地是雪，我怕我一躺下，衣服就全被雪濡湿了。

我更怕我一躺下就再也站不起来了，那才是致命的。好在几步之遥有一块褐色的石头露出了一个角，我咬紧牙关，抬脚向前，攀了过去，顾不得石头上的积雪，一屁股坐了上去。

面朝山下，让我好好地喘喘气吧。

那辆越野车仍在不远处趴着，明显地小了许多。垭口上的车辆都小了许多。远处的川藏公路犹如雪白的大地上的一条黑色的带子，蜿蜒通向远方。山坡上的一基基铁塔，模模糊糊地看不真切，恍如落光了树叶的枯枝一般。扭头往左边望去，两条黑色的丝线进入了我的眼帘，从垭口一跃飞上了山腰上凸起的地方，经过一个门架，拐了个弯，继续向山上飞去。仿佛是连续跳跃着，跳到了山顶，跳出了我的视线。我知道，那不是丝线，而是粗壮的钢绞线，是施工队为运送铁塔材料所搭建的索道。

我听张毅军说过搭建索道和运送材料的故事。

去年上半年的一天，一个施工队队长随张毅军来到东达山下，张毅军说："这里海拔太高，材料只能通过索道运送。"施工队队长打眼望了望山顶，满不在乎地对张毅军说："我去找几匹骡子和马，这所有的材料都能驮上去。"张毅军没有反对，他以为施工队队长真的能找来可登上海拔 5200 米以上的高山的骡马。第二天，施工队队长果然牵来了几匹马，在垭口边上堆放材料的地方，把装有水泥和沙子的袋子往马背上一搭，牵起马往山坡上走去。马走得十分吃力，没走几步，就停下来不走了，有一匹马站立不稳，险些倒地。施工队队长朝马屁股上抽了一鞭子，没想到马不但没往上走，反而长嘶一声，甩掉沙袋，掉头往山下走去，任凭施工队队长怎么拉都拉不住。施工队队长望着张毅军，苦笑着摇了摇头。

线路包 5 标段位于西藏芒康县和左贡县之间的川藏公路附近，南北两条线路合计 75.9 千米，需新建铁塔 162 基。若是在平原地带，这对甘肃送变电的人来说是小菜一碟，可是在西藏，在崇山峻岭的横断山脉间，问题就来了。沿线平均海拔 4617 米，海拔在 4500 米以上的特殊塔位就有 119 基，而位于东达山顶的 196 号塔位的海拔为 5295 米，不仅是整个藏中联网工程中海拔最高的塔位，即便是在世界 500 千伏线路中，它的海拔也当仁不让地名列第一。

于是，沿线搭建了很多索道，以便把材料运送至各个塔位。搭建索道也是为了环水保的要求，避免因修路而破坏山上脆弱的植被。

很快，有一支专业索道施工队来到了东达山下。别说搭建索道，他们连山顶上的塔位都没爬上去，就无奈地摇了摇头，打了退堂鼓。没几天，又一支专业索道施工队来到了山下，依然无功而返。直到第四支索道队的到来，才让张毅军看到了希望。

张毅军说，仅仅索道的路径从确定到搭建完成，就耗费了一个多月的时间，从去年的 6 月底持续到 8 月初。从垭口到塔位跟前，索道为 10 千牛级多跨单索循环形式，全长不足 1000 米，由五个门架支撑着，可见这山的凸凹崎岖了。

搭建了索道，浇筑铁塔基础所需的沙子、水泥、石子和水，以及开挖基坑用的风镐、搅拌混凝土所需的搅拌机和后期的塔材，才能蚂蚁搬家一般源源不断地运到山上，运到荒凉缺氧的山顶，再经过一双双粗糙的手，让它们紧紧地凝聚在一起，支撑起一副伟岸的塔身，耸立于世人的目光之上。

张毅军跟我说起这个故事时，是在川藏公路边上。那是一个傍晚，在施工项目部吃完晚饭，天还没黑，我们为了放松一下，便出门漫步。项目部设在如美小镇西侧的澜沧江边上，两边是高山，壁立千仞，中间是一道深壑，浑黄的江水在深壑里哗哗流淌，声若天籁。公路上除了来来往往的汽车，不见一个行人。

张毅军是施工项目部总工，今年 52 岁，鼻梁上架副眼镜，声音洪亮，条理清晰，鬓角的短发中隐现着斑斑白点。这位 19 岁就走进甘肃送变电公司的中年人，在全国各地干过大大小小 30 多项工程，如今为包 5 项目部最年长者，也是藏中联网工程全线最年长的项目总工。他的身体状况不大好，加上爱人生病，他本来不用来藏中联网工程，可是，当听到多年的同事在雪域高原呼唤他时，他又毅然决然地赶了过来，用他的话说，是责任把他唤上了西藏，藏中联网工程将是他最后一次任项目总工。

听着这话，我有一种悲壮的感觉，一种时不我待、夕阳西下的感觉。我很想拥抱一下张毅军，但我最终忍住了。

既为总工，就要为所管标段的所有施工技术负总责，而196号铁塔则是重中之重，他必须首先登上塔位，才能做到心中有数。提起第一次登上塔位时的那种艰难，张毅军无声地笑了笑，只说胸闷气喘流鼻血，很费劲。

我看过张毅军于去年1月份负责编写的196号铁塔组立单基策划方案，从塔位概况到铁塔组立方案，再到安全控制要点及后勤保障，内容详尽，前后20个页码。任何一个点出了问题，都会影响施工安全，有时甚至是人身的安全，决不能大意。当他说起那个要用骡马驮运材料的施工队队长时，哈哈大笑了起来，问他笑啥，他说："后来，那个施工队也没能干了这个活，光这个铁塔基础的施工，就换了六个施工队，最终才得以完成。"

张毅军打开手机，给我看一段视频，居然是中央电视台新闻频道对他做的一个专访。

天色渐渐黑了，果真是伸手不见五指，除非远远地照来汽车的灯光。黑暗中，张毅军打开手机，给我看一段视频，居然是中央电视台新闻频道对他做的一个专访，介绍他在藏中联网工程中的工作经历和经验，他的敬业与认真细致，令人动容。

看到索道，便想，要是能乘坐索道上去就好了。可是，此时的索道已经无人操作了，即便有人操作，也是严禁运人的。无奈，我只能依靠自己的双脚，继续向上攀登。

站起身，望了望遥不可及的山顶上的铁塔，再次抬起沉重的脚步。是的，此刻，我只能用遥不可及来形容山顶的塔位，我几乎丧失了攀登上去的信心，若非在张博面前夸下了海口，我真的想转身下山，从此不再提登山的事。

风雪凄迷，一团又一团浓雾扑面而来。有一段时间，天地间一片迷茫，看不到山顶，也看不到山谷，更看不到不远处的东达山垭口和垭口边上趴着的越野车。满野都是涌动的雾，是生硬的风，是狂舞的雪。我才知道，云与雾的区别在于距离，在局外人的眼里，我此刻一定是在云中，是在腾云驾雾。只有我自己知道，身处云中的感觉并不惬意，它似乎要挤压出我的心肺在体外呼吸和跳动，才会感觉轻松一点。

我又艰难地攀登了几步，一不小心，踩到了一片石块，滑倒在地。我双手撑雪，爬起来。正要抬腿继续向前，无意间看到雪缝中一棵小小的淡绿色的植物，竟然是雪莲，它的纤瘦的身子在风雪中晃动，依然高举着小小的头颅。我想弯下身子拂去它身边的积雪，刚要弯腰，就憋得喘不过气来，我只好直起身，望着雪莲缩在风雪中，那么恬静，那么安然。

我还看到了一串清晰的三瓣爪印，像是一串三瓣的小花朵，绣在厚厚的积雪上，延伸到望不到边的尽头。我知道，那一定是什么动物跑过积雪留下来的爪印，在这冰天雪地、高寒缺氧的山坡，会是什么动物在这里出没呢？

我没有过多地去想那小动物，继续向着我的目标攀登。无疑，山顶上的铁塔才是我此行的目标。攀登不是目的，而是我想切身体会一下施工人员的艰辛。我空手爬山都如此艰难，更别说施工人员不仅天天要爬山，而且还要在山上负重干活了。

每跨前一步，我几乎都要估量一下距离前面的高塔还有多远，回头目测一下已经走了多远的路。当估摸着我已经走过了三分之一的路程时，我异常宽慰，继续向前，哪怕走一步歇一步，也要把剩下的路走完。

雪在狂舞，风在怒号，一团团迷雾向我涌来，我看不到山顶和高塔了，也看不到垭口的经幡和玛尼堆了。唯有眼前的风与雪，狠狠地抽打着我僵硬的脸庞和目光。雪水濡湿了我的头发，又顺着我的额头流淌下来。我擦掉眉上的雪霜，继续攀登，向着心中的天塔。

气喘严重，我不得不再次停下来，望着山顶上迷蒙的铁塔。我似乎看到塔脚了，我似乎看到基础了。真的，我的眼前好像出现了幻觉，仿佛有人在铁塔下面开挖基础，在浇筑基础，在养护基础，仿佛那基铁塔被一只无形的手轻轻地提了起来，悬在空中，任凭蚂蚁一般的施工人员在塔下忙碌着。

我知道的是，196 号为掏挖式基础，四个基础的深度都是 10.7 米，坑口直径 1.5 米，坑底直径 2.3 米，属于上小下大的圆柱体形状。此塔为转角塔，如此设计基础，是为了增加基础的抗拔力，使铁塔保持稳定。据设计单位勘探的地质资料显示，塔位基坑两米范围内为强风化花岗岩，13 米下面为中等风化花岗岩。这种花岗岩对于基础开挖比较困难，风镐挖不动的，就只能用炸药爆破。

在东达山顶上开挖基坑，其艰难程度可想而知。索道搭建好以后，第一批运送上去的就是基础开挖工器具及炸药，施工队花了两个月的时间才挖好基坑。正待浇灌混凝土基础，大雪就一场接一场地下来了，当地政府下令封山，要求停止一切施工活动。施工项目部只得将所有施工人员全部撤了下来。

那是 2016 年的 10 月份。

2017 年春节一过，不待冰雪消融，施工人员便像候鸟一样，很快飞到了藏东山区，为施工活动做好充分准备。这时，张毅军再次爬上了

196 号塔位，探头往坑底看了看，他发现情况有了变化。原来碎石打底的基坑内，竟然结了厚厚一层冰，冰层厚度超过一米。那些结冰之水并非全部为积雪，应该还有一些来自山上的地下水。俗话说，山有多高，水有多高，此言不虚。施工队再次调上风镐，打掉冰层，然后通过索道运上水泥、沙子、石子和水，自然还有地脚螺栓和箍筋，开始基础浇筑。

搅拌混凝土需要搅拌机，而一台搅拌机重达几吨，人力无法抬上山，索道也无法运上山，怎么办？施工队有的是办法。他们把搅拌机拆分成各个零部件，一点一点运上山，再把那些零部件组装在一起，就成为完整的搅拌机了。通过这种办法，施工队运上了两台 350 搅拌机，完全供得上基础浇筑所需的混凝土量。山顶上没电，搅拌机如何搅拌？通过索道运上一台发电机就行了。

在那种高海拔、大风、低温缺氧、高寒地区浇筑混凝土基础，养护是个很大的问题。混凝土养护需要达到一定的温度，别说是早春，即便到了夏天，山顶的温度也不会达到十度。于是，施工队在山顶上搭建了暖棚，就如冬天的蔬菜大棚，把需要养护的基础罩在里面，生起火炉，提高棚内温度。

有一件事让张毅军印象深刻。3 月 29 日，在两台搅拌机的供应下，施工队忙到晚上 10 点钟，终于浇筑好了第三个塔腿的基础，当时塔位的气温是零下 12 度。翌日晚上，张毅军睡意蒙眬，正要躺下休息，忽然想到前一天刚刚浇筑完毕的基础的养护，他有点不放心，马上跟负责基础施工的施工七队劳务分包方负责人唐勇取得联系。他在微信中对唐勇说："请做好南线 196 号已浇制塔腿的养护工作，特别是晚间养护，并做好相关后勤保障工作及人力资源配置。"

让张毅军没想到的是，他的话刚发出去，唐勇那边就有了回应，唐勇说自己已经赶到了山顶塔位，并陆续发来了塔位的现场照片，还有几张以现场为背景的自拍照片。这让张毅军大为感动，睡意顿消。查看了暖棚基础的养护情况后，唐勇直到凌晨 1 点钟才开始下山。

张毅军为此写了一篇暖心的短文，称其为最能触及灵魂的真实独白，感动了很多人。一个施工人员感慨地说："再回首，海拔5300米的山顶上，深夜的雪地里那串深深的脚印，就是完美的人生，是最酷的自拍。"

我看到了那几张照片。两张是满地积雪，前面有明亮的灯光，积雪上一串脚印；一张是一个年轻人的照片，身穿连帽羽绒服，目光明亮而纯净。

就这样，到4月10日，196号铁塔的四个基础全部浇制完成。

想着这些，我又开始了一轮冲刺。说是冲刺，其实仅仅是又开走了，尽管走得很慢，恍如蜗牛爬行一般，总比原地不动要好得多。往前走，便有希望，便离目标越来越近。当我再次停下来剧烈喘气时，我发现，我已经快接近山脊上，山脊上是凌空飞过的索道。接近山脊，就离山顶塔位不远了。我心中一阵激动，不禁拉开夹克的拉链，从口袋里掏出手机，拍摄了几张图片，尽管那时雪雾弥漫。其中有一幅是东达山垭口和川藏公路的图片，垭口上的汽车连影子都不见了，更别说吞着张博和司机的那辆越野车了；川藏公路也只是一条细如丝线的黑色飘带，犹如谁拿了一支画笔，在白纸一般的大地上随手画下的一道黑色的曲线。

继续攀登，我拼出了最后一丝力气，仿如运动员的最后一跃。我终于爬到山脊上了，终于爬到索道顶端的门架前了，终于看到塔脚的竣工碑了，在5295米的高度之上。

风雪不止，铁塔巍峨，我仿佛看到无数个精魂凝聚在一起，旋转着，交织着，融入一根根型号各异的角钢和螺丝。我张开双臂，像朝圣者一样扑向天塔，不料脚下一滑，我再次跌倒在地，溅起了漫天飞雪。我顾不上疼痛，抓住塔身站起来，我分明感到了一股热流，在屹立的天塔中奔涌，从下到上，又从上到下，一丝一丝，注入我冰冷乏力的躯体。

我才发现，让我滑倒的是绿色的密目网，是施工队铺在地上起环保和安全作用的网子。我的脑海中倏然闪现出一个月前中央电视台在196号塔前现场直播铁塔组装完成时沸腾的画面，整个现场铺就的，就是这绿色的密目网。

风太大，夹杂着雪粒，抽在脸上生疼。我背过风，从衣兜里掏出纸巾去擦拭流淌下来的清鼻涕。纸巾刚掏出来，就被大风吹了去，在空中飞舞着，天地间白茫茫一片，很快不见了踪影。我骤然想起，施工队在山顶搭建的帐篷也有被风掀起的经历。

那是在铁塔组立之前的 6 月间。

基础浇筑完成后，张博带领张毅军和安全员师小雷再次登上山顶塔位，张博心中有种隐隐的不安，对张毅军说："我们复测一下铁塔根开吧。"

张毅军心中也咯噔了一下。他明白，一年多来，设计单位对铁塔基础做过设计变更，每边大了 25 毫米，加在一起，根开比原设计大了 5 厘米，而基础施工队前后换了六拨人，万一哪一句交代不周，施工队若是按照变更前的图纸施工可就糟了。于是，张毅军指挥技术人员架起测量仪器，复测基础根开。他捏了一把汗，唯恐根开尺寸不对。当技术人员把数字报给他时，他才长长地舒了一口气。根开尺寸是变更之后的尺寸。

师小雷 3 月份才从蒙西 1000 千伏特高压线路工地上撤下来，转战至藏中联网工程，负责线路包 5 标段的安全管理工作。作为央视选中的直播点，196 号铁塔的安全文明施工被他当作当时的头等大事。他原计划在山顶塔位的北边山脊上搭建 4 顶帐篷，一顶帐篷堆放施工工器具，一顶帐篷用作临时休息室，一顶帐篷放置医疗等应急保障设备，另外一顶帐篷放置央视直播器材。

他们先搭建西侧的两顶帐篷。费了三天时间搭建好了第一顶帐篷，还没等进人，就被一阵大风吹到了空中，帐篷架子也被大风折断了。第二顶帐篷遭遇了同样的命运。师小雷十分沮丧，却也汲取了经验教训。接下来要搭建的帐篷，都用钢管做骨架，且钢管埋入地下七十厘米深，并由六根拉线拉着，以防歪倒，上面覆盖绿色的篷布。篷布上还用铁丝从顶到边压了三道箍，并在帐篷四周挖沟，把篷布边脚掖进沟里，上面压上石头。这样搭建了两顶帐篷，代替了原计划的四顶。

在高原缺氧的山顶上组立铁塔，是又一项艰难的工作。他们暗暗地下了决心，要在西藏的雨季来临之前完成组塔任务。

6月15日一大早，施工队的老队长高军就带着兄弟们开始组塔了。施工人员在山下时，还是蓝天白云，云罩山顶，不料刚爬上山顶，天空突然晴转阴，豆大的冰雹劈头盖脸地砸下来。不大一会儿，大雪又不期而至，不到一个小时，整个东达山地区便白茫茫一片，所有的人都成了雪人，地上的塔材上结满了白霜，冰冷刺骨。这种天气无法进行铁塔吊装等高空作业，大家就在地面作业，分区段组装塔材，拼装每一块联板，紧固每一颗螺丝。

过了两天，雪停了，山顶上依然白雪皑皑。高军向施工人员喊道："这里是一个神奇的地方，难得有这么好的天气，兄弟们抓紧时间，准备起吊抱杆，开始吊塔！"这几句诗一般的语言，极具感染力，大伙儿像是听见了进军的号令，立即行动起来，很快清理了施工现场的积雪，迅速把组装好的抱杆与绞磨摆放好。紧接着，绞磨机发出一阵轰鸣声，28米长的抱杆在铁塔天井中缓缓起立，在四角拉线的平衡下，直插云霄。

据说，这种抱杆单次最大起吊重量可达四吨，这台角磨机也是高速角磨机，比以往使用的角磨机的功率更大。为保证工程施工的安全、质量和进度，张毅军还成功地将智能电子工牌、基建管控手机软件、接地引下线弯制器等新技术和新工艺成功地应用在铁塔施工中，解除了施工人员的后顾之忧。

7月10日，是央视直播196号铁塔吊装横担及避雷线支架的日子。那天早晨天还没亮，张博和张毅军等人就身背便携式氧气瓶，钻进浓浓的云雾，驱车往东达山驶去了。为了这次直播圆满成功，施工项目部做了大量的工作，别的不说，单就那天要直播的吊装横担及避雷线支架，施工人员早已经过彩排，并录像留存。

先在地面上把横担和避雷线支架组装好，再用抱杆把横担和避雷线支架分别吊装上塔，紧固每一个螺丝，确保安全。然后，他们再把横担和避雷线支架卸下来，单等央视直播时吊装上去。他们把录像拿回项目部反复观看，查找安全隐患点，以期改进。

让他们没有想到的是，7月10日那天早晨，东达山上大雪飘飞，冷风飕飕，已经组立的塔身上结了厚厚的冰层。这样的天气会给现场直播造成很大的麻烦。他们先是除掉塔身上的覆冰，然后擦掉起吊钢丝绳上的黄油，又把踏脚板擦拭干净，抱杆和绞磨机调至工作状态，四个施工人员缓缓地登上了铁塔。

一切都在有条不紊地进行着，只待 10 点钟直播开始。

让人欣喜的事，上午 9 点多钟，风雪慢慢地停息了，天空开始放晴。不大一会儿，乌云散去，蓝天白云映衬着山上的皑皑白雪，分外耀眼，仿佛上苍专门安排的一样。自然，央视直播十分顺利，画面醒目，最后完美落幕。塔上的工人慢慢地下到地面时，手脚都冻僵了，几乎不能活动打弯。

听着张毅军讲述的这个故事，我忽然觉得，央视直播是对 196 号铁塔举行的成人礼，使它一举成为雪域高原的塔中之王，成为一座够得着天的天塔。

我对张毅军说，我想见见高军，想见见那天冻僵了的施工人员，想问问他们在塔上的感受。张毅军说，他们在施工现场待了半年多时间，最近回兰州修整了。我心中虽有小小的失落，却是非常理解高军以及像高军一样的施工人员，祝愿他们以健康的体魄重返藏中联网工程施工现场。

忽然就想，他们都是种塔的人，把一粒粒神奇的种子种在雪山之巅，精心地呵护着种子生根发芽、茁壮成长，长成一副钢筋铁骨，顶天立地，举起电力哈达，为藏区人民送去明亮、温暖和吉祥，为每个来到藏区的人送去明亮、温暖和吉祥。

那群种塔的人啊，在这风雪弥漫的雪域高原，可都安好?!

我下意识地抬了抬手臂，高高地向上举起，似乎真的摸到了天空。这天空装满了风雪，装满了白茫茫的云雾，让人看不清天空到底有多高。西风凛冽，裹挟着雪粒，猛烈地鞭打着塔身，我听见噼噼啪啪的声响从高空落下，深深地坠入雪地。那是一颗颗冰粒从塔上摔下，仿佛铁塔不经意地抖了抖身子。我伫立塔下，仰望上空，我想看看铁塔有多高，但我却看不到铁塔的尽头，仿佛看到了一架天梯，从我的脚下直通我梦中的天堂。

我看到，一个塔腿边立了一块碑，几乎被白雪覆盖了，我仍能看清碑上鲜红的字迹。正面的文字是：世界最高海拔 500 千伏输电线路铁塔。下面有立塔的时间，即央视直播的日子。背面的文字是藏中联网工程及这基塔的有关介绍。关于这基塔的情况，张毅军给过我一组数字：全塔总高 58.5 米，重 55 吨，紧固件 13624 套，铁件 1112 根，联板 973 块。

放眼四望，风雪凄迷。凄迷的风雪中，隐隐看到谁用画笔在白纸上随意画下的一条黑色的线，以及远山上的一些枯枝般的铁塔，便想，这塔王虽独踞高峰，却并不孤独，它众多的兄弟都站在前后的山岗上。我仿佛看到众塔高高地举起银线，东牵昌都，西联林芝，贯穿千古神秘的净土，点亮五千里藏区的万家灯火，列车隆隆地驶过川藏天路。我仿佛闻见青稞酒和酥油茶的清香，从澜沧江到雅鲁藏布，从横断山脉到珠穆朗玛，浸润着雪域高原上的每一个窗口。

天堂从此降落人间。

那一刻，我像个英雄一样站在山顶，与天塔并肩而立，油然而生一腔豪情，大有一览众山小的气概。我仿佛就是那些建设者的化身，我是代替他们站在这白雪皑皑的东达山顶峰，站在最高海拔的天塔身边，透过迷茫的风雪云雾，深情地凝望着星星般的藏家儿女。我突然觉得，再严酷的风雪都无法把我们分开，在 5295 米高的东达山顶，在宁静吉祥的雪域高原，在祖国辽阔古老的大地上。

这样想着，我依然在大口大口地喘着粗气，像个艰难地跑完了马拉松全程的运动员，仿佛把整个心肺都从胸腔里喘了出来，在身外跳动，在身外呼吸。站在山顶，我用冻僵的手指举起手机，四下拍了几张图片，然后背对着风雪，点开微信朋友圈，用僵硬的手指缓慢地打出一段文字，发了一条消息：

西藏昌都东达山顶，藏中联网工程五百千伏线路塔位，世界最高海拔的五百千伏线路铁塔，七月十日央视现场直播点，今天下午四点钟，在经历八十分钟的艰难跋涉后，我终于抵达了这里！大雪纷飞，西风凛冽，铁塔上筛下密密麻麻的冰粒，小冰雹一般。这将是我采写电网建设的里程碑。跋涉云雪中，建我大电网！

我站在塔边，感慨万分，我想大喊，向着山下的东达山垭口和川藏公路上龟行的汽车，向着苍茫的天空和大地，终因几乎喘不过气来，作罢。

就在这时，我的手机响了，是张博打来的，他的声音里透着关切。他说："林老师，您在哪儿？还好吧？"我大声答道："我终于登上塔位了！我还好，就是太累了！你放心，我马上就下山！"我的声音刚一出口，就被大风吹散了，无影无踪。

待我下到东达山垭口，瘫进越野车里，才发现脚下结实的运动鞋已经开胶，鞋底和鞋帮分家了。

寻找王书伟

9月的西藏，雨季已近尾声。藏中电力联网工程500千伏双回路线路14标段和15标段的施工人员正穿行于原始森林，爬山攀岩，全力拼抢时间，组立铁塔。

我站在波密县城的施工项目部楼顶上，放眼望去，但见群山茫茫，森林青青，一座座新立的铁塔在阳光下银光闪闪，犹如一个个哨兵，守护着藏区的千山万水。有的铁塔组立了一半，施工人员正在塔上塔下忙碌着，银色的铁塔便一日日长高，终将长成一个个钢铁巨人，手牵着手，牵起一条电力天路，恍如托起一条绵长的电力哈达，从昌都到林芝，把光明和温暖送到藏区的千家万户、角角落落。

藏中联网工程线路14标段和15标段由河南送变电公司承建。走进施工项目部，我一下子被几块展板吸引了，目光落在一幅醒目的图片上——崇山峻岭之间，茂密的树林之中，一基新立的铁塔前，一个身穿蓝色工装的中年男子面对鲜红的党旗，庄严地举着右手，郑重宣誓。男子面庞黝黑，个头不高，表情严肃，他心中的波澜似要喷薄而出。在阳光的映照下，那面党旗和那个宣誓的人以及手执党旗的人、领誓者，仿佛融为了一体，融入了他们面前的森林、雪山和银色的铁塔。

"宣誓的人是谁呢？难道是在施工前线火线入党吗？"我询问介绍施工情况的文宗山。文宗山是河南送变电公司副总工程师，也是该公司分管藏中联网工程项目的主要负责人，对施工项目部的情况比较熟悉。

果然，文宗山说，那天是"七一"，那个宣誓的人是项目部的管理人员，名叫王书伟，今年45岁。从那天起，王书伟成了一名预备党员。

45岁入党，而且是在雪域高原上，在迄今为止世上最艰难的电网工程施工现场，王书伟是个什么样的人呢？他为什么要这么做？我的脑海中充满了疑问，迫切地希望得到答案。

可是，文宗山说，王书伟是工地同进同出人员，最近一段日子跟施工人员在一座大山的山顶上组塔，吃住都在山上，难以见面。那里没有手机信号，想跟他联系都很困难。

我心中不由得生出一丝小小的遗憾。我想象不出住在高寒缺氧的山顶上的帐篷里是怎样的情形，他们冷不冷，他们是否气喘胸闷，他们有没有力气干活？

这时，河南送变电公司输电二公司副经理、施工项目部副经理辛建党走了过来，对我说："两个月前央视记者前来工地采访，王书伟说了一段话，或许能解答您的疑问。他说：'我干送变电都25年了，这个工程是最难、最险的。每次去最艰难的塔位需要爬山和攀岩，都是党员冲在最前面，他们是施工人员的开路先锋，是名副其实的先锋模范，让我很受鼓舞。作为一名入党积极分子，我一定要向他们学习，以他们为榜样，争取在这个工程完成加入党组织的心愿。'"

辛建党今年48岁，今年是他的本命年，他身上的蓝色工装跟图片上的王书伟的那身工装一模一样，唯一不同的是，他的左胸前佩戴了一枚鲜红的党章。他的名字是当过小学老师的母亲起的，希望他长大了做一名党员，好好为党工作。如今，他正带领着拥有12名党员的80多人的施工项目部，奋战在藏中联网工程波密段的原始森林里，逐步实现着母亲的心愿。

我沉思着没有说话。辛建党又说："王书伟的两个入党介绍人中，有一个还是他的徒弟呢，名叫李保玉，是我们公司的执行项目经理，也是施工项目部副经理兼 14 包项目总工。"

"徒弟介绍师傅入党？"我颇感兴趣，立马打听李保玉的情况，并意外地得知，李保玉刚刚被藏中联网工程临时党委评为第一批"党员先锋，电亮藏区"十名先进典型之一，一天前去了设于林芝的藏中联网工程前线总指挥部接受表彰，下午就能赶回来，将去左线 245 号塔位现场查看施工情况。

"要不要让他赶回项目部，跟您见一面？"辛建党探询道。

"还是不要打乱他的工作计划为好，我去他要去的施工现场看看吧。"我说。

于是，我们立即带上干粮，乘坐越野车出发了。

川藏公路波密段两边，树木苍翠，高山耸立，云绕山间，云入森林，恍若仙境。沿帕隆藏布江蜿蜒上行，到松宗镇盔甲神山一带。绕过盔甲神山，眼前奇峰险峻，陡峭的山崖之上立着一基组了一半的银色的铁塔，看上去显得特别小，恍如孩子的铁塔玩具。辛建党说，山顶上的塔就是左线 245 号塔，王书伟作为党员，带领施工人员就在那个山顶上，已经住了一个星期，直到塔立起来才下山。

辛建党介绍说，山顶上的塔位海拔 4200 米，从山下到山顶的塔位，高差达到 1000 米，令人生畏。这还不是最大高差的塔位，全线塔位最大的高差为 1200 米。

此前，我看过有关资料和报道，得知藏中联网工程穿越我国保存最完好的最后一片原始森林，而线路 14 标段和 15 标段正处于那片原始森林之中。在罕无人迹的林海高山上施工，其难其险可想而知。即便如此，我仍没有想到塔位会设于眼前那座壁立千仞、高耸入云的高山之巅，望一眼都让人头晕。

说话间，一辆越野车从山外开了过来。从车上下来一个年轻人，中等个头，身着蓝色工装，胸前同样佩戴着一枚党徽。

年轻人就是李保玉。李保玉出生于1984年，2008年大学毕业，走进了河南送变电公司的大门，如今已把国家电网公司特高压建设先进个人和国网河南省电力公司优秀共产党员的荣誉称号集于一身。

我紧紧地握着李保玉的手，简单寒暄了几句，脱口说道："走，咱们一起上山吧，我想去塔位看看。"

"您根本上不去！"李保玉语气坚定地说。

见我的眼神充满疑惑，李保玉微微笑了笑，说："上山需要攀岩，一般人没有经过训练，肯定上不去。"于是，他向我讲述了他最初攀岩登山的经过。

去年5月上旬，施工人员来到这里，连续冲击了几次，都没能登上塔位。李保玉听说情况后，便来到山下查看。以前设计单位在设计这段线路时，从四川找来了一支专业攀岩队，搭设了攀岩的绳索，帮助设计人员登上了位于山顶上的塔位。不料，待施工人员到来时，那几条攀岩绳索却不见了，施工人员无功而返。李保玉第一次来到山下，也因准备不足，在查看了地形地貌后，就返回了。七天之后，他带领党员突击队和攀岩工具，再次来到山下，他们一边上山，一边搭设绳索。他们花了两个半小时，仅登上了半山腰，再也上不动了。这次冲击半途而废。时隔两天，李保玉率领党员突击队向绝壁发起了第三次冲锋，每人身上都带了创可贴和速效救心丸，以备不时之需。爬呀，抓紧绝壁上可抓的地方，小心翼翼地往上攀爬，一边攀爬一边搭设攀岩的绳索，历经五个半小时，终于登上了山顶的塔位。

我已年届半百，从未攀过岩，听着如此凶险的故事，很快打消了攀岩登山的念头，疑惑地问道："为什么会把塔位定在悬崖绝壁上？"

"林芝被称为西藏的江南，林芝至波密段也被称为最美川藏线。为了避免对美丽的风景造成破坏，线路经多次研讨改线到无人区。包14有六基攀岩塔位就是为了避开当地藏民眼中的神山盔甲山，才把铁塔设置在悬崖峭壁上。"李保玉说。

我随即切入正题，请他说说他跟王书伟师傅之间的故事。他点点头，回忆着往事——

大学毕业那年冬天，李保玉第一次去了施工工地，第一次见到了那个身材消瘦的施工队队长，队长对他说："从今往后，你叫我师傅。"那个队长就是王书伟。师徒在一起工作了一年半就分开了，去了不同的项目工地。半年之后，师徒二人意外地重逢了，成了一个施工项目部的管理人员。有一次，施工项目部开完会议，项目经理让党员留下，其他人员散会，王书伟惊异地发现，李保玉留下了，他才得知，自己的这个徒弟早在大学二年级时就入党了，他当时就有一种失落感，觉得自己比徒弟矮了许多。

2012年，王书伟又收了一个学历更高的徒弟冯涛。巧的是，硕士研究生毕业的冯涛也是共产党员。如今，冯涛成为15包的项目总工，成了王书伟的领导。

王书伟只有初中学历，他嫌自己的文化程度太低，平时都不好意思对外说李保玉和冯涛是他的徒弟，怕人笑话。

"论干活，师傅确实是一把好手。但我看得出来，师傅很羡慕我们。有时项目部开会后说'党员留下来'，我就从他的眼神里看到了失落。但是，他因为文化程度低，又很自卑，不敢写入党申请书，怕党组织不接收他。直到2013年，他实在熬不下去了，才硬着头皮写了入党申请书。几年间，他一共写了五次入党申请书，我也跟他谈过很多次话，愿意介绍他入党。今年"七一"那天，他终于实现了自己的心愿，在藏中联网工程工地上。"李保玉叹了一口气，笑着说。

我的心中十分感慨，为李保玉，也为王书伟和冯涛。青出于蓝而胜于蓝，此言不虚。须臾，我又问李保玉道："施工项目部临时党支部是如何开展活动的，让王师傅那么迫切地想成为其中的一员？"

"这得从我们的具体工作说起。"李保玉不假思索地说，河南送变电公司把项目党建作为党支部党建的着力点和落脚点，结合工程实际，围绕"基础、组塔、架线"三个分部工程，探索实践"三二一"项目党建先锋指数责任模式，即实施"项目临时支部管理、党员先锋指数管理、党建成果推广"三项机制，建设党建工作实体和网络两个阵地，彰显一种责任央企形象。在组织管理上，公司率先设立项目党建员，在项目组织机构中明确其工作内容和责任，督促其切实履责，每月评先，年度评优。如此一来，不仅激发了参建员工岗位建功热情，而且有效地促进了工程施工进度。从去年到今年，李保玉和冯涛都被评为过月度和年度优秀党员，王书伟却只有旁观羡慕的份儿，"这应该是王师傅积极要求入党的重要原因吧！"

关于这一点，我第二天便从王书伟的第二个大学生徒弟冯涛口中得到了印证。

右线243号塔位现场，海拔约3000米。那里位于原始森林中的一座陡峭的山坡上，凌晨时分刚下过一场雨，空气中湿漉漉的，仿佛捏一把就能滴出水来。那天一早，我就随施工人员来到山下，极目四望，但见周围群山连绵，植被茂盛，古树参天，地面上落满了松针等落叶，一脚踩下去，脚面就会深深地陷入厚厚的腐殖质，只有一条蜿蜒的羊肠小道可供上山。辛建党说，一年前他们初来这里时，山上根本无路可走，那条小路是他们在一年多的时间里每天爬山踩出来的。那里没有手机信号，大声喊一嗓子，声音传不了几十米，便淹没于茫茫林海，消于无形。

行走林间，前面的人多走几步，就被繁茂的树木遮挡住了，只闻其声，不见其人。没走多远，我便胸闷气喘，腿脚无力，身上汗水淋淋，不得不走走停停，边走边跟辛建党聊着施工上的故事。辛建党说，去年4月他们来此复测，一个傍晚，施工人员收工下山，下到山下的车辆处，忽然发现少了一个年长的施工人员。不得已，他们只得原路返回去寻找。天色早已暗了下来，原始森林里阴森森的，偶尔会响起一声野鸟的鸣叫，令人心惊。森林里不允许点火把，甚至不允许携带打火机和火柴进山，他们只能打着手电筒照明，那一缕光亮在原始森林里简直连萤火虫都不如。找啊，喊啊，两个多小时过去了，终于找到了落单的人。原来，那人在下山途中摔了一跤，眼镜摔掉了，他趴在地上摸了半天，也没摸到

天路入云端

长篇报告文学

●右线 243 号塔位现场，海拔约 3000 米。那里位于原始森林中的一座陡峭的山坡上。

眼镜，待他起身寻找大部队时，已不见了人影。那时，天已经黑了下来，他摸了两个小时也没能摸出原始森林，他完全迷路了。气温越来越低，他饥寒交迫，又困又乏，加上极度的恐惧，他几乎绝望了，瘫在一块大石头下面，等死的心都有了。那天夜里，他们回到驻地已经11点半了。

听了这个故事，我半晌没有说话。难以想象，倘若在原始森林中迷路的是我，该是怎样的情形，又该是怎样的结果呢？

两个多小时后，我们终于爬到塔位那里，我也早已汗水渍衣，精疲力竭，扶着旁边的一棵树，大口大口地喘着粗气。

一个身穿橘红色工装的年轻人正在塔位上方清理出的狭窄的堆料场上指挥施工，辛建党朝年轻人喊道："冯涛，你过来一下！"名叫冯涛的年轻人对几名施工人员交代了一番，便朝这边走来。

这位脸上稍显稚气的年轻人就是冯涛。

我跟冯涛打过招呼，说道："每天要爬这么长时间的山来这里施工，累不累？"

"开始确实很累，连路都没有。时间长了，就习惯了。"冯涛呵呵笑着说，这是一座直线塔，塔高102米，因地形限制，这基塔位为高低腿设计，高低腿之间的高差达35米，是藏中联网工程全线高低腿落差最大的塔位，施工难度太大，其设计方案也一改再改，今年年初才确定下来。因此，项目部专门成立了这座塔的党员突击队，并制定了独立的组塔方案：打三层拉线，每层两根，努力克服地形不利因素，确保低腿组塔安全顺利。

确实，站在这基铁塔高腿的基础边，几乎看不到低腿的基础，只有伸长脖子探头往下看，才能看到悬崖绝壁下面，大约十多层楼下的地方，蓝色安全帽在晃动着。那里就是低腿的位置。

"我编制的组塔起吊方案是每次最大起吊重量不超过三吨，师傅看了之后建议改为两吨半，原因是有些施工队贪图施工进度，有时可能超方案执行。我采纳了师傅的建议。"冯涛感慨地说，"师傅虽然学历低、入党时间晚，但他施工经验丰富，使命感和荣誉感非常强，他精益求精、勇往直前、吃苦耐劳的精神一直都值得我学习。"

说话间，冯涛打开了手机中的一个微信群。那是工程项目微信群，群里有刚刚发布的国家电网公司党建会和国网河南省电力公司的学习信息。他说，微信平台是临时党支部要建设的两个阵地之一，另一个阵地则是党员之家和职工之家等实体阵地。项目部的12位党员都在不断强化理论学习，提升党员政治站位，全体党员戴党章、亮身份，公开党员承诺，所有党员均结合自己的岗位签订了党员承诺书，其中的一份党员承诺书，就是王书伟签下的。

"这是我们临时党支部的要求。"辛建党接过话头说，"省公司党委对党建工作有三句话要求，我觉得很有道理。那三句话是：党建工作做实了就是生产力，做强了就是竞争力，做精了就是凝聚力。我们结合藏中工程实际，提出项目党建'三二一'工作法。可以说，我们在具体施工中就是这么做的，充分发挥党组织的战斗堡垒和党员的模范带头作用，才在这么艰险的施工环境中取得了施工进度、施工质量、施工安全的良好成绩。"

这时，文宗山以赞赏的口吻说："冯涛只有29岁，是藏中联网工程全线最年轻的项目总工。他很不简单，他编写的组塔施工方案在藏中联网工程组塔方案评审专家组的评比中获得了第一名，成为全线施工的指导性方案。"

冯涛爽朗地笑着说："文总更不简单呢，他不仅是藏中联网工程专家组的六名专家之一，还是国网公司劳模、省优秀党员，是我学习的榜样！"

我十分惊异，没料到在藏中联网工程线路包14和包15的施工项目部里，有这么多劳动模范和优秀党员，施工中每遇困难，他们都冲在最前面，真正起到了激励和带动作用。

感慨之后，我们的话题又转移到了新党员王书伟的身上。

入党宣誓之后，王书伟作为一名预备党员，参加了项目党支部的一个活动——慰问藏区贫困老党员。这个活动是项目党支部倡议的，目的是加强汉藏兄弟民族的血肉联系，让藏族贫困老党员感受到党的温暖，他们在当地政府的筛选推荐下，确定了五家贫困的藏族老党员。王书伟和辛建党等党员一起，扛着米面和食用油，前往慰问，让藏族贫困老党员大为感动。

"那天慰问回来，师傅异常兴奋。他悄悄地告诉我，成了预备党员，能参加党组织的活动，他心里感觉很得劲儿，施工起来也有使不完的劲！"冯涛感慨地说。

如今，在茫茫的原始森林里，在高原缺氧、峭壁林立的恶劣环境下，在项目临时党支部的带动下，施工队员搭设了 139 条索道，已经完成了 302 基铁塔的复测、基础浇筑和塔材运输等任务，铁塔组立也已过半，赶在冬雪来临前即可组织放线，为来年工程顺利完工打下坚实基础。

望着塔上塔下忙碌的施工人员，文宗山憧憬道："藏中联网工程建成后，必将坚强西藏东中部电网，促进西藏水、风、光等清洁能源的开发和外送，提高 150 多万西藏各族群众的生活质量，对于富民兴藏、民族团结具有重要意义。"

据说，中央党校一个教授曾来这里，调研了项目部的党建工作后，感慨地说了一段话，那段话是："你们的项目党建工作做得很好，唯有如此，才能在这样艰苦的环境中促进藏中联网工程建设，不负党的重托。哪里有工程，哪里就有党组织，就有'两学一做'学习教育常态化制度化的推进，充分发挥党组织的战斗堡垒和党员的先锋模范作用。"

此时，我借用教授的这段话，道出了自己心中的感慨，说："有党员在的地方，没有克服不了的困难，怪不得王书伟师傅那么急迫地要求入党，最终在藏中联网工程工地上实现了自己的夙愿，让党徽映照着藏中工程！"

"这得感谢党组织对我们的关怀和教育！"文宗山认真地说，"在以后的工作，我们施工项目部临时党支部会一如既往地团结带领广大施工人员，力争如期保质保量地把 14 标段和 15 标段建设好，为藏区发展做出中原人的贡献！"

　　该离开施工现场下山了，我的心中仍存一丝遗憾。透过树枝的缝隙，我下意识地遥望远处郁郁葱葱的森林，以及森林包裹着的高耸的群山，望着群山顶上那一基基组完的和组了一半的铁塔，我分不清哪个山头是图片上那个举起右手庄严宣誓的中年男子所在的塔位。我知道，每一基铁塔里都凝聚了那些宣誓的施工人员的巨大的心血和汗水，他们时刻以党员的标准要求自己，为完成藏中电力联网这项民心工程和德政工程而不懈战斗着。

天路入云端

长篇报告文学

● 当国家电网人把蓝图变成现实的时候，有人赞叹说，这是"当惊世界殊"的伟大事业。

第三章

云端上有一支歌

○ 姜铁军

上 篇

你说我也有远方的家，

今年应该是回不了吧？

你笑一声转身走向几座铁塔，

为了诺言的几句话。

夜再长，路再长，

你在一盏灯光后微笑啊……

藏中联网工程 500 千伏芒康变电站项目部经理张启发的手机里一直保存着一首歌曲《点亮高原》。他喜爱这首歌，在难得的工作之余，他用手机播放这首歌一个人静静地听。听着听着热泪就会不由得涌上眼窝，他会情不自禁地想到自己正在领导施工的这个世界上海拔最高的 500 千伏变电站，想到牵挂自己的亲人……

不断奋进的脚步

从 2003 年到青海送变电公司工作，张启发先后参加过七个变电站工程建设。参建的第一座变电站是 750 千伏官亭变电站，那时他还是一个毛头小伙子，身份是技术员。当时，特高压建设吸引了业界关注的目光。张启发参加工作不久就赶上参加这样的变电站建设，他为自己自豪，也暗自下定决心：一定要努力工作，增长才干和知识，为自己未来发展打下坚实的基础。自己的职业生涯还是一张白纸，一定要通过这次变电站建设描绘最美的色彩。

在750千伏官亭变电站建设工地，人们经常看到一个面相憨厚的小伙子，手里经常拿着一个笔记本，跟在老师傅的身后问这问那。人们常看到张启发屋子里的灯光亮到深夜，灯下有他孜孜不倦的学习身影。他像一只展翅的雏鹰冲向云霄，在广阔的天空书写豪迈的战歌。

从参加750千伏官亭变电站建设起步，张启发以后又陆续参建了7座变电站。岁月流逝，他也从稚嫩走向成熟。伴随管理才能的增长和知识的储备，他从技术员做起，一直到担任项目部经理。2007年，他独当一面开始担任变电站项目经理，担负起更重的工作责任。从那时开始到现在过去十年了，在参建多个变电站建设过程中，他积累了丰富的经验，娴熟的业务水平令人刮目相看。从进入项目工地开始，每一道工序，每一个分项目，他都如数家珍一一道来。他的脑子里装的都是与变电站建设有关的数据，令人叹服。参加青藏联网工程建设，常年在外奔波。妻子打电话跟他说，老不回家，女儿都忘了你长什么样了！女儿体质不好，家里老人需要照顾，自己常年在外根本顾不上，只好让妻子辞职照顾家庭，想起这些心里就满是愧疚。他工作起来只有一个念头：高质量完成工程建设，不给青海电力丢脸。等建设好了青藏联网工程，一定回家多待些日子，给女儿买上喜欢的玩具，陪着女儿好好玩几天……

愿望很美好，现实有距离。青藏联网工程建完了，藏中联网工程又上马了。其中一个重头戏就是建设世界上海拔最高的500千伏芒康变电站。建设这个变电站不要说在青海省电力公司，就是在全国，在全世界都是头一遭。任命项目经理不是一个容易的决定。青海送变电公司的领导几经研究，最后决定任命张启发为项目经理，不仅仅看中他的领导能力和管理水平，更看中他的敬业精神和淳朴的人品。

参加完青藏联网工程，张启发的愿望是好好陪陪家人、陪陪女儿，

○ 建设世界上海拔最高的500千伏芒康变电站，不要说在青海，就是在全国，在全世界都是头一遭。

没想到落空了。服从公司安排，他打起行装再出发。建设世界海拔最高的500千伏变电站，在中国电建史上、在世界电建史上都会留下辉煌的一页，在这一页中留下自己和同伴们的名字，还有什么会比它更吸引人呢？临出征的日子，张启发内心是满满的不舍。心里想，这次建设任务完成后，一定要好好跟家人待些日子，陪他们出去旅游。好几年前就答应的事情，一直没有兑现。

沉甸甸的责任

张启发尽管有青藏联网建设变电站的经验，可在海拔4300米建设变电站还是头一次。张启发在感到无比自豪的同时，更感到肩上担负的

○ 面对新的课题，张启发常常陷入思索。

重任。面对新的课题，他常常陷入思索，怎样才能高标准、高质量完成好建设任务。

2016年初夏，项目开工。张启发带领项目部员工来到500千伏芒康变电站建设工地。几乎人人都有高原反应，头昏脑涨，脚下像踩着棉花。医务站的医生叮嘱：夜间睡觉一定要配好氧气瓶，觉得心悸、胸闷就要吸氧。夜间温度很低，盖两床被子，再压上棉袄，还是觉得很冷。这里一年最高温度是零上20度，达不到夏天的标准，换句话说，就是没有夏天。距离乌拉山500千伏芒康变电站建设工地十几公里之外的芒康县城，大宾馆里常年开暖气，小宾馆都给住宿的客人准备毛毯和电褥子。即使同样的温度20度，在这里也感觉要比内地冷许多，是高海拔的原因。

半夜觉得胸口很闷，张启发只好坐起来吸氧。害怕其他员工出现问题，顾不得自己身体不适，走出房间，挨个敲房门："没事吧？"听到"没事"的回答，再去敲另外的房门。他害怕有谁出现意外，在海拔4300米的地区工作，克服高原反应是必需的，这需要有一个过程。"自己带领员工出来，就要一个不少地安安全全地把大家带回去。"摸摸胸前佩戴的党徽，他这样想。

夜间睡觉不好受，就盼着天明。乌拉山的天亮得很晚，早上6点钟都不亮天，晚上黑天也晚，10点钟才会完全黑下来。县城里的人们下午3点半才上班，商店都是营业到晚上10点。天亮后，大家早早起来，谁都没睡好，眼里充满血丝。张启发招呼大家到食堂吃饭，心想，赶紧吃口热乎饭，缓解一下疲劳。

食堂不大，放下两张桌子。

项目部20几个员工围着两张桌子坐下来，互相问："睡着了吗？""吸氧了吗？"厨师李俊义笑呵呵地把一盆热粥端上来，还有馒头和咸菜，最后是一盘鸡蛋。"大家慢慢吃，这里条件有限，将就一下吧。"李俊义看着简单的早餐，觉得有点对不住大家。"不错了，不错了！"张启发拿起饭勺往饭碗里舀粥。有人拿起一只鸡蛋，剥去鸡蛋皮咬了一大口。"怎么没熟啊！"吃鸡蛋的人大叫起来，鸡蛋真的没熟，鸡蛋黄成流质状流下来，滴到桌子上。"怎么回事啊？"大家不约而同把目光转向李俊义。

李俊义愣住了，自己可是高级厨师啊，鸡蛋都煮不熟，太丢人了！

"李师傅，怎么回事啊？"张启发急忙问。

李俊义有点发蒙，明明在高压锅里煮了三分多钟啊，鸡蛋应该熟的啊，怎么会不熟呢？猛然想起来，高压锅三分钟煮鸡蛋那是在西宁啊，这里是高原啊，烧水只要到86度就到沸点，按照平时的经验在这里煮鸡蛋肯定不好使啊！赶紧把做好的馒头拿来看，没蒸熟。厨艺高超的李俊义没想到，在项目部工地第一次出师就被来个"下马威"。张启发赶紧说："没事，没事，找出是什么原因，一定能把饭做好。"这顿早餐，谁都没吃好。

别提多窝火了，李俊义心里压着沉甸甸的大石头。

睡不好再吃不好，铁打的体格也受不了啊！必须要解决这个问题，俗话说，人是铁饭是钢嘛！

怎么才能把馒头蒸熟呢？

李俊义总想这个事。

　　冷不丁想到了拉面，做拉面的师傅往面团里掺灰碱，拉出的面条才不会断。能不能在和面时加类似灰碱的东西，保证把馒头蒸熟呢？李俊义心里这样想。有了想法就付诸行动，他尝试往白面里加少许的盐，不行，馒头还是蒸不熟。再尝试加别的东西，也不行。转头看到没有煮熟的鸡蛋，冒出一个念头，加点鸡蛋行不行呢？

　　于是在白面里加鸡蛋，做出馒头上蒸锅里蒸。

　　这次蒸出来的馒头终于熟了！

　　蒸馒头的问题解决了，煮鸡蛋的问题还是没解决。李俊义想，加长时间看看怎么样。他把鸡蛋放进高压锅，开始计算时间。

　　五分钟，鸡蛋没熟。

　　八分钟，鸡蛋没熟。

　　十分钟，鸡蛋依旧没熟。

　　一个鸡蛋在高压锅里煮十分钟不熟，听起来简直像神话。李俊义把时间延长到12分钟，打开高压锅，终于把鸡蛋煮熟了！

　　他从来没有这样高兴过，仅仅为了煮熟一个鸡蛋。

　　作为项目部的厨师，他最主要的工作是要把大家的伙食调剂好，在内地这根本不算什么事，在这里可就难了。食品、肉蛋、蔬菜的采购工作主要是司机沈孝英兼职，有时候李俊义也会跟着沈师傅一起去县城采购。因为海拔高的缘故，本地几乎不生产蔬菜，都是从四川运输过来。一斤菠菜平时就要四五元一斤，遇到连雨天，路被冲毁运不进来，菠菜会卖到三四十元一斤，听起来就够吓人的。不仅仅是蔬菜的问题，吃肉也是一件难事。县城销售猪肉的业户都是私人的，屠宰生猪由相关部门分配，每天屠宰的生猪数量都不一样。今天多宰一头，猪肉就好买，明天少宰一头，去晚了就会买不到。每天都要和屠宰业户打电话沟通信息，"走后门"请屠宰业户给留下一点猪肉。保证让项目部的员工每天能吃点肉是必需的，在海拔这么高的地方，保持不了体力怎么工作啊！

　　想吃一顿鱼是最难的。本地人不养鱼，全靠从四川往这里运。活鱼运输比蔬菜运输风险更大，万一遇到塌方堵路，活鱼可能就死得一条不剩，贩运业户就会赔得一干二净。所以运输活鱼的业户很少，能运到县城的活鱼就更少。想吃顿鱼是一件非常困难的事。主人用鱼做菜招待客人，那一定是尊贵的客人了。

李俊义和沈孝英从县城采购回来，看到工地上来了几辆大货车，车上拉着工程用的组装部件，工地上的员工正在卸货。按照以往时间计算，这几车货物昨天就应该来了，不知为什么今天才赶到。李俊义问司机："怎么晚到一天啊？"货车司机满腹牢骚："别提了，下大雨，路上又堵车十几个小时，这活儿真不是人干的。跑哪趟线也比到你们这里强。"司机看看阴沉沉的天："你看你看，又下了。"一大片乌云飘过来，雨淅淅沥沥地下。

一切为了创优目标

乌拉山总是下雨，这是张启发没想到的。他和许多人有一样的想法，西藏应该是缺雨水，怎么会阴雨绵绵。实际上，西藏的夏天经常下雨，一下就接连好几天，跟南方的梅雨天差不多？变电站基础工程建设主要任务是做基础，简单地说就是挖土方，总下雨怎么干？大队人马就窝在工地上，增加的不仅仅是建设成本，时间耽误不起啊！看着窗外没完没了的雨，张启发心急如焚。那些日子，他最关心的是天气预报，提前做好周密的施工方案。先安排人把工地上的积水抽干，等待天晴，立刻开始工作。挖着挖着，地下开始渗水，赶紧找来技术人员商量对策……

哪怕是天晴半个小时都不会放过，此刻他们才理解什么是"争分夺秒"。以往的工作经验都派不上用场，高原变电站基础建设有其独特性，必须研究好。为此，张启发绞尽脑汁，常常夜不能寐。在内地施工，基坑开挖之后，就可以按照规程浇筑基础。可在西藏不行，特殊的地理状况要求必须有特殊的施工要求。他和技术人员一起反复研究探讨，创新一种新的施工方式，在基坑内先做垫层，然后再进行基础浇筑。

基础浇筑要用大量的混凝土，沙子是必不可少的原料。当地人通过关系找到张启发："和气生财，能不能让我们供应沙子？"满脸的微笑中也含着一点威胁："你们是在我们地面上施工，给我们一点利益就是给你们自己方便。"张启发听明白对方的意思，他把来人领到两堆沙子旁，抓起一把当地的沙子攥在手里再松开，沙子成了一团。再抓起一把从四川巴塘进的沙子，攥在手里再松开，沙子从手指缝里漏下去。"当地沙子含泥量太大，用它搅拌混凝土保证不了质量。咱建的是世界最高的变电站，做基础的原料不合格，怎么使用？放长远说，你将来用电也离不开这个变电站，它出事了，对你的生意，对你的发展是不是也受影响？"来人不吭声了，其实心里认同张启发说的。"从四川巴塘运一吨沙子增加成本几百元，如果本地沙子好，我干吗舍近求远呢？"张启发说得很真诚，也很实在。推销沙子的人心服口服，握住他的手说："有你把关，变电站不但世界最高，也一定质量最好！"

质量要最好，不是随便就可以做到的。张启发心里给自己订了目标：创国家建筑优质工程。为此，他兢兢业业，全部心思都扑到工程上；为此，他一丝不苟，认真验收完成的每个分项目。大大小小 300 多个分项目，他从来不敢掉以轻心。"做好了 99.99%，一个 0.01 没做好，就等于 100% 没做好。"为了做好 100% 这个目标，他在每个分项目验收中都是铁面无私。分包商做主变基础，模板截面尺寸正负不能超过标准五毫米。张启发去检查时，发现误差达十毫米，坚决要求整改。"十毫米和五毫米差不多嘛，这么大的主变基础，差五毫米谁能看出来啊！能不能抬手放我们……"不等分包商负责人说完，张启发坚决地摇头："必须整改，不然不许进入下道工序！"张启发叫来负责录制工程建设过程的技术员，让他把分包商整改过程进行录像，以备存查。对关键施工部位、施工过程进行录像，留备资料查询是张启发对工程质量进行监管的一种特殊手段。有的人认为这样要有专人负责，项目部现在人手紧张没有必要。张启发举例说："就说做基础吧，做好后在上面建设建筑物，基础是怎么做的，工艺上达到什么要求，它作为隐蔽工程在建筑物下面，将来很难把过程和工艺说清楚。像振动棒振动混凝土，是为了消灭混凝土里的气泡，保证基础质量。在基础边缘靠近模板的地方要慢插快抽，防止震动模板产生变形。这个过程只有录像，将来才能给验收人员说明白……"他的解释让大家心服口服，很多人对他抓工程质量举双手称赞。

抓工程质量，工地上的员工从上到下从不含糊。

要保证基础表面的光洁度，就必须想办法解决模板和模板之间的缝隙影响光洁度的问题。怎么办呢？他们开动脑筋用一种胶把两块模板之间的缝隙填平。实验的时候，发现有的胶从模板缝隙里少量溢出，还会影响到基础的光洁度。大家集思广益，最后想到用透明胶把填胶的模板两面粘起来，才达到了设想效果，做出来的基础表面光洁如镜。

雨天多，雨水多，接触到雨水的钢筋很容易生锈。钢筋一旦生锈，放到基础里势必会影响到工程质量。个别员工说："钢筋在混凝土中浇筑到基础里，谁也看不到，生点锈不碍什么。"张启发批评："不能因为埋进基础里看不到就可以糊弄，我们的职业道德不允许这样做。"在浇筑混凝土做基础时，全工地都有资料录像。凭职业良心做好 500 千伏芒康变电站项目，他们求真务实叫业主放心。

芒康属于高原温带半湿润季风型气候区，境内平均海拔 4317 米，生态环境极其脆弱。500 千伏芒康变电站施工项目部高度重视环保、水保工作，在施工中严格执行配套建设的环境保护措施，要求进行全员、全过程的环境管理，建设绿色环保和谐工程。县环保局的同志说："我们这生态十分脆弱，一旦破坏了，十年八年都恢复不了。"结合芒康地区特殊自然环境和气候条件，他们在施工中编制了《环境和生态保护施工措施》《草皮和植被恢复施工方案》手册，制定了一套详细的环保水保计划。加强对运输道路的植被保护，对变电站站址周围进行了详细的现场踏勘，划定行车范围和往返路线，任何车辆不得自行踩道。施工所用砂、石、水泥等原材料以及施工机械在施工现场都要和地面隔离，采用铺设彩条布、草垫和道木，防止破坏地表植被和污染环境。在生态保护区内设置了醒目的警示牌，确保保护区内野生动植物得到有效保护。站内外施工垃圾都由环保部门组织及时清理，对施工过程中产生的生活垃圾和废弃物收集装袋，带出施工区域，然后集中运至指定垃圾场。

县环保局派人到项目部检查环保情况，看到在变电站站外经过施工人员前期精心移植的草皮已经成活，一片绿草茵茵、生机盎然。为了做好移植草皮和植被恢复工作，施工项目部与环保部门专业人员联合组成草皮和植被恢复施工小组，进行了十分有效的工作。通过对施工人员的业务培训、知识普及和技术指导，根据乌拉山自然环境实际，选取适合的草种进行播撒种植，确保植被恢复实现质量、安全、环保等目标，受到当地环保部门的高度赞扬。

海拔 4300 米的婚照

项目部员工秦浩正在做一件他自认为了不起的事情，就是接自己的女朋友李倩到乌拉山项目部工地上来。

2017 年 7 月 8 日晚上，不到 7 点钟，西藏 500 千伏芒康变电站项目部的会议室里就挤满了人，他们在等待中央电视台新闻频道（CCTV13）播放的电视。以往看电视都是看别人，今天晚上他们要看自己——一部反映西藏 500 千伏芒康变电站建设的电视短片将要播出，这群普通的电建人就要上中央电视台的新闻了，之前连想都没敢想过。

"快看，快看，那不是你吗？"

"哎呀，那不是咱们做基础的镜头吗？"

大家一边看一边七嘴八舌地议论。在电视里，他们看到了自己熟悉的工作场景，看到了自己的日常生活，看到了自己。一群从青海送变电公司到西藏参加电力建设的普通员工能成为电视新闻的主角，别提多激动了……

"哎呀，快看！"又有人大叫起来，"那不是秦浩和李倩在拍婚纱照吗？"话音未落，有人接上："嘿，海拔 4300 米拍婚纱照，够浪漫！"与此同时，观看这部新闻短片的还有全国亿万观众，引起热烈反响。建设世界上海拔最高的变电站，吃苦耐劳无私奉献，电建人的事迹感动着人们。电力员工秦浩和女朋友李倩在海拔4300米的乌拉山电建工地拍摄婚纱照的一组镜头更是令人难忘……

这是第一次有年轻人在这样的高海拔高度拍摄婚纱照，这是中国电力工人第一次在西藏500千伏电建工地拍婚纱照，这是难得的由中央电视台记者动用无人机拍摄的婚纱照，这是西藏藏中联网工程的第一幅婚纱照……

这些个"第一"，不敢说空前绝后，至少在之后很长时间内难有人做到。说起这次拍婚纱照，秦浩和李倩都难掩激动。如果不是改革开放，不是国家电网公司加快西藏电网建设步伐实现藏中联网工程，他们是没有机会在乌拉山电建工地拍婚纱照的。从个人方面来说，是拍摄了一组永远难忘的婚纱照；站在西藏大变革大开放大建设的角度说，这组不寻常的婚纱照反映的恰恰是西藏欣欣向荣的新面貌……

● 这是第一次有年轻人在这样的高海拔高度拍摄婚纱照，这是难得的由中央电视台记者动用无人机拍摄的婚纱照，这是西藏藏中联网工程的第一幅婚纱照……

两人当初谈恋爱的时候，秦浩是青海送变电公司员工，李倩在一家医院当护士。有人对李倩说："送变电的人在外面干工程常年不在家，家里的事情基本照顾不了，你跟他恋爱想没想到这些难处啊！"也有亲朋好友劝李倩早点分手算了，凭她的条件不愁找不到条件好的男朋友。可李倩就看中秦浩了，他有送变电人特有的朴实、憨厚、忠诚的品质，多难得啊！两个人谈恋爱聚少离多，打电话成为两个人最好的谈情说爱方式。她很想到秦浩工作的电建工地上去看看，秦浩推辞说，工地太远，海拔又高，你来了不方便。她在电话里和秦浩说："总说你那里艰苦，能苦到哪里去？为什么不能叫我去看看呢？"其实，这样的想法秦浩一直就有。可他担心李倩到乌拉山来海拔这么高，万一出点状况怎么办？

记得自己和同事们刚到工地的时候，几乎都有高原反应，晚上睡觉，房间里必须备好氧气瓶，鼻子里要插上氧气管才能勉强睡着，高原反应严重的员工还会流鼻血。好不容易挨到天亮，到食堂（只能摆开两张桌子的一个临建工房）想喝点热粥，吃个鸡蛋补充一下能量。没想到，把鸡蛋皮磕破后发现，鸡蛋没煮熟。原来，在乌拉山水烧到80多度就开锅了，按照以往经验煮鸡蛋根本就煮不熟……环境这么艰苦，秦浩自然不放心李倩到工地上来，他害怕出问题，一直下不了决心。

去年6月，李倩在电话里又一次和秦浩说起这个事："我就是想去乌拉山工地看看，你们到底在一个什么样的环境里工作。我不亲自体验一下，我们同事还以为在西藏挺好的呢。每年不都有驴友骑着自行车进西藏吗，人家说在那里工作就当旅游了。"秦浩直拍大腿："我的天啊，有这样旅游的吗？我们工人上铁塔干活，都得背着氧气瓶，感觉胸闷时赶紧吸氧，一边吸氧一边干活，你见过吗？""照你这么说，你们工作确实艰苦。"李倩说，"可我没亲眼见到，没法和同事说清楚，别人也不了解你们。你说你们建设的是一条电力'天路'，全世界独一无二，为什么就不让我去看看呢？你别担心我的身体，别忘了我是护士啊……"架不住李倩软磨硬泡，秦浩最后终于顶不住了，同意她到乌拉山工地上来看看。

利用公休假，秦浩回西宁接李倩来乌拉山电建工地。临行时，他看到李倩拿着一个大旅行箱。赶紧和李倩说："你少带点东西，不要紧的就别带了。路途这么远，也不方便。""别的东西可以不带，这个旅行箱必须带着，里面有要紧的东西。"李倩很执著，一定要把旅行箱带上。"里面是什么啊？"秦浩试着拎了一下，倒是不沉，张嘴问李倩。"到时候你就知道啦！"李倩一边笑一边说。秦浩心里纳闷，什么东西要用这么大的旅行箱装呢？李倩光笑，就是不告诉他。

两个人一路风尘仆仆来到乌拉山 500 千伏芒康变电站项目工地。感觉气氛很是不同，像过节一样喜气洋洋。秦浩急忙拉住一个同事，问怎么回事。同事说，藏中联网作为西藏改革开放以来最大的电网工程引起各方瞩目，中央电视台来工地采访，宣传报道这个世界上海拔最高，施工难度最大的变电站工程。同事说话时很兴奋，手舞足蹈的，话语里满满的都是骄傲。

中央电视台派出摄制组对 500 千伏芒康变电站工程建设进行专题采访。采访提纲是在林芝藏中联网工程指挥部就拟定好的。一个记者听说秦浩女朋友来工地探访，认为这是个非常好的题材。和采访组负责人汇报后，采访组决定在已经拟定好的采访内容里加一组李倩在工地探访男朋友的镜头。

记者找到李倩，和她交流具体拍摄内容。李倩忽然说："我想在工地上和秦浩拍婚纱照，行不？"

太叫人意外了！

这时，秦浩才知道旅行箱里装的是婚纱。

李倩不告诉他，就是想给他一个惊喜。她从开始要求到工地上来，就动了在乌拉山电建工地和秦浩拍婚纱照的念头。在她的心里，这不是普通的婚纱照，这是把自己的人，把自己的心都交给了心上人的婚纱照；是见证自己男朋友光荣职业的婚纱照；是告诉世人电力"天路"建设不仅仅有艰苦也有温馨和浪漫的婚纱照……

婚纱照是在项目工地附近的小山岗拍摄的。中央电视台记者出任摄影师为他们拍照，拍照不仅仅在地面，无人机同时起飞在高空拍摄纪实视频。除了正常的婚纱拍摄，秦浩还特意要求拍几张他穿工装和李倩在一起的婚纱照。他要显示中国电建人在世界屋脊建设电力"天路"的英姿，中国人能完成任何艰难困苦的电建任务，在世界同行都认为建设不了变电站的地方建起 500 千伏变电站，这是怎样的骄傲和自豪啊！

秦浩和李倩拍婚纱照的视频在中央电视台播出后，在观众中引起热烈反响，纷纷赞扬电建人为西藏电力事业做出的贡献，赞叹西藏欣欣向荣的新面貌。那组海拔 4300 米拍摄的婚纱照也深深地定格在人们的记忆里……

女儿的最大心愿

工地上大大小小的事情让张启发操心，难得有时间想家里的事。女儿想他，通过视频和他聊天。看到手机视频里可爱的女儿，他心里乐开了花。"爸爸，你什么时候回来啊，我好想你啊！"张启发刚要张嘴说话，手机视频突然黑屏了。在海拔 4300 米的地方，手机信号极不稳定，信号中断是家常便饭。张启发急了，使劲甩手里的手机，希望能把手机信号甩出来！

手机信号始终没有恢复。

他忽然想到女儿的一个小台历。2017 年春节回家的时候，张启发看到女儿用红笔在台历上打钩。他问："在台历上打钩干什么啊？""我在看爸爸什么时候从西藏回来就不走了呀！"听着女儿稚嫩的声音，他鼻子酸了。从有了女儿，七年来，他和女儿待在一起的时间实在是太少了。常年在外参加变电站建设，带女儿去儿童乐园玩一次都成为奢望。从西藏回来，就敢向女儿保证不再外出参加电力建设了吗？

他不敢保证。

耳边响起熟悉的旋律，是他喜爱的那支歌。

你说我也有远方的家，

今年应该是回不了吧?

你笑一声转身走向几座铁塔,

为了诺言的几句话。

夜再长,路再长,

你在一盏灯光后微笑啊……

下　篇

　　青海省电力公司参加藏中联网工程的建设者不仅投身世界最高的500千伏变电站建设,同时也承担着藏中联网输电线路的建设。与建设芒康500千伏变电站比起来,他们的建设任务同样艰巨。因为参建的输电线路更长,遇到的困难和一些突发情况也就越多。他们付出许多努力,克服重重困难,让一座座铁塔耸立云端,他们就像一个个音符,谱写高原上直冲云霄的壮歌,把云端上的电建歌唱得更嘹亮,更动人,传遍四面八方。

创新发明的"钢护网"

　　2016年5月,藏中联网输电线路建设正式启动。

　　5月在内地已经是暖意浓浓,江南春暖花开,是人们踏青春游的好时光。西藏依然是春寒料峭,站在线路施工工地能看到远处皑皑的雪山,不时掠起的高原寒风,让人们不由得裹紧身上的羽绒服。包7标段项目部经理李存积带领项目部的十几个同事进到施工现场,倍感肩头责任重大。要想在施工期内如期完成建设任务,绝没有想得那么简单。只要抬头看似乎能够触摸到的天空,就知道这里的线路施工有着怎样的特殊性,困难比想象的还多。

　　放下行装,身边的同事已经纷纷出现高原反应,有的年轻员工开始流鼻血,一脸的惊慌。李存积赶紧叫来医务站的医生,采取措施进行治

导线展放全部贯通

● 他们就像一个个音符，谱写高原上直冲云霄的壮歌，把云端上的电建歌唱得更嘹亮，更动人，传遍四面八方。

疗。自己来不及适应高原气候和环境，赶紧找出图纸查看施工线路。图纸上的符号和线路是静止的，而实际情况怎样，心里没底。"不打无把握之仗，不熟悉线路情况是做不好施工的。"他决定到西藏左贡的第一项工作就是熟悉和了解全部线路的地形地貌，了解施工难点。

在内地，对 33 千米的输电线路施工地进行一次调查和了解不算难事，两三天的时间足够了。在这里就不同了，设计图纸上两座铁塔之间的距离很短，到现场实地调查时发现塔址却是在两座山头上，走到第一座山头调查了解完毕，要下到山脚下，再爬另一座山头。在内地爬一座几百米高的山没什么问题，在这里会感到胸闷、气短，大口喘气还是觉得气喘不上来。忽然想到有人说"出国容易进藏难"，不亲自到西藏高海拔地区很难体会这句话的意思。海拔 4000 米以上，空气中的含氧量只有内地的 50%。遇到阴雨天，含氧量会更低，只有 45% 左右，心脏不好、血压高的人是绝对不适合到这样的地方来的。即使是健康人，缺氧也会造成很大困难，让人浑身无力。因为缺氧，连机械用的燃油都燃烧得不充分，达不到正常值。因此功率大打折扣，出力只能达到内地的一半多一点，机械都这样，平常人在这样的环境下工作会多难！

上山、下山，再上山、再下山……

不辞辛苦，往返奔波，李存积和项目部的其他几位员工坚持把全部线路调查了一遍。哪座铁塔地理位置情况特殊，什么地方架设索道最合适，什么地方的生态状况要特别注意，什么地方地势险需要做好特别防护……他做到了心中有数，也对在什么阶段完成什么施工任务做了大致规划。

困难总是在想不到的时候出现。

开挖铁塔基坑，只要地址环境条件不是太差，在内地不是什么特别难以完成的事情。项目部估计到高原施工有困难，却没想到困难会这么大。一些施工现场的地质条件是坚硬的岩石，施工机械派不上用场。李存积组织大家集思广益，现场开会研究对策。很快提出了几个方案，进行比较后，拿出认为最好的两个方案进行缜密详细论证，决定采用爆破方式。爆破也不是简单地在岩石上打个眼，把炸药放进去那么简单。必须要考虑周围的生态问题，爆破量要适当，不能超出计算范围，因为一旦造成生态破坏，周围的生态状况恢复要十几年甚至几十年，这与内地又是很大的不同。谨慎再谨慎，小心再小心。周围要做好生态防护，铺设好防护编织布，炸药使用量也是计算了再计算，已经不是"斤斤计较"了，每一克炸药都要计算到，用最适量的炸药达到最佳爆破效果。

有的地方使用炸药后，开挖基坑遇到了另外一个难题，是一件十分棘手的事，线路包3标段就遇到了这样的困难。

他们开挖基坑的时候遇到了很复杂的地质条件，基坑壁都是松软的泥土掺杂着碎石，下到基坑里工作的员工随时有被碎石砸中的危险。解决碎石掉落问题成为当务之急。这个问题不解决会影响工程进度，给后面的施工带来很大的困难。开始一筹莫展，只能采取笨办法，基坑旁边站着监护员，提醒下面的施工员工。可这不是办法，若是突然发生大面积塌方的话，基坑里作业员工受到的威胁就太大了。

有人想到了建设工地用的防护网，用防护网把松软的基坑壁遮挡起来应该有防护效果吧？行不行，先试一试。

找来防护网架设到基坑壁上，有员工拿起杆子捅基坑壁的碎石。

"哗啦"一声，大面积的碎石塌方，连同防护网一起坠落到基坑下面。如果这时下面有人作业，后果不堪设想！

面对这种情况，大家有点傻眼。忽然有人提出来一个新设想：把防护网换一换怎么样？这个提议好像是一根火柴"呼啦"一下点亮了大家思维的火堆，是啊，为什么不能换个想法呢？

讨论来讨论去，最后决定制作一种"钢护网"，增加防护网的强度，用来防止碎石坠落。

很快，这种"钢护网"就在他们手中诞生了，因为强度增加了，起到了理想的防止碎石塌方的作用。经过实验，完全达到设计效果，解决了碎石坠落的问题，扫除了施工中的"拦路虎"。

特殊的运输

藏中联网工程计划在 2018 年夏季竣工投运，施工时间为三年。在内地，一个总长 1000 多公里的输电线路用三 年时间完成，时间是足够用的。可在西藏就不一样了，在高原海拔 4000 多米的地域施工，有许多让人预料不到的情况，这些情况都会给施工带来意外的变数，影响施工进度。

在内地，从施工材料仓库（储备基地）运送各种施工材料到施工工地不是什么困难的事情。一般情况下先把道路修好，再按照施工要求，按部就班把材料按工地施工进度和要求送到。在藏中联网工程中这样运输材料的方法就不行了。组建铁塔的工地大部分都是在倾斜度超过 45 度的山坡、山岭、山峰上，想修路非常困难。同时，因为西藏特殊的生态保护需要，地方环保部门也不准许施工队伍修路运输。这种情形下，施工队伍必须另外想办法完成材料运输任务。一个是搭建索道，一个是雇用当地居民的骡马进行运输。

搭建索道选址很重要，不能离施工地点太远，又要方便材料运达。地点四周会用铁架杆围起一块场地，铁架杆上挂着用汉文、藏文两种语言书写的标语"保护生态功在千秋"。旁边竖立着索道设施验收合格牌，写明搭建单位、验收单位、验收人，验收时间等名目，特别注明索道最大承载量，一般是两吨。还有一块施工责任牌，写着安全负责人、技术负责人、机械操作人的名字。无论何时，都把安全责任放在第一位。因为连续的雨天，拖慢了施工进度，这叫李存积非常焦急。他对施工时间都是掐着指头计算的，耽误一天就会影响后面的进度。

这天，他冒雨来到施工队，检查施工情况。

安全规则明确规定，不允许冒雨施工。为了不耽误施工进度，他们想出了一个赶工的好办法。雨天不能进行组建铁塔作业时，就在工地进行铁塔部件组装，这样可以大大节省在铁塔上的作业时间，达到赶工目的。李存积看到帐篷里有饮水桶，走过去从水龙头里放出一杯水，喝了一口是凉的。心里禁不住有点酸楚：因为保护生态的需要，地方政府不允许施工队在野外生火，所有施工队都严格执行规定，不管天气多冷，从来没发生过野外生火的现象。为此，西藏环保部门对藏中联网工程的施工队伍高度评价。施工队喝水都是从山下驻地烧开后（也不是完全意义上的"开水"，烧热到80多度就开了），由后勤人员送到索道运送地，通过索道把"开水"运送到山上。"开水"在保温桶里不到半天就是凉的了。海拔高，温度低，和内地一样的温度也会觉得特别冷。难怪左贡、芒康县城里的宾馆一年四季都有暖气，小旅馆没有暖气就给客人准备电褥子。

午饭也是从索道运送上来的。

后勤人员在施工队驻地把午饭做好。送到山上。送饭的后勤员工把午饭装在索道的吊篮里，检查没有问题后，朝操作手喊："送饭——"

山上干活的员工看到索道的钢索在缓缓地转动，发出"嗞嗞"响声，三五成群议论着今天中午会送来什么饭。

山下送饭的人很紧张，眼睛一直盯着索道，害怕出现问题。因为从山下到山上距离长，钢索承载重物后，大大增加了不稳定性，在运输时会发生摇摆。运送材料有摇摆不碍事，运送午饭就大大不同了，万一发生点差错，山上的人就得饿肚子。从山下往上看，钢索带着吊篮缓缓爬升，越到高处越担心，害怕出纰漏。这时，忽然刮起一阵大风，大家的心都提到嗓子眼了。

山上的工人也同样紧张，看着钢索上的吊篮大气都不敢出。

眼看着山风越来越大，运送午饭的吊篮开始左右大幅度摇摆。就像荡秋千一样，开始有点幅度可以控制，惯性使摇摆幅度越来越大，开始是20度摇摆，30度摇摆，40度摇摆……

大家恨不得再生出一双手来，拽着钢索拉着吊篮快点到山上来。

山风"呼呼"地吹。山上山下的人眼看着吊篮左右摇摆得越来越快，角度也越来越大，一点办法都没有，急得直跺脚。

吊篮终于被大风吹翻了，里面的午饭全都反扣到山坡上。

● 在藏中联网工程施工，无论在项目部还是在工地上，大家都经历着一样的考验，在不同的工作岗位为这个世界上海拔最高的电网建设做出自己的贡献。

"啊——"

不约而同地惊叹！

吊篮被钢索运到山上，是一个反扣的空吊篮。盼望吃口热饭的工人们沮丧到极点，心情无法形容，一点补救的办法都没有。

肚子"咕咕"地叫，大家只能空着肚子开始干活。几乎没人说话，把说话的力气省下来干好自己的工作，这时，哪怕只有半个馒头，在他们眼里也是山珍海味。山下的材料堆场的栏杆上挂着他们写的口号："高原再高，没有我们志气高！大山再高，没有我们质量高！"别人以为只是宣传造势，其实他们真是这样脚踏实地干。如果在平时，一顿午饭不吃也许没什么，可是在西藏海拔4000米的工地上，空着肚子干活，那种滋味可想而知。无私奉献不是说说而已，他们落实在自己的工作中，没吃到的午饭做了最好的诠释……

特殊运输不仅仅有索道，还有骡马运输。

藏中联网工程包 3 标段，大多数铁塔的塔址都在陡峭的山坡上，没有一处是平缓的地方。他们也设计过架设索道的方案，但实际考察时发现，根本不可行。一是距离太远，索道钢索无法承担这么远距离的输送任务；二是地势陡峭，找不到合适的地方建索道。要把材料运到施工地点，只有用骡马运输的方法。雇用当地藏族居民的骡马是一笔不菲的费用，为了按时完成施工任务，也必须支出。在陡峭的山坡上，藏族居民牵着骡马小心翼翼，稍不小心就会人仰马翻。不要说运输材料，就是空手走也是提心吊胆。项目部把安全作为第一目标，时时刻刻放在第一位。有专门人员管理骡马运输事宜，下雨天不安排骡马运输。零伤亡是项目部的目标，无论什么时候，都要做到万无一失。

藏族居民骡马集中管理，很多骡马会在运输起点处排放粪便。项目部的员工把这些骡马粪便集中起来堆放到一起，以免污染环境。时间长了，堆放的骡马粪发酵，隔着好远就会闻到难闻的气味，形成了另一种污染。为了消除污染，项目部的青年员工自觉动员起来，利用休息时间把骡马粪便装车，运送到当地环保部门指定地点进行填埋处理。看到他们对处理骡马粪便如此认真，环保部门的工作人员非常感慨："你们真是为了西藏发展着想啊！"

绰号背后的故事

在藏中联网工程施工，无论在项目部还是在工地上，大家都经历着一样的考验，在不同的工作岗位为这个世界上海拔最高的电网建设做出自己的贡献。有的人还被同事们起了绰号，不是戏谑，是表示一种佩服与认可。包 3 标段项目部副经理陈长孝被大家称为"陈长黑"。不仅仅因为长得黑，工作也经常贪黑。

为保证铁塔基础的浇筑质量，浇筑混凝土必须连续不断。他经常和项目部的质管人员在施工现场加班加点，监管基础浇筑，经常熬夜一个通宵。高原缺氧，嘴唇都干裂发紫。有一次，他在施工浇筑现场连续工作两昼夜，脸色变得十分难看。一起工作的同事和他说："你快去休息休息，这儿我们盯着。"他摇摇头，说："没事儿，浇筑完了一起休息，没干完我回去也睡不着！"看着陈长孝眼中布满血丝，同事不知说什么好，泪花在眼睛里打转。只能默默地站到他的身边，配合他认真查看浇筑过程中的每个细节……

40多个小时过去，浇筑任务终于完成了。严重缺乏睡眠让他精神都有点恍惚。回到项目部驻地，顾不上吃饭，躺下就睡着了。这一觉他睡了20多个小时……

2016年8月的一天，陈长孝和同事小姚在一个铁塔施工工地检查工程进度。他详细询问了施工中存在的困难，把需要协调解决的问题一一做了记录，准备带回项目部协调解决。下午，陈长孝和小姚下山返回项目部驻地。下山途中，小姚突然觉得肚子有点疼。"不着急赶路，坐下歇歇！"陈长孝一边说一边扶着小姚找到一块平坦大石头让他坐下休息。汗珠顺着小姚的脸上流下来，肚子疼的情况不但没有好转，反而愈加严重，小姚禁不住呻吟起来。

"好像不是肚子疼那么简单。"曾经有过类似经历的陈长孝忽然意识到很有可能是突发急性阑尾炎。他的脑袋"嗡"的一下，如果是急性阑尾炎的话，绝对不能耽误时间，形成阑尾炎穿孔麻烦就大了！想到这里，他二话不说，背起小姚顺着陡峭的山路快速向山下冲去。不要说是在高原山地，就是在内地平原，背着一个人行走也够费劲的。小姚看着喘着粗气一路小跑的陈长孝实在忍不住了："孝哥，你停下，咱们歇一会儿吧。"他大口喘着粗气："小姚，你忍着点，一会儿就到医院了。千万不能停下，耽误不得啊！"

他双手托着背上小姚的屁股，没有办法扒拉开山路上的藤蔓、树枝，只能任凭它们划破自己手脚。陈长孝此刻只有一个念头：赶紧赶到医院，处理小姚的病情！他不时安慰小姚："你挺住啊，到医院就好了，忍着点！"剧烈的颠簸让小姚有些招架不住，可听着陈长孝"呼哧呼哧"的喘气声，不由得从心底冒出一个念头，我得挺住，不能叫他失望啊！

跑，拼命地跑！

脑袋里只有一个念头：赶到医院，不能叫小姚出现意外！

跑步完全成为一种机械运动，尽管每迈一步都是那么艰难，他什么都顾不上了。跑，快跑！

医院终于到了！

当小姚被放到病床上的时候，陈长孝整个人都瘫了……

小姚被医生确诊为急性阑尾炎，马上安排做手术。

看着手术室门上方亮起的红灯，表示手术正在进行中。陈长孝在心里暗暗祈祷，祈盼小姚平安无事。手术获得圆满成功，看着从手术室里推出来的小姚，陈长孝长长舒了一口气，两眼泪花……

小姚住院期间，陈长孝工作之余会常常到医院探望小姚，问他感觉如何，需要什么。小姚看着眼前这个面容黝黑的汉子，多少话儿堵住了喉咙，激动得说不出来。两个人的手握在一起久久没有松开……

和陈长孝一样，包7标段施工三队任队长安加措也有一个绰号叫"牦牛"，这是同事们夸他任劳任怨踏实肯干。从带领施工队进驻到工地，安加措就一直埋头苦干在工地上。每次项目部做工作部署，他都会把工期计算到每天每小时，把工作安排得稳稳当当。工作中，从来都是身先士卒，他自己常常开玩笑说："我这头'牦牛'不光要管好施工队的事，也要处理好和地方的关系，把施工之外的事情做好。"

施工之外的事情想做好不是一件容易事。

施工三队刚进驻工地的时候，附近村里的村委会有人来找他们，和他们说，这里80%是森林，严禁野外生火，违反会被严厉处罚。安加措保证说，一定遵守当地规定，在野外绝对不生火。村委会的人又说，这里野生动物很多，像獐子、岩羊、黄羊等还是国家保护动物，禁止狩猎。安加措又保证说，绝对保证施工队的人员不发生偷猎的事情。为了配合地方相关工作，施工队特意安排了两名兼职护林防火员、两名野生动物保护员，配合当地做好防火和反偷猎工作。

2017年7月的一天晚上，村委会主任带着两个村民找到了施工队。

村主任兼任地方野生动物保护小组组长，见到安加措第一句话就说："你们施工队偷猎，必须严厉处罚！"一句话把安加措说蒙了，据他了解，施工队绝对没有偷猎现象发生，平时这方面的教育和要求是非常严格的，怎么会发生这样的事呢？急忙向村委会主任问清原委。

原来，村里有村民在山上放羊，晚上把羊群赶回家的时候，发现少了一只，赶紧到山上寻找。在一片树林里找到失踪的羊，它被一只钢丝套子套住不能动弹。村民把钢丝套子拆下来，拿回村里交给了村委会主任。因为下套子的地方距离施工队较近，村民怀疑是施工队的人有偷猎行为。村委会主任连夜找到安加措，要求进行处理。

安加措好说歹说，村里来的人就是不相信。

忽然看到村主任撂在桌子上的动物套子，安加措有了主意。他拿起动物套子，对村主任说："你们跟我来！"村里来的三个人不知道怎么回事，跟着安加措走了。

他们来到施工队放材料的地方，这里有施工队用的各种钢丝。

安加措举着那只动物套子，说："你们看，这是我们施工队用的所有钢丝，哪一种能和这个套子对上，就是我们的人下的套子，如果没对上，肯定不是我们施工队的人干的！"他说的有道理，村里的三个人于是把所有的钢丝与动物套子的钢丝比对了一遍，确实和施工队用的钢丝不一样。

偷猎的责任撇清了，事情好像就此结束了。

安加措不这样想。他想，偷猎者下套子一般不会只下一个，一定会下一批套子。自己虽然把施工队的责任撇清了，但不能就此结束，还要帮助地方把偷猎者下的动物套子尽量清理干净。安加措和村主任说："偷猎者一定是下了一批套子，明天我们施工队派人帮你们把套子清理一遍。"村主任把事情弄清楚就很高兴了，没想到施工队还要帮助清理动物套子，很激动地竖起大拇指："施工队好！"

第二天，安加措派出四名员工，帮助村里清理动物套子。他们沿着山坡形成扇面推进，每人手里拿着一根棍子，仔细搜索每一个可疑之处。

很快，一名员工就看到从一堆草丛里引出来的一根细钢丝拴在旁边的一棵大树的树干上……

他们协助村里村民总共搜出 40 多个动物套子。如果这些动物套子得不到及时清理，不知道会有多少野生动物遭殃。

把温暖送给藏族同胞

参加藏中联网建设的青海送变电公司的建设者们在努力完成工程建设任务的同时，也把温暖送给当地的广大藏族同胞。

左贡县田妥镇小学地理位置在海拔 3800 多米，所处环境十分艰苦。学校硬件设施不完善，贫困学生较多。包 7 项目部的党员们通过走访，了解到学校的情况后，决定开展助学活动。他们希望通过物资捐赠和实地探访帮助，逐步改善学校基础设施，建立一种长期帮扶模式。

这天，施工员工中的几位共产党员作为党员服务队队员来到学校，开展助学活动。一到学校，立刻被孩子们包围了，一张张笑脸，一声声"欢迎"温暖着他们的心。他们作为临时指导老师，为孩子们上了一堂生动有趣的安全用电课，为孩子们讲解安全用电小知识。他们利用图板的形式，图文并茂、风趣幽默的讲授激发了孩子们对电的兴趣，纷纷举起小手进行提问。安全用电课上完后，他们又作为体育老师和孩子们一起做户外活动。这里的孩子难得有一次体育课，孩子们开心极了，欢快的笑声在校园里回荡。他们向学校捐献了助学物资，希望能够帮助孩子们更好地学习，解决一些实际困难。这次活动是他们在驻地履行社会责任的一个开始，陆续还有其他员工继续关心支持当地教育等慈善公益事业。他们热心支教，热心左贡县公益事业在当地传为佳话。

6 月的一天，项目部派人到当地政府走访，征求意见。在交流时了解到当地一家沙场电压不稳定、用电不安全。回来后，项目部人员马上商议怎么帮助这家沙场解决困难。经过研究，项目部为沙场捐赠了一台变压器，帮助沙场切实解决实际困难，助力当地发展经济。在难得的业余时间，很多员工会扮演义务电工的角色，主动走进村里，到藏族村民家里为他们检查用电隐患，捐赠一些小电器。他们的慈善举动藏族同胞看在眼里，记在心上。"你们为我们建设电网，还做了这么多好事，我们会记住你们的！"

被藏族同胞记住的事情何止一件两件。

2016年7月的一天，天空突降大暴雨。暴雨过后，左贡县西岭通新村的驻村干部和村主任急急忙忙来到住在附近的施工队。见到施工队队长，村主任和驻村干部焦急地说："不知什么原因，全村的水管都没水了，老老少少都没法吃饭了！"施工队队长赶紧召集几个骨干员工商量对策，不能看着藏族同胞有困难袖手旁观啊！外面还下着小雨，施工队队长说："今天不管有什么困难，也要帮助村里把水管不通的原因找出来，他们的困难就是我们的困难。"施工队派出两组人马，顶着小雨开始对五公里长的输水管线路进行排查。每一处都要排查到，每一个疑点都不

能放过。最后，终于在接近村口的地方，排查出水管被堵塞了。赶紧找到工具进行疏通，直到把水管疏通好通水，他们才拖着疲惫的身体返回。

藏中联网工程包7项目部一个施工队驻扎在著名的荣布寺附近，旁

○ 那高入云端的变电站，那高耸入云的铁塔，那在云海里穿行的输电线路，是西藏大电网的一个音符、一段乐章，犹如奏响西藏电力雄浑磅礴的战歌，响彻天际，永远辉煌！

边有一个村庄。2016年7月28日，突降的暴雨使河水暴涨，道路被冲毁。为了方便藏族同胞出行，施工队在雨中进行抢修。好不容易抢修通了，在暴雨中又被冲毁了，紧急出动人马再抢修。第二次抢修通了，抢修人员还没等撤回驻地，就传来坏消息：刚刚修复的道路再次被洪水冲毁。

雨太大了，洪水也太大了。

藏族老人说，几十年头一次遇到这么大的洪水。

藏族同胞说，这么大的洪水，修了也白修，算了吧！

只好停工，等等再说。

暴雨停了，洪水慢慢消退。施工队第三次出动人马，第三次修复道路。费尽九牛二虎之力，总算把道路第三次修通了，旁观的藏族同胞都给他们鼓掌，多好的电力人啊，多可爱的施工队伍啊！

道路修复了，可行人还是走不了，车也通不过。怎么回事啊？问题出在一座便桥上。那座便桥在这场大暴雨中被洪水冲得无影无踪。没有便桥，就是修好道路也没有用啊！

施工队的员工来到河边，研究怎么解决问题。最后定出了一个方案：在河道里铺设大口径涵管当"便桥"，解决藏族同胞过河问题。他们找来吊车，把十几根涵管铺设到河道里。涵管铺设好了，以为过河的问题解决了。刚好有项目部的员工过来，看到情况赶紧喊停。又怎么了？

原来，他们铺设好了涵管以后，在上面又垫了一层土，把涵管上面弄平整方便车辆和行人通过。项目部的员工来到涵管上走了一趟，说上面的土层太薄了，车辆（主要是摩托车和农用轻便车辆）碾压后，土层会越来越少，不能保证安全。必须要在涵管上敷设辅助材料再加厚土层。在内地取土不算什么困难，可在西藏情形就有很大不同，很多地方山石裸露，难得见到泥土，加上严格的生态保护，取土就成了大难题。为了藏族同胞，再难也要做。为了这层土，他们跑了好几个地方，最后好不容易才找到一个能取土的地方。在涵管上加厚土层夯实，"便桥"终于可以使用了！

没有敲锣打鼓的通行仪式，走过这里的藏族同胞纷纷向他们招手致意，表达对他们的感谢。这一刻，参加修"桥"的每个员工心里都充满了自豪、骄傲。他们不但在高原编织四通八达的大电网，更把自己的关怀、关爱、关心送给藏族同胞，谱写了一曲民族团结的赞歌，他们为国家电网赢得光荣，他们为国家电网品牌增光添彩！

这里是世界海拔最高的高原，国外电力界有人认为这里不适宜建设大电网，也很难建设大电网。他们觉得在西藏建设大电网只是美好的愿望，是绘制在图纸上的一张图而已。当国家电网人把蓝图变成现实的时候，有人赞叹说，这是"当惊世界殊"的伟大事业。更有人说，珠穆朗玛峰大本营也不过海拔 5200 米，藏中联网最高的铁塔建在海拔 5295 米的乌拉山的山峰上，国家电网人真的很了不起！

那高入云端的变电站，那高耸入云的铁塔，那在云海里穿行的输电线路，是西藏大电网的一个音符、一段乐章，犹如奏响西藏电力雄浑磅礴的战歌，响彻天际，永远辉煌！

天路入云端

长篇报告文学

我不知道这里的微笑
全是平凡的一张脸
我不知道这里的故事
带着青春继续向前
我不知道我们要多久
在这里浴血奋战
我不知道我们的明天
有多少人在期盼

头顶烈日酷热
脚下山川大河
伴着风雨我们走过
越来越多瞬间
都是我们热血和汗的拼搏　继续走

第四章
逐云的脚步

○ 陈 雄

　　从西藏采访回来已经一个多月，但海拔 4000 多米的高原上还在继续着的藏中联网工程施工场景，那一幅幅惊心感人的画面，还时时会浮现在脑海：奔腾湍急的帕隆藏布江随着 318 国道一路伴行，泥石流和塌方随时有可能发生，放眼四周连绵重山层峦叠嶂，似列兵般的铁塔巍然矗立闪着银光，还有和铁塔一样坚韧不拔的国家电网电力建设人。这已是嵌入我生命的不灭记忆。

　　一回忆起这些画面，一种行走在云端天路的恣意豪情就会在胸腔堆积蔓延，激荡澎湃。我会情不自禁地打开藏中联网工程的专题宣传片《云端天路》，一个声音就在我的耳旁响起，音节很单调，它来自于大地的深处，深沉厚重，它仿佛又来自于遥远的天堂，空寂神秘："喇嘛拉加索切，松吉拉加索切，求拉加索切，干德拉加索切，喇嘛由达，更求桑了加索切"，我不能准确地翻译出这藏语的意思，但是我知道，那是对美好未来的祈祷和祝福。然后是一首优美动人的歌曲："一上一下是云朵吧，一星一家是画吗？看不清是山还是他，分不清是真还是假，那几声咂出大山的神话。阿妈也说天儿太冷了，你的额头嘀嗒着，你说我也有远方的家，今年应该是回不了了吧？傻笑一声转身走向几座灯塔。风再大雪再下，为了诺言那几句话，夜最长路最长，你在一盏光明后微笑。"

● 这个平台更像是空中楼阁，这也应该是世界上海拔最高的空中楼阁。

歌声的旋律是那么的悠扬，但它呈现的又分明是一幅壮阔的史诗画面，是飞舞的云彩和国家电网人追云的脚步。

我们把家安在云端

在藏中联网工程中段的林芝市境内，沿着 318 国道川藏公路，这里不仅有中国最美的自然风光，而且蕴藏着非常丰富的自然资源。是中国第三大林区，占西藏自治区森林资源的 80%。有发达丰富的水系，雅鲁藏布江的重要支流帕隆藏布江在这里诞生并贯穿东西，占中国水力资源的 70%。这里还有世界上海拔最低的米堆冰川，被列为世界奇观，有着浓郁异国情调的鲁朗镇，被赞美为西藏的瑞士。

林芝，是名副其实的西藏的江南。要在这样复杂的地形、地势和人间天境中安放一座座铁塔，架设高原天网，面临的难题便是如何保护脆弱的生态和人类最后的一片净土，如何让代表着现代文明的电力铁塔，不给我们的子孙后代留下遗憾。

为了解决这个难题，所有的线路通道既要满足电网设计的要求，又要避开重要的景观和水利森林资源，铁塔都必须建立在落差数百米的山坡或山脊上，相邻铁塔间距上千米，坡陡势险，处处是悬崖峭壁。也就是说，在西藏高原特定的地形环境下，为保护自然和生态资源，藏中联网工程用血肉之躯在世上人迹罕至的地方走了一条世上最难走的路。

串联起藏中联网工程2738千米线路的是一基基铁塔，要在这样的地形上建起一基铁塔，每基铁塔都是登天工程。工人们每上一次山，徒步行走短则一两个小时，长的五六个小时。因此，为了工程的进度，每当施工的重要环节，施工人员就必须驻扎在山上，在那里搭起一个个帐篷，在高原云端建起一个个送电人的家。

但云端上的家，可不是那么的诗意和浪漫。

吉林送变电13包工程的施工队队长王振威，一张很有型的国字脸，眼睛中透着刚毅和坚韧，是一位很有点影星气质的东北帅哥。曾有人在我的微信朋友圈看到他在帐篷里的照片就好奇地问我是不是在拍电影。我们是在搭乘同一辆到工地的车上碰到的，可能因为雨季潮湿，车内的空气有点湿润，窗外的雨敲打在车上有点急促，这样的天气，对施工的工期影响很大。我侧过脸去看窗外湍急的江水时，看到他的神情有点严峻而且有点焦虑。只有在我和陪我去现场采访的吉林送变电的吴迪说到工程建设的某个事件或者他们的某个队友时，他才会转过脸来做些补充，可见他一直在认真地听着，补充完了又恢复那严肃的神态。但是，当我们到达施工现场的工棚，开始聊起藏中联网这项伟大工程及工程施工的艰辛困难时，他的话匣才打开了。他告诉我，他当送电线路工已经十多年，去了全国很多地方，大大小小的工程也做了不少，但这样难做的工程，他还真的是第一次碰到。

编号209号的那基铁塔，吴迪曾经给我介绍过施工的艰难，他也给我看过中央电视台航拍的一段视频，让我感觉这是在一条鱼的脊背上工作。王振威的描述要比电视所拍得更具体更形象。到达定位的施工点，左右看都是悬崖，工人们要站稳脚跟都有点难，更不用说要找个施工立脚的地方，王振威苦笑着说，这真的是没有立足之地。但在这里，首要的是必须搭起一个让工人们睡觉休息的帐篷。因为一旦开工，为了减少每天数个小时的山路往返必须在山上安营扎寨，所以首要的问题是先找出一块安家的地方。大家先借助索道送上来一些钢管，想办法在上面支起一个平台，铺上一些平整的木板，然后才能在上面搭起帐篷，这个平台更像是空中楼阁，这也应该是世界上海拔最高的空中楼阁。简易的帐篷就成了工人们施工期间的一个家。

白天有太阳的时候，无遮无拦的山顶温度可达 20 多摄氏度，但一到了晚上，山上的温度会骤然下降。甚至是在夏季施工的时候，山顶也时常会有下雪的时候，温度会迅速降到零度以下。有些日子，清晨起来，工人们呼出的水汽在头顶的帐篷凝固成了冰珠，走出帐篷外还能看到白雪茫茫。而到了中午，高原强烈的太阳光一照，温度会迅速上升，一天的温差可高达二三十度。冰冻期结束，高原会马上进入多雨季节，这也是电力施工最困难也最具挑战的季节。在每个工程项目部办公室的墙上，你都能看到一张天气记录表，上面用图表的方式很醒目地记载着，2016年的 6、7 两个月，在波密，完整的晴天只有少得可怜的几日，很多的时候都是时晴时雨。刚刚还是阳光普照，突然就飘过来一阵雨，突然得连让你穿个雨衣的时间也没有。可等你穿戴好雨具，太阳却又出来了，阳光一照，闷热难当。所以大家索性就不去理会一阵半阵的雨了，穿着半湿的衣裤干活也就成了平常的事了。工人们都不会带太多的换洗衣服，森林防火要求严格禁止在山上动用一切明火，施工队虽有一两台风干机，但也无济于事。所以，施工人员每天早上只得穿上半干半湿的衣服，凭自己的体温去烘干衣服，这时最期盼的是阳光出来。

高原的夜晚因为高原反应本来就感觉长，尤其在冬季的时候山顶上的夜晚越发显得漫长难熬。哪怕是四五月春天的季节，施工队虽然配置了较好的保暖措施，但晚上的冷依然还是彻骨的。躺进被窝去有时就像是掉在冰窖里一样的寒冷。白天的工作太累了，疲劳也许会让大家很快睡去，但强烈的高原反应总是让人似睡非睡，乱梦连连。而且高原反应会因为夜深而加剧寒冷，同时又增加起夜的次数，刚刚有点暖意的被窝和身子骨，一折腾又恢复冰冷。在头疼气急中，睡眠变得支离破碎而漫长无边。

有时，铁塔建在原始林区，这里最高的树木可达 20 层楼那么高，树干要三四人合抱。这里找一块搭帐篷的空地要比光秃秃的山岗上方便多了。河南送电公司承建的 14 号标段 241 至 243 号铁塔，从下面的营地要翻山越岭十里地才能到达悬崖顶上，这里，常年云雾缭绕不见山峰，有片刻的云开日朗，我们也只能看到在近乎是 90 度的悬崖之上，一基铁塔在阳光下闪着白光。就是在这目光很难企及的地方，工人们必须在浇筑塔基和装配铁塔时分别住上一两个月。

山上的原始森林里，集聚着各种野生动物，最多的是野生的羚羊和猴群。开始的时候，因为猴子们常到工地和帐篷来觅食捣乱，对工作产生了影响，工人们有点不耐烦，便开始驱赶，用石头和棍子佯装了几次后，灵性的猴群居然立刻学会了，而且会在制高点居高临下地抛掷石块棍子，更糟糕的是，有一天晚上，猴群居然用石块割破了帐篷，帐篷多了很多漏风的窗洞，让帐篷内增加了更多的寒意，让施工人员很是无可奈何。由此，工人们认识到和野生动物们处好关系的重要性。

这里又是国内泥石流最高发的区域。说起发生过的一次泥石流，吉林送变电公司的王超依然心有余悸。当时，施工队正在第 223 号铁塔施工，帐篷安置在距铁塔稍远有平整空地的地方，距帐篷 20 余米的地方是一条山沟，平时沟里的山水便于用水和洗漱。因为是雨季，正是山里泥石流高发的季节，所以特别是到了晚上，工人们时刻不敢麻痹松懈，每天总是有人轮流值班，查看周围水流状况和山形山体的变化，倾听山上的声音是否有异常。有一天晚上，大概两点刚过，观测员听到上方的水流声已不是往常清脆的哗哗声，而是带着一种沉闷的泥石翻滚的声音，而且能够感觉轻微的震动，旁边山沟里的水声也变得越来越急促，他马上冲进帐篷，唤醒大家赶紧往外跑，往周边更高处转移，帐篷里面的工人们顾不上其他起身就往外跑，等大家跑到一处最高点，回头发现大家刚才睡觉的帐篷已被急速冲下的泥石流吞没。

这就是在美丽的雪域高原，为了藏中联网工程早日建成，工程建设者们克服种种困难在白云深处安家奋战。我的一位同行者，和我一样倾听了他们感人的故事后，她欣然写下了一首歌，其中有："那云端上的天路呀，让世界变小梦想变大，那云端上的天路呀，把光明与温暖播撒"，我很想把它改成："那云端上的家呀，把温暖和光明播撒"。

家是躲风避雨的栖居所，家是集聚能量的出发地。虽然云端上的家简陋甚或破旧，但为了藏中千万个家升起光明，点燃希望，藏中联网建设者逐云的脚步迈得那么铿锵有力。

在高原，有一支电力登山队

有一个确切的数据。藏中联网工程全长 2738 公里，铁塔 3410 基，其中从林芝市的八一镇到八宿县，海拔相对较低，大多在 3000 米以下，而且这里植被茂盛，空气的含氧量高，因此在这里生活和施工，高原反应的程度没有其他区域严重。但这里地势最为险峻复杂，砂石岩地质增加建塔的难度，原始森林比较集中，雅江怒江等支流密布水系发达，为保护环境，减少因开山修路引起的生态资源的破坏，在施工设计中，就选择了使用索道作为运输的主要工具，藏中联网工程绝大部分施工用的索道都集中在这里。共架设索道近千条，总长 1200 千米，2000 米以上的索道占一半以上。

还有一个比较确切的数据，近千条索道共要运输塔基土石方和铁塔钢材 100 余万吨，所以架设索道便成了藏中联网工程最最必需也是最重要的环节，也培养了成百上千的登山队员，因此说藏中联网工程是登山队员的训练基地也不为过。

吉林送变电的王振威所承担施工的 140 号到 142 号三基铁塔，正位于我国第三大冰川，波密县玉普乡米堆冰川所在地，按照线路正常的走向和工程施工的成本，线路通道最理想的方案在米堆冰川附近，但这样

○ 架设索道便成了藏中联网工程最最必需也是最重要的环节。

一来对这个世纪冰川和自然景观的破坏将是巨大的。要避免这样的情况，就必须让线路避易就难避近就远，把这三座铁塔建设在冰川的景观视觉之外，从海拔较低地势较好的平坡，改走 318 国道以北的高山。而且这些山都是因为地质运动时板块挤压而成，皆是奇峰峭壁，壁立千仞，崖壁都成近乎 90 度的直角，垂直高差数百米甚至近千米，电力线路的走道就要建在这山高坡陡的山顶上，工程之难，难于上青天。

要在这样的奇峻险峰上架设索道，首要是找一条能上得了山的路，找到了路，才能把索道的副绳也就是说牵引索拉上去。鲁迅先生说："世上本没有路，走的人多了，便有了路。"可这里，每一座山峰，每一座森林都是人迹罕至的无人区，上山的每一步路都必须靠电力工人的脚去踩出来。所以在高原建铁塔架线路，施工队员首先必须学会登山攀越的本领。像 142 号这样的塔位，王振威他们先做了多次尝试，但每每都是到一个一个的绝壁处，便无路可走无功而返。甚至有一次，王振威在从山顶返回时迷失了道路，走在走着就是悬崖绝壁，再折返去寻找原路便

● 有一次，王振威在从山顶返回时迷失了道路。

天路入云端

长篇报告文学

迷失了方向。当时已是晚上9点多，无可奈何之下只得原地等待发出求助，最后由当地的老百姓上山寻找才把他从山上救援下来，这时他已经在悬崖顶上在寒冷和饥饿中等待了四五个小时。

为了工程的顺利，也为了保障工人们的人身安全，工程队最后请来了专业的登山队，先由登山队员在最难攀爬的岩石，或在情况复杂的路上安装好挂钩和绳索，再由施工队队员依靠这些挂钩和绳索向上攀登。为提高施工队队员的攀登素质和技能，专业的登山队队员们特意对挑选出来的施工队队员进行了数天的登山培训，包括攀岩的技术和自我保护措施等等。但即使是这样，队员们从山脚爬到142号塔还是需要三个多小时。

车到山前必有路。可有时车行到山前且似上青天，在崎岖的山道上曲折盘行，突然就会有一堵高高大大的墙挡在面前，这堵墙壁立千仞高入云天。我们站在那里，要十分吃力地仰头，才能看到山顶上云雾缭绕，铁塔只能建在那里。但你能看到的除了悬崖就是陡壁，这时你的脑子里只会冒出一个词，这就是"无可奈何"。对于这样的塔位，施工队队员们就只能在旁边茂密的树林中寻找出路了，这里到处是灌木丛林，脚下是一年年堆积起来枯败的松针枝叶，踩在上面，就像踏在棉花上使不上劲，一碰到雨天更是湿滑难走。哪怕是不下雨的时候，森林里的潮湿也会把整个人弄得湿漉漉黏糊糊。可太阳一出来，密不透风的树林里又会像个蒸笼一般闷热难耐。上面雾气蒸腾，脚下枯枝烂叶散发着长年的霉味，呼吸也会变得更加急促起来。可即使在最闷热的时候，大家也不敢轻易脱下外套，因为路上带刺的灌木丛生，像一把把钢锯利刃随时会划破你单薄的衣衫在你的手臂割开一道道口子。而且这里的山蚂蟥是无孔不入，

124

一不小心，它就叮得你记忆深刻。所以每次上山，队员们都必须把袖扣裤管扎紧，戴上手套，做好严密的保护措施。但即使是这样，还有防不胜防的时候。河南送电公司的耿万良说，他们每个队员都有被山蚂蟥叮过的经历，一想起那个被叮的情景，好多队员都会产生本能的恶心，汗毛直竖。满肚子的血，拉扯成了长长的一条，蚂蟥的吸盘还会死命地叮在那里，拉下来了，血还汩汩地往外冒，叮咬过的地方奇痒难忍，还无法用手抓挠。

河南送电公司14包工程的项目经理高民和副经理耿文良，他们可以称得上藏中联网工程中的两员大将，这不仅因为他们年龄大，而且因为他们经历丰富。凡是重要的位置或特别的山体，他们都必须亲自爬上去查看位置地势，他们说，这样做并非是对其他人员有什么不放心，而是自己亲自上去查勘了以后，对工程施工心里更有底更踏实些。所以工人们对他们两个是特别得佩服，说："别看他俩都是五十岁的人了，如果要论登山，很多年轻人都还无法与他们相比。"可高民说，说实在的，年龄真是不饶人，往上爬的时候，一心只想登顶还憋着一口气，还不觉得什么，但"上山难下山更难"这话一点不虚。上山凭的主要是力气和毅力，但下山除了体力还要胆气。在下山返回时一看脚下的万丈深渊，腿就会止不住地发软发抖。这时必须鼓足勇气，摒弃杂念，也就不再有什么畏惧了。

吉林送电公司的吴迪则说的是另外一种艰难的情形。他说，在藏中联网工程施工的各种地形中，还有一种情况对登山特别艰难，这就是砂石岩山坡，这种砂石岩土看起来很平整，但雨天潮湿粘鞋，天晴了踩上去松松软软的还往下流淌，迈上一步要退后半步，特别考验人的脚劲，一趟山下来，小腿肌肉僵硬得几乎无法动弹。而且这种砂石岩地形充满着危险，一旦砂石下滑形成合力，就会产生塌方或滑坡，那后果更不堪设想。

登山不仅仅只是对身体素质的考验，更是对意志和毅力的考验。藏中联网工程中，国家电网这支世界上最庞大的登山队伍，在世界的屋脊，就用他们坚韧有力的双脚追逐云彩、追赶着梦想。

逐云的脚步，朝着旗帜引领的方向

进入 7 月，从昌都经林芝到拉萨的 318 国道川藏公路，也进入了旅游的高峰期，这条中国最长最美的国道吸引了大量的游客，骑行的、徒步的，他们都带着一路的风尘和旅途的劳顿，也带着满眼的风光和朝圣的信念。就在这条 318 国道线旁边，自从藏中联网工程开始，就出现了一个个用彩钢搭建起来的简易工棚，它们多数散落在国道的连续上坡地段，或前后村庄住户相隔较远、人烟稀少的地方，每个工棚都有一块比较醒目的牌子"国家电网藏中联网工程党员服务队"。

跟随他们的脚步走进这些简易的工棚，与正面墙上悬挂着的中国共产党党旗一起迎接你的是电力工人温情的笑脸，他们是刚从高山上铁塔上下来的共产党员服务队成员。你可以在这里作短暂的休整，维护一下骑行的爱车，加点热腾腾的开水。若身体不适了，这里有最常见的药。高原的天气变化很快，时时会有一阵雨飘来，这里就成了游人避雨躲雨的安全场所。当你坐下来，无论是来自于祖国的哪个地方，在这里都能遇到最亲切的乡音。他们能让你忘记乡愁，抛弃烦恼，让你的疲惫一扫而空。在河南省送电公司设立的共产党员服务站，放着一本留言本，本子已被翻得有点破损变旧，但里面满满实实的文字记录着游人最温暖的心声。"川藏公路见真情，河南人民情谊深"，落款是"一位河南南阳桐柏老乡"。有一位叫马腾的游客，则表达了对电力个人的由衷赞赏"水电牵万家，艰辛工程兵"。有一对叫作杨刚、毛利的夫妻，在留言本上很是认真地引用了仓央嘉措的诗句"那一年，磕长头匍匐在山路，不为觐见，只为贴着你的温暖；那一世，我翻遍十万大山，不为修来世，只为路中能与你相遇。"然后欣然写下了"感谢共产党，感谢服务站"十个字。还有一个来自河南、湖南、河北和江西自称为咸鱼组合的四人小组，写得更有意思，"一路走来，享藏中联网恩惠多多，前有东达山顶热水住宿，后有波密卡达热菜热饭，咸鱼组咸鱼们在此感谢。祝藏中联网工作顺利"。小小的一个服务站，折射出的却是党的温暖和央企的责任，以及老百姓对党的热爱。"感谢中国共产党，感谢中国电网，天津人民感谢你们给我们徒步的温暖。"题写的是天津滨海新区游客老娜和杰子。

党旗永远飘扬在藏中联网工程最苦最难的地方，也出现在最危难最需要的时候。2017年8月4日16时，因为较长时间的强降雨，位于波密县倾多镇的桃花沟电站附近突发泥石流，20多名群众被困，多处房屋、车辆被掩埋。泥石流也导致桃花沟电站送出线路被冲垮倾倒而陷入瘫痪，波密县境内生产生活用电几乎全部中断，而波密县供电公司的抢修力量却是十分的薄弱。

面对突发的灾害，为尽快抢修受灾害破坏的电力线路，让波密老百姓早日恢复用电，河南送变电工程公司藏中联网工程施工项目部党支部，迅速成立党员电力抢险突击队，在各施工队中紧急抽调经验丰富的技术、施工和安全保障人员20名，工程车辆四台，由项目部负责人辛建党带队，在泥石流平息的第一时间赶到现场，配合波密县电力公司，在小雨依然没有停息的情况下开始受灾电力线路的抢修工作，在泥石流扫荡过的流沙乱石上，拆除损坏线路并重新架设电杆。经过两天的抢修，8月6日，所有被泥石流冲垮的线路全部迁移完毕并通电。

来到高原参加工程施工的绝大多数送电公司，长年都是四海为家，风餐露宿在全国各地，其辛苦自然是不言而喻。但在西藏高原施工，其艰辛的程度更是超乎想象，藏中联网工程的艰难险阻更是超过了川藏联网和青藏联网，堪称世界之最。在这样的艰苦条件下，如何凝聚力量磨砺意志，提升战斗力，党组织的保障引领和先锋模范起到了关键作用，各临时党支部强化组织领导，共产党员既是工程建设的尖兵，又是生活服务的贴心管家，在高原高寒地区处处散发着人性的光辉和温暖。

在波密县城以东40多公里的松宗镇，河南省送电公司14包项目部和工程队就驻扎在这里，他们承担了总共182基铁塔的施工建设任务，工程人员达到 160 余人，是各建设项目中人员最多的队伍之一。项目部经理高民是在工程开工后从云南建设工程中被调派到藏中联网工程的。公司领导在他来西藏之前找他谈话时，问他将重点怎么抓工作时，高民的思路十分的清晰："百年大计，工程质量绝不马虎；极限挑战，首先要留得住人心。"听完这话，公司领导当即表示，把这支队伍给你，我们放心。营造家的温馨温暖，是高民所谓的笼络人心最重要的理念，他们租用镇政府调剂出来的宿舍楼，他先和大家把杂乱堆放的废旧物品和建筑垃圾清除干净，在办公室的门口，用捡来的鹅卵石拼出了七个字"藏中联网欢迎你"。在铁塔施工时，有时会刨掉一些小树小花的，高民就会叫施工的同志把这些树木带下来，种在空地上，渐渐地，原来一处空旷的院子有了各种各样的小灌木、小树。5 月，高原的春天来了，这些小树也都开始发芽抽叶，到了 6 月，波密最好的桃花季，小园子也充满了绿色和各种一簇簇的花。高民说，我们这些施工人员，长年累月在外面工作，生活和工作很单调乏味，大家聚在一起就是一个家，所以我们这些做负责人的，一定要给大家创造家的温暖，这里的条件异常艰苦，吃住等各个方面都无法和家里的生活相比，所以我们更要创造家的氛围。

在波密，不仅物价指数高，要吃点蔬菜很困难，而且一到冰冻期，交通就会十分困难，这里甚至会很长一段时间吃不上蔬菜。高民就和大伙儿提议，利用住地旁边搞基建时留下的一块空地，大家一起动手平整，搭起温室暖棚。一到天气恶劣不能上山施工，大家就在暖棚里做起了农活，从河南老家带来播下去的种子很快就开始发芽成苗，然后就移植到新垦平整的土里。虽然西藏高原的春季依然是高寒冷时间居多，但由于阳光的充沛和暖棚里的温湿，各种作物长得都是生机勃勃。一到夏季，暖棚里的西红柿结得密密麻麻，工人们既当水果又当主菜还是吃不完。其他的如茄子、辣椒、长豇豆一类，同样是长势极旺，所以工人们的蔬菜有了充足的供应。暖棚外，玉米、向日葵，这些耐寒一点的作物，在大家的精心培植下，长得也特别的饱满结实，特别的招人。

工人们还在菜园和厕所之间搭起了一个猪棚，养起了猪，老叶枯菜做猪的有机饲料，猪的粪便又是蔬菜最好的肥料。猪栏里两头乌黑的高山猪亮亮的皮毛，健壮有神。

从高山峻岭的线路施工场地下来，卸下身上的安全工器具，和工人们在他们的生活小院落里溜达，感到特别的轻松，仿佛进入新鲜氧吧般的舒心。高民一脸兴奋地说，等到八月中秋的时候，我们的工程将把最苦最难的工程都啃下来了，绝大部分的工作都将完成，而高原也将进入又一轮的冰冻期，到时，我们要宰一头猪，项目部的所有同志搞一次聚餐，为我们工程安全圆满庆功祝贺。

人是需要一种精神的，在西藏高原恶劣的环境下，是什么赋予了我们的电力职工这种精神力量，又是什么让他们带着这种精神为社会为百姓奉献着他们的责任和大爱？听着这些党员服务站、党员突击队和一个个普普通通党员的故事，我突然明白了一个道理，是党旗的引领，是党性的光辉，让高原处处散发着人性的温暖。

龚强，一个想写诗的送电人

在波密县城河南送变电项目部的办公室翻阅资料、参观他们的党员活动室时，辛建党经理向我介绍了一个人，这个人是15包工程的安全员龚强，他不仅做工程是一把好手，而且喜欢写诗写文章，这立马引起了我浓厚的兴趣。借了活动室的场地，我开始了与龚强的一次采访。

我说，我想看看他创作的诗歌和文字。龚强的手摇得快速而频繁，红黑的脸，露出白白的牙齿，洋溢着那种暖暖的笑，有点腼腆说话也有了点结巴。在我的坚持下，他在手机里翻出了一首递给了我，是一首《我不知道》：我不知道这里的微笑／全是平凡的一张脸／我不知道这里的故事／带着青春继续向前／我不知道我们要多久／在这里浴血奋战／我不知道我们的明天／有多少人在期盼／头顶烈日酷热／脚下山川大河／伴着风雨我们走过／越来越多瞬间／都是我们热血和汗的拼搏／继续走／／

我不知道这算不算诗，但必须承认，在我默念的第一遍，就突然有

● 龚强红黑的脸，露出白白的牙齿，洋溢着那种暖暖的笑，在手机里翻出了一首诗递给了我。

一种感动，整整一天在大山里对送电工人们的采访，在这首诗里似乎找到了答案，我情不自禁地念出了声。

当我念完"继续走"三个字时，龚强的双手已在拼命地擦拭他的眼睛。他的眼睛突然地红润起来闪着泪光，他的手想竭力地控制，但闸门似乎已经打开再也无法控制，在哽咽中他终于说出了一句："陈老师，我对不起我的家人！"

我想不到，从诗歌开始的谈话竟然是这样的开场。

"我很想特别地想写我在送变电工作的经历，我只是一个无名小卒，干不出惊天动地的事业，但我们的工作很有意义。我从黄土地出来，能够从事送变电工作真的是一种幸运，没有送变电，我永远是一个面朝黄土背负天的农民，是送变电给予了一切，给予了我奉献的机会。"这是在整个采访过程中，龚强无数次地强调的一句话。

故事有了开始，我很想倾听。

初中毕业，龚强以较好的成绩考上了县里的重点高中，但只上了两个月的学，因为家庭一场较大的变故，16岁的龚强不得已中断了学业，进了河南省送变电公司的一支线路施工队从事线路的安装工作，从此便跟着师傅们开始天南地北地做工程。送电工作的艰苦不仅仅在于长期别妻离家，每日顶烈日经风霜，而且常在大山大川间穿越，在铁塔导线上行走，危险系数很高。"有女不嫁送电郎，一年四季守空房。有朝一日还家里，带回一堆脏衣裳"。这大概就是对送电人描述的一个侧面。龚强也觉得在最初的几年，感觉是特别特别的累，有时累得快要支撑不下去。好在那时年轻，没有结婚没有妻儿家庭的牵挂，挺一挺咬咬牙也就过去了，毕竟还有一份不错的收入，家里背下的不小的债务和未成年弟妹的负担，需要他这个家里的顶梁柱去扛。

这样艰苦的工作，有时静下来也不忍去回忆。最难熬的是 2002 年，那一年，他真的想放弃送电线路工的职业。说起那次差点挺不过去的经历，龚强的语气中好像还带着一种余悸。当时他们是在湖南的山里工作，那一年的天气也不知是怎么搞的，两个月的工程，几乎有 57 天是下雨，中间还夹杂着两场雪，衣服每天都是湿漉漉的，又是初春时节，在高高的铁塔上，整个身体麻木、机械，就快要冻成冰棍。最要命的是有一次下了铁塔吃饭，已是饥肠辘辘，但因为寒冷，几乎失去了知觉的手刚碰到饭盒，一时没有接住，饭盒摔在了地上，饭和菜一起倾倒在泥浆里。冻了一天累了一天，最后连一口热饭也吃不成，那一刻伤感的泪水夺眶而出。这个时候，家庭的状况已有了很大的改善，想想在家什么都可以干，为什么还要干这一行？终年不着家不顾家，又是又累又脏的活，还不如在家找一份轻松点的活干呢。那一次他真的是下定了决心：回去后从此就告别送电工的行当。

当完成了工程回到了家，他把自己的想法和也是在送电公司工作的叔叔一说，叔叔没有说大的道理，只是劝他再坚持一下，劝他再努力地挺一下，也就过去了。因为叔叔的那一句坚持，这一坚持又过去了 15 年，而且他再也不想离开送电这个岗位。

说起送电工这个行业，龚强已是第三代，算得上送电世家。他的爷爷从抗美援朝的战场上下来，从部队复员后就进了当时的送电工区，还担任过送电工区的工会主席。后来他的叔叔进了送电工区，继承了龚强爷爷的职业。龚强已算是第三代送电工人，他的叔叔当时劝龚强再坚持一下，可能很大的一个原因或者意愿就是希望送电职业在龚强身上能够延续和传承下去。

　　说起已经逝去的父亲，说起爱人和孩子，龚强的眼睛又开始红了起来，再一次地重复了那句话，"陈老师，我对不起我的家人"。长年累月在外东奔西走，一年中回家的时间加起来也不会满一个月，家里所有的担子都是爱人一个人担着，龚强说，作为一个农民，他已记不清已经多久没有在地里干过农活了，地里庄稼的播种收获都是爱人在张罗着。父亲曾经是村里的党支部书记，常常教诲他一心做好自己的工作，不要给村里人丢脸，还希望他早点入党，有一天能回去带领村民们一起致富奔小康。但龚强很后悔自己没有能好好服侍过父亲，没有尽到做儿子得孝心。对于妻子和女儿，龚强也深感没有尽到做丈夫和父亲的责任，觉得亏欠家庭的太多太多。常年不着家，爱人难免会有抱怨，也四处托人帮他找工作，叫他辞了送电这个又累又脏收入又不高的工作。也曾经有朋友给他找了一份年薪不菲的管理工作，而且又能顾家，可他最后还是婉辞了朋友的一番好意，为此也与爱人闹过一场不愉快，但最终爱人还是支持龚强对送电工作的那一份热爱。公司每年会安排家属到工程所在地来探亲，对于这样的好事，他一方面很感激公司的关心，给他们创造团聚的机会，但另一方面他又很矛盾，不敢让爱人到工地来，尤其是特别艰难的施工场地，他怕爱人看到这高空作业的危险，他说，爱人已为这个家操了太多的心，他不想让她看到这些再为他的身体担惊受怕增添一份牵挂。

　　因为家族遗传的原因，龚强有先天的高血压症，是不适合高山和高空作业的。公司领导在发现了龚强的病症后就安排他担任安全员。本来，这次高原的工程他完全有理由可以不来，而且领导也作了这样的安排。但他觉得藏中联网如此重大的工程，如果没有参与，会给自己一生留下遗憾。其实，龚强很想再回到铁塔上去，他说，爬到这铁塔上，当我们完成了这世界上最高的工程和最险的工程，在很多年以后，当我们回忆起这段经历，会刻骨铭心，会有故事可讲，我们可以告诉自己的孩子，告诉朋友们。

龚强说，送电这份工作不仅给予了自己很多，也给予了村里的很多年轻人很多，物质的和精神的。送电安装确实很苦很累甚至是枯燥，但它改变了很多人的生活和观念，也改变了大家的视野和心胸。

曾经有人问他，一年四季你们也不去旅游，也没有过多的时间在家里陪陪家人好好地享受生活，你不觉得这样的生活太没有意义吗？可龚强却不是这么理解的，他说，因为在全国各地施工，特别是这几年的特高压电网建设，他几乎跑遍了祖国山河的每一个地方，无论在沿海平原，还是西部山区，他都能在高高的铁塔上看到常人看不到的风景，欣赏到最美的大好河山，而且自己就是在为这大好河山做着自己的贡献，因此也特别地有成就感和自豪感。

这份成就和自豪，起始于2008年的那场电力抗冰抢险。那一年在湖南的郴州，施工过程和环境的艰苦他已经记得不多了，但在他们抢险任务完成，政府组织的庆祝活动和老百姓自发组织慰问和送别的场景，他却至今难以忘怀。施工队在村里施工，因为正是春节前夕，当地的村民宰了自己家里的猪，抬到他们的住地，和他们分享过年的喜悦。听说他们要走了，乡亲们挑着当地的土产品土鸡蛋，硬要大家带回家。在当地政府组织的庆功会上，他和同事们第一次披红戴彩出席大会。这些场景，过去只有在电影里看到，是战争年代人民子弟兵的荣耀，现在自己作为送电工人也有了这场光荣，自己也就有了很伟大的感觉。

也是因为有这份成就和荣耀，有对送电这个行业的热爱，龚强很喜欢和工程队的队友们一起活动，一起谈心，当年轻的同伴们有思想波动时，他就会用切身的感受去开导他们。三年前，工程队来了一位研究生，名叫吴建祥，跟着师傅们干了一段时间后，总觉得送电的工作太简单太单调，自己是一个研究生派不上大用，很有一种怀才不遇的失落。龚强看到这种状况后，就经常地和小吴谈心聊天，告诉小吴，送电的工作看似简单，但其实里面的学问很多，要做好它也是一件很难的事，而且它给社会给国家给老百姓带来的价值和意义是很多工作实现不了的。如今，吴建祥已成了工程队的骨干力量和技术能手，也和龚强一样，每天奋斗在藏中联网工程一线。

龚强今年只有 36 岁，可成为送电工已有了整整 20 个年头。他印象非常深刻，那年他是在国庆节入的职，所以他很希望到 2018 年的国庆节，藏中联网工程可以顺利地完成主体任务，到时他和同伴们要好好地庆贺一下，庆贺自己的送电生涯中又有了浓墨重彩的一页。

一个半小时的采访，我始终在思考着一个问题，是什么造就了龚强这些普普通通的送电工们如此宽阔的情怀。就像他在采访中一再提到的他的师傅耿万良，目前正在 14 包段上担任项目副经理。上午我曾经在他的施工现场采访了他，他的敬业和对生活的那种热爱也让我肃然起敬。就像龚强说的，其实我们都是一批会寂寞，也会痛苦甚至有时是很多愁善感的人，只是我们把它放到了内心一个很小的角落。当我们爬上高山，登上铁塔，心里安放的也就只有了一条条可以延伸到四面八方，延伸到千家万户的条条银线和那光明后面幸福的笑脸。

因为想进一步探究，我打开龚强微信朋友圈，发现有很多是关于藏中联网工程的，其中有这两段："这段路，被雨水冲断了几回，我们一直没有停下脚步，只为那最后的蓝天。""见证并参与藏中联网工程是我一生的荣幸！给我的送变电的职业生涯画上最浓重的一笔，当我老去的时候，回忆起我的青春年华没有荒芜！"

对生活的热爱，对事业的热爱，才会有宽阔胸怀，我想这就是答案。

他们，逐梦的脚步永不停息

是不是在高原待得久了，他们的精神变得和高原的天空一样纯净？那是离天堂最近的地方，他们的心灵更接近于高贵圣洁。或者是他们长年奋斗在祖国的名山大川，常常站立在铁塔之上，是巍峨群山之中的塔上之塔，也就看得比我们更高更远。

总之，在西藏藏中联网工程的现场，我碰到了他们，王振威、龚强、高民、耿万良、吴迪等等，他们都是普通的人，但他们又是一万多名工程建设者中让我肃然起敬的电力送电人。

耿万良，是龚强的师傅。说起自己的师傅，这位关门弟子有道不尽的自豪和赞语：我们送电公司很多人是他的徒弟，现在他带出来的每个徒弟都是工程上的技术骨干。1968 年出生的耿万良，已经是 50 岁的人了，本来，在这次藏中联网工程中因为年龄的原因他没有被列入参加的名单，但他却主动报名要求参加。他说，越是困难的地方越是要去试试，而事实上，公司也确实需要他这样的技术人才。到了高原，耿万良就像一台铆足了劲儿的机器，天天扑在工地上。他是 14 包工程的项目部的副经理，负责技术和安全生产，等于是项目部的技术和安全专家。高原施工最大的问题除了高原反应就是通道困难带来翻山越岭的艰难。但不管是多高多险，耿万良总是逢山必爬，每个工程点必到，这是他给自己立下的规矩。他说，只有自己亲自爬过看过，他才对施工心里有底气。从 241 号到 249 号的八基铁塔，海拔都在 3000 多米，但耿万良说，山高不可怕，可怕的是山又高又是原始森林，因为茂密的树林会给施工带来极大的麻烦。最远的一处施工点，来回就是十公里，而且都是在茂密的树林穿行，各种状况都有，路况的艰难不用说，碰到雨季的时候，一场大雨之后，太阳一出来，密密的树林里，没有一丝风，闷热得像蒸笼，树上的雨珠还在不停地下，里面的内衣却又被汗水湿透了，里外也就没有了一丝干的地方。等走出树林，走上山顶或是悬崖，一阵风又把人吹得寒冷颤抖。

耿万良是施工队里年纪最大的，又是现场负责人。所以他不仅要身体力行地爬，还要时时提醒大家注意安全。有时又要讲些笑话逗个乐子，调节一下乏味单调的工作。所以，龚强说，师傅根本不是 50 岁的人，连我们这些 30 多岁的都比不上他的身体。在工作的途中，耿师傅还会和大家一起唱个歌，讲个故事。在 2017 年 7 月 9 日中央电视台的新闻频道中曾有一个"点亮高原"的节目，其中有一段是耿万良和他的队友们在登山途中唱的一段，估计是他们自编的，道出了这些电力人的乐观和面对恶劣环境的坚毅："我那前腿那个弓，我那后腿那个蹬，再高的山头我也要冲，缺氧俺不怕，送电人就是这样中、中、中。"

○也许是高原的阳光特别的充裕,院子里的向日葵长势特别的好,秋天到来,大家就可以享用美味的高原葵花子了。

耿万良是一个施工的好手,但他更是一个懂得生活的人。我和他一起从工地上下来,他就一头钻进蔬菜暖棚,暖融融的棚子里,各种瓜果蔬菜色彩斑斓,竞相争艳。这时,他就会拿起农具,修枝剪叶,采摘果蔬,或者翻土播种。面对着这些他亲手培育起来的蔬菜,耿万良像是一个慈祥的长者,心里充满无限的快乐。也许是高原的阳光特别的充裕,院子里的向日葵长势特别的好,秋天到来,大家就可以享用美味的高原葵花子了。

扒在猪圈的石墙上,看到那两头黑光油亮的猪啃着他随手摘来的菜叶,耿万良又像是一个天真的孩子。养猪和种植暖棚蔬菜,一方面是为了改善大家的生活,保证大伙儿能吃到新鲜的蔬菜瓜果和肉食,而另一个更重要的原因,就是在高原上这些看似与工作无关的内容,却折射出他们对生活的热爱和对人生的积极态度。

14包工程的项目部经理高民和耿万良是同年进单位的同门师兄弟,河南公司的领导中途把他从云南紧急调到西藏项目建设工地,看中的是他带队伍啃硬骨头的超强能力,可以说,他是临危受命,接受他参加送电工作30年来最严峻的考验。这个考验来自于在世界的最高原,做世界上最难的工程,要管理的更是一支特别的队伍。在高民上任之前,14

包工程的项目部，接连地出现了工程质量的把控和队伍不稳定的问题，急需一个人来改变这种现状。

高民要着手解决的第一个问题就是工程的质量问题。虽然有第三方监理公司在，但高民对质量的把关依然是一丝不苟，容不得半点马虎，甚至于达到了近乎苛刻的程度。

最典型的是高民初来乍到刚上任不久，有一工程分包方在进行一处塔基的建设时，基础深度、钢筋结扎的要求等都没有经过项目经理的验收，就擅自开始进行混凝土的浇筑。高民在发现情况后，立即要求停工复检，明确要求必须在得到检查合格后方可浇筑，分包方初始找各种理由，后又拿出监理作为挡箭牌，态度软磨乱缠。但高民硬是不吃这套，他坚持要敲样检查，因为他凭经验坚信这基础一定存在严重的问题。果然，在他的坚决要求下，已经浇好的基础砸掉后发现，基础深度、钢筋数量等都存在严重的偷工减料问题。分包方不仅没有得到便宜，反而赔工赔料还吃到了处罚。

这个严抓质量的故事也迅速在分包队伍中传递。河南公司来了个铁面经理，各施工队从此再也不敢在质量上打马虎眼。对于质量问题，高民说，组织让我们来就是叫我们来把质量关的，质量就是安全就是人命，关乎天地，我们不能有一丝一毫的侥幸和大意。

铁面的高民，在对队伍的管理上却又显出了极其柔性的一面。

工人们远道而来，远离了亲人，而且很多都来自不同的地方。高民首先把他们安排在镇上条件较好的旅馆，保证他们住得舒适，睡得安稳。在项目部的办公地点，虽然老房子、旧平房、各样的建筑杂乱不堪，但高民要求不管是办公场地还是生活场所，一定要整洁整齐。在他的鼓励带动下，院落里不仅慢慢地改造成了小花园，而且搭建蔬菜暖棚，养起了猪。不仅改善了伙食条件，也丰富了工人下班后的生活。

高民说，要管好队伍，首先就是要留得住人心，这里的条件这么艰苦，如果我们不能从生活上关心他们，又怎么能留住他们？有的工程队不远千里招聘了一批辅助施工人员，但他们到了高原，看到这里的恶劣条件，掉头就想走。高民就会去做这些人的思想工作，说道理也讲人情，告诉他们工程队把他们招来的不易，不仅做了很多的生活准备，而且机票车票都是一笔很大的开支。有高原反应，能够适应，所以大家将心比心也要考虑做几天试试能不能坚持。若身体真的无法坚持，他会负责把大家平安送回家。在他耐心细致的工作下，河南公司 14 包工程项目部下属的各工程队，人员队伍最整齐，流动最少，也使工程建设能够比较顺利地开展。

高民说，在高原这样的环境下，最怕是产生单调厌倦的心理，心累了身体就会更累。因此，他会在各种不同的场合，宣贯他数十年走南闯北积累的经验，"我们就把每一个工程当作一次新的旅游，在不同的地方看不同的风景，而且这是公费的旅游"。

这就是高民他们的工作观，乐观、豁达、积极。那里的很多人都是这样的，在他们的口中没有崇高的语言，但却有着能感化心灵的巨大力量。

在藏中联网工地吉林送电公司的项目部，我也碰到这样一位年轻人。

他就是吴迪，现在的微信名叫作果果爸，我认识他的时候叫作幸福无敌。微信的头像是他和女儿的合影，看那深情的目光，对女儿充满着满满的爱。女儿还小，但他放弃了对女儿的陪伴，从中国的北方，来到了中国西南部的世界屋脊，从此他的微信里就少了女儿家人的身影，所发的每条信息几乎都与藏中联网工程有关。除了自己拍的所见所历，他转发了大量中央电视台关于藏中联网的直播和其他媒体的相关报道，而每次他总不忘在转发的内容写上"能看到这里有我吗？"和"我在这"这样的字句，所表达的就是对能来参与藏中联网工程的自豪，"西藏行，第一次爬塔，这酸爽"，是他在铁塔上的一组照片。在央视直播的节目中，他亲自参与了和央视记者一起登山的全程，而且还做了一回摄影师。在中央电视台对米堆冰川铁塔施工进行现场直播时，吴迪多次在登山队伍的镜头中出现，因此，他感到特别的幸运，他总说，虽然觉得苦，但一辈子能碰到这样的机会是自己的福分。

所以在跟他的交流中，他总是怀揣着一颗感激的心，他从不说登山的苦，爬塔的累，也从不抱怨高原反应的条件的艰苦。他一直在说，自己很幸福还很幸运，女儿出生的时候他在旁边，他的其他同事好多都错过女儿、儿子降生的时间，所以他比其他人要幸运，总之，任何事，他都是往好的想。他说来到西藏，他看到了羚羊啊，牦牛啊，就比在老家的很多人幸运，所以，他的幸福观特别的正能量，幸福感也特别的强烈。

我们总是很诗意地去写铁塔银线和它们的建设者，好像他们是五线谱上的音符，但对吴迪、耿万良那千万的建设者来说，他们时时面对的是枯燥单一的工作，怎么样化解这些单调乏味，使之变成对工作的热情热爱，内心就必须有无限的阳光，如此，才能相得益彰，共生共荣。

写了以上这些，总感觉无法写出在藏中联网工程建设者们精神的万分之一，他们是电力的创造者，是光明的天使，是天地的歌者。所以，我还是用一位朋友在听了我讲述的故事后，所写的一段小诗作为结语吧，以此纪念藏中联网这伟大的工程，纪念那同样伟大的和高原奋战的建设者们！

以夸父的姿态

追赶星辰日月

丈量天地沐雨栉风

逐云的脚步

穿越历史洪荒

让温暖恣意蔓延

梦想的脚步

在山岚穿梭

乘一片祥云

播种铁塔编织银线

穿越世纪黑暗

牵引万家灯火

天路入云端

长篇报告文学

● 如果用脚手架建一个钢梯，同步配套标准化索道，用索道运送物资，钢梯用于施工人员上下班通行，这样一来，不仅能最好地保护脆弱的生态环境，还能保证大家的安全。

第五章
生死兄弟

○ 陈兆平

怒江天梯

雪花随着狂风乱卷。那一天，刘文锦的心被揪紧了。从小住在四川的邛崃山下，40 年了，他从来没见过如此的大雪天。汽车在路途中搁浅了，再也无法前行一步。车窗外，大片大片的雪花一直在狂飞，路面的积雪越来越厚。

这是 2017 年 5 月 5 日，业拉山上的暴雪兀地掩盖了怒江跨越段施工营地与项目部之间的便道。这条盘旋在业拉山上、平均海拔 4800 米的施工便道，是藏中联网工程包 9 项目部与施工营地连接的唯一一条生命通道。这一天，该是项目部为施工营地运送生活物资的时间了。施工营地的负责人早早地下令，动用挖掘机、推土机不间断地清除施工便道的路面积雪，以迎接项目部的物资运输车辆的安全到来。然而，雪越下越大，气温越来越低，不时还刮起一阵阵狂风，刚刚清除了积雪的道路很快又被狂风卷起的积雪掩盖。

这场大到暴雪，一直下到 5 月 8 日，仍然没有要停的迹象。狂风仍然呜呜地刮着，那一段 28 公里的施工便道彻底陷入瘫痪状态……刘文锦心急如焚，施工营地的给养保障量只剩下了一周。如果这大雪再持续下去，山上的数百号兄弟就要断粮了。

真是祸不单行！5 月 9 日下午 3 时许，施工营地再次传来一个坏消息：有一个施工人员突然出现感冒症状，亟待外出救治！项目部接到施工营地用卫星电话传回的消息，这让每一个成员都明白将出现怎样严重的后果。

"不能再这样等下去了，谁也不知道这大雪什么时候才会停！"身为包9项目部常务副经理，刘文锦再也坐不住了，"让营地想办法把病人送出来，汽车不行就用担架送，或者用挖掘机先把人送出来。项目部马上派车出发，在路上接人！"

一场生死大营救在藏中联网工程包9项目部与施工营地两个不同的地点同时展开。

大雪仍然在下，山川一片迷蒙。

两部卫星电话成了热线，随时都在通话。施工营地负责人下令用汽车将病人快速送往附近的邦达镇。当天下午4点40分，汽车行驶到积雪路段，再也无法继续前进。施工营地于是派出一台挖掘机，冲破厚厚的积雪阻碍，迅速将病人送出。与此同时，刘文锦向远在左贡县美玉乡的高原疾病防治中心医疗点发出紧急求援，一辆救护车拉响警报呼啸而来。

挖掘机和救护车在10R057塔位处相遇。救护车快速转运病人，向着百里之外的昌都疾驰而去。当晚11点30分，救护车抵达昌都市人民医院。"病人已抢救过来，没有生命危险。"在接到这个来自昌都的电话后，刘文锦才长长地舒了一口气。后来，在讲述这次大营救的一些细节时，刘文锦掏出一段心里话，"藏中联网工程是一个超级工程，要在生命禁区里挑战生存极限，就需要一群敢打敢拼的兄弟，我们这个标段虽然线路只有76公里左右，但气候十分恶劣，能来这条线路上干活儿的人，都是我的生死兄弟。我就有责任照顾好他们"。

刘文锦掰起手指算了算，除了项目部26人外，施工队伍就来了306人。"300多个兄弟啊，我不能不管他们。"

2016年4月，藏中联网工程包9项目部在西藏八宿县城安营扎寨。

八宿，在藏语中的意思是"勇士山脚下的村庄"。八宿县西南部有横断山脉，东北部有怒江，属于三江流域高山峡谷地带。境内主要山峰有北部的初胆针山，海拔 5971 米；西北部的拉穷山，海拔 4700 米；南部的然乌湖地区，是念青唐古拉山脉东段与横断山脉伯舒拉岭接合部，山高谷深，多冰川。怒江从八宿县西北部入境，穿越县域中部，由北向南奔流于高山峡谷之中，河道弯曲狭窄，河谷深切，落差大，水流湍急。县城所在地是白马镇，27 岁的祝悠然随着第一批人住进了这里。"当时不仅要打理项目部，还要去线路经过的地方给施工队伍找驻地。"这年 9 月份，前任经理因身体不适下了高原，刘文锦临危受命来到八宿的项目部出任常务副经理，挑起了包 9 标段的重担。

说起刘文锦救人这件事儿，祝悠然后来补充了一句："我所晓得的，刘经理就救过六个人。"2017 年 2 月 11 日，施工三队的队伍开进了昌都。眼看包 9 标段的基础工程即将进入收尾阶段，只剩下 10S147、10S148、10S149 三基基础尚未浇制，这三基塔均位于怒江边无人区的山梁上。物资运输、后勤供给都要受天气的制约。按常规讲，2 月份不能施工。但为了抢工期，基础浇制不得不进行。于是，项目部向藏中联网工程总指挥部提出申请，并请求派出医务人员前往施工营地。2 月底，两名医护人员准时到了施工营地，并对全体施工人员进行了一次全方位检查，身体不合格的八人被劝退。3 月到 5 月，大雪纷飞，白天的气温仅有零下七八摄氏度。幸运的是，施工工地在海拔 3200—3600 米，大部分时间还能挺下去。但运输生活物资，却要翻越海拔 5000 米的业拉山，山上积雪深厚，那时，每隔一天，刘文锦都要去一次施工现场。"当时，每天要了解施工人员的身体状况，并且每周定时去巡诊，测血压、测血氧饱和度。"有一天，刘文锦和医生再次来到 10S146 营地巡诊时，突然发现少了一个人。一打听，才知道这个人前一天就喊身体不舒服，当时还在帐篷里睡觉。刘文锦心里一紧，不好。跑进帐篷一看，才发现这个人已经起不了床，于是将其扶了出来，医生一检查，原来他已患上了典型的高原肺水肿。医生当即一声大喊："快给他输氧！"随后立马派车将其紧急送往百公里之外的昌都市人民医院。施工三队的汽车将病人送到业拉山山口，医疗点的救护车在山口接应，然后送往昌都。到了昌都，医院都不敢收治这个病人了，害怕承担风险，一阵好说歹说，值班的医生决定"死马当活马医"，这才保住了一条鲜活的生命。值班的医生说，"如果再晚来一会儿，这个人就彻底没救了。"刘文锦一直不知道这个施工人员的姓名，只晓得他是云南昭通人。在医院治疗一周后，便出院回老家静养了。

包9标段线路的起点在左贡500千伏开关站，终点在八宿县拉根乡必果村的标段分界点。线路塔基所在位置平均海拔达4430米，海拔4000米以上的塔位有106基，海拔4500米以上的有52基，最高塔位点的海拔高度为5018米，沿线地形为高山和峻岭。这段线路途经区域高原气候明显，尤其是大风、低温、高寒。怒江超高海拔无人区段位于八宿县境内，在怒江天险跨越怒江，这段线路所处山体险峻，100%为峻岭，大部分塔位相对于公路高差在1500米以上，最大达2344米。

刚到项目部不久，刘文锦就想去施工现场看看。有一天早晨，他简单地吃了一点用高压锅煮熟的面条，便和项目部的同事前往怒江边施工难度最大的塔位。当时，那里正在进行基础施工。要去这个施工现场，就必须翻越业拉山。一路上，还会经历近30度的温差变化，一旦受寒或感冒，后果不堪设想。走的时候，有人提醒他："带上最厚的衣服。"

汽车沿着318国道一路东行并沿怒江而下，一边是直达怒江的悬崖，一边是碎石满布的陡坡，狭窄的道路只能供两辆车交错而行。汽车在跑，司机更累，他不仅要紧盯前方，还要时刻提防山坡上滚落的碎石。很快，汽车就过了318国道怒江段，倏地进入业拉山最难跑的72道拐。

业拉山是横断山脉最大的天险。这里有一处著名景点——"72道拐"，险峻惊绝，是世界公路史上的奇迹，也是川藏公路上一道"鬼门关"，又被称为中国十大死亡公路之一。据说，这段山路究竟有多少道拐弯谁也数不清。有的说72道拐，有的说99道拐。有数据表明，从山下海拔2700米的怒江河谷到4658米的业拉山山口，这段盘山公路的海拔陡升超过2000米。汽车从山下爬到山顶，左拐或者右拐，要用将近两个小时。

第一次经过72道拐的人会很兴奋。但对于每天都要上山下山的人来说，这72道拐就是72次甩。好不容易穿越72道拐，汽车爬到了业拉山海拔4658米的山口。在318国道旁，有一条施工便道，就是前往施工现场的唯一道路，这条道路在大雾中若隐若现。

"山上又下雪了。"远远地看着施工便道，刘文锦一脸凝重。

汽车继续前行，施工便道上发生了剧烈抖动。车内没了声音，刘文锦转过头来一看，有人蜷缩在座位上大口大口地吸着氧气。汽车行驶到海拔5000米的高度时，大雪开始飘飞。前方的雪越来越厚。汽车继续艰难往上前行，突然，汽车停了下来，睁大眼睛看了看前面，原来是一辆大货车停在了路中间，正在安装防滑链。

风雪中，货车司机正在用双手进行最后的紧固检查，头发和衣领已经被雪花染成花白，将黝黑的脸庞衬托得更为坚毅。布满淤泥的手套显然影响了他安装的速度。高寒，缺氧，加上重体力活的安装过程，让他每干一会儿就要休息一阵。直到他仔细检查完车轮的安装情况后，运输车队这才开始继续往上前行。

跟着运输车队行驶到海拔5200米的便道最高点，雪越下越大，就在汽车即将进入超长下坡的路段时，刘文锦让汽车停了下来。一阵商议后，决定原路返回。一路颠簸四个多小时，眼看就要到施工现场了，却不得不放弃继续前行。后来，刘文锦回想起这段经历，仍然觉得自己当时的决定是正确的。

司机张毅经常前往施工现场，那个晚上，他给我讲起了他在施工便道上的一段往事。施工便道刚修好不久，张毅第一次上山去施工现场。汽车挂上低速四驱，并开启陡坡缓降，小心翼翼地行驶；尽管如此，还是需要他踩着刹车才能将汽车的速度控制在安全的范围内。连续的回头弯和陡坡，让汽车的刹车温度急剧上升，眼看就要到达平缓的路面时，刹车在最后一个坡道上失灵了，任何减速措施都已经控制不了车速，车速在不断攀升。此时，一边是怒江悬崖，一边是山坡碎石。"不能让车速再增加了！"看准时机，张毅借助道路旁修建的一个挡土堆，以牺牲汽车前保险杠为代价，这才让汽车彻底地停了下来。"还好，在修路的时候就考虑到可能发生的危险，于是修建了挡土堆。"虽然时隔已久，但一说起那次惊险之举，张毅仍然手心冒汗。自那以后，张毅每次行车到施工便道时，就会在途中停留一会儿，"让刹车降降温，这样跑起来才会更安全"。

2017年4月，是集中运输工程塔材的高峰期，但业拉山上的施工便道"难于上青天"，因为大雪纷飞，山野间白茫茫一片，道路积雪深厚。

"雪停了，出发！"4月9日上午10点，一支负责业拉山之巅"高原天路"保障工作的小分队给电力工程车装上防滑链，再次踏上海拔4800多米的雪域征途。他们的任务是，铲雪保运输。这个时节，成都正值春暖花开，而千里之外的业拉山几乎每晚都是大雪纷飞，却又在第二天上午10点准时停歇。因为有34基铁塔位于雪山上的无人区，施工队不得不绕着业拉山的山梁修建了28公里的"粮草"运输通道，工程所需的各类材料、物资、工器具、生活补给品从此源源不断地运抵前线。然而，积雪添堵，五台清障车忙碌在积雪路段的不同区域，以最快的速度打通前往施工营地的生命通道。"老王，是不是又打不燃火了？""是啊，夜里气温零下十多度，肯定又把发动机冻着了。"谈笑间，清障队员王强赶紧拎起一壶随身携带的温水瓶，往清障车发动机、油管等关键部位浇上了滚烫的水，这才使清障车"复活"过来。铲雪，夯路……"老张，换你来吧，眼睛有点受不了。"施工三队队长张建超与王强互换角色，继续铲雪。阳光照射着积雪，反射出白晃晃的光，十分刺眼，即使戴着墨镜也难以坚持很久。当初，队员们没经验，认为只要戴了墨镜就行，时间一长，每个人的脸上有了"高原红"，并渐渐开始蜕皮。后来，他们不得不涂上防晒霜，并用围巾遮住整个面部，劳作间，大家互相戏称"中东友人"。干活儿累了，队员们就躲进车内，迅速脱下鞋，抖出渗进鞋里的积雪，并借着发动机的余热，将润湿的鞋袜烤干……"每天都重复着如此艰辛又枯燥的工作，你们的精神动力来自哪里？"我问他们。队员张勇军回答说："我每次去商店买东西，店主都特别热情，一个劲地追问我藏中联网工程什么时候能完成，每当看见他们那期盼的眼神，就知道我们电力建设者肩负的责任有多重。"

眼看工程建设逐渐进入高峰期，施工人员流动性却越来越大，这无疑存在着不小的安全隐患。"我要住到山上去，"刘文锦在周例会上宣布，"下一步，我和项目总工廖勇，如果工作还安排不过来，就加上项目部所有党员，轮流住到山上去，一定要确保施工现场的安全和塔材供应。"进驻现场后，刘文锦坚持每天巡视一遍施工现场，拿着对讲机，忙着调度塔材运输车辆。据说，这个胖子其实还有些轻微的高原反应，每天出门时，他都带着药品和一瓶可口可乐，他把可口可乐称为"神水"，对于他克服高原反应有着神奇的效果。一个月下来，现场管理有了效果，塔材运输也顺利且安全，这个胖子却瘦了十多斤，他和同事们开玩笑说："喝这神水，还是挺有好处的。"

72 道拐，318 国道上的又一处美丽风景。为了留住这一美景，藏中联网工程总指挥部决定在海拔 4658 米的业拉山垭口进行改线。线路先沿着海拔 5100 米的业拉山顶前行，然后在两公里的水平距离内陡降 1300 米，飞越怒江天险后，又迅速爬升到海拔 4400 多米的又一个山顶，在跨越怒江的地方画了一个大大的"V"字。这一段路，是整个藏中联网工程中最为艰险的路段。

怒江之上，是绝壁。绝壁之上，是一条蛇形天梯，天梯沿绝壁蜿蜒而下，走在天梯上，偶尔会遇见巨石滚落，吓得人双腿发软。最难以避开的是风，是大风甚至是狂风，如果遇见这样的风，人无力行走，只能迅速地趴在地上，如果风把安全帽吹走了，那只是一件挺小的事情，人没事就是万幸。为什么会修建这样的天梯？前面说了，前往施工营地有一条便道，其中的九公里的路段属于下山路，又陡又险，光秃的山体倾角有 60 多度，山脚下便是湍急的怒江，落差近千米，在此行车，容不得半点闪失。营地的下方才是施工工地，山体坡度接近 70 度，无法再修建道路去工地。最初的一段日子，施工人员只好绑着绳索小心翼翼下山施工。现场安全员韦东告诉我："下去 700 多米才能到工地，要把绳

天路入云端

长篇报告文学

● 每天用绳索攀爬上下班，危险步步紧逼。如何才能安全而高效地运送物资，又能让施工的兄弟们安全下山施工？自从去前方实地看了施工现场，刘文锦就一直在冥思苦想。有一天，他的脑海灵光闪现，向华山栈道取经，考虑修建天梯。

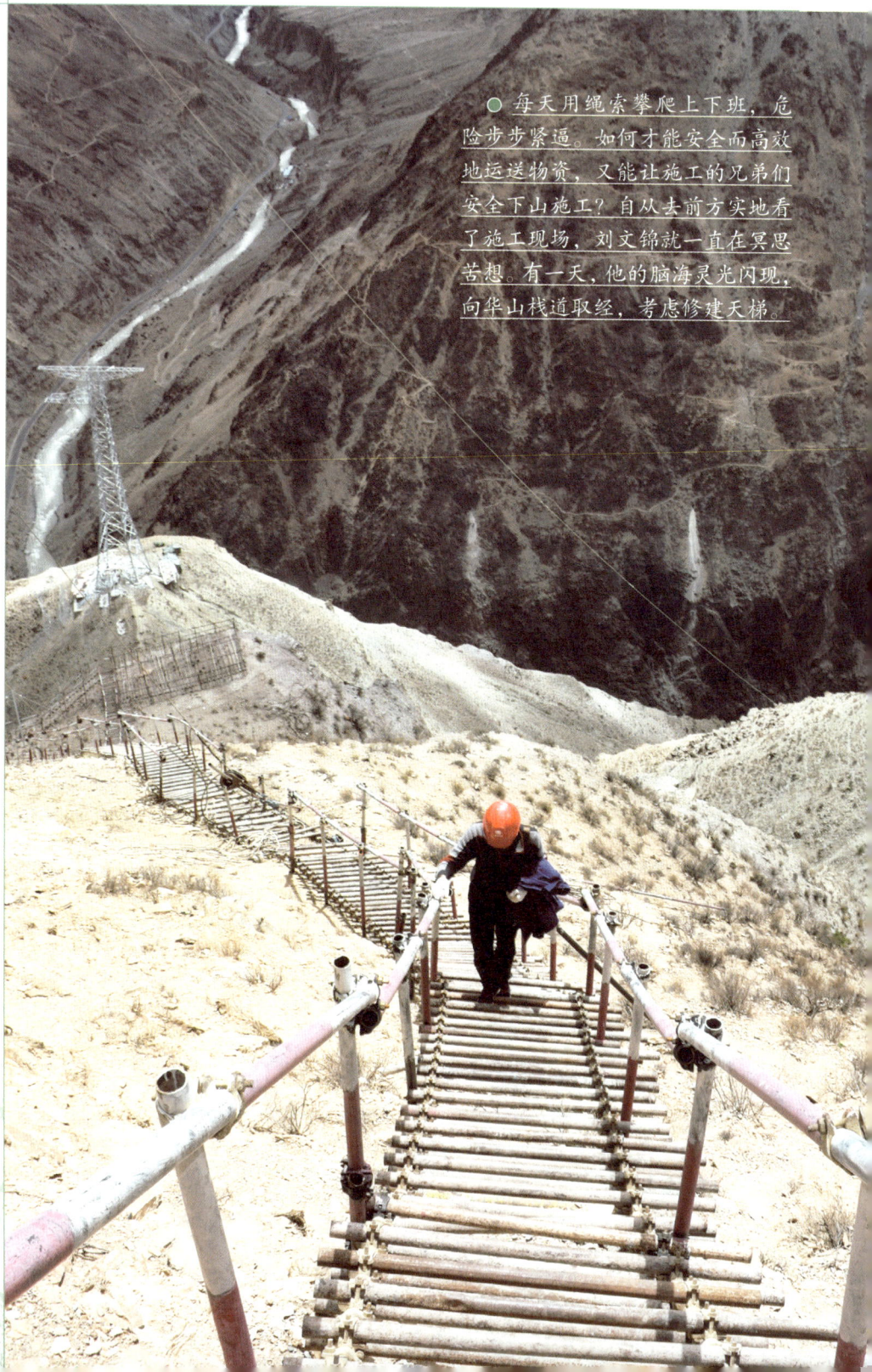

索分成两截或三截，一截一截地用铁锚固定在石头中。只有这样，人才能进入现场。到了施工现场，再绑上安全绳索开始施工。"

每天用绳索攀爬上下班，危险步步紧逼。如何才能安全而高效地运送物资，又能让施工的兄弟们安全下山施工？自从去前方实地看了施工现场，刘文锦就一直在冥思苦想。有一天，他的脑海灵光闪现，向华山栈道取经，考虑修建天梯。"如果用脚手架建一个钢梯，同步配套标准化索道，用索道运送物资，钢梯用于施工人员上下班通行，这样一来，不仅能最好地保护脆弱的生态环境，还能保证大家的安全。"

与此同时，由项目总工廖勇带领的复测队伍对全线路进行复测的报告也表明，修建栈道势在必行。廖勇回忆说，在他们慢慢逼近怒江跨越段点的过程中，难度不断增加，从往返需要五小时、八小时、12 小时增加到 24 小时。由于 10S146 塔位至 10S149 塔位都位于刀背梁上，坡面达到 70 度以上，复测队伍进行了三次尝试都无功而返。后来决定购买专业登山工具，进行第四次尝试。第一次走到 10S146 塔位点时，他惊呆了。近乎垂直的山坡，江水滔滔的怒江奔向眼底。第二天，复测队伍使用专业登山工具、手脚并用，终于到达了 10S149 塔位。

"10S14—10S148 塔位点完全处于山体刀背梁上，下方又是怒江兵站，峡谷内风又大，从山上修路是不可能的，山体太陡没有可供道路迂回的余地，且一旦修路难免有落石滚落山下。山下架索道，也是不可能的，山下没有可供地锚埋设地点的选择，从山下也上不了山，只有从业拉山山口穿越无人区到达 10S149 塔位点。"复测队的报告让项目部集体沉默。

工期越来越近，摆在项目部面前的问题越发严峻。刘文锦反复查看资料，梳理出需要解决的难点，召集项目部讨论决定：不能从山上修路，不能从山下建索道，那么就从山上架索道，索道施工对于土层的破坏大大减少。土层破坏少了，落石就少了，那么采用防护网就可以拦截落石。施工场地有限制就搭设操作平台，落石滚落问题也可以采用防护网拦截，人员上下的问题解决采用修建栈道。

方案一旦敲定，说干就干。然而，修建人行栈道、操作平台、防护网根本没有想象的那么顺利。原因是：风大，落石多，降效大。于是，刘文锦迅速召集项目部再次展开讨论，提出修建人行栈道的解决方案：派人监护，间歇式作业，遇到大风时就退出施工场地。

怒江天梯的修建在大风和落雪中紧锣密鼓地进行，30 多名工人组成的栈道班顶风冒雪进行施工。90 天过去了，9658 级台阶的怒江天梯终于建成。这条仅仅 2.8 公里长的天梯，花费了 33354 根钢管和 266827 个扣件。

想起修建天梯时的场景，刘文锦感慨万分：那真是冒着生命危险在修路啊！在刀背似的山坡上徒手搬运钢管和扣件，特别是在接近 70 度的陡坡上，大家只能选择一个安全的位置，绑好安全绳，通过手递手接力的方式，蚂蚁搬家似的一点点将施工材料搬运到搭建地点。天梯建成之后，他先后八次攀爬天梯，第一次花了两个多小时。

"雪停了，今天应该可以多干一会儿了。"一大早起来，施工三队的队长张建超望了望天空，对身边的驻地医生嘟囔了一句。此时，施工营地的工人们也陆续起床，"走咯，开工咯！"一顿简单的早餐后，大家三三两两从怒江天梯缓缓而下，纯正的四川口音在怒江之上回荡。

26 岁的"小鲜肉"钟云鹏也经常来登天梯。长时间没有理发，他一头长发，刘海有些遮眼。他给我描述了自己下天梯时的感受，"双手紧紧抓住扶手，仰着身一步步向下走，前脚掌踩在钢管上的力道把小腿的筋腱绷得突起，峡谷的气流在耳旁呼啸。第一次爬天梯之后，我的腿疼了三天才缓过来"。

27 岁的祝悠然回忆说，当他沿着天梯下行，一边走一边想，父母给自己取这个名字，是希望自己遇到任何困难，都能悠悠然渡过吧。可面对这怒江天梯时，可是悠然不了呀。怒江天梯还正在修建时，为了勘测施工数据，他就多次前往 10S149 号塔位。一次，他在勘测回来的路上，走在近 70 度的陡坡上，脚下的碎石突然滑落，他整个人趴在陡坡上下滑了好几米远，如果不是拼命地用手抓住一块岩石的边缘，他就会掉落到怒江里去，简直是生死攀岩！怒江天梯修好后，从 10S149 号塔到 10S146 号塔的攀爬时间从四个小时缩短到一个半小时，大家从此之后也再没摔过跤。一想到这里，祝悠然觉得，"一切都是值得的"。

这条人行栈道，原本是一条施工人员上下班的路，后来被人取了一个挺诗意的名字——"怒江天梯"。

前面已说过，怒江天梯的起点，是施工三队的临时营地。营地搭设在怒江岸边的山体之上，离 318 国道垂直距离 600 多米。山上没有电视，没有电话信号，只能通过卫星电话联系。营地的生活百无聊赖，晚上，施工人员三三两两地坐在草地上闲聊。有着 20 多年送电工经历的张建超说，住在山上，可以看夜晚的星空，星空是那么清澈，在成都看不见这样璀璨的星空。营地的电力施工者，就这样成为滔滔怒江水的守望者。

营地几乎每天都在下雪，大山向阳的一侧往往是晚上下了雪，早上太阳一出来就慢慢将积雪融化；而阴山一侧的积雪却越来越厚。修建天梯之前，临时营地的生活物资需要从业拉山山口经 28 公里的施工便道转运。每天早上，山道上都铺满几十厘米厚的积雪。每一次运输物资到营地，分布在各个积雪路段的五台挖掘机需要不间断地清除积雪。不仅如此，运输物资的汽车还将装防滑链，以保证运输的安全。刘文锦说，有时候，一连好几天都在下雪，一旦天气好转，项目部都会尽可能多地安排往山上运送物资，至少要保证营地在极端条件下一周的正常生活。

那时候，项目部要做的事情很多，每天都会派人前去现场，任务是收集现场天气情况，查看措施的落实情况以及工程建设的进展等等。"前方有汽车的轮胎又陷进积雪里了，快走，我们去帮忙推一下车。"到了海拔 5000 米的雪山，推车这简单的体力活也不是那么容易干，稍微使点劲，都会像登了很高的山那般气喘吁吁。好在人多，都用一点点力，还真把运送物资的大货车推动了，并让它再次跑了起来。大货车跑走了，一群人躺在了积雪上面喘息，眼望蓝天，那湛蓝的色彩，就像偌大的海，一望无际。爬起身来，雪山脚下，被飞雪笼罩的是咆哮的怒江水。

"先别忙睡觉，先把鞋子里的雪抖出来，当心感冒了！"上了车，项目总工廖勇急忙提醒大家。

怒江天梯的尽头就是怒江北岸，陡峭的山脊上耸立着铁塔中的巨无霸——10S149号塔，这座高74.5米、重达191吨的铁塔承担着大档距跨度和抗风抗冰的重要任务。

46岁的陈安奎是10S149号铁塔施工的现场负责人，2017年4月8日，他去了10S146的临时营地，住的是板房，饮用水要从邦达送过来。组立10S149塔，花了24天。从组立10S146到10S149塔，他在施工现场住了60多天，最长的一次是在山上住了40多天才下山，下来以后整个人都换了一张脸。鼻尖都是黑黑的，脸就更黑了。怒江天梯是他每天上下班的必经之路，"上去要花两个半小时，往上走20多步就要休息两三分钟，不然气都喘不过来"。有一次，他刚爬到天梯中间，突然刮起了十级大风，刹那间，飞沙走石，钢管架设的天梯也被狂风吹得直摇晃，他根本无法站立前行，只能快速地趴在天梯上，等风稍微小一点，再手脚并用往上攀爬。晚上回到营地，想起当时身旁那些滚落怒江的石头，心里不免一阵后怕，如果没有这天梯，后果简直不堪设想。就在他稍微安定下来时，自己住的帐篷又被一阵狂风吹垮了，幸好他逃得快，又一次躲过了危险。即便经历如此艰苦，陈安奎和兄弟们还是将巨无霸铁塔稳稳地立在了怒江边上。他时常站在高耸入云的10S149号塔边遥望远方，脚下是滚滚江水的怒江。怒江对岸，还耸立着一座同样雄伟的10S150号铁塔。

怒江跨越工程所在地处于低气压、缺氧、严寒、大风区域。同时，怒江两岸地形起伏剧烈，沟壑纵横，山体陡峭，岩石风化剧烈，极易发生滑坡、泥石流、崩塌等地质灾害。毫无疑问，怒江天梯成为保障施工人员生命安全的一道屏障。

包9项目部的窗外，有一大片蜀葵，紫色的蜀葵、粉色的蜀葵、大红的蜀葵，还有白色的蜀葵。8月，正是蜀葵盛开的季节。因原产于四川，故名曰"蜀葵"。据说，四川有两样东西堪称举世无双，动物就是大熊猫，植物就是蜀葵。蜀葵是中国贡献给世界的美丽，与大熊猫一样珍贵。随着古代的驼铃声和马蹄声，蜀葵从南北丝绸之路移栽到全球，在远离巴山蜀水的异国他乡生根开花结籽。

看见蜀葵，就会想起四川。所以，刘文锦说，有时候真的不敢看蜀葵，看一眼蜀葵的花朵，就会想家。

藏东藏东

33岁的王涛，比刘文锦小了七岁。他们俩同属于四川省送变电建设公司。这一回，这家公司承担了500千伏林芝、波密变电站及左贡—波密线路"两线两变"4标段的施工重任，成了整个藏中联网工程承建项目最多的施工单位。

接到藏中联网工程包11项目部的筹建任务后，王涛的第一个任务就是找人，他四处联络，寻找愿意去藏东高原的兄弟。他清楚地知道，尽管此前曾经担任过三个工程的项目经理，但这一回无疑是最艰巨的一个工程。

好在之前的工程建设中，王涛结识了一些有经验的好兄弟，都答应与他一同去遥远的西藏。2016年3月，他们一行15人结伴进藏，从318国道经四川巴塘、西藏芒康到了八宿。"当时，我们住的院子里全是冰雪。"

王涛所在的项目部将负责藏中和昌都电网联网工程左贡—波密500千伏线路工程。这条线路从八宿一级电站附近的标段分界点向西走线，经热隔、王排村，线路从塘库向南走线，经冷曲、吉大乡东侧、赤都、夏尔古热，跨过318国道，线路从布果村向南走线，经扎西贡，经多姆、浪宗村，至标段分界点贡果。整个线路的海拔在4000—4600米。

80公里的线路，179基塔。看似不长的线路工程，却危机四伏。一个月时间不到，王涛就感受到了事情的严峻性。2016年3月30日，他在自己的微信朋友圈里发了一条消息，"这里的气压只有成都的65%，睡觉总是在半睡半醒之间。"包11项目部与包9项目部同在八宿县白马镇，海拔仅仅3260米，可一眼望去不见绿，含氧量低，空气干燥，时间一长，头疼、胸闷、拉肚子，这是很多从成都平原来的人最难以忍受的。

施工人员因此快速流失。施工一线经常传来不好的消息，"今天又有十多个人走了，他们实在挺不下去了。"短短的时间里，好不容易组织起来的36个组塔班组，400人啊，留下来的不到一半。这个时期，施工人员不断重组，铁打的营盘流水的兵。铁塔组立，高空作业，对施工人员的身体素质要求比较高。2017年4月到6月，几乎每天都有人发生高原反应。好在项目部附近就有高压氧舱和医疗站，才避免了最严重的后果。尽管如此，他还是经常在凌晨两点跑昌都，运送病情紧急的施工人员。从暖和的被窝里爬起来，那种刺骨的冷，让王涛刻骨铭心。因感冒引起的肺水肿，一个接一个紧急送往昌都，虽然都被救了下来，但给前方施工人员的心理造成不小的影响，很多人都不想在工地待了，闹着也要走。再说了，施工人员住在山上，白天冷，夜晚更冷，也成为他们不愿意留下来的一个原因。"是啊，去工地走上一遭，高原上的风吹在脸上，如刀割，只要待上短短几天，脸部、嘴唇就会开裂……"如此恶劣的环境，要能把人留下来，真不是一件容易的事情。

再说说项目部，就有四个人都有不同程度的高血压。按常规讲，这些人是不能上高原的。但是，他们最终还是来了，全靠了一份兄弟感情。王涛一直在想：该怎样回报这些重情重义的兄弟呢？首要之事，就是安排好大家的吃和住，再就是保证大家安全出行。从八宿县白马镇到然乌湖这一段路，平坦，车速快，经常有车祸发生，2016年一年就因为车祸死了九个人。项目部每次开会都要提醒驾驶员，"在路上一定要小心驾驶，安全最重要"。凡是能跟着一起上高原的人，王涛都从心眼儿里护着他们，有一些人平常必须住在工地坚守，最多五天也要回项目部一趟，洗衣服、洗澡。那个时候，王涛要做的事情，就是陪他们聊聊天，了解工地的施工情况以及个人的身体状况。无论谁过生日，项目部都要搞一个热闹的派对。因为工程建设的需要，长期回不了家，凡有项目部员工的家属进藏，他都会力所能及地做好安排，这一招，可谓暖心之举。

在相距怒江天梯不远处的包 11 标段 179 基铁塔组立中，绝大部分塔位都位于高山峻岭的山腰或山顶。王涛说："86% 的线路塔材只能通过索道运输，索道架设量就达到了 57 条。"2017 年 8 月 8 日，我从西藏林芝出发前往八宿，在经过波密县城百公里后，在 318 国道旁就看见不少运输索道，方向几乎都指向仰头就掉帽的陡峭山脊。再细看这陡峭的山脊，如果施工人员要上山，只能手脚并用且爬行。沿途地貌风化严重，山上不时有石块滚落下来，脚下的沙粒也像小溪一样流淌。上山途中，还有许多带刺的低矮灌木丛和怪异锋利的石堆。王涛说，那就是包 11 标段的作业点，他曾经去过一次。往上走，海拔在不断升高，爬了四个多小时后，他和同行的人才到达海拔 3800 多米的施工塔位。这块施工作业点又高又险，离山脊边缘最近距离仅有三米。20 多个面容黝黑的施工人员一直奋战在这里。工地负责人告诉他，7 月初，近 70 吨的电力塔材就运上山来了，在立塔完工后同步架设输电线路。山上多云雾，每当云雾飘过来，住在山上的施工监理员都会大声喊道："小心点啊，大家不要乱走动，看清楚脚下的路。"话音未落，施工现场就被一片云雾包围，眼前什么也看不清了。王涛还记得，就在离施工现场仅有十多米的地方，六顶帐篷搭建在一块巨石旁边，时刻被突来的大风撕扯着……

地质不稳，边坡垮塌，泥石流频发，这些藏区常见的地质灾害也给施工带来不少阻碍。2017 年 5 月 22 日，王涛在朋友圈发消息说："这工程干得累，心中有万马奔腾。"短短一句话，情感何人可相诉？在王涛发过来的图片和视频中，我看见了他和他的兄弟们在藏东高原奋战的场景："青年突击队""共产党员先锋队""工人先锋突击队"三面红旗飘扬在蓝天白云下，王涛和兄弟们在山间野地里吃方便面，中秋节在工地上吃月饼……目睹此情此景，心知这并非人间最动人的画面，而是中国西藏境内最大规模的电网建设最具体又最真实的施工画面以及生活场景。后来，我读到了战斗在藏中联网工程一线的员工写下的一首诗，豪情逼人："啊，山好水好，人更好 / 踏遍西藏，青山未老 / 百花深处晴光照，再战雪域／架设光明桥，他日功成耀碧霄。"

只要不开会，王涛就会去跑工地。现场作业点 30 多个，他都要去跑一遍。"施工的工人情绪容易激动，如果下雨下雪，或者运输出了问题，影响他们干活了，他们就要闹……"包 11 标段线路要经过不少林区，主要树种为云杉、冷杉、高山松，平均树高约六米。线路经过林区时，设计按高跨处理。自然生长高度不超过两米的灌木丛原则上不砍伐，导线与树木在最大风偏情况下与树木的净空距离不小于七米的树木不砍伐。几乎是每一次去工地，王涛都会提醒大家注意这些硬性的条款。

从波密到八宿，就能看见国道 318 线旁的然乌湖，整个湖面呈河道型，总长 29 公里，平均宽度为 0.8 公里，周长 60 公里，湖的北面有拉古冰川，冰川延伸到湖边，每当冰雪融化，雪水便注入湖中。我看见然乌湖的那天，天上飘着小雨，湖面一派迷蒙，泛黄的湖水波澜不惊。而湖的一侧有一个施工点，王涛说，那就是包 11 项目部的一个作业点，树木葱郁，又不能随便砍伐林木，给施工带来不小的难度。

更让王涛担心的是，包 11 标段线路所经过的地方，自然灾害防不胜防，地震、泥石流、滑坡、大风、冰雹、冰冻灾害不期而至，这也是项目部极为关注的事情。王涛说，包括施工队临时驻地的选址，除了做好防护措施，还得有一套应急预案。八宿境内，山高谷深，好多地方，汽车开不去，只能徒步前往。2017 年 7 月 24 日这天，王涛去了一趟 L318 塔位，"来回六个小时，20000 步，水平距离 1800 米，垂直距离 400 米，爽！"感觉是爽了，可人的体力消耗了，回到项目部驻地，躺在床上就不想再起身了。

王涛的微信头像是一家四口，笑逐颜开，其乐融融。我翻看了他的微信朋友圈，生活味十足，尤其是一个男人对家的挂念，令人动容。2016 年 11 月 15 日，王涛的女儿出生，那一刻，他欣喜若狂，"感谢老婆的辛勤付出，两个宝宝都很健康，我们会幸福到老"。身为一名送电工，长期在野外施工，对家的愧疚一直难以弥补。有一回，他好不容易有了一次假期，"上午陪儿子，下午陪老婆，儿子的各种表情萌翻了。

● 只要不开会，王涛就会去跑工地。现场作业点30多个，他都要去跑一遍。

陪玩了一上午，总算有点父子感觉了"。可是，到了第二天，"儿子早上刚睡醒，突然看到我居然还有点陌生，得好好陪陪他们母子俩"。后来，当我问起这些往事时，王涛想了想，目光偏移到了窗外，没有再多说什么。

眼看马上就要放线了，项目部急需人手，王涛向分公司提名六个人，最后却只来了三个。这是他眼下最抓狂的事情。

和王涛聊过之后，他把肖云明叫了进来。体型微胖的肖云明，一脸佛像，看上去性情温和。"老肖""肖总""肖哥"，这是大家对他的称呼。年龄相仿的都叫他"老肖"，经常有"生意"往来的都叫他"肖总"，比他年龄小的都叫他"肖哥"，一些新来的年龄比他儿子还小的学生娃也叫他"肖哥"。

2017年是55岁的肖云明职业生涯中的最后一年，已经提交了退休手续的他仍然一如既往在藏东高原奔忙，想站好最后一班岗。干了一辈子的送电工，从普通工人到施工队队长，从地方协调到后勤总管，每一个岗位他都干得从容愉悦，因此深得大家的喜爱和尊敬。

肖云明的人缘好。每到一个地方，用不了多久，他就能混得妇孺皆知。大到县、乡政府的领导，小到五金店、杂货铺的店主，都会成为他的熟人。公司上下、系统内外，凡是与他接触过的人，对他都尊重有加，没有人说他的闲话。他的记性极好，贵在用心。他的办公桌上总是放着很多用过的废纸，不管谁给他说了什么事，他都会马上记在纸上，用最快的速度去处理，即使晚上有应酬，也从未忘记过。他脾气也很好，"与他相处五年多，从没见他发过脾气，甚至从未见他急躁过"。他的心态极好，人生难能可贵的是有始有终。临近退休年龄的大多数人都会卖老卖资历，喝茶、闲聊、使唤小辈、抱怨不公……而他对任何人总是有求必应。项目部的事情繁杂多变，他却从容应对。还有更让人叫绝的，他的耐性极好。不会用电脑打字的他却承担着整个项目部的采购和报销工作，所有的单据都要机打，他就用写字板一个字、一个数字、一个字母、一个符号地写。刚开始时，写对一百个字符大概需要半个小时，如今，他能很高效地完成每月的财务报销凭证。身为项目部大管家的他很忙，大到迎来送往，小到一支铅笔，每天的柴米油盐，每月的采购报销，他一项一项做得得体而精细。

2017年7月8日，是肖云明在工地上过的最后一个生日，因为他就要退休了。肖云明在四川送变电建设公司干了36年，几乎每一个生日都在工地上过。半年回一次家是经常的事情。他有两个春节都是在工地上过的。这次在八宿，过了一个极有意义的生日，"那一天，项目部用气球、盆景把食堂装饰一新，我和王培、彭超成了这个夜晚的主人"。看得出来，肖云明对自己在工地过的这个生日十分看重。话语间，不忍别离。退休后，他最想做的一件事，就是陪妻子去旅游，"那么多年了，我一次都没有陪她出去玩过"。

王培进来的时候，我还沉浸在肖云明的故事里。一个老男人的从容值得领悟。

38 岁的王培也有了 18 年的工龄，参加过 15 个大大小小的工程建设。川藏联网工程完成后，他就选择到了藏中联网工程一线继续干。这一次，他主要负责工地施工、对内对外结算以及地方协调。去得最勤的地方，要数吉达乡。这是县城附近最大的一个村子，因为有武钢的援建，这个村子的变化可谓天翻地覆。在西藏施工，恶劣的自然条件总能不断地激发人的潜能，在不知不觉中不断地超越自我。聊天的过程中，王培告诉我，他就是用这样的心态对待在藏区的工作。工地是他常去的地方，施工人员对安全的忽视让他提心吊胆。这样的事情恰巧又被他遇上了。2017 年 8 月 4 日，王培来到吉达乡拉然村 10L316 铁塔组立现场。这个班组人员的年龄在 20 岁到 30 岁之间，大多都是四川美姑县人，28 岁的肖祖学高空作业时，只要进入自认为安全的地带就不想再系安全带。王培看见了这一幕，立即将其叫下塔来，并把整个班组的人员召集起来开会，用实例讲解如此操作的危险性。最后，全班组的人员都接受他的安全观念，并保证以后不会再犯同样的错误。施工没有结束，安全的事情仍然令他紧张不安。

而邹浩比王培考虑的事情更多。28 岁的邹浩出任藏中联网工程包 11 标段的项目总工，在旁人看来，这个年轻人已经很出色了。电气自动化专业毕业的邹浩，参加工作初期，对线路施工一无所知。一切都从零开始。他在溪洛渡送出、川藏联网、宣达线等工程的建设中学到了很多现场施工经验。从技术员到项目总工，该有怎样的一个蜕变？正是父亲那一句"做好你自己的事"，时刻敲打着他的内心。

来到藏中联网工程包 11 标段，邹浩很拼命。一是拼体力，全标段的塔位他争取每一基必到，而且上山、下山速度都要快，这样才能在最短的时间里将现场情况了如指掌；二是拼时间，白天上山到塔位踏勘，晚上回到宿舍详细整理记录，一个小时当成两个小时来用；三是拼理论知识，铁塔组立方案制定过程中，他借鉴以往的施工经验，加入更多的验算公式和数据模型进行推演，制定出高效、安全的施工技术方案。在这个过程中，虽然推翻了一些以往的操作习惯，但是凭着精确的计算结果，他找到了自己的自信。这个时候，邹浩反而觉得自己还没有"做好自己的事"。他认为，真正的项目总工应该做好除了技术以外的安全、进度、质量甚至是协调工作，目前，自己仅仅在技术环节获得了一些成就感。要想做得更好，"还得再拼一拼"。2014 年，父亲的突然离世，让初为人夫的他意识到，一个家的担子，必须自己来挑。然而，离家千里的工作地点，和数月都不能归家的工作时间，让他曾经对父亲的承诺，变成一句宽慰母亲的忠言。作为丈夫，他希望能陪伴在妻儿的身边，哪怕只是牵着手在小区的花园散散步，能见证孩子每一天的成长……但这一切，都只是心中的希望。

到了工地，邹浩不敢想家。他和施工队的兄弟们朝夕相处，情感渐浓。

45 岁的余斌更能体会兄弟这个词的深刻含意。他所在的施工二队，要在 27 公里的线路上组立 59 基塔。就他这一个施工队，前前后后就陆陆续续来了 165 人。我见到余斌的那天，正是施工的高峰期，他忙里偷闲赶来接受采访。余斌说，到 10 月份放线时，施工人员将上升到 260 多人。进藏区施工，余斌所在的团队是第二次。第一次是在甘孜州的新都桥。有了在藏区的施工经验，这一回，他们在藏东高原干活还算从容。

西藏的天气说变就变。这是大自然的力量，也是施工人员必须要承受的考验。作为项目部的分包商，余斌对项目部所做的一切都感到心满意足。他说，项目部做得很到位，有预见性。不能与最好的比，但他们稍微走到前面一些。包括药物、棉衣、工作服，都补充得很到位。节假日还给施工队送温暖。"去年的中秋节和今年的端阳节，项目部不仅送来米和油，还送来一头猪。他们对施工队考虑得很周到，没把我们当外人看待。"

施工二队住在吉达乡吉达村香果拉组背后的山上，海拔 4200 米左右。香果拉组只有十来户藏族人家。山上没有电，就用柴油机自己发电，供电时间只有三个小时。为了让工友们能洗上澡，还买来液化气罐，并专门搭建了一个澡堂。住在山上，只能搭帐篷，生活物资用索道运送，最长的索道有三公里那么长。当地藏族同胞对施工人员很友善，从 8 月初到中旬，藏族人耍坝子，热情邀请大家去玩。为了拉近与藏族同胞的感情，每到"六一"儿童节，施工队就和项目部一起去吉达乡幼儿园，给娃娃们送去文具、书包、作业本以及课外书籍。到了中秋节，施工人员便与当地藏族同胞一起联欢，去藏族人家喝酒、聊天、唱歌，去了解并遵守当地习俗。住在山上，白天可以看见云朵飘飞，夜晚还能看见繁星闪烁。更有趣的是，在山上干活，秃鹫兀地从头顶飞过，令人惊喜。在山里还能看见盘羊、野兔、乌鸦和鹰，那个时刻，大家就有了精神头。

余斌说，最担心施工人员撂挑子。这个时候，急不得，最锻炼一个人的耐性。他给我讲了一个实例。郭应龙是云南保山人，他率领的班组一共 16 个人，来到施工现场的第六天，这个班组就想撤下山。理由看似很简单，因为地形条件太差，从 L332 到 L335，只有四基塔，可塔位的海拔就高达 4400 米，施工作业面的坡度太陡了，有的地方连人都站不稳。为了稳住这支能打硬仗的队伍，余斌多次前往施工现场给郭应龙沟通，动之以情晓之以理，并从生活保障入手，对这个班组进行细致的技术指导，同时，施工队与班组联手采取安全措施，比如打防护桩、降平台、拉安全网，最后，这个班组稳稳当当地留了下来，但施工队付出了比最初的预算多出近 30% 的人工成本。

就在我采访余斌的那一天，他所在的施工队已立塔 35 基。接下来的日子里，等待余斌和他团队的是更加恶劣的自然环境，山上一会儿下雨，一会儿大太阳，一会儿又下雪、下冰雹，一天要换三次衣服。从施工队队部吉达乡到 R320 塔位，汽车开不上去，走路要走四个小时。余斌说，这个塔位一共有 16 个人，一直住在山上的帐篷里。眼看放线的日子越来越近，天气也越来越冷，要想保住一支队伍，就必须多为他们考虑过冬的保障，"10 月份要增加电热毯、电炉，否则，大家都熬不过这个冬天。同时，还要保证山上有一台柴油发电机"。

说完这些故事，余斌又要上山了。我和王涛看着他远去的背影，默默无语。不远处，就是八宿县的多拉神山。这座神山奇特而怪异。据说，山内雕有多处石像，以释迦牟尼佛像最为考究，另有莲花座、菩提塔、转经堂等圣物。多拉神山之所以名扬西藏，是因为神山上漫山遍野的岩石上都刻有六字真言、经文和佛像，一些无名的花草在石像旁沉默……看了之后，沧桑之感油然而生。这样的体验似乎可以用于藏中联网工程的施工观感，一样的默默无闻，一样的沧桑之旅。

邦达的青春时光

包8项目部无疑是藏中联网工程海拔最高的一个项目部。

这个项目部应该算是藏中联网工程最年轻的一支团队，22个人，平均年龄才30来岁。

这个项目部的成员来自湖北平原，来自葛洲坝集团电力有限责任公司。

几乎所有项目部成员都是第一次进西藏。没来之前，他们都在想象西藏的风景：天很蓝，灵魂的净土。

这个项目部承建的线路起于左贡县德达村，止于左贡开关站，线路长度56公里，平均海拔4300米。

为了离施工点更近一些，项目部选在了八宿县的邦达镇。这里海拔4200米左右，是澜沧江与怒江之间的分水岭，著名的邦达草原牛羊成群。怒江支流玉曲河上游河段蜿蜒曲折于其间，两岸广阔的低湿滩地生长着茂密低矮的大嵩草甸植物，绿茵如毡，除成群牛羊在那里游荡觅食外，偶尔也会有一些藏原羚出没于其间。邦达草原长80多公里，宽约20公里。地势平坦，草原肥沃。邦达又是西藏东部交通枢纽，世界上海拔最高的航空港——邦达机场就坐落在邦达北面草原上。川藏公路北线和南线也在此相会，往北经昌都、江达入四川，往南经芒康入四川。

有着20多年工作经验的"老将"操旭东和羊伟分别担任项目经理和常务副经理。开工伊始，队员们立誓一定要把工程干好。每天，他们要乘车半个小时甚至一个小时到达山脚下，然后再徒步一到两个小时，才能到达海拔4200米施工点，而抵达海拔4400米以上的施工点则需要接近三个小时。第一次面对低气压、强紫外线、缺氧、严寒、雨雪和大风等复杂恶劣气候，他们没退缩，而是坚持每天在一线奔忙。

项目部组建了青年先锋突击队。队长于赫木刚下飞机就有了强烈的高原反应，随即被送进机场急救站进行输液、吸氧。稍微一好转，他就直奔邦达镇的项目部。要去现场，就必须爬山，每一次，他都不忘随身携带一只氧气瓶。走路久了，脚上打了血泡，别人劝他休息，他却说："轻伤不下火线，我这点事算什么呀？工作任务这么重，如果我休息了，你们不就更累了？"

"只要存在隐患，必须马上整改！"一脸高原红的安全专责朱双，每天都要重复说这一句话。有的人不理解他，说："都是同事，何必这么当真？"朱双却固执地摇了摇头，说："安全面前没有任何人情可讲，宁愿听骂声，也不听愿哭声。"

项目所在地海拔高，米饭总是夹生，虽然难以下咽，但为了增强体力，大家相互鼓励"多吃上一口"；邦达镇没有繁华的街道，更缺少娱乐设施，就连买水果、蔬菜都成了难事。队员们经常相互打趣，"这下可省钱了，媳妇又该表扬我了"；队员们头发长了，就进行"互助"式理发，望着整齐划一的大平头，大家忍不住笑成一团，"标准化都到发型上了，女朋友绝对放心了"。

24 岁的韩超做梦都想去西藏。可是，他来了，藏东高原回报给他的是强烈的高原反应，并发展为肺水肿，项目部送他去医院住院治疗了四天，病情刚刚一好转，他就要求出院回项目部上班。同为 90 后的陈文也没能躲过高原反应，头痛，恶心，吃不下饭；每天晚上，钟心泉几乎每半个小时就会被惊醒一次，整个夜晚迷迷糊糊的，第二天仍然同大家一起上工地。这些 90 后们心里都明白：这里苦是苦，但转念一想，能够参与这个超级工程的建设，还是感觉挺幸运和自豪，也让自己有了与众不同的青春经历。

34 岁的邱伟也是青年先锋突击队的一员。自大学毕业后他就一直在基层从事输变电施工，迄今参加过七条 500 千伏及以上的线路施工。

他从施工员、技术员、工程师，一路干到副经理、项目经理，并在这个项目上担任总工。从未到过西藏的他，第一天到达项目部后，看到同事们高原反应的痛苦模样，口气牛牛地说："你们这不行，看，还是我身体好啊。"没想到了第二天，他却被送进了医疗站输液、吸氧。但是，就这样一个小伙子，不仅是项目上的技术骨干，更是他的那个小家庭的天。他有一个七岁的女儿，老婆已怀着二胎，但不幸的是，进藏之前，病中的母亲被查出是肺癌晚期！接到进藏通知时，他犹豫了，想了整整一个晚上，眼睛都熬红了，最终他决定还是先去西藏。他知道母亲能够理解他的这个决定，工作十几年了，除了每年的春节，他基本都在工地上。他说，这就是电力人的命运，既然选择了输变电施工，就意味着选择了远离家乡、远离亲情。临别时，他嘱咐家人和妻子，照顾好老母亲。就在 2016 年 7 月项目部基础施工最忙的时候，有 12 基塔正在浇基础，母亲却突然离开了人世。接到噩耗之后，他让妻子赶快回老家随州，自己却没能赶回去看望母亲最后一眼。每当闲了下来，他就会想起上了天堂的母亲，此时，这个平时酷酷的湖北伢，眼睛总是红红的，心里充满了愧疚与思恋。

2017 年 5 月，工程进入铁塔组立阶段。由于山上没有路，组塔所用的部分塔材不得不依靠马帮驮运。而在地势更为险峻的地段，马也上不去，就只能依靠索道运输，使得原本在平原上两三天就能组好的一座铁塔，在西藏却需要七八天甚至更长的时间。

这个项目部要组立一座最重的铁塔为 152 吨。在高山之巅，要将重达 100 多吨的塔材丝毫不差地组立起来，不仅需要高超的技术，更对工序有着极为严格的要求。为了确保万无一失，队员们连续几天聚在一起讨论，饭菜凉了，热一热再吃。后来，最终编制了一整套严密的施工方案，所有工序都严格按照施工方案进行。韩超对我说，在施工工地收获很大，"施工队算是我半个师傅。如何把图纸上的数据转化为现场实际地形的分坑测量？如何拉尺子分坑测量？如何将理论知识与现场施工相结合？现场的工人们给了我详细的指导。我们在现场的监督过程，实际上就是一个学习的过程"。

立塔也是一种风景。9R154塔位在一个悬崖边上。这座铁塔组立起来之后，高度将达到48米，重量达42吨。用内拉线组塔，吊装比较困难，施工队找到项目部商量，如何组塔才会安全？项目部派出了五个人前往施工现场，在现场蹲守了两天，这才与施工队研究出了具体的解决方案。据说，全标段的89基塔将在2017年9月全部完成。

雪地里的足迹留在了相机里，留在了记忆里。看着高耸入云的铁塔一座一座先后矗立在蓝天白云之下，这群第一次进藏的年轻人哭了。那是快乐的泪水，那是幸福的泪水，那是见证自己成长的泪水。擦干眼泪，身着红色工装的男子汉们在铁塔边的草地上跳了起来，那一片红与头顶上的蓝天白云交相辉映。辛劳过后的快乐，在那一瞬间爆发出来。

流云在飘，永不停歇。莽莽的藏东山岗，茫茫的邦达草原。青年突击队的红旗不倒，飘扬在猎猎的风中。8月的邦达草原，格桑花遍地开。那花瓣是红色的，在风中美丽地绽放，如同这群年轻人的美丽青春。

天路入云端

长篇报告文学

捧一缕山泉
与山鹰牦牛分享
摘一株蒲公英
在如诗的画卷中放飞希望
穿行在山顶云霄
岁月书写这段记忆

累了　静静聆听雅鲁藏布江歌唱
倦了　电波中与你诉说衷肠
一路征程从不曾迷茫
期待万丈光芒
早日闪耀雪域高原

第六章
托起吉祥光明的云彩

○ 徐建国

　　沿藏中东环线前行，进入林芝市朗县后，不知不觉中风景渐次变化：雅鲁藏布江两岸，拍岸惊涛之上，一株株巨大的柏树挺拔而立，形态各异，或弯或直，或倾或卧，每一棵树都能让人们看出它历经千年的沧桑。这就是西藏朗县特有的柏树种——雅江巨柏。

　　在那巨柏之上、雪山之中、云端之间腾空而起的一座座铁塔，一根根银线，像一条条巨龙，蜿蜒盘旋，上下腾跃，即将把象征吉祥与光明的电力送往藏区的千家万户，在雪域高原闪耀万丈光芒。

云端上铁塔挺立银线飞架

　　2017年，初秋的西藏。天黑得晚，也亮得晚，清晨6时的西藏相当于内地凌晨4时左右。此时，四周万籁俱寂，林芝市朗县县城还沉浸在熟睡中。位于县城东郊的藏中电力联网工程25标段湖北省送变电工程公司项目部（以下简称"25标段项目部"），已是灯火通明，20余名管理人员整装待发，即将奔赴一个个山头，开始一天的工作。

　　早晨6点半，我随25标段项目部六名管理人员驱车沿着雅鲁藏布江前往海拔4100米的A55号塔。到达山脚时，天刚蒙蒙亮。

　　项目部现场总指挥李红波介绍说，我们正在组立的铁塔就在这座山的脊背上，离山顶只有 50 米，与山脚的垂直距离一公里，最大坡度超过 60 度，我们要从这里绕行上去。

行走在崎岖湿滑仅有一尺多宽的陡峭山路上，必须手脚并用缓慢爬行。我刚走几步就气喘吁吁、头晕目眩。同行的安全员戴锦赶紧递给我两支"红景天"口服液，笑着说："我们刚来时也是这样，爬几次就习惯了。"

越往上爬，道路愈加陡峭。有时脚下尖石密布，有时两旁荆棘丛生，有时四周岩石突兀嶙峋，根本迈不开步子，而同行的管理人员却步履轻松、健步如飞。

到了半山腰，他们几次停下来等我，嘱咐说："千万不要踩石头，稍微一踩就松动，特别危险。"

经过两个多小时的艰难跋涉，我们终于到达塔位，十多名工人已在这里干得汗流浃背，"党员突击队""青年突击队"的旗帜高高飘扬。微风轻拂，让人感到身上有些凉意。

"他们怎么这么早就上山了呢？"我诧异地问道。

项目部经理陈俊波解释道："这里一山有四季，十里不同天，年有效工期仅有六个月。面对工期紧、任务重、自然条件恶劣等不利影响，工人们就在山上工作点附近搭设帐篷宿营，这样虽然艰苦，却减少了每天来回上下山的时间，也节省了体力。"

据了解，国网湖北省送变电工程公司项目部承接的藏中电力联网工程 25 标段，属于川藏铁路拉萨至林芝段供电工程的一部分，共有 107 基塔，分布在林芝市朗县和山南市加查县，全线穿越 30 多公里的无人区，平均海拔 3700 多米，最高的为 4200 米，塔基地形坡度大多超过 40 度，少数超过 60 度。施工现场不稳定的地质、陡峭的地形、平均 1.6 公里超长的小运距、多变的天气以及高原缺氧都给施工造成很大的困难。

正在组立的 A55 号塔，四个塔脚均不在一个平面上，这样的"高低脚"铁塔在平原地带很少见。现场施工场地异常狭窄，两面临近峭壁，人员立足都十分困难。为防人员坠落和材料滑落，四周用钢管打起了一排排防护栏。

陈俊波解释道："由于地形不一样，我们的每基塔都是量身定做、专门设计的，我们现在是在距离地面垂直距离 1000 米的铁塔组装施工现场，在平地上我们都讲求四平八稳，说的是这四条腿要站在一个平面上。但是在这里根本做不到，我们站的这个位置是这个铁塔最长的一条腿了，那它最短的那条腿在哪儿呢？其实就在距离我们上方垂直距离 15 米的斜坡上，如果把整座铁塔比作一个巨人的话，假设它最长的这条腿踩的是地面，那么它最短的那条腿已经踩到了五层楼的楼顶上。"

一般来说，在峭壁上施工，也可以利用开山炸石的方式，炸出一个平坦的空地作为施工平台。但是藏中电力联网工程穿越我国第二大林区西南林区，为了把生态影响降到最低，全线 3411 基电塔，有 3350 基采用了高低腿设计，使用率达到 98%。其中落差最大的超过了 30 米，相当于十层楼的高度。

铁塔高低腿的设计，最大限度地减少了生态破坏，但却给工程建设增加了难度。

"观察员注意，抱杆是否已经垂直？"

"机动绞磨的速度再慢一点。"

"高空人员注意锁紧承托绳！"

现场施工负责人张辉拿着对讲机，正指挥地面和高空人员操作抱杆的提升。他全神贯注，表情严肃，豆大的汗珠不停地从他额头滚落下来。

李红波给我解释，升抱杆是组塔过程中最危险的工作，所有队员必须协调一致，并严格服从现场施工负责人统一指挥。机动绞磨机的操作人员要将升抱杆速度严格控制在每分钟三米以内，如果速度过快，就难以掌握平衡，容易出事；如果四周的抱杆拉线操作员协调不好，或者正面和侧面的观察员不仔细观察，抱杆就会发生倾斜；高空人员须根据抱杆上升速度，将抱杆的承托绳拉紧，不然就难以就位。

特别是在这陡峭的斜面上提升抱杆，难度更大。四根抱杆的拉线无法固定在狭窄的山体上，只能挂在组建好的四个塔脚上，采取原始的"内悬浮内拉式法"施工，再用机动绞磨机进行吊装作业。人员的活动范围非常狭小，眼及之处都是密密麻麻的各种钢丝绳，很不方便操作，这样抱杆的垂直度更难掌握，有时抱杆提升上十米，往往要一两个小时。

抱杆就这样随着铁塔的升高不断提升。提升到位后，又开始继续吊装塔材。随着海拔的抬升，塔上作业人员的高原反应更加明显。工人们随身携带氧气罐，每当高空缺氧严重时，就吸上几口，又接着干。

由于没有施工作业面，无法堆料，通过索道运上的塔材，只能运一根吊一根，根本无法在现场先组装后吊运。

尽管现场施工异常艰难缓慢，但在他们手中，铁塔就像被赋予了生命般向上延伸，向着天空执著生长。而整个藏中电力联网工程要组建这样的塔架 3411 基，构成这些塔架的 1313 万个组件、2114 万颗螺栓、22 万吨塔材都需要工人们一个个徒手安装上去。

在工地上，流传着这样一句顺口溜：天大地大不如反应大，爹亲娘亲不如氧气亲。

正在现场送药的工地大夫彭桂荣解释道，青藏高原空气中的含氧量仅相当于内地的 50%~60%。正常人走路都会喘，很多从内地来的人都不适应。

由于严重缺氧，高原反应大，在山上施工时更加耗费体力，而且高空风大，往往在地面刮起一二级风，在高空就变成三四级风。

人在高空作业两小时后就不得不下来换班休息，工作效率不及内地工作时一半。就在这时，塔上的两名施工人员下来换班休息。

经人介绍，那个身材魁梧、约 30 多岁的青年人叫张宝军，前不久曾在中央电视台现场直播时接受过专题采访。

他下来后大口大口地喘着粗气，接过地面工作人员递过来的水壶，咕噜咕噜喝了个底朝天。放下水壶，他用衣袖擦了一下嘴巴，一脸惬意地说："真舒服啊！"

"累吗？"我问道。

"哈哈，早就习惯了！"他的脸上总是挂着笑容。

待他平静下来，我和他拉起了家常。尽管他不时喘着粗气，但说起往事，依然滔滔不绝。

张宝军 2004 年开始从事高空作业，迄今已有十二三年了。跑过中国十几个省，参与过 500 千伏以上线路就有十多条。他感到非常自豪的是参与过 1000 千伏"晋东南—南阳—荆门"中国第一条特高压试验示范工程的线路架设，爬过 370 米的舟山超高压跨江塔。每当想起这些，他心里都很激动。2016 年听说要在世界屋脊开始建设藏中电力联网工程，他毫不犹豫地报名参加。他想感受一下高原的环境，更重要的是心中有一个梦想，将最危险、最困难的高空架设都挑战一下，检验自己这么多年练就的技术水平，为西藏的电力建设贡献一分力量，也在这里留下一段人生难忘的经历。

他认为，不管多么艰难险阻，人生能有这样不平凡的经历，该是多么的幸运和幸福。

这是他第一次到高原从事高空作业，感觉和内地很不一样，海拔高，高原反应大，特别是住在山上搭建的帐篷内，早晚温差大，气候变化多端，经常睡不着觉。白天体力消耗大，常有力使不出来的感觉。在内地的一基百米高塔，他一口气就能爬上去，不要十分钟，在塔上面连续工作四个小时都不觉得有什么问题。而这里的一个小山坡，爬几步就感觉累，爬一基塔，中途要喘息几次，一般要 25 分钟才上到塔顶。在塔上连续工作两个小时，就感觉非常疲劳，因为时间一长呼吸就困难，体力跟不上，虽然随身带了氧气瓶，困了就吸，但这也只能缓解一下。

"在高空作业，是项技术性很强的工作吧？"我与张宝军又聊起了铁塔组立的工作。

"应该说是熟能生巧吧！高空组塔，既不是像有些人说的是个简单的体力活，只要胆子大，没有恐高症，会扭几个螺栓就可胜任，但也不是高不可攀。做我们这个工作，最重要的就是胆大心细、互相配合，这个塔有三千多个部件、一万多颗螺栓，螺栓与螺栓之间相差只有 0.5 毫米，我们一拿出来这个螺栓，就知道它多长、什么规格的，该用到什么部件上，该用到哪个位置。"

这时李红波、陈俊波也加入了我们的讨论，他们都是身经百战的组塔能手，现场的采访变成了一堂"技术讨论会"。我也从中感受到组塔是一项技术含量很高的工作。

组塔是个集体项目，特别讲究地面人员与高空人员的配合，在现场负责人的统一指挥下协调作业。地面人员要配合高空作业人员，多考虑高空作业的难度，尽量减少高空作业量，方便高空人员施工。比如地面人员将塔材的螺栓先轻轻扭上，吊上塔架后，高空人员只需对准孔位，坚固螺栓即可，这样就减少了高空作业工作强度，也提高了工作效率。当然，高空人员更要与地面人员保持默契。塔材吊上去，由于塔材有韧性，螺栓有误差和空隙，有时就不能就位，高空人员要眼疾手快，等塔材一靠过来就要迅速用钢钎一下子插到相应的孔里就位。不然左边就位了，右边却到不了位，要么一边高一边低。

陈俊波指着索道上正在运输的塔材对我说："地面必须严格按图纸要求进行组装，一个细节都不能出错，否则吊上去后，高空人员无法进行更改、修正，只有重新放下来返工。这里面还有很多技巧，每基铁塔的起吊顺序都不同，先吊哪个部件，后吊哪个部件，都是有讲究的，只有事先确定好了每基塔的施工方案，才能确保安全和效率。"

转眼就到了中午12点，明晃晃的太阳像瀑布一样倾泻下来，照射得人睁不开眼睛。现场负责人张辉吹起了口哨，收工了。大家忙着收拾工具，整理现场，陆续走到下面就近搭建的帐篷，那里是他们的家。

我也随他们一起来到塔下约400米处的一块平坦的地方。在旁边一片小树林中，两顶绿色帐篷搭建在一起。

站在这里放眼望去，四周已建起的一基基银灰色铁塔，在空寂的高山上蜿蜒起伏，就像挺立在大山上的脊梁，直冲云霄。铁塔之上，飘动着一朵朵像棉花似的云，它们在碧蓝如洗的天空中顽皮地嬉戏着，有的像一只自由自在的白蝴蝶，悠然地起舞；有的像一群小白兔，向前奔跑着；有的又好像一群脱缰的野马，在蓝天下奔驰……

啊，好一片吉祥美丽的云彩！我不禁暗自喝彩。

这时，一个工人打来满满一盆水放在一块平整的石板上，其他几个工人纷纷拿来毛巾洗脸，顷刻之间，原本清澈见底的水变得混浊不堪了，后面还有人全然不顾地拿着毛巾在里面打湿了擦脸。

李红波悄悄告诉我，这里吃的用的水都是自来水。因为每年的4、5月份以后，正是高原鼠兔、旱獭冬眠结束的时候，也是鼠疫等传染病发病期。为防止鼠疫等传染病发生，项目部规定，禁止施工人员随意在山中取水。

这些水从20多公里外的县城自来水公司拉来，再通过索道运上山，所以工人们很懂得节约。即使晚上收工回去，也自觉只用一盆水擦拭一下汗津津的身体。

中午的饭菜很简单，一大盆白菜炖肉，一大盆紫菜鸡蛋汤，还有一大碗腌菜，并排摆在石板上。做饭的师傅见我是新来的，优先给我盛了满满一碗。工人们就各自拿着碗筷打饭盛菜，然后蹲在一起狼吞虎咽地吃起来。他们不时讲一些笑话，一碗饭很快就见了底，又开始盛第二碗。见他们吃得津津有味，我却怎么也难以下咽，因为饭是夹生不熟的。

"这饭吃不习惯吧？我们刚来也是这样的。"几个施工人员见状关切地问我，随后和我开起了玩笑，"你多来采访几回就会习惯的。"

在交谈中我也了解了他们的生活。山上比下面的氧气少得多，这里的沸点只有八十几摄氏度，由于不能使用明火，一般不用高压锅。山上自备的发电机功率小，电压不稳定，电饭锅很难把饭蒸熟，通常是半生不熟。遇到发电机发生故障的时候，就连这样的夹生饭也吃不上，他们只能吃点干粮，或者用凉水泡面吃。一年多就是这样过来的。

"生活条件和环境这么艰苦，那你们怎么干劲这么大？还这么开心？"

面对我的提问，大家一愣。

"您看，那是什么花？"一位30出头的小伙子指着不远处的几朵花儿反问我。

"哦，格桑花！"我若有所悟。

那黄色的、红色的、白色的格桑花一朵朵、一簇簇，紧紧地凑在一起，漫山遍野，正绚丽开着，俨然是雪域高原一道亮丽的风景。

在采访途中，那些美丽的格桑花随处可见，盛开在农舍边、小溪边、树林下，很是让人喜爱。一位美丽的藏族姑娘告诉我，藏语"格桑"是"美丽时光"或"幸福"的意思，所以格桑花也叫幸福花，它是高原上最美的花，是高原幸福和爱情的象征，在很多藏族歌曲里，都把勤劳美丽的姑娘比喻成格桑花。同时它也代表着藏民族的性格和不屈不挠、顽强奋斗的精神。

"对！格桑花！藏中电力联网工程线路就是架设在格桑花盛开的路上，我们架设的既是一条电力天路，也是一条为西藏人民带来光明和希望的幸福路！虽然施工环境很艰苦，但我们心中都充满了一种神圣感。"小伙子眉飞色舞，脸上洋溢着自豪。

……

人创造环境，同样环境也创造人。作家丁玲说过：只要有一种信念，有所追求，什么艰苦都能忍受，什么环境也都能适应。

就要下山的时候，我怀着好奇的心理，顺便参观了一下他们的"家"——帐篷。刚一进入，一股热气夹杂着一种潮湿的霉味扑面而来。

里面大约 20 平方米，两侧各开了一个不到半平方米的窗户，两边各是一条长长的床铺，一个挨一个，非常拥挤，这几乎占据了里面的大半面积。两头摆放着一些生活用品，过道上堆着一些杂物，显得有些凌乱。

"一顶帐篷一般要住十几个人，大家中午一般都不在里面休息，太热！就在附近树荫下躺一会。"施工负责人张辉给我介绍道。

谈起住帐篷的感受，大家都笑了，那爽朗的笑声里似乎有些意味深长。

20 多岁的施工员黄林说："去年刚进藏时，虽然已立春了，但这里还是冬天，山上特别冷，带的被子也薄，虽然有睡袋，但根本抵御不了半夜的寒气，加上缺氧，工友们的鼾声此起彼伏，经常睡不着。后来大家都慢慢适应了，特别是劳累一天后，有时倒头就睡着了。进入夏天后，蛀虫又特别多，有时刚一睡着，就被爬到脸上的蛀虫惊醒。"

一个施工小组在一个山头上一般只住半个月到一个月，待附近的一两基或几基铁塔基础或组立施工完毕后，他们就得在新的塔位就近重新选择地方搭建帐篷。让他们最苦恼的是，好几次半夜起大风、下大雨，将他们住的帐篷掀翻了，幸好他们躲避及时，才没有发生人身意外，但一个个都被淋得像落汤鸡，在半夜里冻得浑身发抖。所以他们在选择在哪里搭建帐篷的时候，都是反复比较。但山上到处是陡峭的斜坡，根本没有选择的余地，往往看中的地方，又离工作的塔位很远，多有不便。

我忽然觉得，他们有点像流浪的吉普赛人，可他们又与吉普赛人完全不同。吉普赛人作为一个天生流浪的民族，他们不断迁徙，追求在营火边弹着吉他载歌载舞的浪漫，而他们在流动迁移中追求的是让铁塔在茫无人烟的雪域高原上生根，让银线跨越一座座高山、一条条江河，播撒光明和希望。

项目部现场总指挥李红波感慨地说："这就是我们的电力工人，缺氧不缺斗志，任何的艰难困苦都能克服。有这样的精神和作风，没有比人更高的山，没有比脚更远的路。我们完全有信心和能力开辟一条崭新的电力天路。目前我们已完成了基础浇筑和接地部分，目前铁塔组立也已完成一半。在大家的努力下，我们还率先组立了整个藏中电力联网工程第一基铁塔，架设了整个藏中电力联网工程第一条索道，多次在指挥部综合考核排名中名列前茅。"

就要下山离开这一群可爱的电力天路建设者时，我在满怀敬意中忽然想起了音乐家王荣华创作的一首歌曲《云端天路》，这不正是他们的真实写照吗？

一朵朵白云/爱恋着山崖/一阵阵微风/亲吻格桑花/心随高原起伏/把家安在唐古拉/我们手拉手耶/绝壁架线悬崖立塔/我们心连心耶/云端天路创造神话/

一座座雪山/被爱融化/一张张笑脸/映红彩霞/梦随经幡飘扬/雪

域升起不落的太阳／云端天路／让世界变小梦想变大／云端天路／把光明与温暖播撒／亚拉里索亚拉索／云端天路哟／把光明与温暖播撒／

四个月后，我再次来到了这里。远山依旧层层叠叠，如云头般聚集在一起，而挟裹着寒风的一朵朵白云在山谷里左冲右突，时而掠过山顶，时而挂在树梢，时而伴着淙淙流淌的江水前行，似乎伸手可触。西藏冬天的云彩，真有一种说不出的美。

此时，工程正进入到了最关键的节点——架线，一根根银线将原来一基基孤零零的铁塔逐渐连在了一起，在云端中若隐若现。

让人疑惑的是，在那陡峭的绝壁、白雪皑皑的山峰之间，那一根根粗重的钢芯铝绞线是如何穿越的呢？更让人难以想象的是，那闪着银光的导线就像长了翅膀一样在雅鲁藏布江、怒江天险、金沙江上一次次飞越而过。

面对我的疑问，25标段项目现场总指挥李红波笑着说："明天我们的导线将再次空中跨越雅鲁藏布江，你到现场去看看就知道了。"

当清晨第一缕阳光透过层层雪山洒在雅鲁藏布江上时，沿江两岸A1、A2号塔下的30多名施工人员已经热火朝天地忙碌开了。他们已在此进行了一个星期的架线前期准备。

在两座铁塔即将"握手"之际，施工人员却面临着严峻的挑战。A1号塔和A2号塔隔江相望，相距1039米，分别耸立在海拔3000多米的两座高山上，两塔海拔高差250米。

地处峭壁的A2号塔，显得更加雄伟。施工人员告诉我，一般架线都是在两塔大小号侧分别安放牵引机、张力机施工，但由于A2号塔位地形狭窄，根本无法安放机械设备。只好在A2号塔地面设置转向地锚，将牵引机、张力机等机械全部安放在A1号塔位小号侧，采取"180度大循环导地线展放施工"，这进一步加大了施工难度。

伴着机器的轰鸣，施工人员正在做最后的设备调试检查。此刻，众人的目光都集中在A1号塔工地上停放的一台八翼无人机上。

无人机操作手正紧张地对无人机电源、信号等进行最后的检查和调试。

项目经理陈俊波告诉我，今天的首要任务就是用无人机展放两根一级导引绳。

无人机具有 GPS 卫星定位、远程遥控操作和画面监控功能，可携带轻质量、高强度的导引绳，从放线起点飞到终点。

过去传统的人工放线，一般由两至三人拉着导线从一个山头下山，再爬上另一个山头，如此反复多次。这种放线方式不仅耗时长、成本大，风险高，而且在这里根本无法适用。因为受到地形及环境特点的制约，架线过程中不仅要跨越一座座高山和公路、铁路、林业苗木区等等，更要跨越雅鲁藏布江、怒江天险、金沙江等天堑。而且用无人机展放引线，不仅安全经济，而且工效成倍提升。

在无人机中心面板底部，有个脱落挂钩，挂钩上连着一根直径 1.5 毫米细细的、长长的迪尼玛绳，这就是一级导引绳。绳子前端挂着几个红色、黄色、蓝色的小彩旗，便于无人机在飞越过程中进行监控。在离无人机 1.5 米处，还挂着一个用白色手套改装的小沙袋，防止一级导引绳在终点放线时舞动，也便于脱钩。

"A2 号塔位施工人员请做好准备，无人机就要起飞了。对讲机说话听得清楚吗？"

"清楚！清楚！"

在指挥棚内，项目总工曾红刚通过电台步话机与放线塔守护人员一一通话，检测通信设备。为防止大山中通信设备信号接收不好，每个放线区段，曾红刚都安排在区段最高处塔位设置一部电台进行话音中转，确保通信畅通。

一切准备就绪，无人机操作手慢慢推动油门杆，无人机旋即升空。

50 米，100 米，200 米、400 米、500 米……无人机以每秒五至十米的速度向上爬升，飞往对面的 A2 号塔位，导引绳上的一个个彩旗迎风飘舞。

地面寒气逼人，尽管身着厚厚的棉衣，但零下八摄氏度的气温还是让人冷得直打哆嗦。一股股冷风时而吹过，让人感到脸上火辣辣的痛。

突然，无人机速度降下来了，在雅鲁藏布江上空盘旋。

"注意气流！注意气流！"安全员戴锦一边拿着仪器监测风速，一边提醒无人机操作员。

江面上空的气流非常紊乱，对无人机飞行有很大影响，稍不注意，就有可能影响飞行安全。

三分钟后，无人机飞越到 A2 号塔上空。

"准备好了！可以抛线！"这边对讲机清晰传来对面 A2 号塔施工人员的声音。远远望去，A2 号塔顶上的两名身着橘红色工作服的施工人员正翘首以待。

无人机操作手按动遥控，挂钩顺利脱落，一级导线绳在沙袋的重力下准确地落到了 A2 号塔顶架上。无人机成功返航。

现场响起了一片欢呼声。

对面塔顶上的两名施工人员马上攀爬过去，将导引绳固定在塔架上。

无人机很快将第二根一级导引绳再次飞送过去。两名施工人员接着将两根导引绳绳头对接，然后送至地面转向点，扣入转向滑车内。

紧接着，施工人员在牵引车的帮助下，由细到粗，依次用一级迪尼玛导引绳牵引直径为六毫米的二级迪尼玛导引绳，再用二级导引绳牵引直径为 12 毫米的三级迪尼玛导引绳，最后，再用三级迪尼玛导引绳牵引直径为 15 毫米的高强度四级防扭钢丝牵引绳。

下午，最具挑战性的时刻到来了——采取"一牵一"的方式，由直径为 15 毫米的钢丝牵引绳牵引直径为 30 毫米的钢芯铝绞线过江。

在 A1 号塔和 A2 号塔之间，跨越地形非常复杂，不仅要跨越雅鲁藏布江，而且还将跨越一条 110 千伏线路和三条 35 千伏线路以及 S306 省道，还有正在建设的拉林铁路，而有关部门只批准了五天的停电时间。

在这么短的时间内要完成这一艰巨的任务，确实让大家感受到了压力。

项目部一次次制订、修改架线方案，仅作业指导书就做了厚厚一本。

在架线施工之前，项目部安排的三个小分队各就各位，对跨越沿线情况进行管控，对通行的车辆不断进行疏导。经过小分队积极的协商沟通，铁路施工队伍将修筑桥墩的塔吊高度降低了六米，在架线施工间隙也停止了线路下方的相关作业。

"张力再加大一点，牵引绳离110千伏线路距离不足五米了！"看到钢丝绳不断降低，戴锦马上呼叫工作负责人严锋。

"张力加大到1.2吨。"守在张力机旁边的严锋果断地通知操作手，随着张力机油门的轰鸣，下垂的钢丝绳逐渐上升。

因为采取的是大循环放线，在牵引导线过程中尽管钢丝绳的牵引力达到了极限，但粗重的钢丝绳和钢芯铝绞线还是不断下垂，最低点与下方跨越的110千伏线路安全距离越来越近。早已在线路交叉跨越处待命的一台25吨吊车，立即挂上滑车将牵引绳托起，防止与下方电力线路摩擦。

由于A2塔位于半山腰没有施工场地，因此在A2塔的转向操作是本次放线工作的关键。

"三米、两米、一米，好，停车。"在A2号塔下，施工副队长卢振兴正在通过对讲机指挥着牵张车操作手。"赶快装夹头，用绞磨将钢丝绳抽回来，再人力将旋转连接器穿过转向滑车。"牵张机停稳后，卢振兴马上指挥塔下八名工人分成三组忙碌开来。

"因为转向角度较大，如果旋转连接器直接牵引经过转向的话，会有折断的风险，为了安全起见我们都是人力辅助过滑车。"卢振兴这样解释操作的原因。经过三组人员20分钟的努力，旋转连接器顺利通过了滑车。

下午4点多钟，在第一相导线挂线完毕之后，项目副经理吴宝平亲自上塔对导线压接质量进行检查。爬塔、出瓷瓶、走线，对于吴宝平来说，轻车熟路。

"耐张管压后对边距44.62mm，虽然满足要求，但是周边毛刺还是要打磨一下。"吴宝平边用游标卡尺检查，边对身边的施工人员强调。

天路入云端

长篇报告文学

经过五天的奋战，A1 塔与 A2 塔的 24 根导线和两根光缆就这样像游龙一样在雅鲁藏布江上凌空飞越。

经过五天的奋战，2016 年 11 月 14 日，A1 塔与 A2 塔的 24 根导线和两根光缆就这样像游龙一样在雅鲁藏布江上凌空飞越。

2018 年 1 月 5 日，藏中电力联网工程 25 标段 107 基铁塔的线路架设率先在"拉萨至林芝段"全线贯通，转入最后的检修、调试、验收阶段。按照里程碑计划，整个藏中电力联网工程将在 2018 年 9 月 30 日投产送电。

"扛起如山的责任，用心铸精品"

在 25 标段项目部现场总指挥李红波的笔记本扉页上，写着三句话：进藏为什么？在藏干什么？离藏留什么？

这三句话是 2016 年年初，李红波即将进藏参与藏中电力联网工程建设的前一天，国网湖北省送变电工程公司总经理史雨春与他谈心时送给他的。

在挑选藏中电力联网工程分标项目现场指挥员时，该公司班子成员不约而同地想到了他。李红波毕业于湖北大学电力工程与管理专业，1998 年开始从事送变电工作，先后参与了三峡外送工程、世界第一条特高压 ±800 千伏云广直流工程等 33 个重大工程的建设，从一名普通的测量工、质检员逐渐成长为项目技术员、总工、项目经理、分公司总经理。

领导们看中的是他攻坚克难的胆识、拼命三郎的激情、规范创新的管理，他指挥过的很多工程都被评为优质工程，被大家誉为"最美送电人"。

这是一个能打硬仗、堪当重任的虎将。

2016 年 3 月，李红波带领第一批 20 名管理人员开车进藏。在六天长途跋涉的过程中，他们既领略了川藏线美丽如画的风景，也感受到了西藏地貌的艰险崎岖、气候的变幻莫测。此时的江南百花盛开，春意盎然，而沿途的西藏地区却还处在寒冷的冬天里，路上滴水成冰，山上白雪皑皑。

特别是在翻越海拔 5000 多米的东达山时，他们出现了因缺氧引起的头痛、呕吐等症状。李红波给大家打气说："考验我们的时候到了，挺过了缺氧这一关，我们今后都会是高原的英雄！历史会记住我们！"

到达工程所在地林芝市朗县县城后，他们找了一家便宜的旅社，暂时安顿下来。

按照规定，他们进藏后都有一个星期的"习服期"，就是在原地休息，逐步适应环境，应对高原反应。

但第三天，李红波、陈俊波等项目部负责人就到工程指挥部汇报工作，接受任务。随后又到朗县县委、县政府和各相关部门一一拜访。所到之处，都是热情的笑脸，热切的期盼。朗县县委副书记、县长胡文平高兴地握着他的手说："早就盼着你们来了，感谢你们给我们带来光明和希望，你们有什么困难和问题尽管说，我们全力支持。"

朗县，是一个仅有一万多人的微型县城，风景秀丽，有西藏的"小江南"之称。"朗"在藏语中意为"光明吉祥"，可这里用电水平还非常落后，人均用电还不到内地的三分之一。特别是一到冬季枯水季节，水电厂就发不了电，用电非常紧张，很多乡村仍然依靠祖祖辈辈点了千年的酥油灯燃起那微弱的火苗，照亮黑夜的天空。

"我们一定会让朗县亮起来！"握手道别时，李红波向县长郑重许下了自己的诺言。

进藏第四天，李红波和项目部经理带着大家上山勘查线路走向，了解本标段的工程情况。

在前往朗县仲达镇登木山途中，看到一头母牦牛在山上生小牛。小牦牛刚生下来很小，站不起来，呦呦直叫，而母牦牛却不管不顾地在旁边溜达，然后下山了。他们担心小牦牛活不了，就将小牦牛抱下来，到仲达村挨家挨户询问，终于找到了牛的主人。藏族同胞非常感激，热情地给他们敬上酥油茶。

在交谈中，得知他们是电力工人，专门前来组塔架线的，这个藏族同胞激动得不得了，扯开嗓子喊来了一群人。一个上了年纪的藏族老大爷说："总算把你们盼来了，我们好几天都没电了，这里一遇到刮风下雨，就停电。整个冬天基本上没几天有电用，天天晚上点酥油灯。"

几位热情的藏族同胞纷纷邀请李红波一行到家里参观。

李红波和同事们都留意到，家家都只有几盏照明灯，基本上没有什么家用电器。即使这样，用电也无法保证。

看来这里的用电条件比想象中的还要差，比内地至少要落后20年。

临走的时候，藏族同胞们依依不舍。

两个藏族妇女分别给他们献上了洁白的哈达。那份庄重和虔诚，让他们感受到了至高无上的礼遇。

藏族老大爷说："你们给我们送来光明和希望，就是我们最尊贵的客人。"

听着老大爷热乎乎的话语，望着藏族同胞一个个期盼的眼神，触摸着披在胸前洁白的哈达，李红波和同事们深深地震撼了！心中犹如升腾起一团火在燃烧，他们既真正感受到了藏族同胞的纯朴和热切的期盼，也感受到了作为一名电力职工的自豪和责任。

李红波再次想起了公司领导送给他的那三句话，再次感受到了领导的重托和期望。

这就是责任！这就是使命！

只有撸起袖子加油干了！

他们马不停蹄地开展筹备工作，联系租房、购买办公用品、生活设施，仅用十天就迅速组建了标准化的项目部，完成了安摊建点工作，具备了办公生活条件，成为进场最早、开工最早的项目部，受到工程指挥部的表扬。

项目部虽组建了，但如何按照指挥部高标准的要求开展工作，这个难题又变成了他的头等大事。工期、质量、安全、环保每一项都是事关工程是否顺利推进的关键。他茶饭不思，夜不能寐，一缕缕银丝爬上了他的两鬓。

　　只有严格的管理，才能带好队伍。他和项目部经理陈俊波、副经理吴宝平、总工曾红刚商议后，迅速组织人员建章立制，制订了项目部各项管理制度，建立了一整套标准化工作体系，工作很快就走上正轨。

　　西藏特殊的气候，决定了春季和冬季的数月都无法正常施工。5月份大规模的施工队伍就要进场开始施工。李红波和项目部经理陈俊波、副经理吴宝平、项目总工曾红刚一合计，决定用一个月的时间完成25标段107基塔的第一次线路复测，再用25天的时间完成第二次线路复测，抢在施工人员到来之前做好各项准备工作。

　　决定宣布的时候，大家一下子愣住了，那107基铁塔都位于荒无人烟的高山上，大家对山上的地形完全不了解，况且现在的西藏依然寒气逼人，抬头就能看到山上很多地方的积雪尚未融化，这么短的时间怎么可能完成呢？

　　面对一些人的疑虑，李红波说："特殊的任务，特殊的使命，我们只能倒排工期！如果我们不能抢在4月底完成线路复测任务，到时大批的工人进场后就只能干等着，严重影响整个工程的工期，那我们就是历史的罪人。"

　　听了李红波的解释，大家纷纷表态，决不拖工程的后腿。李红波和陈俊波接着给大家打气："只要我们有信心和决心，再艰巨的任务我们也能完成。"

　　107基塔的线路复测任务很快分解落实到两个小组，吴宝平、曾红刚各负责一组，李红波、陈俊波负责全面协调。

　　位于朗县雅鲁藏布江南段元宝山背后的A7号塔，海拔4200米，是25标段中最高的一基塔，山势陡峭，灌木丛生，山顶与山脚的垂直高度达1.2公里。李红波决定先难后易，亲自带队，首先啃下这块硬骨头，为后续工作奠定基础、积累经验。

　　出发前，按照李红波的要求，六名队员都将水壶灌得满满的，每人特意带上了一件雨衣、两个氧气瓶、三餐的干粮。

　　附近仲达村的村民闻讯后，执意派来一名藏族小伙子当向导。

他们早晨6点半驱车到达山脚时，天刚蒙蒙亮。由于线路穿越多处密林"无人区"，根本没有路，走着走着，藏族小伙子也迷路了。大家只能靠偶尔接通的GPS信号指示前进的方向。他们背着重重的GPS仪器，走在永远不知道前方是峭壁还是悬崖的路上。山上长满了带刺的灌木，走着走着人就被灌木划出一道道血印。GPS信号时有时无。更闹心的是，用GPS导航，走着走着就碰到无法通过的河沟、峭壁，只好屡次折返改道。性格活泼幽默的90后资料员代冲，气恼地开玩笑说："现在的GPS只能导直线，回去后我马上研究一种引导转弯的GPS，自动识别路况和障碍，让我们在雪域高原再也不迷路。"

大家听了哈哈大笑，烦恼一下子随风而去。

越往上走，山势越发险峭，大家只能像蜗牛一样用手脚爬行，往往爬20米，就要休息十分钟。

爬到半山腰时，每人带去的水都喝完了，大家就将飞泻而下的山泉接入水壶，仰起脖子便喝。虽然那水冰冷刺喉，但大家已全然不顾。

最要紧的是，每人带去的两个氧气瓶都吸完了，一个个气喘吁吁。

就在大家有点恐慌的时候，李红波从包里变戏法地掏出两个氧气瓶，他高高地扬过头顶，有点得意地说："我考虑到这是我们标段海拔最高的一座山，上山过程肯定非常艰难，为防万一，临走时我又往包里塞了两个。"接着他又面色凝重地说："我们还有很长的路要走，这两瓶氧气是救命的，大家一定要省着点用，不是实在坚持不住，就尽量别用。"

由于设计的塔位位于大山的背阴面，在正午之前是见不到太阳的，伴随着时常刮起的大风，高寒与缺氧两大磨难一起考验着大家的意志。

李红波、曾红刚不断给大家鼓气：坚持就是胜利。

在大家刚刚翻过一座悬崖时，突然刮起一阵大风，五分钟后，乌云就将刚刚升起的太阳遮住，又过了几分钟，风里就夹着雪花飘下来，所有人都惊呆了。李红波赶快吩咐大家寻找山洞躲避，可在灌木丛中，哪里找得着？安全员戴锦好不容易找到一个硕大的突兀起来的石头，连忙招呼，大家赶紧跑过来在下面躲避，趁机吃点干粮。

五分钟，十分钟，二十分钟，半个小时过去了，雪花依然飘个不停，大家的心都悬在了嗓子眼上。

那是一种怎样的煎熬和等待！

藏族小伙子也一脸紧张，他建议马上返回。

一向沉稳的李红波也坐不住了，他探出头来说："如果半小时后雪还是这样一直下个不停，我们就只能强行下山了，不能在这里坐以待毙。"

大家意想不到的是，此时乌云忽然散去，天又放晴了，大家一个个欢呼起来，全然忘记了刚才所处的险境。

大家背着工具，一路爬行，穿过又一道山崖，终于找到了图纸标记的铁塔方位，此时已是下午两点半钟，大家一个个冻得瑟瑟发抖，嘴唇发紫。

此时他们还要耐心等候 GPS 接上卫星信号，测出中心桩。而桩位测量定位的精度与信号强弱有直接关系，在距离塔基较远、干扰较大的"无人区"，精准的定位需要丰富的测量经验和不骄不躁的耐心。

大家就这样等待了半个小时，终于有了信号。云雾茫茫中，大家对照图纸核对，查看地形，利用 GPS 准确找到了中心桩。

大家将线路复测完毕，已近下午 4 点。大家商议，如果原路返回，最快也要到晚上 11 点钟后才能下山，那样在漆黑的山里会有很多危险，藏族小伙子也说，山上常有狗熊出没。大家决定沿着另一面陡峭的山坡下山，用绳索牵引互相照应。

那坡实在太陡，至少有 40 度，有的地方甚至达到 60 多度，根本没地方下脚。经验丰富的技术员张辉在前面开路，他侧身贴着斜坡，一手支撑着身体，抓着石头，小心翼翼地向下挪动，年轻的安全员戴锦紧随其后，一手拉着他的衣角，一手抓着石头。

好几次戴锦停下了，因为脚实在无法移动。张辉就说，你如果没地方踩，就踩在我脚上、腿上、背上都可以。首次经历这样在峭壁上艰难下山的戴锦，几次感动得流出了眼泪。

虽然远远地就能看到山脚，但那是一段漫长的山路。大家七弯八绕，经过三个多个小时艰难跋涉，终于安全下山，每个人浑身上下都脏乱不堪。戴锦说："进藏才一个月，我就磨破了两套工作服。"

20几天下来，大伙的皮肤被山风吹得干裂，手脚上也全是荆棘拉扯出的伤口，但看到只用短短的时间就"打通"了线路施工的直线、提前完成了第一次107基塔的线路复测任务，大伙的心里有说不出的欣喜：再高的山，也被我们送变电人踩在了脚下！

年轻的资料员代冲深有感触地说："爬过这些高原的山，觉得再没有难爬的山了。基本上是手脚并用，连爬带拽。山上的灌木特别刺，石头特别锋利，一不小心就划得都是血道子。手上、脚上磨得都是大水泡，再磨又出了一层泡，变成老茧。"

紧接着，大家又一鼓作气，仅用20天的时间就提前完成了第二次线路复测，为大批工人进藏施工创造了条件。

这些工程建设者没有豪言壮语，只有早出晚归，穿着被荆棘刺破的工装，在丛林深处一步一步前行。然而就是这样一群人，凭着一种责任，一股拼劲，克服了一个又一个常人难以想象的困难，以不畏艰难困苦的豪迈气概，为工程施工书写了一段又一段传奇。

线路复测完毕后，迎来了大批的建设者，开始大规模的基础开挖、浇筑。

在项目部的墙上，在施工工地，一条醒目的标语随处可见：扛起如山的责任，用心铸精品！这也是25标段项目部现场总指挥李红波的口头禅。

基础的开挖、浇筑也是困难重重，大部分塔基都在斜坡上，无施工地形，人员操作困难，有时不得不用钢管打防护栏。

一般的塔基开挖深度最低的要八九米，深的达20米左右。由于25标段大部分土质是松散性的土夹石，在开挖时极易塌方，给开挖、支模、浇筑都带来很大困难，施工人员就只能采取"现挖现浇护壁施工法"。施工人员每挖到一米的深度时，就得用钢板支模，然后用混凝土现浇制作护壁。

由于混凝土需要 24 小时的凝固期，为了不耽误时间，他们再接着开挖铁塔的另一个基坑。待上一个基坑的混凝土凝固后，他们再撤下模板，继续向下开挖，再做护壁，就这样循环往复一个个基坑、一层层往下挖。

施工人员一双双手磨出一个个的血泡，手上的血泡出了血，立即用创可贴包住，随即又开始施工。每基铁塔的四个基础腿总方量少则 40 方，多则 200 方，大家的手不知磨出多少血泡和死茧子。越往下挖，洞里的氧气越稀薄，加之里面活动空间非常窄小，人在里面非常难受，洞口上面得不停地用鼓风机向下送风。有时碰到坚硬的板岩，施工人员用空压机、风镐拼命挖，经常一天挖断四五根镐钎，却连十厘米都挖不下去。但大家毫不气馁，轮番作业，想尽一切办法将基坑挖到设计的深度为止。

虽然一天下来腰酸背疼，但谁也不愿落后。项目部开展了"比安全、比质量、比环保、比进度"竞赛，每个施工小组每天的工程进度都挂在墙上，谁快谁慢，一目了然。

"除了克难攻坚确保工期外，所有的管理人员和施工人员都绷紧了安全和质量的弦。"李红波一边说，一边拉开项目部的资料柜向我介绍。

《三级及以上施工安全风险识别、评估、预控清册和措施》《输电线路施工安全强制性条文实施细则》《标准工艺策划方案》《质量通病防治措施》《创优施工实施细则》等一本本装订成册的各种管理制度一一展现在我眼前。

"没有规矩不成方圆，这些都是我们在开工前编制的。"李红波说。

"别看这些制度很多，但每一条每一款大家都很熟悉，我们每个月都要组织大家学习考试的。"安全员戴锦接过话题一脸认真地说。

资料员代冲也得意地告诉我，项目部围绕安全质量探索实施的一系列举措，多次受到指挥部的高度肯定，并在会上交流了经验。

"确保安全和质量，关键还在于落实。"质检员张晨对此感触很深。

特别是铁塔组立完毕后，必须进行严格的质检。而质检的工作量特别大，质检员要爬上铁塔，对每基铁塔螺栓的紧固度是否到位，螺栓穿向是否正确，现场的塔材是否变形，组装是否有错误一一进行检查。质检员张晨、刘鹏、李红军等人每天平均要用两个多小时爬山，仅用扭矩扳手检查每基铁塔的一万多个螺栓，就需三个多小时，往往一基铁塔检查完毕就要四个多小时，中午就在现场吃点带去的干粮，有时到附近的工地蹭点饭吃。高原的天气常常说变就变，有时山下艳阳高照，山上却下起了瓢泼大雨，质检员们常常猝不及防，无处躲避，被淋得浑身透湿；有时中午紫外线特别强，照射得人睁不开眼睛。

张晨说："虽然苦点累点，但每基塔的施工质量都做到了心中有数，每检查完一基塔的时候，我们都有一种如释重负的感觉和欣慰。"

51岁的黄建华是25、26、27标段的总监代表。在工程项目监理上，他倾注了无比大的激情，每天不辞劳苦地奔波在各个施工现场，严抓细管，确保工程的质量和安全。

在他随身揣着的笔记本上，密密麻麻地记录了每个标段施工单位基本情况、每个子项目的地质结构状况、工程结构设计、建筑设计、施工方案及相关规范标准、施工进度情况、发现的问题等等。哪里有风险较大的作业时，他就出现在哪里。有时站在地面看不清楚，他就爬上几十米高的铁塔，在上面进行旁站监理。

他说："我们监理人员的责任很大，是确保安全质量的一道重要防线，我们必须守住自己的阵地，一旦出了安全质量事故，我们无法交代！"

他干了几十年的电力建设工作，经验非常丰富。在巡检中，他能一眼指出现场施工中的错误和不足，并及时指正或严肃批评。有一次，一个施工小组为赶时间，组织多人在塔上交叉作业，他发现后立即制止，责令停工，组织大家现场学习、反省，并将此事进行通报，要求项目部对施工负责人进行处罚。他多次强调，绝对不能为了工期而忽视安全制度，一旦违反，绝不讲情面。施工人员对他又敬又畏，背地给他送了个"铁包公"的雅号。

"每道工序都严格按照规范和设计标准进行验收，确保每个细微环节都没问题了，我才会签字验收，这一点都不能含糊。"黄建华说。从开工到现在，这三个标段无论工程质量还是技术水平都很突出，并且到目前为止没有出现一起质量安全事故。

同时，鉴于高原施工的严酷环境和雨季后劳动强度的增加，为了保证现场基础施工和铁塔组立工作优质安全高效，25标段项目部成立了专项稽查小组，每天奔走于各个施工现场，狠抓安全质量制度落实。

该标段所有施工塔位位于平均海拔3700多米的山上，进入秋季，经过几个月充沛雨水的滋养，沿途的灌木和杂树已是生机勃发，蔓延的枝条交织在一起，将塔基周围的山体封得严严实实，让人几乎无路可走。稽查小组的队员们每天就是在这样的环境里进进出出，俨然一支"丛林突击队"。

"大伙小心一点，前面是一片茂密的荆棘林，请穿上外套，猫着腰从下面通过。"在去A23塔位检查的路上，走在前面的戴锦提醒大家。作为安全员，戴锦总是一马当先，是整个队伍的开路先锋。虽然天气比较热，但大家都带着外套，在穿越丛林的时候可以穿在身上当作"盔甲"，躲避荆棘的刺扎。西藏地区植被保护要求很高，林业部门坚决禁止砍伐，走在前面的戴锦只能戴着厚厚的帆布手套，碰到挡在前面的荆棘枝条时他就小心翼翼地用手拉开让大家通过。100多米的荆棘林，大伙穿越用了近半个小时。由于都是猫着腰，又穿着厚厚的外套，荆棘林内也是密不透风，出来时大伙都已是汗流浃背、满脸通红。

"戴锦，你已经成刺猬了。"走在后面的技术员刘鹏看到戴锦后背衣服上刚挂上去的刺，不禁大笑。"这挺符合戴锦安全员的工作性质的，自带芒刺，到现场他不说话别人都怕他，哈哈。"项目总工曾红刚接着话茬也开起了玩笑。一路上大家欢声笑语不断。

经过近两个小时的穿越攀爬，稽查小组终于到达了A23塔位。大伙分工明确，多点开花迅速工作起来。

"发电机下面的防漏油沙盘里的沙该更换了，再不换就要渗透到草地上了。"戴锦边拍照边对现场负责人说道。

天路入云端

长篇报告文学

● 稽查小组的队员们每天就是在这样的环境里进进出出，俨然一支"丛林突击队"。

"基坑开挖的弃土一定要堆放在坑口一米之外，堆放高度不能超过1.5 米，D 腿基面坡度较大，围挡弃土的编织袋一定要码放整齐，防止滑坡。"曾红刚勘查了现场施工地形后反复叮嘱基坑开挖人员。

在已经开挖完成的基坑 A 腿，刘鹏已经系好安全带下到了坑底，对坑深、坑洞直径、垂直度等进行复核。

经过一个多小时的忙碌，稽查小组对现场的安全、质量、环境等方面的工作提出了六条意见。

"你们检查发现的问题非常及时，提的这些意见也很有指导性，我们会立即整改，保证类似的问题不再重复发生。"现场负责人边说边心悦诚服地在整改单上签字。

检查完毕，已是下午 1 点多，大伙才觉得肚子早已饿得咕咕作响，于是找个背阴处的草皮坐下来，吃着随身带来的干粮。

稍作休整之后，"丛林突击队"又重整旗鼓，向着荆棘更深的地方迈进，那里，海拔 4120 米的 B7 塔位在等着他们……

在大家的努力下，标 25 项目部的各项安全质量指标一直在工程指挥部的考核中名列前茅。

无论是在作业现场，还是在项目部、施工队驻地，都能看到一条醒目的标语：像保护眼睛一样保护生态环境，像对待生命一样对待生态环境。

青藏高原所特有的生态环境，孕育了特有的植物资源。由于长期进化适应的结果，很多植物生长期短，生长缓慢，且一般为多年生植物。它们生长环境特殊，种群更新和增殖慢。其生长的生态环境脆弱，一旦破坏，难以恢复。

项目部经理陈俊波告诉我，在平均海拔 3750 米的藏中电力联网工程沿线，岩层、草甸、沼泽、灌木等虽呈现不同的地貌，但地质结构都比较脆弱，哪怕是一块草皮被践踏后，裸露的表层都易风化，若不及时修复，受损面积就会蔓延扩大。

在前往 A35 号塔的途中，安全员严峰边走边低头弯腰捡拾地上的杂物。当他看到我关注的目光时，微笑着说："这里有严格的环保要求，项目部制定了安全文明施工、环境保护管理等一系列制度，要求施工现场始终保持清洁，不破坏环境，做到工完、料净、场地清。"

随后，他又指着前方的施工现场对我说："你看，施工现场都配备了垃圾桶，我们定期将垃圾集中处理并及时转运。"

进入现场，只见正在施工的铁塔下面，铺了一层绿色的防护网，面积足有一个篮球场大。

"别小看了这层纱网，人踩在上面，它既可以起到缓冲的作用，确保下面的植被不被踩坏，又能通风透气，确保植被正常生长。同时还能起到防沙尘吹起、防水土流失的作用。"

沿线山峦起伏，层峦叠嶂，沟壑纵横，草木丰茂。为了保护高原独特的生态环境，把工程建设对环境和人文景观的不利影响降到最低，工程从设计到施工，都要求环保优先。

严峰从口袋里掏出一本小册子递给我，那是项目部查阅大量资料后，编制的《环水保宣传教育手册》。

"与《安规》一样，我们每月都组织施工人员学习考试环保知识，而且还与施工人员一一签订承诺书，特别是禁止流动吸烟，杜绝火种，确保不发生森林火灾。"

行走在工地上，保护环境的措施随处可见：

在施工进场的道路上铺满了厚厚的草垫子，道路两旁都拉上了彩旗绳子，以防止车辆碾压草皮，确保施工车辆绝对不越"雷池"一步。

现场的施工材料采取"上盖下垫"，防止施工材料污染环境。

基础开挖后，土用袋子装好后整整齐齐地码在一起，防止"弃土挂渣"。

在开挖出的施工便道上，悬挂着醒目的警示标志，防止施工人员抄小路，走捷径，越界践踏草甸。

项目部经理陈俊波告诉我，一旦工程竣工投运，那些曾因施工修建的临时便道，都将不留任何"疤痕"，恢复原有的地势风貌。

又一道难题攻克了——施工人员正在架设藏中联网工程第一条索道。

朗县县委副书记、县长胡文平数次深入工地查看，他感慨地说："电力铁军不愧是一支威武之师、文明之师，他们带着感情，带着责任，攻坚克难，创造了一个个奇迹。特别是他们的安全文明施工和绿色环保施工做得非常突出，给我们树立了榜样。"

让胡文平特别难忘和感念的是，为了避让人文景观，工程指挥部不讲条件，不计代价，毅然让铁塔改道。

A2—A7 号塔原本设计从元宝山正面通过，这样线路走向最便捷、最经济。当线路设计方案送到朗县有关部门征求意见时，县旅游局和规划局等部门提出，元宝山对面是十三世达赖喇嘛土登嘉措的故居——冲康庄园。这样设计会影响景点的视觉，破坏景观的整体风貌，能不能把线路设计更改到元宝山的背面？

设计人员刘庆峰迅速将朗县方面提出的建议反馈到了藏中电力联网工程拉林铁路供电工程现场指挥部。事关重大！指挥长李万智当即放下手中的工作，心急火燎地与勘测设计人员驱车赶赴元宝山。

经过重新勘测和设计，如果改道，不仅铁塔数量增加三基，线路长度增加两公里，施工费用增加 1043 万元，而且无宝山背后都是丛林，施工难度也成倍增加。

在专题研讨会上，有人还提出了一些改道方面的困难和问题，李万智斩钉截铁地说："根据总指挥部的指示，我们必须坚决贯彻落实将藏中电力联网工程建设成为富民兴藏的德政工程、民心工程的战略目标要求，不论困难多大，不论花多大的代价，都必须改道！"

"像这样为了避让人文景观或保护生态环境而改道的铁塔，在藏中电力联网工程沿线有很多，我们都是无条件避让！确保工程建设与环境保护的可协调发展。"藏中电力联网指挥部总指挥长王抒祥说。

据了解，像业拉山 72 道拐、然乌湖、米堆冰川、达古风景区等特殊地段，在线路走向和设计上都及时主动征求当地政府的意见，重新进行了改道设计，有效避开了这些景观，赢得了当地政府和藏族同胞的高度赞誉。

闪耀在雪域高原上的智慧之光

藏中电力联网工程是迄今为止世界上海拔最高、海拔跨度最大、自然条件最复杂的输变电工程，许多世界性难题挑战着建设者的智慧和勇气。

"高海拔地区的输变电工程建设面对的是更多常规施工方案、工器具、设备无法解决的困难，更多的工艺标准和规范无法适应特殊环境条件。"工程技术人员对此深有感触。

大部分铁塔位于山脊和山顶，由于山高坡陡，根本无法用人力、畜力运送物资，因此索道成为工程建设中最普遍的运输方式。

位于朗县仲达镇仲达村的索道场工地，机声隆隆，一根根塔材运往

B7—B8 号塔。项目部总工曾红刚告诉我，这是整个藏中电力联网工程中建设的第一条索道群，藏中电力联网工程指挥部 2017 年 4 月专门在此召开了工程索道建设试点工作会。总指挥长王抒祥等领导和与会代表不顾山体的陡峭，兴致勃勃地深入现场参观，对这条索道群的巧妙设计和规范建设，给予了高度评价。

谈起当初的架设过程，曾红刚依然记忆犹新，感慨地说："当初为建这一索道群真是煞费苦心，遇到了一系列难题，但都被一一攻克。"

B7—B8 号塔与山脚垂直距离高达 1.2 公里，山体坡度超过 60 度，不仅施工无作业面，而且人员上去也很难立足。

由于三个支架位于山脊上，没有施工地形，加之支架高六米，重 300 公斤，组立十分困难，他们就通过钢管搭设脚手架操作平台，利用辅助钢管分段组立支架。

开挖支架拉线的地锚坑时，两名工人用铁锹、钢钎等工具整整挖了一天，也仅凿开了一个 0.5 米深的小坑，下面全是岩石，再也凿不下去了，而拉线坑深必须达到 1.4 米，承载索坑深必须达到 2.4 米，这只能通过空压机、风镐等机械方能完成开挖深度。但空压机重达 100 公斤，需要人力抬上山，由于山路陡峭崎岖、高原缺氧，以致四个人搬运空压机到 2 号支架就用了一天半时间。

鉴于山势陡峭，如果就近设置拉线位置，拉线的倾斜度就将达到 60 度以上，超过规程规定的不宜超过 45 度的要求。

如何既满足规程的要求，又能确保拉线的承受力满足需要？大家讨论时，曾红刚提出了一个设想和疑问：拉线的位置如果选择在本座山的任何一点，倾斜度都可能超标，可否选在其他山体上？如果这样，拉线势必延长很多，其承重力等参数可否满足要求？

机械专业毕业的陈俊波眼睛一亮，马上在稿纸上进行了验算，并做了一个小实验，觉得完全可行。

他们立即将拉线设置在对面山体凸起的山包上，通过计算，将拉线长度延长至 100 米，确保了拉线角度和承载力均满足了规程的要求，又一道难题攻克了！

可塔材通过索道运达塔位后，却出现了不同程度的损坏，有的表皮磨损，有的油漆脱落。山上的施工人员见状，心疼不已，拿起对讲机就对山下索道场的同事嚷道："怎么回事？塔材都受伤了！"

山下的施工人员赶忙沿线查找原因。在勘测中发现，由于山体表面多为岩石，承重索两侧多为灌木，很容易将货物划伤。于是，他们为运输的货物加装了钢套保护装置。

解决高原上钢筋焊接难题，也曾让他们费尽周章。

在基础开挖、浇筑时，需要规格、型号不同的大量钢筋。由于高原的气候寒冷，早晚温差变化大，导致钢筋的焊接合格率只有90%，且损耗大。同时，焊接的钢筋长度一般都在十米以上，在陡峭狭窄的高山上很不方便运输。怎么办？技术攻坚小组在工地彻夜研究，也没有找到好的办法，大家一个个熬得眼睛通红。

就在天边露出鱼肚白时，李红波突然自言自语："那么多特高压工程难题都解决了，我就不相信这个问题在高原上解决不了！"

正在查阅资料的陈俊波一听，眼睛一亮，他猛地拍了下脑袋兴奋地说："对，特高压工程建设中不是有一项直螺纹钢筋连接工艺吗？我们何不尝试借用一下呢？"

"是啊！"

大家一下子来了精神，当即投入试验，结果完全可行！

大家顾不上吃早餐，立即分头准备，曾红刚亲自调节直螺纹加工设备，检验加工精度，让现场的工人都很快掌握了这一技术。

采用这一新工艺后，钢筋的连接合格率从90%一下子提高到100%，连接损耗率从过去的3%~4%降低到1%，并且过去需要由2至三人完成的工作量，现在仅需一人借助一台机器就可完成。同时原来整长的钢筋可以分解成多段，大大方便了运输。

铁塔基础的浇筑也面临一系列困难。平均每基铁塔基础至少要连续作业八个小时，有的超过40个小时。特别是高原恶劣的气候，早晚反差强烈的温差，也给基础浇筑带来了很大的影响。特别是基础受冻后，发生了裂纹、脱皮等问题。于是，项目部经理副经理吴宝平以此为课题进行攻坚，很快拿出了解决方案。

在基础施工时，除了安排专人24小时轮班值守外，他们用秒表严格控制混凝土入模时间，用温度计定时测量混凝土温度。这还不够，大家又抱来一床床棉被、毛毡等物品，盖在上面，对已成形的基础进行保温养护。

大伙儿开玩笑说，那些日子，对待混凝土基础，比对待自己的儿女还用心，一刻都不敢分神。

特别是在浇筑难度最大的 A3 号塔基础时，天寒地冻，滴水成冰。党员突击队、青年突击队轮番上阵，队员们的衣服被汗水、露水一次次浸透，结成了一块块冰。通过两班不断轮换、连续 46 个小时的作业，基础浇筑一次通过验收。

功夫不负有心人，经过精心维护，形成的混凝土基础表面平整、光滑，棱角分明，颜色一致，达到了一次浇注成型、不需再做任何外装饰的清水混凝土施工工艺水平。

现场施工的难题一个接一个，而又拖不得、等不起，这对广大施工人员提出了严峻的挑战。

B9 号塔是一基转角塔，施工人员将塔腿组立后，惊讶地发现塔腿 BC 面和 CD 面第一层的水平点发生了变形。现场施工负责人和技术员立刻核对图纸，发现塔材规格型号与设计图纸完全相符，却又找不到问题原因。他们立即给总工曾红刚打电话汇报情况，一个多小时后，曾红刚翻山越岭火速赶到现场，他擦去满头的汗水，立刻查看，初步判断是铁塔基础的根开尺寸或基面高差可能存在问题。可用经纬仪检查后，并无问题，然后他又将塔材的长度、孔距再次测量核对，也未发现问题。

他紧锁双眉，眼睛直瞪瞪地盯着变形的部位，汗水不断地从他额头渗出。现场的施工人员也都紧张地望着他。

这究竟是什么原因呢？曾红刚猛然想起，2013 年在武汉建设 500

千伏金口线时也曾遇到过类似问题。他下意识地产生了疑问：会不会是厂家在加工焊接塔脚板时坡度出现了偏差？

他立即对塔脚板坡度进行测量和计算，果然发现塔脚板坡度大了0.5度。随即他又将塔材变形部位的水平点松开，测量其与主材间错位的距离。通过计算，也证实错位的距离与塔脚板坡度偏差度相符。

症结找到了，曾红刚长长舒了一口气，他拿起了手机。

"喂，请问是厂家工地代表吗？你们生产的塔脚板坡度有误差，不能正常组装，请帮忙解决。"

"这绝对不可能！我们的产品都是经过严格检验才出厂的，从未发生过这样的问题。"手机中传来了工地代表很是自信的声音。

"我们经过反复测量、计算和验证，确定是这个问题！"曾红刚也颇为自信地回复。

"那是不可能的！"手机中再次传来厂家工地代表断然否定的声音。

"要不您过来看一下。"曾红刚胸有成竹，显得不急不恼。

当工地代表气喘吁吁地赶到现场后，经过测量和计算，确证了曾红刚的判断属实，他顾不得擦去满头大汗，对曾红刚跷起了大拇指："厉害！佩服！"

藏中电力联网工程第一基500千伏铁塔的建设，也考验着电力工人征服困难的智慧和勇气。

2017年4月，藏中电力联网工程全线开始进入组塔阶段，25标段项目部决定将位于雅鲁藏布江北岸、500千伏雅中变电站出线第一基A1号500千伏铁塔的组立作为第一个主攻点。

A1号设计塔重147吨，全高81米，属于风险较大塔位，也是25标段的第一基塔位，高标准地组立好这基铁塔，具有很强的示范意义。

为了打好组塔的第一仗，项目部多次研究组塔方案。一次次夜深人静之时，项目部驻地依旧灯火通明。

根据现场的平面布置状况和铁塔体积、重量等情况，经过集思广益，李红波决定采取大型吊车安装方式。李红波多次在特高压等重大工程中现场指挥过大型吊装，对此颇有心得。

通过对铁塔重心、吊车承载力、吊点螺栓受力、钢绳最大拉力、角钢抗拉能力、螺栓连接中心距等进行理论计算，大家设计了整体吊装方案，决定用一台180吨吊车主吊，另一台25吨吊车作为溜尾吊车配合抬送。

现场的作业面比较狭窄，两台大型吊车可以调整的空间极小，随着铁塔高度的增加，吊装难度势必越发加大，稍有不慎就可能引发吊车倾覆、人员伤亡的情况。为此，大家又多次深入现场勘查、模拟试验，对吊车起重曲线和铁塔结构仔细分析，制订了详细的施工方案，编制了《吊装作业指导书》，对安全质量保证措施和注意事项、危险因素辨识及控制措施、人员配置等100余项内容进行了一一明确，甚至将每阶段吊点的选择、每一吊的吊重、人员的站位等每个细节都进行了说明。

大战在即，所有参战人员的弦都绷得紧紧的，他们既为能参加这次具有特殊意义的铁塔组立感到兴奋和自豪，一个个摩拳擦掌，跃跃欲试，同时又深感责任重大，唯恐辜负了组织的信任和期望。

李红波和陈俊波等负责人与精心挑选的20余名施工人员一一谈话，签订安全质量保证书，并对照精心绘制的施工流程图，逐一讲解，组织大家一次次现场模拟演练，让每个施工指挥人员都牢记了自己所在环节的职责和要求。

在施工过程中，项目部四位负责人李红波、陈俊波、吴宝平、曾红刚亲自到现场进行指挥、监控。总指挥长王抒祥等领导也多次赶到现场指导，为施工人员鼓劲加油。

一切按预案进行，井然有序。每一个细节的施工都在掌控之中。

但A1号杆塔处于风口地段，经常突刮大风，很多时候都是五级以上，根本无法作业。为此，项目部安排专人对起风规律进行观察，现场测风速，并请求当地气象部门协助，每天通报相关气候情况，以便起风时安排塔下组装，无风或者风小时就安排高空作业。

经过大家半个月的连续奋战，终于抢在2017年5月1日前圆满完成了 A1 号塔的建设。这是在整个藏中电力联网工程中率先组立的第一基铁塔。2017 年 4 月 29 日，中央电视台在 A1 号塔进行了现场直播。那耸入云端的铁塔，电力工人在高空腾挪的英姿和在高原克难攻坚的豪迈气概，让全国电视观众深深震撼，也让挑战人类极限、创造电力天路的藏中电力联网工程一时间成为老百姓谈论的热点话题。

在离天最近的地方眺望远方

青藏高原离天最近，却离家很远，千山万水不知阻断了多少人间真情。

在晴朗的夏秋之夜，天上繁星闪耀，一道白茫茫的银河横贯而过，两岸各有一颗闪亮的星星隔河相望，遥遥相对，那就是牵牛星和织女星。每年七夕，传说中的织女与牛郎鹊桥相会之时，遥看星辰，是重要的民间习俗。

"亲爱的，照片我收到了！你那边的星星可真美！"

"真想和你一起看星星。想你！"

2017 年 8 月 28 日，农历七夕。在这个浪漫节日到来前的一个夜晚，项目部安全员戴锦和他身在武汉的恋人陈惠群，和其他有情男女一样，抬头仰望同一片夜空中的点点繁星，诉说着彼此的思念，祈祷着美满的姻缘。

或许因为这里离天更近，星星显得格外清晰明亮，仿佛整个深蓝色丝绒天幕缀满了闪亮的宝石。

刚过而立之年的戴锦，大学毕业后来到国网湖北省送变电工程公司。时光荏苒，这位意气风发的 80 后小伙，先后参与了近十条 500 千伏、220 千伏输电线路工程建设，在磨砺中逐步成长为优秀的安全管理专责。

2016 年 3 月，得知本公司将挑选人员赴西藏开展藏中电力联网工程建设前期筹备工作，刚刚调入机关从事管理工作不久的他，毫不犹豫地报名参加，当即得到批准。

当他兴冲冲地将这一消息告诉恋人陈惠群时，陈惠群的脸唰地变了，任凭他百般解释和苦苦相求，就是不松口。临走时，陈惠群赌气地丢下一句话：你要选择去西藏干你伟大的工程，就别选择我。

陈惠群的父亲也是国网湖北省送变电工程公司的一名老职工。她从小感受到了父亲常年在外、与家人聚少离多的艰辛。她不愿意男朋友放弃眼前的机关工作，再去从事奔波流离的野外施工。同时作为一名医务工作者，她深知高原气候和高原反应对健康的危害，哪里舍得自己心爱的人去受苦？特别是让她难以接受的是，如果戴锦此去西藏，将意味着他们原定的 2016 年 5 月 1 号的婚礼延后，经历更长时间的分别。

陈惠群的态度，让戴锦犹如掉入冰窟，内心矛盾重重。

一边是自己心仪的女孩，一边是自己向往的事业。

可这样史无前例的电力工程，一旦错过，将终身遗憾。

就在此时，陈惠群的父亲向他伸出了援助的手。他想去"电力天路"追逐梦想的澎湃热情，深深打动了陈惠群的父亲。作为一个老电建人，他深深理解女儿的心情，更理解戴锦的苦恼。老人做通了女儿的思想工作："我看这个小伙子还不错，有抱负有担当，今后在一起的日子还长呢！还是让他去吧！"

就这样戴锦怀着建设藏中电力联网工程的豪情壮志，与恋人依依惜别，来到西藏朗县，投身到藏中电力联网工程建设中。

高原不仅缺氧，而且空气干燥，即便房间里配备了加湿器，戴锦每天早晨起床时，鼻腔仍然都是血丝。风沙刮起来伸手不见五指，在施工现场，他不得不用口罩捂住口鼻。翻山越岭的时候，遇到山体太陡，他和同事们携手用绳索攀爬……在高原，最缺的是氧气，最宝贵的是精神！戴锦全身心地投入到了工作中，每天加班加点，将一项项安全管理做得有声有色，深得领导和同事们的好评。

严重的高原反应，繁忙的施工任务，艰苦的生活环境，这一切令戴锦更加思念惠群。

美丽的彩虹、璀璨的星空和高大的雪山……他都会拍摄下来与她分

○ 在高原，最缺的是氧气，最宝贵的是精神！戴锦全身心地投入，将一项项安全管理做得有声有色。

享。他手机里也存满了惠群的照片，就连二人的微信聊天记录他也一直保留着，闲暇时总会反复翻看。陈惠群也深深理解了男朋友对事业的孜孜追求，她每天都关注西藏，关注藏中电力联网工程，关注戴锦的工作和生活。热恋中的两人再次商定，2016 年 12 月 28 日结婚。

然而，天不遂人愿。2016 年 12 月中旬，戴锦无奈地告诉陈惠群，工地任务太重，工期又紧，自己现在又身兼多职，根本走不开，年底很难保证能回家，原定的婚礼很难举行。

直到春节前三天，戴锦才风尘仆仆地赶回武汉，哪有时间再来筹备婚礼？看到男朋友满脸的风霜和疲惫，陈惠群又气恼又心疼，说："这次情况特殊就算了，那我们 5 月份结婚吧！"戴锦喜出望外，连连点头。

2017 年春节一过，戴锦就带着对陈惠群无限的愧疚又马不停蹄地赶往西藏。临别时，戴锦拥着陈惠群说："再过几个月，我一定要让你成为一个最美丽的新娘。你不是说过吗，春天的新娘最美丽！"

此时，戴锦所在的工程项目部比以前更忙了，他们如火如荼地开始组立铁塔，并计划在 2017 年 5 月 1 日前建起整个藏中电力联网工程的第一基 500 千伏铁塔。届时中央电视台将现场直播。

当戴锦地满怀歉意、吞吞吐吐地将这一情况告诉陈惠群时，陈惠群反过来安慰戴锦说："这是大事，我们的婚事再往后推一推不要紧的，我不会怪你的，真的为你感到自豪。"

2017 年 4 月 29 日，中央电视台现场直播了 A1 号铁塔封顶的过程。看到那在海拔 4000 多米山顶上竖起的高高铁塔，看到电力工人在云端里艰辛架设的画面，她深深地震撼了！她为自己男朋友所从事的工作感到自豪，她激动地告诉亲朋好友："我的男朋友参与了这项世界上海拔最高的电力建设工程，央视直播时，他就在现场负责安全管理！"

"你在外面安心工作，家里有我，我是你最坚强的后盾。你能参建电力天路建设，我为你骄傲！"这是温婉体贴的惠群让戴锦最感动的话。

一谈起恋人，戴锦满心愧疚：哪个女孩不希望有一个美好而浪漫的婚礼？可由于自己工作的原因无暇回家，他们的婚礼已经三次延期。

七夕之夜，戴锦满怀深情提笔给恋人写了一首诗《坚守中的思念》，记录了自己开辟天路的内心感受，更表达了对恋人深深的思念：

顶烈日，迎风沙／翻山越岭何所畏惧／钻荆棘，越峭壁／冰山雪地斗志高昂／沐晨曦，踏夕阳／圣地共筑藏中电力联网／捧一缕山泉／与山鹰牦牛分享／摘一株蒲公英／在如诗的画卷中放飞希望／穿行在山顶云霄／岁月书写的这段记忆将永铭心间／累了／静静聆听雅鲁藏布江轻声歌唱／倦了／电波中与你诉说衷肠／一路征程从不曾迷茫／期待万丈光芒／早日闪耀雪域高原／每天我在离天最近的地方／想你／今年／我一定要让你成为一个最美丽的新娘／

25 标段项目部现场总指挥李红波说："进藏以来，很多人都只是春节回去探望过一次，甚至还有不少人一次都没回去，工期这么紧，任务这么重，他们都顾全大局，把工作放在首位，把亲情埋在心底，作出了太多太多的牺牲和奉献！"

34 岁的施工管理员陈国辉有三个小孩，其中老二老三是双胞胎，他常年在外施工，有时春节回家，孩子好长时间都躲着他，不肯叫他。今年 6 月 18 日，从小就疼爱他的爷爷因病去世，消息传来时，正赶上在峭壁上组立最危险的一基塔位，作为"同进同出"管理人员，他深感责任重大，将万千的悲伤埋在心里。当铁塔安全组立完毕时，他实在控制不了心中的悲哀，不禁失声痛哭。工友们知道实情后，都忍不住流下了眼泪，陪他跪在海拔 4000 多米的山顶，遥望家乡，向爷爷磕了几个响头。这样的情况，在工友们中太平常了，很多人都因工作忙无法第一时间赶回家见去世的亲人最后一面。

项目部副经理吴宝平的母亲做心脏搭桥手术，他匆匆赶回去照料了母亲一晚后，就将母亲托付给侄女照顾，含泪离别。因为工地上还有那么多重要的工作等着他！在火车上，他泪流满面地在朋友圈发了一条微信：父母的养育之恩，可能永远都报答不了！后来这条微信背后的故事经同事讲述后，感动了无数人。

在项目部、在施工队、在工地上，几乎每个人都有一个个让人感动的故事。这一个个故事折射出电力建设者敬业、奉献的精神。正是有着和他们一样无私付出的无数电力员工，万家灯火才会被真情、被真心点亮。

久居内地的人们难以想象青藏高原天气如何的恶劣。天气的变化无常，就如同娃娃的脸一样说变就变：前一秒还是艳阳高照，强烈的紫外线刺得脸发烧，下一秒乌云飘来，冰雹、大风或者雨雪就会扑面袭来……在这样的环境中，考验的是身体的韧性，一旦免疫系统出现问题造成感冒，就可能诱发肺水肿、脑水肿，进而威胁生命。

施工一队的代学成，虽然只有 36 岁，却有十余年在全国十多个省份架线的经历，参与过十多次 1000 千伏特高压、500 千伏超高压的建设，同事们亲切地称他为"老江湖"。就是这样一个身体棒棒、野外生活经验丰富的小伙子，面对变化莫测的天气，最终也招架不住感冒了。大家劝他先到县城医院输液，把感冒治好再说。但是，代学成知道自己身上的担子有多重，作为施工一队的技术员和"同进同出"管理人员，施工

天路入云端

长篇报告文学

○ 雄关漫道真如铁，而今迈步从头越。一个个可歌可泣的故事感天动地，使这群远方的来客成为藏区人民心目中最可爱的人。

伏线路工程（包25）全线贯通

国网湖北送变电工程有限公司施工项目

队没有谁比他更了解现场的情况了。施工一队有多少基塔，每个塔的型式、基础的类型……他记得一清二楚，那些天大家都在陡坡上施工，安全的风险也很大，没有人能够替代他在现场的工作。他悄悄找来两盒感冒药加大剂量服下，在帐篷内休息了两天，就再也坐不住了，执意要到现场。庆幸的是他体质好，过了几天就康复了。后来，家人听说后，为他担心不已，也埋怨他太不爱惜身体：万一病情恶化怎么办？你可是家里的顶梁柱啊！

本来高原缺氧，一天高强度的工作后，需要好好休息，然而面对时间紧、任务重的形势，他们只能像陀螺一样连轴转。

一次，施工人员在 A26 塔施工时，发现原设计的是岩石锚杆基础，而现场的土质为松散性页岩，似乎不适合做岩石毛杆。下午两点多钟，现场负责人将此情况报给了项目总工曾红刚，请求决定是否需更改设计。曾红刚正在赶急编写 A3、A4 索道的施工方案，第二天须送审后交施工队施工，实在无法离身。但如不去处理，第二天施工人员将处于停工等待状态。

曾红刚立即赶往海拔 3600 米的山上，跋涉两个多小时后赶到现场。他仔细观察和触摸后，也认为需要更改设计，并将现场图片发给设计院请求立即更改。下山时，已是下午 5 点多钟。当他们走到一片灌木林时，未想到一头黑熊突然蹿出，向他追来，他吓坏了，拼命向前跑。万幸的是，此时天空突然下起了瓢泼大雨，黑熊才停止了追击。在恐慌和雨雾中，他走错了方向，直到晚上 9 点多钟才跌跌撞撞地摸回住地。

草草地洗了把脸，吃了一碗泡面，依旧惊魂未定的曾红刚顾不上休息，立即与设计方办理了施工设计方案变更手续，将设计方传过来的设计变更图纸打印出来，交给施工队。此时已是晚上 11 点多钟，极度困乏的他，一头伏在办公桌上就睡着了。项目部加班的人员下班锁门时，将他惊醒。此时已是深夜 12 点多钟，他赶紧洗把脸，连夜编写 A3 塔、A4 塔索道搭设施工方案。当他完成时，天已亮了，门外响起了同事上班的脚步声。

严重的高原反应、艰巨的工作任务、艰苦的生活环境、重重的困难和压力、工作和亲情上两难的选择……时刻考验着每一个建设者的意志，这也是对建设者肉体和精神的双重考验！

伟大的事业需要伟大的精神，伟大的精神助力伟大的事业。

他们在雪域高原上展现的这种挑战极限、克难攻坚的坚定信念，勇于登攀、敢于超越的进取意识，雷厉风行、科学求实的工作作风，顾全大局、默默奉献的崇高品质，不仅彰显了国家电网的责任、央企形象和电力铁军风采，而且树立起一座比雪域高原更高的精神丰碑！这是广大电力建设者在伟大的藏中电力联网工程建设中形成的一笔宝贵的精神财富和又一巨大成果。这必将鼓舞广大电力建设者继续积极应对各种挑战，战胜前进道路上的艰难险阻，推动藏中电力联网工程尽早安全优质高效竣工。

可以预见的是，藏中电力联网这一伟大工程必将在不远的将来在世界屋脊上闪耀璀璨的光芒，极大地推动兴藏富藏这一伟大战略的全面深入实施，让光明、吉祥和幸福永远伴随藏区人民。

天路入云端

长篇报告文学

○ 等来年格桑树花开的时候，那与云端为邻的一座座铁塔、一条条银线传输的强劲的电流，必将给藏族同胞带来翻天覆地的变化。

第七章
最爱布丹拉山格桑花

○ 张俊杰

　　汽车沿着云端的 318 国道，一路向西。云雾缭绕，渐渐的，蜿蜒的山路越来越陡峭，远方的山势壁立千仞，脚下是奔腾不息的雅鲁藏布江，司机小马目不转睛，手把方向盘。属于高原上特有的蓝天和白云一直伴随着我们。

　　2017 年 8 月 8 日，这是一个令我难忘的日子。迎着雪域高原早晨清新的冷空气，从西藏林芝出发，我去采访国网藏中电力联网工程第 26 标段，这一标段是由国网山西送变电工程有限公司承包的工程，这里海拔 4000 多米，最高塔位在海拔 4980 米以上的布丹拉山，自然环境除了高、难、险之外，据说还有"一日有四季、十里不同天"的特殊恶劣气候变化。

　　下午 2 时，我到达了山西送变电工程有限公司第 26 标段工程项目部所在地——加查县。当地人说加查藏语意为"汉盐"，相传文成公主路过此地时，在此留下一块盐巴，后来变成了石头，从石头底部流出了盐泉，至今细细品味这股泉水仍然带有淡淡的咸味。这里地处雅鲁藏布江中下游河谷地带，山西送变电工程有限公司第 26 标段工程项目部就临时租赁住在县城所在地安绕镇仲巴街的一个宾馆内，这里海拔 3240 米。

　　我被安排住在项目部的一间客房里，不一会儿，我见到了第 26 标段项目工程部总工程师高昕，他穿着一身工装，国字形的脸上，一双眼睛炯炯有神。我把采访任务向他说明，他让我稍作休息，转身离开了房间。

20 分钟之后，当我来到项目部办公室的时候，围绕椭圆形办公桌坐满了人。他们穿着蓝色的工装，还有三位穿白色大褂的一级医疗保障站的医生和护士。高昕总工程师向我介绍了项目部总经理郑有文，他瘦削的面容，目光锐利而坚定，郑总简明扼要，字字有力地介绍了 26 标段的工程情况。

原来，由国网山西送变电工程有限公司承建的第 26 标段。本标段线路自加查县的卡噶起经下岗附近转向西，经扯马格，至协布村附近转向西南，跨越 S306 省道、沃卡—加查 110 千伏线路、藏木—山南双回 220 千伏线路，平行藏木—山南双回 220 千伏线路在其西北侧继续向西南走线，经康德、休波、闷朵，至卓囊。本标段共有铁塔 117 基，直线塔 79 基，耐张塔 38 基。而他们在去年就完成了塔基浇筑工作。由于塔材供给方种种原因，塔材迟迟未能运来。也就在我来的时候，那些塔材才陆续运输到工地，全部施工队员正准备进行组塔工作……

这说明，他们面对未来的组塔工作时间更紧，压力更大。在与他们的交谈中，大家给我讲起了自己亲身经历的非凡的动人故事，那种种艰苦和危险听起来都让我觉得惊心动魄。

晋电铁军脚下响雷云上架线

郑有文是国网山西送变电工程有限公司第 26 标段项目总经理。他被称为雪域高原上的晋电领头雁，被国家电网评为 2017 年优秀共产党员，他肩上的担子沉甸甸的。

他告诉我，前不久，他刚刚完成淮南线安装任务，被上级任命来西藏领导第 26 标段工程任务。他还来不及在家休息一天，2016 年 3 月 10 日，便乘上火车赶到拉萨。然后，忍着剧烈的高原反应，又从拉萨乘汽车来到加查县。郑有文心里清楚，藏中联网工程是国网天字号的工程。这次山西送变电工程有限公司以高质量标准中标，既是山西送变电的光荣，又是一次极大的挑战。虽然，山西送变电工程有限公司是响当当的电力铁军。可是，这次不同于任何一个内地工程，这次是要在海拔 4000 多米的高原上组塔放线，其中困难重重，是人们无法想象的。作为一名共产党员，郑有文深感责任重大。

高原上的冰雪还没有完全融化，郑有文就带领大家进行塔位测绘，他身先士卒与大家一起吃住在高山上。在他的带领下，这支电建铁军战胜高原缺氧，继承发扬当年建设亚洲第一高塔的精神，不怕吃苦，把高原工地当成特殊战场，以坚韧不拔的毅力，在云端上寻找塔位点。

在他的坐镇指挥下，英勇的晋电施工队员们，以非凡的创造能力，于 2016 年 5 月 26 日，胜利完成了藏中联网工程全线第一家基础浇筑任务。

但是，由于塔材供应单位种种原因，没有及时交付塔材。因此，他们只好在高原上等待塔材运输到来。为了能让塔材供应方尽快把塔材运来，他多次到塔材供应单位进行走访。从高原到内地，又从内地到高原，郑有文不断地往返，无论在高原还是在内地，他都要不断地战胜环境造成的不适应。自从来到高原，他就没有睡过一天安生觉，常常半夜醒来，反复考虑每一个施工方案，几个月下来，他的身体瘦了许多。

郑有文时刻把高原施工安全挂在心上。因为，他们施工的标段除了高原缺氧、地质条件复杂、雨水多、容易发生泥石流等自然灾害外，更让他担心的是，他们施工的地区，还是鼠疫高发区。郑有文特别强调不让大家喝生水，这里野生动物活动频繁，它们的粪便就是鼠疫的传染源。郑有文是一位非常注重细节的企业负责人，每天都打电话询问施工队的安全情况。

在高原几乎没有人知道，郑有文家里还有一个正要参加中考的儿子，他顾不上家庭，全身心地投入到整个标段的施工中。他从不向别人谈到自己家中的困难，只要一谈到工作，他就会滔滔不绝，有时候为攻克技术难关，他召集有关技术人员开会，一直到通宵。第二天，他又会和大家一起攀山越岭。

● 国网山西送变电工程有限公司承建的第 26 标段，电建英雄们在西藏海拔 4980 米工地施工。

2017年8月，随着塔材的运输，他的工作更加繁忙。他知道必须提前组塔，赶在冬歇期到来之前，把铁塔组立起来。

我望着郑有文那深陷的眼窝，清瘦的身影，由衷地对这位共产党员产生了崇高的敬意，他的形象在我的心中越来越高大。

在高原上，高昕和工程施工人员一起去实地考察铁塔基点。他还记得，那天，他开着车正向前走，刚刚还是晴天，忽然下起大雨。这里只有一条山路，而且道路狭窄，在转过一个S形弯道后，前面的山体突然出现了泥石流，飞石从半山腰砸下来。高昕手疾眼快，马上来了个急刹车，这才避免了一场车毁人亡的事故。当时，大家都吓出一身冷汗，大石头把路堵塞了，高昕就带领大家徒步向前走。在向塔基点走的时候，突然没有路了，高昕带头走在前面，向上攀登。每走几步就要停下来休息一会儿，高原缺氧使原本身体强壮的他此时脚下像灌了铅一样。但是，他坚持登上山顶，站在山巅，云霭沉沉，心里想的是如何在这样复杂的地形上施工。

2016年3月，高昕在接到来西藏工作任务时，他的孩子刚出生不久，而且孩子患病，每天需要人照顾和换药。可是，他必须马上去西藏。作为一名国家电网的员工，他以高度的社会责任感舍家为国，在安排妥当后毅然踏上了征程。他一来到加查县项目部，便投入工作。他是首次来到高原，面对高原缺氧，他努力克服，让自己尽快适应高原工作环境。

高昕是第26标段项目工程部总工程师，他负责整个工程质量和技术，这位毕业于山西建筑学院土木工程系的高才生，自从参加工作到国网山西送变电工程有限公司以来，就以公司为家，把美好的青春献给了国网。现在，他既是郑总经理的助手和参谋，也是具体负责项目计划制定和现场管理的首席执行官，在他的心中装的全是施工队员的安全和工程计划。

他们的工程从加查县到曲松县全长33公里，由两个并行的单回路线组成。他发现这个工程不同于内地，跨距非常大，最大档距1500米。最大的施工难度是浇筑塔基的材料要靠索道来运输，可是这里地势险峻，没有可以修建索道口的地方。高昕带领大家继续寻找能建索道的平地，那时，天空乌云密布，脚下突然响起一阵雷鸣，这是他平生第一次遇到脚下响雷。高昕这才意识到，他们是在云端上工作。不一会儿工夫，大风又刮起来，天空飘起了雪花，他和大家手挽着手，顶风冒雪前行。在寻找了七个小时之后，功夫不负有心人，他们终于找到了架设索道的平地。

回到项目部之后，高昕向郑有文做了汇报，经过深思熟虑制定了周密的安全施工计划。通过对高原的实地考察，高昕认识到，在内地一切常规的施工措施，在高原变成了非常规。为了把浇筑用的材料运到杆号，在不能架设索道的地方，他们采取了多次中转。针对施工队员高原缺氧有力使不上的实际情况，他把施工队分成15个施工班组，轮番上阵。并且在山上搭建帐篷，他有时就住在帐篷内现场管控，饿了他和队友们就用热水泡碗方便面吃。

高昕时刻不能放下的是，对现场火种的管控，他知道在藏区防火是首要任务。由于塔位点多，他有时一天要跑几个地方，检查是否有火灾隐患。他还主动联系当地消防和林业防火人员进行联动防控。他不知疲倦地在雪域山川上工作。高昕总工告诉我，他是预备党员。但是，他始终以一名共产党员的标准严格要求自己，在高原火线上经受考验，高昕就是一位新时代的"铁人"。

李宝金带领着一支施工队，正在做组立塔工程的准备工作。当人们看到铁塔在山上挺立的时候，却很少有人想到，要把铁塔组立起来，需要更多的付出。和他谈起运输塔材，李宝金如数家珍，讲起了他们非凡的运输塔材故事。

李宝金是施工一队的队长，46岁，山西平遥人。他的脸上被高原的太阳晒成了古铜色，他是一位身经百战的电力战士，在来西藏之前，他随国网山西送变电工程有限公司转战南北，走遍了大半个中国去架设高压线。他的家庭没有负担，到西藏参加藏中联网工程是他志愿报名。他认为作为一名国家电网员工，能到西藏建设这样宏伟的工程是他一生的光荣。"没有大家哪有小家"，这就他的口头禅。李宝金是预备党员，而且是在高原火线入党。

李宝金还记得他带领施工队员运输塔材时，遇到了重达数吨的塔材。过去他们最多只是运输十几公斤至上百公斤，一次通过索道运输到杆号上。现在他们一天就要运输五六吨。一个铁塔有50多吨塔材，望着几吨重的塔材，李宝金沉思着，如果用索道一次运输这么重的塔材，由于坡度太陡，机器会转不动。他决定采用索道多次中转运输，用牵引机把塔材送上杆号。他和施工队员就住在山上，临时搭起帐篷。山上云雾覆盖山顶的时候，运输塔材被挡住了视线，看不清前方塔材的位置。所以，他们只好等到云开雾散的时刻，迅速冲到索道口，开始放线。

但是，那数吨重的塔材在索道上遇到大风的时候，又要紧急停止。他们在风口里等待大风过后再继续运输。在高原大山上，他们背着干粮，饿了就吃一口馍、喝一口水，终于把塔材运到了杆号上。

我问李宝金："你们这个施工队都是哪里人？"他告诉我："我们这个施工队基本都是山西人。"我说："山西有太行山、五台山，西藏的大山与你们家乡有什么不同？"他回答："在这里高原缺氧，上山之后，喘气困难。但是大家特别团结，都坚守岗位，没有一个喊苦叫累的。在上山工作缺氧的时候，也是大家最想家的时候。这时候，我就对大家说，我们都是国网英雄好汉，把深沉的爱放在肚子里，等到我们把铁塔组立好，凯旋回家的日子，我们再告诉家人，我们国网山西电力人个个都是顶呱呱！"

听到这里，我握笔的手写不下去了，猛然感觉到自己的眼睛里潮湿起来……

张忠喜回忆起2016年3月，他和去西藏工作的同事们一起从太原乘火车前往西藏报到的事。火车到了格尔木他就感到了头晕难受，首次感到高原反应。列车到达拉萨市的时候，他感到两腿发软。他到达加查县时，腿疼了好几天，并且出现了高原高血压。张忠喜心里想："难道自己真的不行了吗？这才刚来就遇上了麻烦。"

张忠喜是施工二队队长，42岁，山西平遥人，1995年参加工作，2012年入党，与李金宝不同，他的家庭负担过重，他是家里的顶梁柱，家里有一个12岁的女孩上小学，还有一个三岁的男孩。他的爱人没有工作，在家里照顾老人和孩子。他来西藏的时候，爱人开始不同意，她担心张忠喜在高原落下毛病。公司动员大家自愿报名去西藏工作，张忠喜是党员，他说服妻子，第一个报名到西藏参加藏中联网工程建设。张忠喜是一位性格直爽，说干就干的人。他认为国网员工，能为点亮藏区做贡献，是无上光荣。

让张忠喜最难忘的是他们在山谷危崖上浇筑塔基的经历，他来不久便投入了浇筑塔基的工作。在茫茫的云海间，许多塔基都在荒山野岭的上端，汽车和运输工具在没有公路的地方停下。为了把工具送到塔基点上，张忠喜带领大家寻找上山的路。没有路，他们就沿着牦牛走过的路向上攀登。山上野生树枝迎面而来，张忠喜用手一挡，他的手上就被荆棘划出血。困难难不倒这些电力"铁军"，他们手拉肩扛，把设备一点点地运到塔基点上。

张忠喜告诉我，浇筑塔基一开始，就不能停下来，必须24小时不停地灌混凝土。于是，他就和施工队员一起在塔基点上搭起临时帐篷。有一天傍晚，张忠喜正在和大家一起工作，突然，他发现前方有一个黑影在树丛中闪动。借着太阳的余晖看过去，张忠喜大吃一惊。原来，那是一只正在觅食的黑熊。他马上告诉大家注意，不要擅自行动，恐怖的气氛包围了工地。张忠喜沉着冷静，他们一边继续不停地浇筑塔基，一边拿起工具准备随时驱逐黑熊。后来，那只黑熊看到灯光下挥舞工具的人们，听到巨大的搅拌机正在轰轰作响，很快离开了。大家望着静默无言的群山，突然就明白了什么叫恐惧。

高原上的天气变化无常，夜里还会下起冰雹。但是，浇筑工作不能停。由于高原缺氧，施工队员们工作一会就喘不上气。这时，张忠喜把施工队分成小组，一个小时就要换一批人。而他责任重大，他要负责整个施工队的安全。因此，他要在塔基旁监督施工。不断地爬山使他的脚上磨起了血泡，有时脚里被灌进小石子，下山后才发现脚已经被石子磨破，血流不止。

回想起这些，这位山西硬汉告诉我："我上班 20 多年了，为架设高压线，爬过数不清的高山。但是，从没有像在高原上这样，在这里空手爬山就相当于负重 50 公斤，让我最难忘的是爬山缺氧的时候，躺在山坡上动也不想动，说真的这个时候最想家。"

说实在的，在这里工作不但艰苦，而且还存在着各种恐惧。但是，他们是由铁军意志锻造的团队，面对一切艰难险阻，无所畏惧。他们这些英雄好汉，都在挑战极限。

娄保宏是项目安全员，在他的心中，时刻想到的就是施工安全。因此，他经常到工地去检查施工队队员的安全情况。娄保宏一丝不苟，他每到工地都要查看"三保"，即："安全帽、安全带、安全网"。他告诉我："在高原施工，与内地不同，在藏区主要是风险大，安全要求更高。因此，我必须尽量地多走一些地方查看，把安全隐患全面排除掉。"正是由于娄保宏坚持不懈的安全意识，从去年至今，山西送变电工程有限公司在藏中联网工程施工中，没有出现过一次安全事故。

娄保宏，50 岁，山西忻州人，是一位参加工作 20 多年的一线国网老员工，从他那乐观的笑脸上，我感受到他已经忘记了自己的年龄，他仿佛在高原上变得年轻了，他和年轻人一样战斗在藏中联网工程的工地上。在他的工装左上方有一枚红色的党员徽章，在工作中他始终保持共产党员的模范带头作用。

娄保宏的家庭负担也很重，他告诉我，家里还有一个年迈的老母亲，两个儿子都在准备结婚，他的大儿子还没有新房，而他爱人没有工作，他一个人负担四个人。他在藏区工作，一点也照顾不上家里。当时，公司动员大家报名来西藏，他是党员，毫不犹豫地报名要求到最艰苦的地方来。公司同意了他的请求。娄保宏到西藏加查县后，也经历了高原缺氧。但是，他努力克服困难，使自己逐步适应了高原的工作要求。

来到西藏后，他给大儿子打电话，告诉他在西藏工作比内地更忙，他照顾不上家，让儿子挑起家庭的担子。儿子很理解父亲的心情，电话里告诉父亲，让他放心家里的事，国家的重点工程才是头等大事。娄保宏听后，感到儿子长大了！那一刻，他鼻子一酸，泪水流了下来。在娄保宏的心目中，他是共产党员，强烈的责任感使他一心扑在工作上，没有时间去想家里的事，这其中他付出了多少心血，只有寸心知。

许多时候，人们向往西藏是来看世界屋脊上晶莹剔透的冰川、星罗棋布的湖泊和蜿蜒流淌的江河。但是，国网山西送变电工程有限公司的电力建设者们，他们从太行山来到布丹拉山参加藏中电力联网建设，却是为了改变这里的贫困面貌，征服大自然，创造新奇迹。

他们把自己交给工地

建设者们之所以能在高原持续地工作，而且身体健康，这与完备的医疗保障息息相关。

第26标段项目部，有一个加查医疗一级医疗保障站，他们有三个人，两名医生一名护士。当我一到项目部的时候，医疗站的站长祝洪贵大夫就给我做了身体例行检查。祝大夫非常认真地给我测量血压，问我对高原的反应，并且为我准备了一瓶氧气，让我感到不适的时候，随时吸氧。虽然我当时有些头晕，但我坚持不吸氧，看到项目部的员工都不吸氧，我认为他们能行我也能行。但是，祝大夫还是告诉我刚来高原，适应期还没过去，不能忽视在高原工作的特殊情况。在高原甚至对感冒不注意，都可能危及生命。

在藏区工作的医务工作者变成了战士。这里就是前线，他们随时出发为建设者们巡诊治疗，每个月要到工地巡诊20多天。

祝洪贵既是站长也是大夫，来西藏之前，他是四川电力医院的医生。当时，医院提出让大家自愿报名到西藏参加藏中电力联网工程医务工作，祝洪贵是党员，他主动请缨，医院领导批准了他的请求。就这样祝洪贵告别家人，离开成都，踏上了雪域高原。祝洪贵年富力强，他是四川人，来到西藏后被分配在医疗单位工作,他都出色地完成了上级交给的任务。后来,又被上级派到第 26 标段工地项目部一级医疗保障站任站长。由于他是四川人,对高原适应能力强,工作起来充满力量。祝洪贵积极配合项目部的工作,经常主动给大家讲高原工作的要求,深入一线和员工打成一片,大家都亲切地称他祝大夫。

医疗站有一位女医生,她叫张春容,39 岁,员工们称她是高原上的一朵格桑花。

张春容是四川电力医院的大夫,她是主动请缨到西藏来参加医疗队的,并得到了爱人的支持。来到西藏之后,让她最牵挂的是家中四岁的儿子和年迈的母亲。张春容说,来西藏工作之前,她的脑子里没想到在高原工作是如此的艰苦。那时,她只想到西藏是一片净土,很想租上一匹藏青马,奔驰在辽阔而广袤的大地上,去欣赏美丽的自然风光和说不尽的神秘感,还有在那充满藏式风情的石屋里,品尝弥漫着甜香味的酥油茶。可是一到高原,她马上感到,她不是来旅游的,这里更像是前线,她成了一名医护战士,她得和施工队员们一起爬山巡诊。

让她最难忘记的巡诊,是她和施工队一起去海拔 4000 多米的高山浇筑塔基,大山被低矮灌木覆盖着,每一步都走得很艰难。

高原气候一天有四季,她特意买了一件红色的毛衣穿在身上,那件红毛衣在白云下显得格外亮眼,就像一朵飘飞的格桑花,通往塔基的一段是没有路可走的,她跟随施工队沿着牦牛踏出的土道向上攀登。由于高原缺氧,他们走得很慢,每走一段就要休息一会儿。短短几公里的路程,却走了一个多钟头。

上山的时候天气冷,到了中午,高原辐射强烈,天气突然热起来,她把红毛衣脱下系在腰间。傍晚下山的时候,原路已经找不到了,她和施工队一起穿梭在灌木丛中,她的腿上、手上、脸上被灌木的枝条划伤,她顾不得这一切,一直向山下奔走。这时,那件红毛衣被山间的荆棘挂在了带刺的枝条上,她浑然不知,那件红毛衣便永久地留在了大山之间,它带着张春容的体温给日晒雨淋的生命之树披上了一层温暖。

　　绕过破碎的地貌，到了山下却突然下起大雪。这时，她才发现腰间的红毛衣早已经不见了。她回头望着那座刚刚走过的大山，蔽天的云霭下是一片绿色的灌木丛，她心爱的红毛衣已经不见踪影。那件红毛衣是她最喜欢的，她的脑海里不断地闪现着它的影子，她感到就像丢了一件宝贝似的心里放不下。她转过身背对着山谷，顶风冒雪，背着医护箱，手里还提着两公斤重的氧气瓶，勇往直前，坚持回到项目部。

　　晚上，张春容与儿子一通话，她就哭了，她好想家，她之所以坚持在高原工作，还有一个原因。其实，她是有信念支撑的。张春容告诉我，曾经有人问她，你是党员吗？她回答，我是！其实，她还不是党员，她是看到在最艰苦的地方，总是党员冲在前面，她是在向党员学习。

　　在医疗站，还有一位24岁的女护士彭敏。她给我测量血压的时候，我看了她一眼，她的瓜子脸上，一双美丽的大眼睛忽闪着，皮肤被高原太阳晒得有些微红，脸上一直漾着笑容。她量完血压对我笑着说："血压偏高，你刚到高原，注意休息。"然后又对一个施工队员说："王师傅，我也给你量一下血压。你的血压昨天有些高啊！"王师傅嘿嘿笑着说："没啥，睡一觉就好了。"她说："你可不能掉以轻心啊！要按时吃药。"王师傅答应着。等她给王师傅量完血压，我问她："你来西藏工作不怕被高原上的太阳晒黑吗？"她笑着说："回家半年又好了。"说完她又忙活着给施工队员拿氧气瓶。别看她年龄不大，工作起来就像一位战地护士，身手敏捷，施工队队员们都亲切地称她是雪域高原上的白衣天使。

　　彭敏记得她第一次翻越海拔4980米的布丹拉山巡诊，汽车摇摇晃晃从山底盘旋爬上险峻的山腰，山上岩石纵横，杂乱无章，仿佛来到了逶迤无尽的蛮荒之中。她出现了高原反应，头晕伴随着耳鸣，但她仍然坚持工作。在巡诊中只要发现施工队队员有被蚊虫叮咬的情况，她就会马上进行医护处理。她告诉大家，在高原工作不同于内地，这些被蚊虫叮咬过的伤口看起来不起眼，但是，如果处理不及时可能会出现病变。

　　2016年3月，彭敏乘飞机来到西藏拉萨，在习服期间她一直头晕、恶心，加上空气干燥，她的鼻子一直流血。但是，彭敏没有打退堂鼓，坚持适应高原的生活。不久，彭敏就被派到工地当护士，她不怕吃苦，和医生一起翻山越岭去工地巡诊。2017年彭敏又被调到第26标段一级医疗保障站工作。

你知道吗？她开始报名来西藏工作的时候，父母不同意，因为家里只有她一个女儿，年龄小，而且她刚从卫校毕业来到四川电力医院工作。对医院的实际工作还不太熟悉，没有丰富的经验，到西藏工作会遇到许多困难。但是，彭敏是一位喜欢挑战的女孩子，她认为作为一名新时代的知识女性，她要到祖国最需要的地方去。她说服了父母，报名到西藏工作。

在一级医疗保障站工作久了，彭敏把项目部当成了家，她把施工队队员当成自己的亲人。虽然一个人在西藏工作，远离家人，但她并不感到孤独，项目部就像是一个大家庭。偶尔，闲暇的时候，施工队队员们也会陪她到外面走走，看那成片的青稞田和金黄的油菜花，远眺高原上的"圣湖"，那一道炫目的蓝色，阳光在湖面上泛起点点星斑，小鸟翩跹，悠然自得。难怪人们都说最美少女纯情的心。我与她聊的时候，她说：虽然远离城市，可她的事一天都没有耽误过。就拿她参加护师职业资格考试这件事来说，她经常在项目部图书室查阅资料学习。当她需要回成都参加考试时，项目部领导专门派车把她送到拉萨，然后乘飞机回成都，这让彭敏非常感动。

还有一件事，彭敏巡诊归来，祝大夫让她到办公室去一趟。当她走进办公室大门时，她看到从领导到施工队员，他们围着一个大蛋糕在等着她。原来今天是她的生日，她自己都忘记了，可领导却记得，大家商量好，给她买一个大蛋糕，先不告诉她，等她巡诊回来为她过生日。当她看到这样的场景时，感动得眼睛里闪着泪花，在高原使她懂得了人间真情。在我看来彭敏为什么笑得这么灿烂，那是因为在她的心目中，高原工地项目部就是她的家。

听了这样的故事，我突然想起，她们是把自己交给了工地，当一队队的施工队队员完成任务离开工地的时候，而她们仍然坚守在岗位上，她们把思念家乡、思念亲人，塞进长夜的梦里。

触摸神山的电力人

黎明时分，乌云压顶，山雨不停下着，天地一片灰蒙蒙，我们冒雨开车上布丹拉山。

我听说还有施工队队员住在布丹拉山上，我提出去那里看看这一群电力人是怎样工作的。高昕总工说："不行，那里太危险，你吃不消。"我说："没关系，我身体棒着呢。"高昕总工看我执意要去，便让我带上氧气瓶。

司机严师傅仿佛是一名不怕冷的铁人，他穿着一件暗红色的T恤衫，沉着老练地驾驶着汽车。我看到高昕总工的脸上带着疲倦的神情，便问他是否没有休息好。他说："昨晚，我和郑总研究工作一直到凌晨两点。今天，郑总比我们还早就到布丹拉山工地去了。"

原来，昨晚12时，郑有文总经理打电话开会，郑总对工作要求非常细致，他事必亲力亲为。为了部署好下一个阶段的组立铁塔任务，郑总把每一个施工队的工作都进行了认真细致的审查，尤其强调安全第一。对于环境保护要做到不留下任何遗憾，他们既是国家电网电力建设铁军，同时也要做环境保护排头兵。因为，布丹拉山这地方环境脆弱，一旦植被遭到破坏就很难恢复。因此，他们在完成塔基浇筑任务后，立即恢复周围的植被。

我按捺不住地好奇，望着车窗外雄奇险峻、俊朗挺拔的大山，道路两边嶙峋怪石相望。我们的汽车正向上开，突然，前方几块大石头从山坡上滚下来。高昕总工立即来了精神，他大声说："快冲过去，这一段是泥石流多发区。"严师傅加速油门，汽车就像是海浪中的一条船，在风雨中穿行，路也变得狭窄，虽然这里有大自然鬼斧神工造就的美景，但是此刻也不得不让我心生敬畏，无暇顾及。

前方的路突然高低不平起来，汽车在颠簸，高昕总工让严师傅停下车，他要亲自开车，他说严师傅昨天跑了一天的车，没有休息好，让他休息会儿！我突然感到高昕总工还是一位多面手，他能文能武。他驾驶着汽车在泥水和高低不平的山路上继续向上开。我们已经从山下来到了半山腰，云层拉近了距离，大团大团覆盖下来，一下子什么也看不见了。

即使在云雾中高昕总工也照样向前开车，我为他捏着一把汗。他告诉我，这条路他们每天要走几趟，他熟悉这条路，这是唯一翻越布丹拉山的省道。他一边开车，一边诙谐地说："像这样的雾气，就是云彩，我们就是在云端上工作。有时候这样的云彩多了，就给我们增加施工难度，因为看不清对面的目标。所以，每当通过索道运输塔材，遇上这样厚重云朵，我们只能等云开雾散那一刻，抓紧一切时间把塔材运到杆号上。"

听了他这一番话，我才明白他们在云端工作，并不是人们所想象的那么浪漫，而是在做着一项非常艰苦的工作。

神奇的布丹拉山，仿佛是一位少女披上了暗沉的面纱，让人无法看清她那美丽光彩照人的面容，汽车在云雾间不断地沿着山路前行，一群牦牛在山路上向我们迎面而来。汽车停下来，等牦牛慢悠悠地从我们身边走过。高昕总工说："人们到西藏旅游是到景区最美的地方，我们是到人迹罕至的地方施工，这些牦牛成了我们在布丹拉山的朋友。"转过一个弯，前方山坡上一架帐篷边牧民席地而坐，一只藏犬威严地趴在石块上。

汽车继续向上攀爬，前面出现了一个山口，高昕总工说："前方快到布丹拉山的山顶了，这里已经是海拔4000多米了。"这一路看到运输塔材的重型大卡车往返。透过弥漫的云雾，我看到在山口上树立着一块蓝色牌子，上面写着白字："布丹拉山——海拔4980米"。高昕总工加大马力，汽车跃上山口，五彩经幡在风中猎猎飞舞，就像某种神秘的咒语。在山中一块平坦的坡地上，几辆皮卡重型汽车停在前方，头戴红色安全帽的施工队队员在索道架旁边捆绑着塔材，不远处就是一个材料站，一片银白色的塔材整齐地摆放在那里。高昕总工把汽车停好位置，我们下车。当我推开车门，突然感到头上的安全帽一阵啪啪乱响，我的脸上也被豆子般的东西打击着。这时，高昕总工告诉我："山上正在下冰雹，注意安全。"他这一提醒，我才意识到，这地方真是一日有四季。一下车大风吹得我几乎站不住脚。但是，当我看到施工队队员们面对恶劣的天气，在细小冰雹和风雨中挥舞着工具战斗的身影时，我顿时血脉贲张。当时如果不是有采访任务，我真想加入他们的队伍。

在这高寒缺氧的山顶上，我惊奇地看到建设工地上盛开着一丛丛的红色小花，那花儿在狂风和飞雪中昂然挺立，给这赤裸的山体增添了几分妩媚，它虽然普通但却有一种不惧严寒的精神，风雪越大，它开得越艳丽。我问高昕总工："这是什么花？"他回答："噢，这种花当地藏族同胞叫它格桑花。他们说这是一种幸福花，它在每年的7到8月开遍大山，当它开放的时候，就会给藏族人民带来吉祥。因为，我们在这里的施工期也是7到8月，当我们来的时候格桑花就盛开。"我听后望了一眼远方万绿丛中像火苗一样分布的红色格桑花，尤其是开在那些塔基旁的，它陪伴着眼前这一群电力人始终不曾离开。风雨中的格桑花，鲜艳欲滴，为这座神奇的大山带来了生机与活力。让我联想到，电力人不正像这格桑花一样在这布丹拉山上架设电力天路，为藏族同胞带来幸福美好的生活吗！诚然，当国网藏中电力联网工程竣工送电的时刻，这群电力人将离开这里，但生活在这里的藏族同胞，当格桑花开的时候，他们又会想起这些电力建设者们。

突然，我看到一个瘦削的身影，在风雨中指挥着施工队员把塔材向索道口上运输。我跑过去激动地喊了一声："郑总，你比我们来得还早！"郑有文回过头，他笑着说："我们要抓紧一切时间组立铁塔，时间不等人啊！"我在现场对他进行采访，他指着不远处的一个材料站说："由于去年塔材没有运输来，现在正陆续运输到材料站，我们下一段的任务，就是把这些塔材一节一节地运输到杆号，把塔组立起来，然后再放线。"我随着他手指的方向，看到一辆大卡车停在那里，施工队队员正在把塔材卸下来，然后用双手一件一件地抬到索道口。

　　我只下车待了片刻，突然感到头晕、胸闷、说不出话，高昕总工说："你是高原反应，缺氧造成的。"他大喊一声祝大夫，正在巡诊的祝大夫立即从救护车上把氧气瓶提过来，让我到车上坐下，把氧气管塞到我的鼻孔内，打开氧气瓶开关，很快我就恢复了体力。这是我平生第一次吸氧，深刻地体会到在高原缺氧是多么无助。

　　我要求继续采访，高昕总工喊来一位身体健壮的小伙子，他摘下安全帽，用袖子揩了一把脸上的雨水，坐到车里。他叫郝峰，27岁，山西人，他是这里施工队小组的一位负责人。他说话有些喘，我就让他慢慢说。他告诉我，他们的员工都住在山上，从这里把塔材运到附近的A110+1号杆位，还要向山上爬三个小时。而且，这里没有路，只能在陡峭的山间爬行，大家只能手拉肩扛地将塔材送上去。他们遇到的最大困难就是缺氧，有力使不上，大家走十几步就要停下来休息一下。再就是气候变化无常，他们在这里施工穿的都是羽绒服，因为山上是高寒天气，所以要战胜寒冷等异常天气，然后才能进行施工。为了能节省上下山的时间，施工队队员们在野外只能以帐篷为家，而且经常被猛烈的寒风吹垮，高原反应成为一大威胁。在施工过程中，他们还遇到过牦牛攻击、雷击现象等。但是，他们都是国网的年轻人，他们发扬"缺氧不缺精神"的企业文化。顽强地在世界上地形最复杂的地方架起电力"天路"，他们感到自豪。在夜里他们也想家，但是，他们把想家的愿望留在梦里，总有一天他们将把在最高海拔的思念变成珍藏的故事带回家乡。

　　当采访完郝峰的时候，我就把氧气管拔掉了，我想他们是真正的国网英雄好汉，我应该把氧气留给这些国网年轻的勇士们，他们还在战斗，他们更需要氧气。

　　我走下车，又采访了一位被项目部派到山上负责质量管理的张瑞波师傅。

　　张师傅回忆起他们开车上山施工的遇险经历。当时汽车就坏在路上，最后，拦到了一个货车才把他们拉下山。这里一下雨就连着下几天，布

○藏中联网工程第27标段项目部的电建队员在高原进行测量。

丹拉山没有树木森林，山上的植被是些灌木丛和草地，尤其是下过雨后上山施工，爬坡很滑，经常被滑倒。而不下雨出太阳的时候，又会风吹日晒，开始是脸上被晒成红色，后来就蜕皮，整个脸上一阵阵灼痛。对了，还有一次，突然山上刮起大风，他们十几个施工队队员，手牵着手才避免被大风吹到山下。但是，没有一个叫苦的。郑总经理和高昕总工经常到山上来检查工作，和大家一起同吃同住同拼搏，使大家很受感动。

2016 年 4 月，张瑞波来这里，开始出现了高原反应。那时，他感到胸闷、耳鸣，他坚持着直到逐步地适应高原工作。他告诉我，其实，在这里施工最困难的还不是氧气，而是流鼻血，有的施工队员，在爬山运输材料的时候，不知不觉鼻子就流出血。还有就是这里的水只能烧到 60 度就开了，大家吃饭也是吃的夹生饭。在这里要出门购一次蔬菜就要开车走十多公里，而且路上经常遇到塌方、泥石流、滑坡。

布丹拉山顶上，我一边采访一边观看那些在云端已经浇筑好的塔位点，眺望远方的山峰上一片皑皑白雪中，塔位在向前延伸。

采访快结束的时候，我和这些英雄好汉在这座神山的电力建设工地上照了张相。我看到照片上大家在大风冰雹中仍然焕发出灿烂的笑脸。是的，我们的国网英雄好汉们，他们在雪域高原上在践行国家电网提出的"追求卓越"的精神。他们的内心里充满了伟大的浪漫主义情怀。因为，他们是战斗在最宏伟的藏中联网电力天路建设工程中。"踏遍青山人未老，风景这边独好"是他们真实的写照。

即将离开布丹拉山山口时，高昕总工指着山的另一边告诉我：从这里下去对面就是曲松县，也就是我即将采访的第 27 标段。

当我坐上汽车，告别这座神奇大山的时候，归途中我问起这座山为什么叫布丹拉山。高昕总工一边开车，一边讲述这座神山的来历：

"布丹拉"的意思是散落的经书，传说莲花生大师将一卷经书托付给乌鸦交付给神湖脚下的琼果杰寺，乌鸦经过此处，疲惫过度张嘴休息，结果经书掉落满地，此时刮起大风，妙音四起，山形便化为了一卷经书的模样。听完他讲的传说，望着车窗外巍峨的神山，山尖上的白云遥相呼应。这个故事引起了我的联想，突然之间，我写出一首诗《你们来了！》，献给英雄的国家电网的施工队员们。

你们来了！不为读取经书，只为扎根深山与大地相连。

你们来了！不为触摸那五彩经幡，只为架设电力天路与云端比肩。

你们来了！不为展开那迷人的风景，只为电亮雪域高原。

……

第二天，吃过早饭，高昕总工派严师傅开车送我到曲松县第27标段，临走的时候高昕总工和项目部的同志们给我送行。高昕总工把氧气瓶放到车上，特意关照严师傅如果我出现缺氧，马上给我吸氧。离开加查县，我们驱车沿着雅江向曲松县飞驰，严师傅还是穿着那件暗红色的T恤衫，他似乎已经成了这里的居民。他熟悉这里每一个路段的情况，就像一个向导。

虽然只是两天的采访，但我已经与大家难舍难分。故事才只是刚刚开始，还有多少传奇留在了他们心中？等到他们把铁塔立在高山峡谷之间，那就是他们永远战斗的身影，他们无私奉献的精神留在布丹拉山，他们的故事将在雪域高原传颂。

众所周知，在雪域高原上架设高压线是公认的世界级难题，令人感动和敬佩的是，在这里建设藏中联网的晋电铁军以无畏的勇气攻克着一个又一个世界性的难题。在这山体上隆起的一道道铁脊上，将架起一条神奇而壮美的电力"天路"。是啊，人类征服大自然的脚步也从不会因为艰难而停下。

到高原与藏中联网相逢

我们开车穿过滚滚波涛的曲松河，下午1时，到达曲松县，曲松县城建在一片古老城墙一侧的谷底，太阳照在城南一片古城堡上，那里就是著名的"拉加里王宫"，红墙金顶仿佛是隔世的沧桑。第27标段的项目部，就扎营在城下的一个大院里。

接待我的是藏中联网工程拉林铁路供电工程第 27 标段的常务副总指挥——南方电网广东省输变电工程有限公司范建亮。他热情地帮我把背包拿下车，带我到 27 标段项目部办公室，向我介绍了 27 标段的项目经理吴锡敏。吴经理中等身材，清瘦的脸上戴着一副眼镜，一身儒雅风度。他为我倒了一杯茶水，我喝了一口，寒冷的身体立即温暖起来。我向他说明这次采访的任务。

范建亮召集来施工队队员，大家坐在办公桌前，我首先采访吴锡敏经理。

2016 年 2 月，吴锡敏带领广东省输变电工程有限公司的一支施工队在新疆刚刚完成了架设高压线的工程任务，回到广州后，他就被公司任命为藏中联网工程第 27 标段项目经理。吴锡敏是共产党员，他服从组织安排，担当起带领施工队队员到西藏工作的重任。虽然他是一位久经沙场的电力老将，但是，却从未到过海拔 4000 多米的高原施工。为了能带出一支能打胜仗、不怕吃苦的电力劲旅，他在来西藏之前便组织进藏队员到一家曾经在高原施工的单位进行对标学习。

3 月 6 号，他带着施工队队员们风尘仆仆赶到拉萨时，一住下便产生了高原反应，头晕恶心。但是，他坚持使自己逐步适应高原环境。后来，他带领大家来到曲松县，租赁了一个大院，安营扎寨，把项目部办公室和职工宿舍都安排在这里。

之后，便带领大家翻山越岭进行实地测量，2016 年 9 月，他们就全部完成了塔基浇筑任务，2017 年已经全部展开组立塔施工。吴锡敏告诉我，过去他不喝酒。但是，由于高原反应，他就想了一个办法，每天晚上睡前喝一杯自己泡的药酒来催眠。他说现在最大的压力是安全问题，他的脑海里时刻想的就是安全施工。他每天都要去工地检查，排除一切安全隐患。他们这一标段施工难度在于山势陡峭，而且横跨现在的 220 千伏线路中间。

吴锡敏是广东湛江人，2017 年被南方电网公司评为优秀共产党员，他带领这支电力劲旅，从零海拔到海拔 4000 米的高原，奋斗在国网藏中电力联网工程，更加引人注目。吴锡敏向我介绍了国网藏中联网工程和川藏铁路拉林铁路林芝段供电工程第 27 标段的任务和目标：

他们的标段是 27 标段。起点为曲松县境内东嘎村附近，止于桑日县白堆乡秀木村。线路为两个单回路设计，接近 500 千伏沃卡变电站时为双回路。线路全长约 68 公里，共 119 基铁塔。施工标段平均海拔高达 4250 米。这项工程是广东电力建设团队首次参与高原施工。高原上低氧、高寒、干燥、大风、低气压、强辐射的施工环境，给来自内地的参建团队带来很大的负荷。

我可以负责任地告诉你，对这项超级工程他们是如何做到的：他们项目部对战略安全目标进行了分解细化和责任落实。最先从安全生产知识宣贯着手，开展高原施工常识培训和相关自然风险和地质灾害的演练。从高原施工的特殊性出发，充分考虑困难和隐患。总结工程面临的特殊问题，在工程施工过程中坚持不断摸索探寻。除了日常安全交底、技术交底和安全监督等工作外，项目部还将氧气供应、施工人员饮食保障、驻地监督、地质检查等细化制度落实到位，重点塔位实行重点监控、重点督查。把项目部人员、分包商人员与一线施工队伍的安全责任精细化，传递到每一个参建人员身上。务求紧抓安全主线，保质保量完成建设任务，造福藏区人民……

广东输变电是一支"特别能吃苦、特别能战斗"的铁军。让南网这支战斗团队为藏中联网工程做出最优质的工程。

采访第 27 标段项目部副总指挥范建亮时，他给我拿出一篇自己写的散文《我们和白杨树的约定》这是他在藏中联网工程第 27 标段工地上写的，见证了电力劲旅的战士们在高原战斗的历程，他用浓烈的情感抒发了对这些来自零海拔的电力勇士的赞美。开头是这样写的：

冬末，我们来到了海拔 4000 米的西藏曲松，在大路边，在田埂旁，在房前屋后，都有您的身影，您注视着我们每天的进出。

高原烈风吹得我们的皮肤干裂、嘴唇丝丝血迹，您却迎着风刀雪剑，伫立在寒冷的黄土地，枝枝傲骨。当地人告诉我，这是白杨树。

"嗨"我们算是认识了。茅盾先生在《白杨礼赞》写道："那是力争上游的一种树"。

……

于是，我们相约：竞赛。您忠诚于黄土地，我们忠诚于事业。

每天，我们上山，丈量、刨坑、绑扎钢筋，浇筑基础。高海拔使得我们睡眠质量下降、体能下降、干燥的气候使我们流鼻血，空气的稀薄使我们常常气喘吁吁、喉干咽裂，但我们浇筑的塔座冒出了地表；在土壤里还透着冰碴，春风中还夹着寒意的时候，您的枝头也冒出翠绿的嫩芽。

塔座一个一个给万家带来灯火的希望；嫩芽一枝一枝给大地带来绿意。

这篇散文，诗意浓浓，范建亮把看到的项目部周边的一片白杨树拟人化，表达了一种来自零海拔的电力战士与高原上的白杨树展开竞赛的火热之情，他们与国网藏中联网工程"相约"。白杨树是一种力争上游的树，而广东省输变电工程有限公司 27 标段的电力建设者，是跃升4000 米的劲松。他们不畏严寒缺氧，扎根在峭壁悬崖，化作"塔座一个一个给万家带来灯火的希望"。

范建亮曾经是公司工会的负责人，多年与基层员工打成一片，他最了解一线员工的心，对他们有深厚的感情。所以，他能写出这样动人的篇章。在以后的采访过程中，范建亮副总指挥深情地为我讲述了许多南网人可歌可泣的感人故事。

冯波说，他们的施工点都在4000 米以上的山顶，经常遇到的是大风、下雨、下雪，尤其是缺氧。但是，他们提出了"缺氧不缺斗志，缺氧不缺智慧，艰苦不怕吃苦，海拔高追求更高的"口号。

冯波讲述了一段让他难忘的施工经历。冯波带领施工队去测量塔位，他的身上背着仪器，走着走着，前方一弯小河阻断了道路，附近又没有桥，可时间不等人，怎么办？他们不知道河水深浅。冯波是党员，于是他决定先带头蹚过河。他脱下鞋子，卷起裤腿，独自一人走下河去。当他双脚进入河水时，感到河水冰冷刺骨。原来，这小河的水是从冰山上流下来的雪水，因此，特别的冰凉。在他的带领下，大家都脱下鞋子，挽起裤子走下河，他们最终完成了测量任务。

冯波是负责 27 标段两个施工队的负责人，47 岁，共产党员，学的专业是机械设计与制造。一参加工作就在广东省输变电工程有限公司，他南征北战参加过许多输变电线路工程，是这个团队的骨干力量。

郭伦豪还记得去年中秋节，那天大雨如注，领导决定送月饼到山顶慰问一线施工队员。让他和几位项目部的干部到山上去送月饼。他们带着一大筐月饼，开着车向工地进发，一路上瓢泼大雨把汽车的挡风玻璃敲打得像战鼓，玻璃上的雨水挡住了视线，外面朦朦胧胧。车轮在泥泞的山路上打滑，郭伦豪却死死地抱着那筐月饼，好像生怕这些月饼被甩出车外。原本一个小时的路程，他们足足走了五个小时，才来到工地。

汽车停在工地一块平坦的地方，郭伦豪用雨衣包好那筐月饼，他冒雨抱着月饼筐来到帐篷内，施工队队员们正在潮湿的工棚里待命，他们准备大雨一停便去组塔。郭伦豪把雨衣揭开，把月饼发给大家的时候，每一个拿到月饼的人脸上带着率真的笑容。他们和郭伦豪一起在工棚里吃着月饼，谈起家乡的亲人。虽然不能和家人团聚，但是，他们在这样一个宏伟工程的工地上过了一个特殊的中秋节，这让他们终生难忘。

下了一天大雨，暮色降落时，却晴天了，群山变得沉静而安然。郭伦豪走出帐篷坐在一块青石上望着嵯峨峥嵘的山峦，顿生一种苍莽之感。晚上他和大家住在了山上，灯火明灭，满天星光，天空又升起白白的月亮。那夜，在雪域高原，郭伦豪梦见自己变成了一只鸟儿，自由自在地翱翔。

郭伦豪是一位 25 岁的年轻南网电力员工，毕业于广东财经大学，双学士学位，他是入党积极分子，担任项目部党建宣传员，是通过竞聘来到西藏工作的。

让关华强难忘的是去执行复测任务。因为，图纸上的整个线路只是一个一个的点，他要和大家一起到实地去测出位置。他带着 GPS 定位仪，走在一个山沟里，没有路，在陡坡石块间攀登。这时，他出现缺氧反应，走一会就要停下，到了中午，烈日当空，他水壶里的水喝光了，口干舌燥。上山时，天气冷穿的是羽绒服，这时又要脱下拿在手中。一路上脚下承受着砾石磕碰，他跌了几跤，关节摔伤了，他强忍着疼痛。测量时要蹚过小溪，鞋子和袜子湿了，爬一段山路又被体温暖干。他们在无路中寻找出路，走没有人走过的路，就这么鞋袜湿了干，干了湿，走着一段段没人敢走之路。中午山上没有饭，他就啃几口带的干粮，终于完成了复测任务。

他讲到2016年3月，刚来曲松项目部时，他因牙痛拔牙，几天流血不止。从零海拔到高海拔工作，他的手脚生了冻疮，但他仍然坚持和大家一起去工地。在挖塔基时他负责测量，地下突然冒出了水，天空又下起了雪，刮起了大风，他坚持在工地上待命。等风雪停了，他立刻跳到塔基里去测量。他是预备党员，火线入党，在工作中严格要求自己，处处起到模范带头作用。

关华强是项目部的技术员，26岁，他主要负责技术方面的测算等。比如他要计算出索道使用的钢丝绳型号，运输多重的材料就要使用不同型号的钢丝绳，他要准确无误地计算出来，提供给施工队。

陈锐锋记得第一次去工地现场实地考察，山体上一道道的裂痕格外扎眼，仿佛来到蛮荒之中，整座山给人荒凉之感。他负责整个工程的技术和安全，责任重大。他必须做到成竹在胸。在组塔施工开始后，陈锐锋经常到工地指导工作，他为施工队在红布上写了一幅标语，挂在组塔工地上："国网南网只为藏中联网，抓严管严只为生命尊严"。这幅标语极大地鼓舞了士气。

陈锐锋是第27标段的项目总工程师，36岁，共产党员。他是在完成广东省一个国家级重点工程项目之后，主动提出到西藏工作的。一到拉萨他就出现了严重的高原反应，他在凌晨4点找到一个诊所去吸氧、输液。当他身体稍好，便来了曲松项目部开始工作。

让龙俊宁难忘的是，他开车带着技术人员去复测，到了山上就没路了，汽车在陡峭的山坡上转来转去，就像是表演杂技。无论这里多么荒芜，他总能开拓出一条车道。他是客家人，吃不习惯这里的饭，经常流鼻血，几个月下来，他瘦了十几斤。想家的时候，龙俊宁就和爱人、孩子视频，但他从不讲这里的艰苦，怕她们为他担心。听到龙俊宁的讲述，我忽然想到，龙俊宁在国网藏中联网工程工地开车，他绝不是普通的司机，他有英雄虎胆，练就了一身绝技。

龙俊宁是第 27 标段的汽车队队长兼司机，29 岁，客家人。他是主动提出到西藏工作的。当时，家里有一个四岁的女儿，爱人已怀孕一个月。但他说服爱人，于 2016 年 3 月来到西藏。龙俊宁来的时候，从广州一路开车和项目部的范建亮副总指挥一起，见证了天路上的艰险，那时冰天雪地，他们的车上没有防滑链，在然乌那个地方一堵就是七天，这对他来说只是西藏艰苦驾驶生涯的开始。以后，他每天都要检查项目部所有车辆的安全，还要亲自开车送施工队队员去山上工作。

在第 27 标段项目部，有一对年轻的夫妻，他们是田海龙和王媛，两个人都是 27 岁，田海龙是项目部安全员，王媛是项目部资料员，他们来西藏工作时，把一个五岁的孩子留在家里，由父母照顾。

其实，他们真是不忍心把孩子放在家里，王媛的婆婆对他们说："孩子离开父母，会想你们。"田海龙就劝她留下来，因为父母年龄大了。王媛也知道离开孩子时间长了会影响孩子的心理和性格。可她很想参加国网藏中电力联网工程建设。这件事被她公公知道了，公公说："你们一起去吧，孩子由我们看着。"可婆婆很不愿意让她走，婆婆觉得她是女的，在西藏那地方太艰苦。她又耐心地说服婆婆答应她过一段时间就来看他们。谁知他们一到西藏工地，就忙得再没时间回家。两个人虽然是夫妻，可一天在一起的时间很少，田海龙一早就要去工地，而王媛要到各处去查找资料。可以说，这对夫妻把青春奉献给了国网藏中联网工程。

在第 27 标段项目部，这些来自零海拔的电力勇士们，在高原与国网藏中电力联网工程相逢了。因此，他们有说不完的故事。他们实现了从零海拔到高海拔的跃升，那不仅仅是一个物理概念，更是心理的跨越。他们为能参加建设国网藏中联网这一世纪宏伟工程而自豪。让我们永远记住这些光明使者吧，他们了不起，他们在雪域高原创造着奇迹，凝目云水间，他们是电力天路上说不完的传奇。

我只想告诉你

范建亮副总指挥带我参观了他们的临时党支部活动室。临时党支部的特色是将党建工作和劳动竞赛的开展作为促进工程建设的"助推器"，克服雪域高原的困难，闪耀广东省输变电铁军的光芒。

2017年，在现场指挥部的推动和公司党委的大力支持下，藏中联网工程川藏铁路拉萨至林芝段供电工程500千伏线路工程（包27）临时党支部于5月23日顺利成立。苏伟锋同志为临时党支部书记。党委书记杜育斌负责联系西藏工程临时党支部。

临时支部成立后，党支部书记苏伟锋首先带领大家来到西藏"两路纪念碑"去参观学习。让每一个人缅怀当年建设西藏"天路"的先烈们，将那种顽强奋斗、不怕牺牲的精神继承下来。

项目部现有公司员工八人，党员五人，预备党员一人，入党积极分子一人，从60后到90后，聚集了广东省输变电工程有限公司老中青三代员工的力量。由于缺乏高原施工的经验，项目部员工面临着高海拔造成的生活和工作上的困难。过去的一年里，现场党小组专注于凝聚员工战斗力，克服困难，落实施工过程安全质量措施。凭借全体成员的辛勤付出和坚持，参建团队获得了广东省五一劳动奖状和广东电网工人先锋号称号。

项目部通过建立健全党建工作组织体系、标准化党建活动阵地、规范化党员活动、制度化"先锋"作用等一系列举措，来进一步明确工作职责、强化项目部员工责任意识、落实安排策划、加强全体员工与党组织的联动。以"一个党员一面旗帜"为目标，带动安全管理、标准工艺、科研创新和促进施工水平等各方面的专项活动落地到施工一线，提升项目部员工的管理水平和技能水平，提高全体参建者的整体素质和工作能力。

离家千里，项目部相处融洽、团结一致，犹如一个大家庭。党支部每周组织一次红色电影放映，逢节假日，项目部都会聚在一起忙活一阵，包粽子、包饺子、打火锅、烤羊肉……这些欢乐的聚会给员工们繁忙枯燥的生活添一分乐趣，也为大家带来了家的感觉，把参建者的心凝聚在了一起。

在临时支部活动室内，范建亮对我说："我们公司有句口号'特别能吃苦，特别能战斗！'从零海拔到海拔 4000 米，这些困难我们都克服了。在藏中联网工程 27 标段的建设项目中，在雪域高原上，我们广东输变电的员工是铁打的硬汉。他们的付出不仅是战胜高寒、缺氧等一系列的恶劣环境，而且还在于对家庭的一份愧疚。"他给我讲述了临时支部开展的一次亲子游西藏的特色故事。

在这次亲子游活动中，临时党支部书记苏伟锋十岁的儿子苏韬懿也在其中。小韬懿是位四年级的学生，他爱好小提琴和阅读。来西藏之前，他一直认为西藏是世界最美丽的地方，他要去看看爸爸为什么不顾家庭的在那里。

由妈妈陪伴，小韬懿乘上从广州飞往西藏拉萨的飞机。当飞机降落在拉萨机场的时候，小韬懿突然产生了高原反应，感到一阵头疼，下了飞机之后，他便呕吐起来。

范建亮代表项目组接大家到曲松县，这次活动是由临时支部研究决定的让家属了解广东输变电人在雪域高原工作的活动。在学校放暑假期间，组织参加藏中联网工程的员工家属和子女到西藏来体验生活。

范建亮鼓励小韬懿坚持到驻地。那天，小韬懿表现得非常坚强，他乘上汽车和大家一起，穿过一座座高山，终于来到了广东省输变电工程有限公司第 27 标段项目部。

为迎接员工家属们带孩子到西藏体验生活，这里举办了一次热烈的采访活动。其中一项内容就是，请大家谈谈对西藏的印象。活动开展得有声有色，气氛热烈而活泼。当采访活动接近尾声的时候，范建亮看着可爱的小韬懿说："韬懿，我想问你一个问题。你看到爸爸在雪域高原为藏中联网工程忘我地工作，他克服高原缺氧，不惧艰难险阻，你有何感想？"听后，小韬懿忽闪着大眼睛，突然拉着妈妈的手说："妈妈，我来保护你！爸爸在西藏承担的是国家的责任，而我已经是十岁的男子汉了，我要替爸爸承担家庭的责任！"当小韬懿说完这句话时，大家沉默数分钟，接着一阵雷鸣般的掌声在大厅响起。这时，范建亮抱起了小韬懿，一行泪水止不住地流了下来。范建亮揩了一把泪说："好样的，孩子！你不愧是咱们广东输变电人的后代，你从小就懂得了继承咱们南方电网提出的'主动担当责任的精神'！"

不瞒你说，在广东省输变电工程有限公司第 27 标段项目部，有许多感人的故事。这些员工能够以非凡的智慧完成任务，可是他们却不善于用语言表达感情，即使他们内心无比丰富。

比如，他们的项目经理吴锡敏，就是典型的实干家。2017 年，他得知儿子吴兴涛考上了广州市重点高中，他忍不住想和大家一起分享这份喜悦。吴锡敏一高兴就对大家说，他儿子很争气，今年考上了广州市重点高中。范建亮听到后，却对他说："兴涛能考上广州市重点高中，那是他继承了你聪明、坚强、智慧的好基因，都是你的功劳！"听完这话，本来就不善言辞的吴锡敏低下头，泪珠吧嗒吧嗒掉在地上。俗话说男儿有泪不轻弹，吴锡敏这样的硬汉暗自垂泪，那一定是触动了他内心最软的地方。

范建亮说："我们送电员工欠家人的太多。为了国家责任，我们就必须舍家为国。我们这些送变电人在西藏变成了牦牛，在海拔 3000 米以上默默地奉献。"他这话反映了新一代电力人高度的社会责任感。

我来藏中联网工程第 27 标段项目部采访，感触很深。我记得在采访项目总工程师陈锐锋时，他说的话至今仍然回荡在我的耳际。

陈锐锋最大的感受是常年在外施工，与孩子非常生疏。在这里工作之余，陈锐锋很想和孩子多亲近一些。于是，他和孩子视频。让他没想到的是，他女儿在同他视频的时候说："爸爸我不想你，我长这么大你没给我做过一顿饭，没看过我的一次作业。"听完女儿的话，陈锐锋强忍着泪花，他一想，女儿童言无忌，说的也是心里话。为了能补偿这份愧疚，陈锐锋只好给女儿买些书、衣服之类的物质寄给家里。听完他讲的这段话，我的鼻子也酸酸的，我告诉陈锐锋，从儿童心理学方面来看，其实孩子说的是反话，正因为她更深沉地爱着爸爸，所以她用孩子的表达方式来表达那种父女情深。

当我采访结束的时候，他一定要看一下我的笔记，并且用手机拍下来。陈锐锋告诉我他晚上要把这段采访记录传给女儿看。他相信，女儿一定会理解他为藏中联网工程所付出的一切，因为他是党员，他要冲在最前面。

为了点亮藏区，让电力天路为藏家儿女带来福音，在这里一名党员就是一面旗帜，党旗飘红曲松河畔。

请记住他们的面庞

吃过早饭，龙俊宁开车，带着我和范建亮一起驱车向组立塔工地而去，陌上的格桑花在风中摇曳。

2017 年 8 月 12 日，我来到国网藏中电力联网工程第 27 标段组立塔施工现场。这天是我来西藏之后难得遇到的一个好天气，太阳白晃晃地照下来。汽车爬上一座大山，云朵飞舞，藏域的白云给人一种无限的遐思，那是吉祥的哈达，那是纯洁的象征，那是神奇的昭示，那是圣地的向往。还有人把西藏的白云比喻为"像仙人信笔挥洒出的一幅白色狂草"。

当汽车穿越一条刚筑好的柏油马路，在太阳耀眼的光辉里，我看到了一个正在长高的银色巨人，塔身上斜插着几朵格桑花，它伫立在大山的一块平地上。

吴锡敏经理已经在现场指挥，施工队队员们正在将塔材向上起吊，在那庞然大物上，有几位头戴白色安全帽、身穿杏红色工装的施工队队员正在紧张地工作着。他们头顶烈日，脚蹬铁塔。

在铁塔旁，是正在建设的沃卡变电站，这里是藏中电力联网工程，起于芒康止于沃卡的最后一个变电站，而这一基正在组立的铁塔就是最后端铁塔。望着这壮观的景象，我握笔的手激动得不知如何落下。我来到脸被太阳晒成古铜色的修伟川身旁对他进行采访，蓝天下他仿佛站成高原上的一棵树。

修伟川是四川人，他告诉我，现在他们在工地上施工的有 17 个人，今天 7 点钟就开车来到工地，为的是利用早上这段宝贵的时间，抓紧把塔材吊上去组装。今天下午，工地上就会有六级大风，他们没办法吊装，就只能在工地上组装塔材。他们一天工作十多个小时，中午在工地上吃盒饭。组塔并不是每天都有好天气。有一次，他们刚把重型塔材吊上去，天空就下起大雨，西藏这地方，一片云一片雨，说不好什么时候就下起来，可是塔材已经吊在上面，必须安装好，不能停下来，施工队队员们就克服困难，冒雨把塔材安装好才下来。

听着他的讲述，望着塔顶上正在安装的施工队员，我深深地向他们致敬！

范建亮告诉我，人们看到的施工队队员脸上的古铜色，实际上是被高原强烈紫外线灼伤的后果。他们一到工地就像到了战场，不停地工作。因为这个地方有黑熊出没，为了他们的人身安全，晚上必须回营地，第二天早上 7 点钟再开车到这里。

周勇指着一节塔材上的标号告诉我，这就是藏中电力联网工程的最后一基铁塔"16S179"。我走过去把这个标号记在本子上，见证了这一基铁塔组立的动人场面。雄峻的高山是他们的背景，铁塔上走动的高大身躯成为我记忆里最珍贵的剪影。

周勇是广东省输变电工程有限公司派到第 27 标段负责与地方进行施工协调的负责人，他每天都到施工现场，随时与当地藏族同胞沟通。

他说："遇到需要占用村民土地时，通过当地驻村干部沟通，藏族同胞对藏中电力联网工程都非常支持。"在一节一节组装的铁塔下，我围着转了一圈又一圈，产生了无限遐想：在不久的将来，这里的村村寨寨，竖立着高耸的电线杆，由银线织成的电网传递着现代化的信息，夜色中开出五彩缤纷的电灯花，飘香的酥油茶、清香的青稞酒、香甜的糌粑，还有到处可以听到藏族同胞的欢歌笑语……

从这一基铁塔放眼远方，铁塔伫立在重峦叠嶂的群山间，而每一个铁塔在组塔时，施工队员们行走的身影，始终在我的脑海挥之不去，直击我的心灵，让我为之怦然心动。他们就像是挺立在电力天路上的钢铁脊梁，他们是雪域高原上英雄群雕，如此壮美。这使我想起范建亮的一首诗，他写道：

你昂着头，挺着胸 / 坚定地行走在山的脊梁上 / 你扛着把光明撒播的责任 /

……你是电力的脊梁 / 擎起照耀大地的太阳 / 你牵着那连接天地的导线 / 仿佛舞动那五彩的经幡 /

站在银光闪闪的铁塔下，我领悟了这首诗的意义，那些为国网藏中电力联网工程，以勇敢和智慧去开拓，攻坚克难，无私奉献的电力英雄好汉，他们只是为了照亮你的美——西藏。请记住他们的面庞，那一张张晒成古铜色的脸是被高原强烈紫外线所灼伤的。在他们的身旁又见格桑花摇曳起舞，只需看上一眼，就会爱上格桑花。等来年格桑树花开的时候，那与云端为邻的一座座铁塔、一条条银线传输的强劲的电流，以电力清洁能源驱动创新，不断提升西南边陲产业竞争力，与藏中联网工程一起辉映中国的明天，也必将给藏族同胞带来翻天覆地的变化。

天路入云端

长篇报告文学

● 进入 8 月下旬，藏区气温骤降，色季拉山峰已白雪皑皑，山巅之下，雨仍在不停下着，318 国道随处可见泥石流地质灾害的痕迹。

第八章

谁仗长剑指蓝天

○ 张 俊

临近林芝，飞机在空中低低盘旋，舷窗外，雪山皑皑，林海浩瀚，峰峦绵延，悬岩陡壁，虎牙桀立，咆哮的江河汹涌奔腾，伟岸的铁塔剑指蓝天，同机的诗人激情赞叹，这是世上最壮观的舞宴，这是人类历史上最伟大的舞宴，这是五万电力勇士仗剑雪域的舞宴，这是挑战生命极限的舞宴，这是注定载入史册的舞宴。

沿318国道，从林芝市布久乡甲日卡村到波密县古乡，全长约229.5公里，平均海拔3600米，最高海拔7782米，地处易贡国家地质公园自然保护区和雅鲁藏布江大峡谷自然保护区，是喜马拉雅地震带，地震、山体滑坡、山体落石、山洪、泥石流等自然灾害频发。境内的通麦天险又称迫龙天险、通麦坟场，是世界第二大泥石流群，是川藏线上最险的13.5公里路，被当年进藏官兵称为"十三公里半"，一侧是陡峭险峻且不时飞石袭来的山崖，一侧是深不见底的河谷，路边垂直下去就是30多米咆哮汹涌的帕隆藏布江，靠江一侧大多没有护栏，坡陡、弯急，经常遇到刚攀升到山腰，随即就是180度大转弯的险情，稍不留神就折身翻入帕隆藏布江。

我采访的对象就是这条线上参与藏中联网工程建设的新疆送变电（包17）、辽宁送变电（包18）、内蒙古送变电（包19）、江西送变电（包20）的电力勇士们。

最美峻峰下的最美送电人

  江西送变电负责西藏藏中和昌都电网联网工程 500 千伏线路标段（包 20）施工段建设，工程起于林芝市奔巴（13R135、13L132 塔），迄于林芝 500 千伏变电站 500 千伏架构，单回路平行走线 59.763 千米，121 基塔，双回路 10.077 千米，25 基塔，其中直线塔 84 基，耐张塔 62 基。沿线地形为山地、高山大岭、高山峻岭，处于高海拔、低气压、缺氧、严寒、大风、强辐射区域，全线最高海拔南迦巴瓦峰 7782 米。辖内有苯日神山，在苯日神山观景平台，美丽的南迦巴瓦峰一览无余。

  南迦巴瓦峰被誉为中国最美山峰。南迦巴瓦藏语意为"雷电如火烧""直刺苍穹的长矛"。其位于雅鲁藏布江大峡谷入口处的米林县派镇，西藏最古老的佛教"雍仲本教"圣地，有"西藏众山之父"之称。同时，与其紧邻着的雅鲁藏布江自大峡谷中绕着它转了一个马蹄形的弯，随后通向印度洋方向，其巨大的三角形峰体终年积雪，云雾缭绕，从不露出真面目，所以它也被称作"羞女峰"。当地人传说天上众神时常降临此山，聚会、煨桑，那高风造成的旗云被奉为众神们燃着的桑烟。自古，这座陡峭的山峰就吸引着人类的无比推崇和敬畏。江西送变电标段的 500 千伏线路正好穿南迦巴瓦峰而过，与神峰交相辉映。

  进入项目部，听取工程概况介绍后，我迫不及待要进入现场。

  2017 年 8 月 8 日上午，去施工现场采访的路上，突然就下起了暴雨，远处一座座峻峭的高山在缥缈的雨雾中若影若现、若即若离。怕山体滑坡，陪我去施工现场的江西送变电（包 20）项目部安全员陈艺军执意要求将车停靠在安全的路边。

  车上，老陈点了根烟，他没有按我的思路来解答我采访的问题，而是深深吸了几口烟后，目光凝视窗外，表情凝重地给我讲起了项目部前任常务副经理任四领的故事。

  2016 年 2 月，听说国家电网公司要举全国之力，在西藏建设藏中和昌都电网联网工程，造福西藏中东部 155.6 万藏族同胞，任四领特别兴奋。时逢春节休假,人家忙于访亲探友,任四领却敲开领导家的门,主动请缨去西藏参加联网工程建设。经不住任四领的软磨硬泡,江西省电力公司送变电的领导同意由任四领任项目部常务副经理,率队出征西藏。

任四领是军人出身,得到指令,就像在部队听到了紧急集合的哨音,清点了随同出征的队友,打上简单行装,就登上了南昌飞往林芝——藏中和昌都电网联网工程指挥部所在地的飞机。

由于走得匆忙,他甚至没有告慰一下年迈的老母亲,亲抚一下女儿,和她们说声再见。不是任四领铁石心肠,他只是不愿亲人们柔情的目光,锁住他出征的步伐。到了机场候机厅,他才如获重释地打开手机,满含歉意地给爱人黄火兰发了条短信,言明了出征西藏,建设藏中和昌都电网联网工程,嘱咐爱人照顾好老母亲。原本妻子黄火兰已习惯了作为送电工的丈夫常年转战祖国大江南北,可是这次,她没想到丈夫会去地广人稀、高原缺氧的西藏,在海拔 4000 米以上的积雪山峰竖塔架线。按任四领的个性,想劝他回头是不可能的。怎么办?这下她傻眼了,清醒后的第一反应就是担心西藏昼夜温差大,粗心的丈夫没带够御寒衣裳,她赶紧打了包冬衣,打的送往机场。可是等她赶到机场,载着任四领和他队友的飞机已经凌空而起,呼啸着冲向蓝天。

3 月的西藏林芝寒意未尽,却已是花的海洋。远方的一座座峰峦还是白雪皑皑,桃花已如醉霞绯云般地争相斗艳。粉嫩的桃花,在气势磅礴的雪山怀抱中无限柔媚。妖娆桃花,映着蔚蓝云天,美不胜收。林芝嘎啦桃花村是 3 月赏桃花的首选之地。尼洋河两岸的山坡上,桃林与麦田交相辉映;三面环山的林芝桃花沟,溪水从山顶倾泻而下,涧边长满了野生桃树。在林芝地区,每年举办的西藏林芝松茸美食文化节以及巴松措工布民俗文化旅游节,使数十万游客远离城市的喧嚣,在青山绿水白云间来此观看民族歌舞,感受特色民俗民风,品尝林芝松茸饕餮大餐。江西送变电承建的藏中联网工程(包 20)标段就在尼洋河沿岸。

在指挥部领完任务后,任四领先带着他的队友了解、熟悉沿线当地的风俗习惯、宗教信仰。他告诫队友，我们是来帮助西藏建设的，决不能做不利于民族团结的事，更不能扰民。只有了解当地的风俗习惯、宗教信仰，才能更好地开展工作。由于前期工作扎实有效，施工中，项目部得到了沿线藏族、回族、蒙古族同胞的大力支持。

进入8月下旬，藏区气温骤降，色季拉山峰已白雪皑皑，山巅之下，雨仍在不停下着，318国道随处可见泥石流地质灾害的痕迹，而连续的雨水还可能造成塔基坑底积水，影响混凝土的浇筑质量。为保障现场施工工程的质量安全，任四领亲率项目部全体员工，与施工队"同出同进"，一方面要求施工队做好人工挖孔基础的护壁浇制工作，防止由于雨水浸泡而引起的坑壁塌方，另一方面要用防水雨布对坑口进行覆盖防护。

一段时间，驻点医疗站的医生发现，任经理的脸色越发紫黑，精神萎靡，劝他去医院检查一下身体，任四领却以为是高原紫外线照射原因，呵呵一笑了之。可同事们渐渐发现，原本开朗豪爽的任四领，变得越来越沉默少言，不苟言笑，吃饭也不愿意和队友同桌，饭量也大不如以前。常常一个人双手抚腰，蹲在一边满头大汗，半天都站不直身子。同事们着急了，再三劝他去医院检查身体，都被他以现场管理人员少，安全质量责任重大而婉言拒绝了。急中生智的队友瞒着任四领，悄悄给他爱人黄火兰打去电话。

任四领的爱人黄火兰是江西送变电公司人见人夸的好电嫂，为了让丈夫能安心高原工作，婆婆5月份心脏病发作，第二次心脏搭桥手术，她瞒着丈夫，一个人忙里忙外，直到婆婆恢复健康。女儿倩倩本来想进藏看望一下父亲，为了不给丈夫添乱，她默默地退了机票，对女儿谎称父亲过几天就要回来了。每次跟丈夫电话，她从来报喜不报忧，针眼屁股的好事会放大成卫星上天，天塌下来的事会捻成芝麻小粒。然而，这次她匆匆赶到项目部驻地时，眼前的一切让她不敢相信。半年前，丈夫出征时还目光坚毅，健如壮牛，一米七的个子体重70多公斤。可现在却黄干黑瘦，目光游离，体重不到50公斤。面对丈夫，性格刚烈的黄火兰再也忍不住，她一遍一遍抚摸着曾经亲了又亲的老公的脸，心疼地哭诉着："四领呀，我支持你安心工作，可我没叫你玩命呀？你这个傻瓜呀。你不能把我丢在半途呀。"

可是，晚了，太晚了。任四领还是把一个好女人给丢了。等任四领安排好项目部工作，在妻子陪同下去医院检查，已经又是十多天之后的事了。千万遍祈祷的队友们还是等来了肝癌晚期的不幸消息。

今年3月初，已经不能下床的任四领通过手机视频，告诫他的队友，"南昌是座英雄之城，咱江西送变电的兄弟们可不能在藏中联网工程丢脸呀。"他要求队友们通过视频，将他们在西藏立的铁塔发他看看。视频这边，一座座银色铁塔直指蓝天，视频那边，任四领满眼含泪。这是江西省送变电公司藏中联网工程项目部首任常务副经理任四领留给队友的最后嘱托，这是一个老送电人的最后牵挂。

尼洋河水一路呜咽，声声悲鸣，色季拉山经幡嗖嗖飘扬，思断衷肠。

一个星期后，年仅46岁的任四领怀着对送变电工作的满腔情怀、对亲人的无限眷恋，永远离开了人世。

现场之一：13L194基塔

雨停后，从汹涌翻滚的云层间钻出的太阳，白花花地照在连绵群峰间，刺眼，灼人。我们要去的13L194基塔现场位于林芝县布久乡一座海拔3800米的无名半山腰间。

前面是坑坑洼洼的骡马行道。同行的陈艺军告诉我，从山脚到13L194基塔现场大约两公里，海拔落差900米左右。因为是泥土路，正逢6、7、8三个雨季月份，道路泥泞，泥浆深处能陷一个轮胎，汽车根本无法到达现场，所有器材只能靠骡马驮运。光运输一基基塔的器材就得两个多月时间。

我们将车停在山麓，步行上山。原本半小时的路程，我们走走停停用了一个半小时。走到施工现场，我已有气短、胸闷、脑涨等高原反应。害怕更强烈的高原反应，在施工现场外50米处找了块草地坐下。现场正在进行 13L194 基塔铁塔组立（吊装），有五名身材矮小、行动敏捷的师傅攀附在铁塔上组装，两名地勤策应，六名辅助工在往塔基处搬运器材。现场管理的许文强、余荣泪是江西电力技校毕业的两位 90 后，两位小伙子的父亲都是老一代的送电人。面对采访，略显害羞。他们都属于项目部"同进同出"的现场管理人员。"同出同进"管理人员要和施工队人员吃住在一起，不仅监督现场施工安全、质量，还要及时了解施工人员思想动态。

眼前两张稚嫩的脸，要是监督现场施工安全、质量还说得过去，自己都还是孩子，怎么了解施工人员思想动态？

见我怀疑，小许挨我坐下，告诉我，了解现场施工人员的思想动态，比他所掌握的技能更重要。带着思想情绪，攀在百米高空作业，稍有闪失，就容易酿成可怕后果。接着，他给我讲了一个故事，今年 6 月，他在现场管理时，发现一贵州籍师傅高空作业时，心不在焉，甚至不小心有工具从高空坠落，这可是极大的安全隐患。他立即将那位师傅换下，把他拉到一边，与他交心。通过真诚交流，那位师傅向他吐露真言。原来，他来高原参加藏中联网工程建设后，女朋友耐不住寂寞，提出和他分手。了解隐情后，小许把情况向项目部作了汇报。项目部十分重视，立即以"组织"名义给那位师傅的女朋友打电话，介绍了那位师傅在藏工作情况，告诉女方，由于她提出分手，小伙子无心工作而出现高空坠落工具的可怕安全隐患。见女方在电话那头沉默不语，项目部的同志借势盛情邀请女方来高原做客。女方来高原了解了小伙子的工作现状后，答应，只要小伙子安心工作，就不再提分手。此举不仅挽救了一段行将破碎的婚恋，还挽留了一名技术骨干。说到这儿，小许脸上露出了自豪的笑容。

高原的雨，小孩的脸，说变就变，刚刚还一派白花花灼人的太阳，突然间就淅淅沥沥地下起了雨。许文强和余荣泪紧步赶到塔基前，指挥塔上作业的师傅停下手中的活，穿上随器材吊运上去的雨衣，攀附在塔基上"原地"休息，待雨停后再继续施工。我随地勤人员钻进拥挤的临时帐篷。

李锦全素描

李锦全是一位汉族小伙子，但长相像蒙古同胞，结实，团脸，黢黑皮肤，一脸刚毅。他1982年出生，2003年从内蒙古电力学校毕业后就加入了内蒙古送变电行列，14年间，曾历经资料员、技术专职、项目总工，先后参加了全国20多个输电线路工程建设，是一位身经百战的老送电工。这次进藏，担任内蒙古送变电驻藏中联网工程项目部（包19）总工程师。

在施工现场，他常说的一句话是要为藏族同胞架上最优质的线路，供上最优质电能。为准确掌握工程施工进度，施工质量，他走遍了全塔位，有最高的海拔4766米的13L118，还有最低的海拔3053米的13R062。项目部都叫他活地图，跟着他，只有你不想去的山，没有你找不到的塔。他每天都奔波于杆塔与杆塔的迂回之中，别人每次给他打电话问他在哪，听到回答最多的是"我在山上"。他经常是晴天一身汗，雨天一身泥，施工队的同伴背后有句戏语，称他"远看像要饭的，近看像拾破烂的，仔细一看原来是来现场检查工作的李总"。他有着一天喝两大桶矿泉水都不用上厕所的能耐，因为喝下的水在爬山过程中全成了汗挥发了，所以，他从来不用费心去找厕所。

坐在我对面的李锦全开门见山地说，送电人是散养的马，变电人是圈养的羊，当了送电人就要习惯四海为家。听他的同事介绍，他有一个可爱的儿子。他常常在夜深人静时，打开手机，一个人偷偷看储存在手机里儿子的照片。话题就从他儿子说起。果然，说到儿子，他的蒙古型脸绽开了鲜花。他说，每次回家，儿子总要搂着他睡，缠着他讲天涯海角的故事。今年春节后返藏，怕儿子知道后会纠缠，走时没告诉儿子。谁知还没到飞机场，儿子的电话来了，哭着抱怨爸爸是特务，临走都不告诉他一声。还说，爸爸走了，晚上睡觉要抱着爸爸的枕头睡，枕头上有爸爸的味道。

说这个故事时，李锦全一脸骄傲，而我的心却是涩涩的，五味杂陈。

在艰苦的高原施工一线，远离诗与远方的所谓人生景致，他是把责任当成习惯，或是把苦累当成磨砺，或者把付出当成快乐，生动诠释了一名普通送电员工爱岗敬业的闪亮一面。

现场之二：13R130 基塔

内蒙古送变电承建的西藏藏中和昌都电网联网工程 500 千伏线路工程标段，起于林芝县德巫村北，止于色季拉山奔巴标段分界线，海拔在 4250 米至 4566 米之间。山势陡峻，纵横沟谷切割剧烈，线路起伏落差极大，部分区域为悬崖峭壁。沿线高寒缺氧，冰雪期长达九个月。山上没有信号塔，只有站在地势稍高的地方才能接收到微弱信号。若有通知，项目部需要安排专人当"通信员"，每天轮流蹲守在信号时断时续的小山丘，用手机接收通知和文件，再传达给现场施工人员。

由于我一再坚持要采施工现场，李总就把我带到位于色季拉山的 13R130 基塔工地施工现场。

车在 318 国道临近色季拉山峰处停下后，我们只能徒步上山。

看着眼前不规则的 S 形的骡马行道，我十分好奇。李锦全解释说，负重的骡子习惯 S 形爬坡，这是骡子减负的一种方式。正说着，一队骡子驮着横旦、金具等器材由山下蹒跚而来。每只骡子身上架一副框子，所有器材绑扎在框子上，为首的骡子由主人牵着，首骡后面由绳索牵着三五只大小不一的骡子。见骡队临近，随行的项目部常务副经理刘智勇劝我解下安全帽，让骡队通行。我以为是当地风俗，见到骡队要行脱帽礼。见我不解，随行人员都笑了，他们抢着说，骡马是通人性的，看到戴着安全帽的电力工人，他们就吓得不敢前行了。刘智勇又介绍说，他们项目部的骡队是从云南请来的，是久经沙场的一支骡队。就这，今年 7 月，一头骡子不堪缺氧、重负，一头扎进悬崖自尽了。听起来让人发怵，难怪见到戴安全帽的电力人就不敢前行了。

13R130 是一基双回路基塔，在色季拉山的一个 47 度陡坡上。因为地处岩石性能好的地段，需在岩石上打 80 个 120 毫米的孔，浇筑岩石锚杆基础。在现场，李锦全给我算了一笔账，一个塔基需要 100 方混凝土，65 方沙子，84 方石子，40 吨水泥。每头骡子每次从山下运输 100 至 150 公斤的材料，按一个骡队 30 头骡子计算，光运输这些塔基的土建材料，就要五个月左右。

由于地形特点，内蒙古送变电承建的西藏藏中和昌都电网联网工程 500 千伏线路工程标段（包 19）中，13R127—13R134，13L124—13L131 等 16 基塔位的材料需要马帮运输，工程量可想而知了。

我们下山时，夕阳渐渐西沉，橘红色的光映红了半边色季拉山，远山苍茫，倦鸟归飞，通向圣地拉萨的 318 国道上朝圣者行色匆匆，一路前行。高原的一切都是那般柔和、恬静，没有一丝涟漪，一息呜咽。

世界屋脊的最后一班岗

8 月 11 日，雨过天晴。318 国道著名小镇鲁朗如洗如练，祥和的白云悬浮天际，金黄的青稞风中摇曳，悠闲的牦牛草原放歌。海拔 3700 米的高山牧场，坐落在鲁朗的深山老林之中，周围青山环抱，树木葱郁，由低往高，分别为灌木林、云杉和松树组成的"鲁朗林海"，镇上现代化的酒店或金碧辉煌，或简洁大气。这里不乏生活烟火，也不乏鲁朗的特有静谧。

在鲁朗小镇一隅的（包 19）施工队（1901）驻地食堂吃了顿颇有特色的山东煎大饼，准备去（包 18）辽宁送变电标段施工现场采访。

接我的是（包 18）项目部办公室主任王学光。

1958 年出生的王学光老兄魁梧、亲和、幽默、一脸儒相。他在辽宁送变电干了 40 多年的送电线路。听说他再过三个月就要光荣退休，却主动请缨来雪域高原参加藏中和昌都电网联网工程建设，令人心生敬仰。

王学光老兄仿佛看出我的心思，他将目光投向窗外咆哮的帕隆藏布江，若有所思地告诉我，在他40多年的送电线路生涯中，参加过我国第一条全部国产设备的500千伏送电线路工程，500千伏元锦辽输变电工程建设，参加过我国第一条直流500千伏部优工程，直流葛上（沪）线送电工程建设，参加过电建企业在国外承建的第一条500千伏古都—库丘塔送电线路建设，参加过500千伏淮河大跨越、长江大跨越工程建设，还参加了世界首条正负660千伏特高压直流送电线路工程等国内外无数送电线路施工。2008年1月，我国南方部分省份电网遭雨雪冰冻灾害，根据国家电网公司统一部署，他和他的抢险小分队第一时间赶到江西抢险，短短的20多天时间，在600余公里线路上，完成两条500千伏线路，四条220千伏线路的抢修，拆除组立铁塔80基，拆线、放线115公里，被国家电网公司授予抗灾救灾恢复重建功勋集体，被辽宁省电力公司命名为"辽电铁军"。听说国家电网公司进行藏中联网工程建设，他激动得几夜未眠。他说他是一个老送电人，退休之前，能到世界屋脊参加世上最伟大的藏中联网工程，站好最后一班岗，是无上光荣的一件事，是送电人一辈子的夙愿。为了不给人生留下遗憾，他坚决要求去一线参加藏中联网工程建设。辽宁省送变电有限公司的领导考虑到高原气候条件恶劣，生活条件艰苦，施工环境险恶，担心年近花甲的王学光去了会受不了，没有同意他的请愿。这下王学光着急了，一向亲和的王师傅铁青了脸，一言不发地坐在公司领导对面，撸起袖子，提出要和比他小十多岁的公司领导掰手腕。见他的领导一脸茫然，王学光才呵呵笑着提出要求，若他掰赢了，就同意他出征西藏。

听到王师傅掰手腕赢得出征西藏的故事，我也被逗乐了，原来一脸儒相的学光兄骨子眼里竟有一股送电人的野气和霸气。

一路，王学光聊得最多的是对单位的心存感恩，而对进藏后的种种艰辛和不适，只字未提。他说，1976年，18岁的他就参加工作。当时，有关系、有门路的同学都分配去了热门的供销社、食品站。他爹他娘都是普通工人，同学们挑剩下的工种只有又脏又累又不守家的送变电工作。"好女不嫁送电郎，一年四季守空房。"那时的送电人娶个媳妇都困难。王学光呵呵笑道。若干年后，他的同学下岗的下岗，失业的失业。"我却仍有一份体面的工作，有单位有工作干是最幸福的一件事，我很珍惜。"说这话时的学光兄脸上是真诚的，洋溢着孩童般的快乐。

赴藏后，王师傅果然没让辽宁送变电公司的领导失望。他在项目部担任办公室主任，负责宣传、内勤。在全国71家赴藏团队中，他是最年长的，也是最童趣的。40多年的送变电生活，磨炼了他五湖四海的哥们义气和细致的生活观察能力。他知道，远离家乡，来到地广人稀，高原缺氧，文化生活匮乏的环境，队友难免不习惯、不适应，甚至焦虑、烦躁。这时，王学光就会悄无声息地来到队友身边，讲一个幽默的笑话，说一个会心的故事，分散队友的注意力。"坚决不能让队友带任何思想包袱，上施工一线。"

他入藏后第一时间就建立了一个特殊的微信群：入藏职工家属微信群。王师傅告诉我，根据他多年经验，每位出征的职工都是上有老，下有小的家庭主心骨，顶梁柱。他们在前方一线，少则两三个月，多则一年半载，后方家里的风吹草动都牵动着神经。孩子头疼脑热，老人的衣食住行，甚至搬袋大米、扛罐煤气，都让他们揪心。一次，一年轻队友晚饭迟迟不来食堂就餐，老王找到队友时，他正一个人坐在营地附近的帕隆藏布江边的一块岩石上低声抽泣。这可把老王吓坏了。经过耐心疏导，年轻队友终于道出原委。晚饭前，妻子打来电话，说家里灯泡坏了。灯泡坏了这样的小事至于一个电话从辽宁打到西藏吗？队友觉得妻子小题大做了，就没好气地回答妻子，让她自己想办法。谁知妻子在电话那边不依不饶，哭诉着：换灯泡是小事吗？灯泡带电的，我一个女人家家的敢碰电吗？你不是电工吗？你不是吹牛说500千伏都敢碰吗？可是，你人呢？你一个老爷们羞不羞？换个灯泡都要老娘们去做。队友听烦了，就挂了电话。这下把他妻子惹毛了，一个电话过来要求离婚，电话另一头的妻子在哭，女儿在哭喊着要爸爸。了解原委后，老王二话没说，当即拨通朋友电话，托朋友去小队友家帮忙换灯泡。办完这件事后，又抚着小队友的肩，像兄弟，又像慈父。待小队友情绪稳定后，老王才严肃地对小队友说，一个女人在家，伺候老的，照顾小的，里里外外很辛苦，打个电话给你撒撒娇，你一个大老爷们，至于给她窝气吗？家里的灯泡，我找朋友去你家帮忙换了，你赶紧地给爱人打个电话道歉。

听老王的队友说，这样的事，他和队友来藏后，不知做了多少。不是找朋友帮着队友送老人去医院，就是找人帮搬煤气、扛大米。大伙都知道，热心的老王返回老家后，免不了自己掏腰包，请他那帮朋友的客，为他的热心埋单。

其实每位参加藏中联网工程的建设者都是家庭的主心骨，顶梁柱，但他们每个人心里更清楚，那就是国家利益高于一切。当国家建设召唤时，他们义无反顾，踏歌前行。可，他们也是血肉身躯，他们也有七情六欲。王学光告诉我，他母亲生病住院那年，他正在我国第一条直流500千伏部优工程，直流葛上（沪）线送电工程建设工地，母亲的护理只能交给柔弱的妻子。他父亲去世时，他正在湖北参与建设三峡的一条输变电工程，父亲的后事还是他的朋友帮着料理的。去年，他来西藏参与藏中联网工程建设时，他的小孙子刚出生不久，现在已经两岁。每次与家人视频聊天，让小孙子叫他爷爷时，小孙子满脸陌生，躲躲闪闪。王学光说起这事时，脸上的表情是复杂的，有幸福，有酸涩。是呀！一个长年在外电建施工、年届六旬的老人，本该儿女承欢膝下，含饴弄孙，可如今，与他血脉相承的娇孙，对着视频里"陌生"的爷爷却吓得退缩。

王学光的办公室大门正对帕隆藏布江，雨季的江水一路咆哮，一路前行，干净整洁的窗台上，几盆绿萝生机盎然。

采访中得知，这位身经百战，长年漂泊的老送电人还是一位文学爱好者。在我的再三催促下，学光老兄才"羞羞"地从衣袖取出早准备好的"习作"。请允许我摘录一部分，也好更多地了解一个老送电人的高原情怀。

······

西藏是一个特殊的地方，真正的天高云淡，风清地旷。当地的人少了几分浮躁，多了一些虔诚。走在他们当中内心仿佛真的少了几丝杂念，心绪也会变得宁静。我就常常在工作之余注目那些磕长头的藏族同胞，看他们用膝头、双手和整个身体，丈量朝圣的路。月光下，朝圣者的步履依旧，一次次双手举向天空，一次次匍匐在大地，他们至诚至真的忏悔与祈祷，至善至爱的心愿和祝福，都随那颗卓然而立的灵魂，一起融进朝圣之路的每一寸土地与蓝天。

西藏的天高，月亮也高。月圆之夜微凉的光四散开来，笼罩四野，仿佛这世界都是清清白白的。因为野外作业的职业特点，我曾在不同的地域、不同的时段与中秋明月邂逅。在山之巅，在水之旁，都曾目睹那种那轮又圆又大的月亮缓缓升起。那种难以描摹的圆润和优雅，那种近在咫尺的柔洁与丰盈，真是美到了极致，美到了心里。我这个漂泊的人在微凉的月光下竟然感觉到了一丝温暖。月光柔柔地照在身上，仿佛可以消解身心的疲惫，一时间思绪飞了，仿佛从昨天到今天，几千年的故事就这样被一片清凉的月光照着，轰轰烈烈地演绎着。

日子在忙碌中已经飘然入秋，因为工作的缘故，告别家人和可爱的小孙子已经有些时日了，近几天思念之情越来越浓，梦里常常出现小孙子那张柔嫩、可爱的小脸儿。我所在的林芝号称藏区小江南，是个旅游重镇，这里经常有成千上万的游人鱼一样涌进来，又如潮水一般退下去。我幸运地可以饱览这方动人的山水，沐浴仙境一般的日光、月光，但在这热闹之中却常常会涌起一丝酸楚，在中秋团圆夜来临之际就更添了几分思乡的愁绪。我爱我的家人，特别是那个仿佛昨天还在我膝头端坐的小孙儿，就像一个小精灵，一颦一笑惹人怜爱，让我忍俊不禁魂牵梦绕。但我不得不远离他们，这是我的工作，我热爱这份工作。昨日山之南，今日水之北于我已是常态，但我的家人却要同我一样忍受离别的苦楚，每一次相聚，都是分别的序曲。或许人生就是这样吧，总要或多或少留一些遗憾，事业工作放不下，家庭温暖、舐犊之情难周全。

又到中秋。已经记不清有多少团圆夜不能和家人一同度过了。但是家人永远是我的月光，可能不耀眼，却足以照亮我回家的路。

……独在异乡为异客，思念不可避免。但是我深深地知道，能为祖国的电力事业贡献自己的光和热是无限光荣的事情，看着电力一点点地铺设完成，我的心里满是自豪，同时也暗暗地下决心，无论何时何地，面临什么样的情况，都要全心全力把工作做到最好！成为电力使者，护送着电力，把它输送到祖国的大江南北，让更多的同胞通过我们的工作，使用到电力，享受电力带来的便捷，享受国家的发展、时代进步带来的美好生活！

温暖驿站

通麦小镇虽小，但名闻遐迩。名气足不是因为小镇有什么稀奇宝物，或者经营什么百年祖传。而是因为这里是世界著名的第二泥石流群，川藏公路著名的"卡脖子"路段的要塞，又称"通麦坟场"，遇上雨季，道路泥泞，坡陡弯急，泥石流、塌方频发，运输车队或游客要过这段十三公里半的天险，往往要等上几十个小时或者几天几夜。所以，小镇的客栈就成了无数游客和朝圣者的栖息地。小镇只有一条狭窄的小街，零散地住着30多户居民，居民大部分是四川进藏的生意人。依山一边是兵站营房和地方交通局的一处陈旧的招待所，招待所的前部分已被参加藏中联网工程建设（包17）标段的新疆送变电项目部租用。街道对面，紧挨帕隆藏布江，是一排民宅，民宅大多改成了小客栈。店家说，通麦特大桥和迫龙沟特大桥未建成通车，通麦天险未修好之前，逢每年旅游旺季，游客常因泥石流、塌方被滞留小镇无法前行。小镇客栈生意超火，一间不带卫生间、淋浴房的三人房，每个床位就要收200到300元一夜。通麦特大桥和迫龙沟特大桥通车后，通麦小镇的客栈生意就骤然萧条，要不是进藏参加电力建设的辽宁送变电和新疆送变电项目部进驻，通麦小镇的客栈怕全部关门歇业了。

辽宁省送变电藏中联网工程项目部租用墨脱石锅一绝客栈。客栈临近迫龙沟特大桥，离通麦特大桥不到 500 米。临街是四层楼客房，供来往客商居住，后院及临江三层被项目部租用作为办公和住宿场所。客栈店主也是一位四川籍中年男子。

是夜，我就住在这家客栈。挑开窗帘，眼前便是起伏绵延的群山，向客栈主人打听山名，店主回答，他们只知道这是东达山和安久拉山余脉，具体山名却不知道，山下便是滚滚咆哮的帕隆藏布江。客栈隔一条公路便是通麦兵站，据说这是专门为保护易贡国家森林和通麦天险抢险而设立的兵站。兵站营房后高耸着当年援藏牺牲的十位解放军后勤兵的"十勇士纪念碑"。饭后，怀着对川藏运输线上十英雄的崇敬之情，拜谒了川藏十英雄碑。纪念碑下用藏汉两种文字讲述了十勇士的故事。1967 年 8 月 25 日，总后勤部某部三营副教导员李显文奉命带领十一连和十二连车队执行战备运输任务。当李显文带领十二连车队来到川藏线著名的险区——帕隆拉月大塌方区时，险区中心烟雾沉沉，响声隆隆，巨石纷纷飞向公路，严重影响车辆通行。李显文带领连队干部战士不畏艰险，数次冲入险区排石，终于强行通过险区。26 日，连长杨星春带领十一连车队赶到时，公路已被土石完全阻塞。杨星春多次组织清除路障，但始终未能通过。28 日，李显文带领十二连返回，被阻在险区西端。为勘察塌方情况，十二连副连长陈洪光与副指导员谭仁贵，冒着生命危险穿过险区，同被阻在险区东端的十一连会合，共同研究强行通过的方案。29 日下午，塌方加剧，险情扩大。李显文不顾个人安危，从西端冲进险区。险区东端的几位干部决定去险区同李显文会合。班长杨庆忠、李荣昌，新战士陈昌元和李兴富也要求一起去。正当李显文、杨星春等十人分别从东西两端向险区中心行进时，突然一阵惊天动地的巨响，特大山崩发生了。一山体猛烈撞击公路对面的山体，对面山体随即崩塌。据研究人员估计，拉月山大崩塌土方量达 2000 万立方米。

走出兵站，信步来到通麦大桥路边十米处项目部建立的温暖驿站——共产党员服务站。每年 6 至 9 月，是进藏旅游的黄金季节和高峰期，G318 国道沿线会有大量自驾、骑车、徒步的旅行者。G318 国道交通不便，物资匮乏，平时项目部采购生活物资都要驱车百公里，去林芝或波密。为减少旅行者旅游途中的困难和高原危害，项目部提出"藏中建设有爱，电网伴你平安"，建立便民温暖驿站——共产党员服务站。服务站备有免费矿泉水、方便面和应急医药箱，自行车打气筒，设置临时休息桌椅、床铺，让四方游客感受国网人的温暖。

进屋时，正好有两位骑自行车进藏的大学生在驿站短暂休整。他们告诉我，他们在家乡就感受过国家电网人的贴心服务，看到有国家电网标识的驿站感到特别温暖、亲切，也有安全感，驿站虽小，却是大爱。

"铁军"勇士

辽宁省送变电工程公司素被业内称为"铁军"，他们的足迹曾遍及国内的辽宁、吉林、黑龙江、山东、山西、内蒙古、河南、江苏、安徽、福建、湖南、湖北、陕西、甘肃、宁夏、青海、新疆、四川、重庆、贵州、广东、广西、云南、香港等省（区、市）和巴基斯坦、孟加拉、菲律宾、塔吉克斯坦等国。凭着精湛的施工技术和良好的工作作风，一路收获美誉。

这次辽宁省送变电工程公司承建的西藏藏中和昌都电网联网工程500千伏线路工程（包18），起于林芝市巴宜区更章门巴民族乡老虎咀，止于巴宜区德巫村北，线路长度35.1公里，其中同塔双回路长度21.4公里，杆塔82基，同塔双回路铁塔37基，单回路铁塔45基，平均单基塔重约132吨，单基最大塔重315.981吨。施工全线处于世界第二大泥石流带和易贡国家地质公园自然保护区、雅鲁藏布江大峡谷自然保护区，地质灾害频发，生态保护责任重大。

2016年2月15日，春节还在滚烫的火锅里咕咕冒着气泡，沈阳的街道还在张灯结彩的喜庆氛围中欢歌笑语。辽宁送变电工程公司的领导却在会议室紧急商议入藏参加藏中联网工程人选事宜。经全方面权衡，公司领导精选了40名赴藏工程项目部管理人员。并确定了由张博、陈春娇、王玉涛等人组成的先遣组，先期赴藏，进行项目部驻点选址、线路复测工作，为后期大部队进藏做好前期准备。

4月初，春寒料峭，色季拉山积雪皑皑。从藏中联网工程指挥部领了任务后，张博、陈春娇、王玉涛等分头工作，负责与藏中联网总指挥部联络、项目部选址、与地方政府和驻军政处沟通工作，以及负责线路复测工作。

坐在我对面的陈春娇1987年出生，已经是两个孩子的父亲，大的孩子五岁，小的才八个月大。他2004年从河北电力专科学校毕业后，被招进辽宁省电力公司送变电公司，如今已是公司骨干，这次被选进藏担任项目部安全员。他告诉我，他们刚进藏时，两眼一抹黑，没有与藏族同胞打交道的经验，不懂驻地老百姓风俗习惯，不了解当地自然环境，为此他们碰了不少壁，受了不少委屈，走了不少弯路。有一天，他和另一名队员在老排龙地界的更章门巴民族乡复测塔位时，由于地势高，地形陡，原始森林覆盖，信号不通，他们只能依靠手机GPS定位来确定设计图纸标识的基塔位置，可是，在浩瀚密集的原始森林里，手机信号时断时续，走着走着就迷了路。有时候，GPS分明显示基塔就在眼前不到500米距离，待走近了，才傻了眼，原来塔位在另一个悬崖上，直线距离虽然不到500米，要找过去系上标识，还得翻过另一座山。如此反复，复测一基塔位往往要耗上一天时间，甚至更长。他们常常在密不透风的原始森林里走着走着，天就黑了，远处的黑熊叫声也近了，一声一声摄人心魂。陈春娇告诉我，他们在复测13S012塔位下山回来时，正好一只小黑熊挡在了路口，而不远处的一块长满青藤的巨大岩石旁，一只大黑熊正悠闲地走动着。这可把他和同伴吓傻了，他们隔开十米左右，分别躲在巨石后面，用手紧抚着嘴，屏住呼吸，害怕气息让黑熊嗅到。万幸的是，天黑前，老熊还是呜嗷叫着，把小黑熊唤走了。时隔一年，说起那次险遇，两位年轻的送电工仍心有余悸。在原始森林里复测时，除了黑熊的可怕，最可气的还是那些调皮的猴子，一群一群蹲守你周围的树干上、枝丫间盯着你，你不能看它们一眼，你若稍不留神抬头看了

● 现场施工的有机械操作工、电工、焊工、测工、搅拌工、辅助工21人，他们已经吃、住现场69天。

它们一眼，回报你的一准是劈头盖脸的一顿烂果子，让你猝不及防，防不胜防。

　　而另一路复测的王玉涛、张博的经历更让人胆战心惊。在复测13S032塔基时，有一条山路陡立，只能呈S形螺旋而上，狭窄处，只能贴着悬崖，一步一步往上移。突然，头顶的一颗滚石坠落，俩年轻人赶紧将身体紧贴岩面，任碎石贴着头皮嗖嗖滚落。紧接着，一声巨响，前方一块巨石夹着尘埃，呼啸而来。两位年轻人绝望地闭上了眼睛，等待着死亡的来临。冥冥中，王玉涛听到撞击的巨响，待尘埃散去后，他们睁开眼，发现那块滚落的数吨巨石正好被头顶的两棵交叉生长的千年古树挡住了去路，不然后果不堪设想。

　　在易贡国家地质公园自然保护区、雅鲁藏布江大峡谷自然保护区的原始森林还生长着可怕的旱蚂蟥（又称水蛭）和吸血蜱子（也叫壁虱，鳖吃，俗称狗鳖、草别子、草蜱）。旱蚂蟥长在原始森林树枝上，感应到热量就掉落人身上，吸血时不痛不痒，没有感觉，吸饱了就会自动掉落，被吸处就会血流不止。吸血蜱子在东北还被叫作草爬子，褐色，树上、草丛中都有，不易发现。不吸血时，小的如干瘪绿豆般大小，也有极细如米粒的。吸饱血后，有的饱满如黄豆大小，大的可达指甲盖大。吸血时，头扎进肉里，不能抹掉，只能用酒精、风油精麻醉，让它自行脱落。参加过藏中联网的电力工人，每个人身上都会留下旱蚂蟥和吸血蜱子叮咬的痕迹。

现场之三：13S012 基塔

13S012 基塔位于更章门巴民族乡老排龙地段，属泥石流、山体滑坡等地质灾害多发地段。索道总长 2800 米，起点位于 13S014 基塔，经 13S013 基塔。

8 月 14 日，天刚蒙蒙亮，窗外的院子里已是人声鼎沸。备上食堂孙师傅蒸的地道东北肉末粉丝包子，揣上矿泉水，随王学光、陈春娇一路，攀登 13S012 基塔施工现场。

害怕旱蚂蟥、草爬子叮咬，找了条藏巾，将自己严严实实地裹紧。

一头扎进易贡国家地质公园的原始森林，古木参天，遮天蔽日，仿佛进入美国大片《阿凡达》的外景基地。各种千姿百态的古木奇树映入眼帘，那纵横交错如蛟龙盘绕的地面根，附生着蕨、地衣、苔藓等各种植物，植物上爬满了咬人的大蚂蚁。地面潮湿的树叶层下是又滑又软的泥浆和腐烂的木头。一团团的藤蔓和乱七八糟匍匐的植物使行走变得更加困难，再加上林子闷热，空气稀薄，喘气越发困难。不知谁在前面吼了一声"草爬子"，我赶紧下意识双手抱着脖子，蹲在一棵倒地的古树旁，吓得脸色直发白，把同行的学光兄和小陈逗得笑了半天。

紧赶慢走，一路滚爬，赶到 13S012 基塔时，已近中午 11 时。小陈说，这还是熟悉路径，没走弯路。去年，他们来复测时，整整找了七个小时。

13S012 基塔是岩石锚杆基础，我们赶到时，土建基础部分已近尾声。现场施工的有机械操作工、电工、焊工、测工、搅拌工、辅助工 21 人，他们已经吃、住现场 69 天。离施工现场大约 600 米处，是施工人员临时住所。临时住所用救灾帐篷搭建，里面紧挨着十张上下层双人钢丝床，因为拥挤，帐篷的四个面往外鼓着，像临产的孕妇，狰狞地显露着自己的孕体。紧挨帐篷的是依附一棵倒地的古树搭建的一个四面穿风的帐篷，帐篷顶上堆着树枝、杂草，遮风挡雨。帐篷内堆放着生活用品，还住着伙夫和一名辅助工。领班的告诉我们，今年 7 月的一天深夜，月光清淡，一头黑熊闻到了伙房里食物的味道，闯进帐篷。当时正好伙夫起床小便，听到异样的响声，发现了黑熊。他赶紧叫醒了施工队队友，将发电机彻夜开启照明，敲打餐具制造噪音，吓跑黑熊。第二天购买了围栏等物运至山上，进行防护。听得人毛骨悚然。

领班同进同出人员却笑呵呵地告诉我，有黑熊骚扰还是一件荣幸的事，还能让队友兴奋几天，队友们最耐不住的是长夜的寂寞。住山上，手机偶有信号，一个电话拨到亲人那里，要么不能听到对方声音，对方却听得到这边声音；要么时断时续，延时半天才听到对方一句不完整的话。更多的时候完全没有信号。即使有信号，山上柴油发电机也不能给手机充电，每次充电都要通过索道，拿到山下充。好多工友刚上山那会，高原反应强烈，整晚整晚睡不着，只能一排排坐在岗上抽烟，数星星。哪个工友要是家乡妹子来了一封情书，那真成了一部热门的电视连续剧，工友间传递着看上几个星期，热议几个星期，常常一封情书被扯成几截，你手上一句"亲爱的"，他手上一句"想你"。

上山前，准备了一堆提问的话，可是面对眼前可爱、可敬，挑战生命极限的电力师傅，所有的提问都是苍白的，无力的。唯一能做的是一再嘱托他们保重。

五个孩子的"爹"

采访新疆送变电公司项目部常务副经理杨云雷让我颇费心机。根据藏中联网工程总指要求，8 月正是各项目部施工的最佳时机，采访中千万不可打乱施工单位施工计划。离预约时间过去三个多小时，杨云雷才从工地一身尘埃地匆匆返回。

见我早候在项目部大院，杨云雷一下车就伸出手，双手还没碰，就解释道：当天下午，S370—JS59索道落地点附近发生泥石流自然灾害，项目部驻队队长发现情况后立即通知项目部，项目部紧急启动应急预案。这不，一忙就忘了预约采访的事，他带领项目部人员即刻奔赴现场了解情况。经现场查看，发现泥石流造成排龙村大多数村民房屋受损、进村道路严重拥堵，附近塔位运输道路中断。为防止泥石流再次发生，危及施工人员生命和财产安全，他立即组织在场34名施工人员紧急有序撤离，直到确认所有人员撤场之后他才返回项目部，将撤场的施工人员安置在项目部空余房间，并发放干粮及水。

等候杨云雷时，听他的同事说，他是有五个孩子的爹。见面后，眼前的杨云雷虽肤色黝黑，但年轻有朝气，怎么都不像五个孩子的爹。听了我的疑惑，他哈哈笑着道出原委。原来，一次晚餐桌上，同事听他打电话给孩子卡上打钱，心生疑窦，他们都知道他就一个小孩还在上幼儿园，怎么需要打钱呢？同事在追问下，才知道，原来他多年来一直默默地资助了四个贫困生上学。

生活中，杨云雷就是这样一位热心者，今年5月份，他发现项目部工作人员李忠财连续几天情绪不是很高，经过反复追问才得知，原来是他五岁多的女儿患上手足口病，并且病情在反复，为了不影响工作，没好意思提出请假。得知情况后，他立即调整工作部署，安排李忠财返回家中。

1986年出生的杨云雷是藏中联网工程线路部最年轻的常务副经理。2008年7月从山东电力高等专科学校毕业后，他被招进新疆送变电公司，2012年在建设西北地区首条800千伏线路——哈郑特高压直流输电线路时，被任命为项目总工，是一位身经百战的年轻老送电工。

多年工作历练，造就了他严谨的工作作风，（17包）新疆送变电工程公司承建的所有塔位全部地处易贡国家地质公园自然保护区及雅鲁藏布江大峡谷自然保护区境内，生态保护压力大，山上枯枝烂叶特别厚、防火责任重。8 月 23 日，R342 现场施工人员反馈，在标段线路路径旁有浓烟，由冒烟位置初步判断，距离施工点较远，不应是施工点的火情。但险情就是命令，杨云雷果断下令，停止作业施工，携带配备的灭火器和相关器材前往冒烟处。经过两个半小时的跋涉，到达现场才发现，是当地老乡为了采野蜂蜜用火熏蜜窝，处理不当造成的。他带施工人员及时处理了事故隐患，受到当地驻军的高度赞誉。

这个平均年龄只有 28 岁的项目部，在杨云雷的带领下，战胜一个又一个困难，圆满完成藏中联网指挥部下达的每一项任务。

在长达一个半月的线路复测中，由于全线基础位于高海拔地区，地形复杂，地势较陡，森林茂密，加之雨季，蚊虫蚂蟥泛滥，小伙子们凭着坚强的意志，每天一包饼干、一个馒头、两瓶水，在密林中一干就是两个月。

工程沿线经过当地有"死亡路段"之称的通麦天险，经常发生泥石流和塌方，为了保证交通安全、人员施工安全，项目部成立应急抢险小组、交通安全管理小组，绘制应急路线图并和波密县人民医院、林芝市人民医院及当地公安机关建立联动机制，将危险源降低到最小。

施工期间，由于沿线处于国家原始森林地带，防火压力巨大，该项目部人员风雨无阻每天坚持上山到现场站班会，同进同出，提高全体施工人员安全意识，保证做到安全无死角。

党旗猎猎扬云端

国家电网公司在藏中和昌都电网联网工程各项目部提出"党员先锋、电亮藏区"主题活动，要求成立中共国家电网藏中联网工程建设指挥部临时委员会，各项目部、线路标段建立临时党支部，充分发挥党支部的战斗堡垒和共产党员先锋模范作用，让鲜艳的党旗高高飘扬在世界屋脊的电力天路每一个角落。

● 国家电网公司在藏中和昌都电网联网工程各项目部提出"党员先锋、电亮藏区"主题活动。

　　杨云雷向我介绍，他们临时党支部共有 15 名成员，其中党员四名，共青团员五名，入党愿望强烈的并积极向党组织靠拢的成员六名。为充分发挥党支部成员的主观能动性，在工程建设中形成你追我赶、不惧苦累、甘于奉献的浓厚氛围，临时党支部倡议全体支部成员"再写一份入党申请书"，重温一次入党誓言。对于在工程建设中表现优异的职工，报请上级党委，给予"火线"入党。

　　新疆送变电的项目总工共产党员徐斌，是个山东小伙子，今年 35 岁，结实的身材，黝黑的面庞，第一次见面就给我一种踏实、沉稳的感觉。参加工作十几年的职业生涯中，他从技术员、质检员、项目总工的位置，一步一个脚印踏踏实实地向前迈进。

　　作为项目总工，他制定预案，深入整治。为预防安全事故的发生，提高全体参建人员应急和处理能力，及时有效地处置突发事故，在他的组织下，项目部多次举办森林防火应急演练、防汛减灾应急演练，进一步完善应急救援预案。同时针对工程实际，他深入分析研究，制定安全生产专项整治工作方案，采取多种形式宣传开展安全反违章活动的意义、目标、重点及措施，教育引导施工人员牢固树立安全意识，使施工人员进一步认清形势、统一认识，提高对安全工作的重视程度。加大重大隐患排查与治理力度，每月定期组织安全专项检查，覆盖所有施工现场及施工驻地，按要求下发限期整改通知单，并督促落实全部按期整改，排除各类安全隐患，为实现安全生产提供了有力的保障。

他完善安全生产管理制度，严格落实安全生产责任制，根据安全生产管理目标，制定了各岗位人员安全生产责任制，落实到每一位施工班组长，要求各班组长时刻紧盯施工现场，切实解决现场存在的安全隐患，对工作不负责、视而不见、见而不管、管而不严的现象发现一个处理一个，绝不姑息迁就。

工作上，他总是以高标准、严要求对待自己和身边的每一个人，眼里容不下半粒沙子，但是生活上他又是一位体贴同事、为人和蔼的兄长。他每次去县城开会或是办事，都会自掏腰包买许多便于携带的零食，回来发给大家伙，他知道大家上山时，中午常常在工地上随便吃点馒头咸菜，不管饱，买来零食专门给大伙打牙祭。徐总给我印象最深的是晚上吃饭时，他的家人和小孩和他开视频，他急忙扒拉两口饭就去办公室和孩子聊天，我吃完饭路过他门口时，看到他和孩子视频时所露出的笑容深深地打动了我，他简直开心得像个孩子。

项目部的同事告诉我说：他每天再怎么忙都会挤出时间和孩子视频通话一会，他有两个小孩，有一次喝完酒他告诉同事，一生中最后悔的事情就是，两个孩子出生时他都在工地忙得走不开，没时间照顾妻子，也没有让孩子出生的第一眼看到自己。他的第二个小孩是他来西藏的第一年出生的，当时工程还有一周时间就要停工，项目经理劝说他提前回去，但是他最终还是拒绝了，工程停工阶段工人退场问题、基础安全防护问题等都是大事，他还是坚持到最后一刻才走，当他乘坐飞机走到重庆转机时，家人告诉他孩子平安降生，他最终还是没赶上。

辽宁送变电项目部利用组织生活时间，组织全体党员，去"十勇士纪念碑"前重温入党誓言，建立"共产党员服务站"，同时要求各施工工地成立党小组，细化党小组学习计划，根据施工生产情况，适时组织学习相关材料，通过党支部微信群上传相关图片，定期接受党支部转载的手机党建信息，确保全体党员随时接受党的教育。

共产党员王若斌，以严谨的工作作风，把安全工作落到实处。他结合标段工程所有塔位均位于原始森林，防火责任重大的实际，发起"我为安全献一计"活动，制定森林防火工作要点，下发到各个基础、索道施工队，分批次组织所有人员进行消防器材使用培训、森林防火应急演练，有效增强了全体施工人员的安全意识和安全责任心。项目部车队、工程协调负责人邱礼岩，有着 25 年党龄、14 年军龄，他以对项目部高度负责的精神，认真细心，安全地掌握方向盘，每天几十个来回地驾驶在死亡路段的"通麦天险"，运输着项目部各种物资，为工程顺利开展立下了汗马功劳。

猎猎党旗，在世界屋脊的电力天路上高高飘扬。

天路入云端

长篇报告文学

西藏，上通天衢，下承地气，终日云绕雪驻，是一片圣洁之地，有一支不怕苦不怕累不折不屈的队伍，要将尘世温暖的灯火送到这高冷之地，让世世代代远离灯光的人深刻体会人间的温暖。

第九章
圣地之光

○ 苏雪依

2017 年 8 月，我踏上了云遮雾绕的雪域藏原，在林芝、波密两处变电站进行实地采访。所到之处，所见之人，所听之事，无时无刻不感染着我、感动着我。回来数天，当时场景仍历历在目……

一、意气风发踏歌行

我的第一程是林芝。林芝西通拉萨，北接那曲，东临昌都，南壤印缅，喜马拉雅山脉和念青唐古拉山脉环抱着它，最深的峡谷——雅鲁藏布江大峡谷昼夜不息，自古，便被称为"小江南"，是西藏的窗口。而位于巴宜区布久乡甲日卡村的林芝变电站，从开工伊始也是整个藏中联网工程的枢纽变电站和窗口。它的施工单位是四川电力送变电建设公司，占地近 93 亩，变电站总建筑面积 5405 平方米。而今，它正意气风发踏歌而行，明年 9 月将准时投入生产，发挥自己的神圣使命。

"把支部建在项目上"

林芝变电站的项目经理刘彤，是一位颇有想法的人，他国字脸，双目炯炯有神，可是，却很少说话，我知道，他有一个别样的牵挂——他的女儿。他的女儿名叫朵朵，是一个纤弱的女孩。朵朵身患肾病综合征，因身体原因，该上高一的她一直休学在家，2014 年，还差点把小命丢了。刘彤只有这一个独苗，他非常宝贝女儿，看着女儿每天抱着个药罐子喝那些苦药，他的心中很不是滋味。他恨不得替女儿生病，替她承担生活加诸的一切不幸。可是，他却无能为力。妻子平时也上班，时间紧张得很。我不知道，在工地的时候，刘彤想不想他的女儿。为了让林芝站这个窗口鲜鲜亮亮，他工作极其卖力，几乎没有闲暇。我来采访，便扑了个空，他去外地培训了。我很难想象他的女儿孤独地坐在屋子里，看着窗外的树那般油绿，绷足了劲往高处长。她或许不明白，为什么上帝没给她一个健康的身体，让她像其他孩子那样快快乐乐成长，也不明白，为什么在她最需要父亲关心的时候，父亲却一直不在她的身边，甚至好几个月都不回家一次。小姑娘的世界是单调的，苍白的。她只有把怨恨和委屈放进肚里，自己消化那些负面情绪。今年 7 月 9 日，在央视报道藏中联网工程的新闻互动节目《云端上的电力天路》上，朵朵终于见到了爸爸的身影。她看爸爸正忙着开会哩，正和一群叔叔检查工地哩，瞧，他还通过镜头朝自己笑了一下……爸爸显得有些憔悴，又很忙碌。朵朵似乎理解了爸爸，心中的冰冷一点点融化着，一股自豪感油然而生。她在评论区写道："我爸爸就是这个工程林芝变的负责人。爸爸总不在家，不能陪伴我成长，看到节目我为他们加油！"

天地中有一种割舍不断的爱，是亲情；天地中有一种情，是对藏族同胞的手足情。当这两种情交汇到一起，便会产生震人心魄的力量。它让人斗志昂扬，又催人泪下；孜孜矻矻，充满着牵挂。正是这种力量，使得生活更美好，天地更博大。

刘彤向我阐释他的理念，知道毛主席"三湾改编"吗——把支部建在连上？我一直在琢磨，在这海拔 3000 米的雪域高原，怎样才能充分调动大家的积极性，激发大家的斗志？这里可不比内地，得心应手，如履平地，身体和意志都会受到极大考验。项目部大部分是年轻人，又是党员，我便想到借鉴前辈思想，"把支部建到项目上"。人的思想问题解决了，其他

○ 天地中有一种割舍不断的爱，是亲情；天地中有种情，是对藏族同胞的手足情。6月1日刘彤为成绩优异学生颁发三好学生奖状及奖品。

一切才会迎刃而解。

为此，他将工作做得细而又细：每月开展一次党员政治学习，学习相关文件，领会有关精神；开展"两学一做"专题学习，深化党内教育；针对技术难题成立攻关小组，开展讨论会；实施党建文化阵地标准化、党员活动日常化；项目部管理人员还与一线施工人员进行了安全签名宣誓……并且，在项目部外，也让大家时刻感受到党支部的强大力量：请米林县法官中的党员为外协工普及《劳动法》《合同法》，保障其权益；组织设计的党员开夜校讲解施工方法和工艺，查找并解决问题；热心地为藏族同胞排忧解难，改善居住条件，针对性帮扶……

刘彤很是自豪地说，现在，项目部十分团结，统筹性、计划性都很强，分包商跟我们的配合也相当到位。每个人都很能吃苦，争先发挥模范作用。就拿彭正来说吧，他是我们这儿的技术员，他妻子去年10月份生孩子，他回去仅仅照顾了两个月，又一头扎回了工地；资料员李忠荣今年才27岁，6月份领证三天又回来了；孙浩尹呢，小孩才刚刚一岁，就把自个儿撂在了高原上……

　　他们是一股绳，越拧越紧，拧着拧着，便拧成了花，铆足了劲，拧着拧着，就到达了目的地。只是，这坚实的事业之花，无不以每个人的奉献为代价……

风一样的假小子

　　"他"像一股风掠过我身边，吓了我一跳。还从没有男人靠我这么近。"他"顺着我擦过去，拐过狭窄的墙角。陪我的彭正笑了，之后他告诉我，不止你呢，上次一位来检查的领导，悄悄地对我说："'他'到底是男是女哈？我怎么看'他'从女厕所出来！"

　　'他'叫张伟，名字也像个愣小子。长得也挺像，棱角分明，眉毛上挑，嘴巴紧紧抿着，一开口，又是粗声粗气，让人一诧。她33岁了，还没有婆家。我说你干吗去？她说我要去收数据啊，说着拔腿就要走。我说你33岁，你父母不替你着急吗？我总是这样，身为女子，一看到大龄女青年还没享受爱情的甜蜜就替她急。嗨，着急有什么用？！她嘴一撇，我姐姐姐夫在家陪着父母呢，剩下我在这里野，我觉得挺好的！天地这么大，工作也挺繁忙，真要让我闲下来，恐怕我得天天发呆……那么，你主要负责什么？我几乎什么都干，培训考试、混凝土浇筑陪监、验收……我是属于分包商这一块的。不瞒你说，干这个之前我也啥都做过，还做过装修生意呢。看不出，她年纪轻轻，却有粗粗糙糙厚厚实实的经历。

　　林芝变电站的土建工作正在紧张进行，10月份，将会转电器安装。空阔的场地上，有几个休息驿站，是项目部为方便工人专门设立的。不过我觉得张伟一定不会去那里坐一坐，她时间太紧了。变电站旁边，有一片桃林，据说3月桃花开的时候，香飘四里，遍地绯红，不过，我觉得张伟肯定也没时间去张望一下，她红笔记录的比桃花的枝杈杈还多呢。她的眼中只有设备、装置、工地……据说，逢到钢筋验收的时候，她还得亲自爬到几十米的高处。我问她怕不怕？她大大咧咧地摇摇头，怕啥？还有安全带嘛！

彭正告诉我，在别的地方，像她这样的角色，一般会配两到三个人，这里却只有她一个。所以她像风，像陀螺，恨不能自己飞起来，旋起来。她要尽力地节省时间，做更多的事情。

我轻轻替她叹了口气。说老实话，要我在这里待哪怕一个月，我恐怕也会打退堂鼓。可是她却实实在在地爱这里，连自己的终身大事都忘了。在这里接触的基本都是工人，大的已经结婚，小的年龄又太小，谁会入她的圈子？

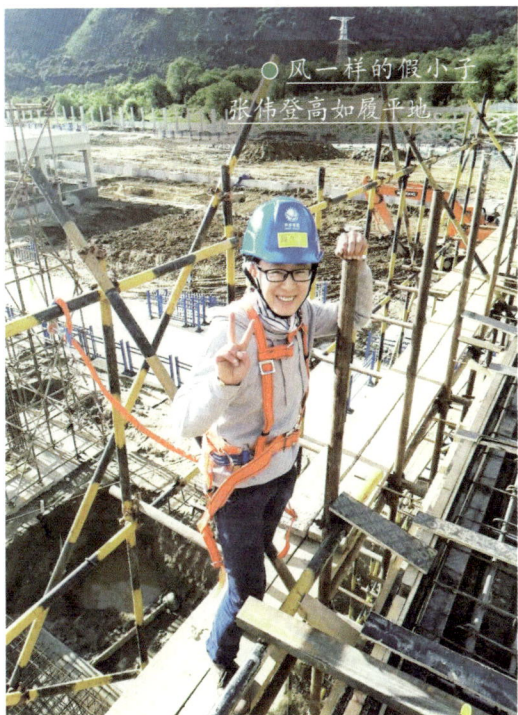

○ 风一样的假小子
张伟登高如履平地。

站在台阶上，一团白云飘过来，要去牵前一团白云的衣角。见我发呆，彭正说：别说你了，我们也替她着急呢。工地毕竟不是女人待的地方。在这里时间久了，会慢慢改变一个人的精神和气质。要没有大大咧咧的性情，还真难待下去。她打交道的又大都是大老爷们。她只得把自己融入其中。久而久之，连她自己都不知道被男性化了。我问他喜欢这样的女子否？他笑着摇了摇头。

我真的有些替她着急了。

最高的艺术是返璞归真

一堵墙，静静立着，既不张扬，也不卑下，尽显一种落落大方和古朴之美。一个工匠，左手拿铲，右手拈砖，砖垒在基面上，铲一刮、一抹，麻利中显出小心和细致。他说，这是 500 千伏林芝站主控楼的防火墙，一共七堵，总共造价 200 万元，不可不精心！这也是这个变电站的亮点呢。

在别处，我一天少说也可以砌600坯砖；在这里，顶多100坯……

一个女工走过来，眉眼带笑。她在替她的丈夫"打工"，她丈夫正是这砖工队的队长，叫申德清。她叫张正芬。两人皆是40左右的年纪。他们是四川眉山人，丈夫兄弟四个全在这儿，乡里也有20余人跟着他们，名副其实的一个乡帮。他们很喜欢这里的气候，说在别的地方，这时已是40摄氏度的高温，人坐着都流汗，别提干活了。这儿还是舒舒服服的，有时还下点小雨，雨后还能看到彩虹。何况，这里环境真好，记得在山西运城铺砖的时候，连个厕所都没有。在这里干一会儿累了，就可以到休息驿站坐坐。国家电网的工程，没说的……

是啊，国家电网一直都在努力超越，追求卓越，不管做什么项目，都力图打造精品工程。这世界500强排名第二的大公司，当然没得说。而四川电力送变电建设公司，自始就是一支"特别讲政治，特别能吃苦，特别能战斗，特别能奉献"的电力铁军，在"西电东送"青藏联网、川藏联网及抗震救灾、灾后重建等任务中都有出色表现，多次荣获国家优质工程奖、国家建筑工程鲁班奖，还先后被评为全国文明单位、国家电网公司先进集体、国家电网抗灾救灾恢复重建功勋集体、四川省先进企业、先进基层党组织等荣誉称号，这次，更是让这眉山的父老见识了做项目的精益求精和严格管理。

在工地的另一处，堆着一摞刚送来的清水砖。要打造艺术品，首先要从源头做起。项目部从厂家特定了一批砖，到现场后安排专人清理、挑选。只留下方方正正规规整整的，稍有棱角或运输过程中出现损坏的一律弃置。因为这样，部分砖惨遭淘汰。在砌的时候，也要格外讲究，力求横平竖直，每堵墙要悬挂三四根弹线，发现稍有偏差便立刻重砌。尽管砌砖的工人们熟能生巧，胸有成竹，也还是小心翼翼，如履薄冰。灰缝的要求绝对不能大于一毫米。这简直是在绣花呢。况且，一天只能砌一到两米高，等沉降度安定下来后才能在原基础上接着打造。真是磨人灼心的一项工作。

粗犷与柔丽相结合，精美与大方相结合。林芝变电站的防火墙，就要清水出芙蓉，全心去打造。

匆忙的侧影

分包商经理袁心勇答应让我见一见技术总工余斌祥——一个"值得大写特写"的人物。可是整个采访的过程中我都没有见到他，下午都下班了，仍没有捕捉到他的丝毫踪影。

我只能从别人的叙述中拼接出他的故事。但凡问到每个人，对他的评价都惊人的一致：负责，具有满当当的奉献精神。

作为技术总工，余斌祥每天要在偌大的工地走两万到三万步，从早上7点半开始，一直到很晚才结束。而他近50岁年龄了。像测量一样，他从这个角落到那个角落，从东到西、南到北，一丝不苟，勤勤恳恳。可是一天早上开站班会，他突然感到腿一阵剧痛，像有无数虫子在啃咬他的骨髓，"咚"的一声，他倒在了地上。人们吓坏了，身体一向还算康实的他怎么了？人们七手八脚地把他抬上车，准备拉到林芝市医院急救。他坚决摇摇头，撑着从车上下来，说，等一会儿……

他一瘸一拐地走向工地，一米八的个头在晨霭中越来越小。人们的眼睛有点模糊。每到一处，他都在仔细交代技术员，需要格外注意什么，哪些细节要小心。他这是不放心哪。一个有着强烈责任感的人，总要亲自看到项目安好才能离开。他的头上渗出了细小的汗珠，又变成豆大的珠子流到衣上。人们再也不肯由他，将他塞入了车里，汽车呼啸着往林芝驶去。

经过检查，他是由于长期行走导致了骨质增生，而且病得不轻。他有些苦笑。医生强烈要求他立刻停止这种长时间的"行走"，好好卧床休息，也许，病情还能暂时缓解。余斌祥默默拿着医生开的药钻进了车里。

回来时，已是暮色四合。倔强的他仿佛故意和疾病开一个玩笑，打一场赌，又一头扎入了工地，扎进了两万到三万步的例行行走。直到细心地检查了各处，他才松了口气躺到床上。

袁心勇说，唉，老余对这项目，就像十月怀胎生下的孩子。他决不允许技术上出现任何差错。的确，这个项目是国家大工程，是难度最大的工程，林芝变电站又是一个窗口，我们的压力挺大。老余做事一向精益求精，凡事都十分上心……

我提出见一下老余。于是袁经理给他打电话，电话那头听到用四川话咕哝了几句，大意是他还没忙完。而现在已 6 点半了，早就过饭点了……袁经理点了一根烟，掸掸烟灰，叹一口气。我捏弄着手机，百无聊赖地等待这个"有故事的人"。良久，一个着墨绿雨衣的身影探进头来，很快对袁经理打了声招呼，又匆匆消失在雨中。袁经理说，他就是余斌祥。啊，我一点儿都没有看清！我急急奔出屋子，发现水花溅起的地上，早已没有了那个雨衣的身影。袁经理说，他吃完饭，还得去工地走一圈呢，每晚都是如此。

那个侧影，就像一道闪电，亮在我的脑海里，久久不去。

在餐厅，一个大约五岁的小男孩，歪在椅子上看《熊出没》，熊二不知又闹出了什么笑话，逗得他咯咯直笑。他的眼睛水灵灵的，长相清秀。

工人吃饭时他在看，吃完饭了，他还赖在椅子上。

这么大一个工地，只有他一个孩子。

终于，一个 30 来岁的女人揽过男孩，在他鼻子上轻轻刮了几下。原来，是林芝变电站的医护人员陶建英。为方便就医，藏中联网工程配备了强大的医疗保障队伍，要求每个站至少配备两名医护工作者。林芝站的两名医务员都是女的，还有一位叫陈容，已经 51 岁了。因为工作性质，别的人能回家，她们却仍在高原坚守；别的人可以休息，而她们得时刻保持警醒，防止有人拿药或出现什么病症。

陶建英回不了家，又极其想儿子，便把儿子接了过来，住上一阵。我问小男孩可还适应？她笑着点了点头。

变电站的女人很少，说起来就那么几个。她们都爱美，可是都得穿工装。然而这几个女子的出现，还是让清一色的大老爷们很是开心。袁心勇说，看见搞后勤服务的周晓梅了吧？今年 42 岁了，人像一朵梅花。她没来时，咱觉得可寂寞了，山外还是山，雨又连着雨。她们一来，我们就得注意自己的形象，干起活来劲头也格外大……他瞄了一眼周晓梅，周晓梅脸红了。袁心勇说，得，我没说错嘛！不过，咱内心也挺为她们可惜的，在这儿，她们不能像别的女人那样天天抹脂粉，光灰尘粉就够了……说得她们都笑了起来。

其实，不管男人和女人，都被薄薄的"灰尘粉"包围着。然而，正是由于他们的勤苦、奉献，林芝变电站才成了藏中联网工程的窗口，并且一路高歌而行。

○陶建英回不了家，又极其想儿子，便把儿子接了过来，住上一阵。

二、雨中波密变电站

从林芝到波密，超过 500 余里。路像蛇一样蜿蜿蜒蜒，看不到头，望不到尾。有时接连几个拐弯，车子从左抛到右。哗哗的水在悬崖下奔腾，犹如一条巨龙被谪人间，怒吼着要冲向天界。纤白的云垂到脚边，浮到头顶，又漫进肺腑。空气湿漉漉的。云戏谑够了，便淋下雨来，眼前立刻雾茫茫一片。车子如萤火虫小心地在混沌中行驶。而不时有碎石沙粒飞下，让人心惊胆战。越色季拉山，走小老虎嘴隧道，过通麦天险……一路险情不断。记得当时在车内作诗云："未拂曙色出芝城，千里而东波密行。雨打车窗飞白箭，云织青幔幻忽生。道折九曲逢蛇阵，石滚双崖遇峙兵。只言藏南风色好，谁见阿雪胆心惊。"基本表达了自己彼时的"心慌意乱"。

雨是 8 月波密的标签。或淅淅沥沥，或密密匝匝，直到 10 月份，才会收起阵脚。一方水土一方工程，这让我觉得，将去采访的藏中联网 500

千伏波密在建变电站，也会与其他工地有些许不同。

车子刚刚停稳，跑来一个 20 来岁眼睛弯弯的女孩，叫穆姝，她告诉我，他们的项目经理张晓洪正忙着开会，请我稍等一会儿。我坐到接待室。穆姝是个四川妹子，一如她的名字，英气与纤美相结合。她 2015 年毕业，跟四川送变电建设公司做了第一个项目后，2016 年 3 月到国网公司培训，培训的号角刚刚落下，便被"锻炼"到了这里。四周是绵绵雪山，信号如游丝，离家也很远。而她笑笑，志气挑在眉梢，说年轻的女孩家，也没什么，多锻炼锻炼，以后没坏处。寒暄了不知多久，一个年轻的黑红脸膛男子闯进来，带来一股湿漉漉的风，和葱茏茏的气息，他，便是张晓洪了——波密在建 500 千伏变电站的项目经理。

男儿有"泪"不轻弹

知道不，我当过两年兵，是武警。

他上来便道。这样一位"兵哥哥"，很自然带有军人特有的豪气。事实上，我已听穆姝提到，此人性子直爽，干活拼命，从不会唠假话。

他的高原红是当兵塑造的，还是雪域阳光"关照"的结果？离阳光近了 3000 米，热度也近了 3000 米，太阳风会毫不吝啬地吹过工地的这些男男女女，打上让其终生难忘的记号。

他说我是第一次来藏，原先跟四川送变电建设公司做过很多项目；我的父亲是送变电公司的，我替了他的班。都说跟了送变电工人的婆娘是守活寡，差不多！我很少能回家，一年级的女儿由老婆照看，老人也由老婆照看。他利利索索把自己兜了个底儿。

蓝色工装罩在他身上，同黑红的脸膛形成鲜明的反衬。他语速挺快，思路很明晰，绝无废话。我说这个地方真美啊，他说是。雨后能时时看到彩虹吧？能，但我没见过几次，虹也是悄悄地来，悄悄地走。那座高耸云天的雪山叫什么名字？我不知道，大概是当地人心中的神山吧……他的眼中仿佛只有这身工装蓝，以至于美景一律被忽略成了苍白。真的，他太忙了，匆匆去工地巡视，匆匆开早班会、每周监理会，又忙不迭地接待领导检查，汇报情况……这使得他像一个陀螺。我说你们不是每俩月能回家休整一阵子吗，怎么不回去？他瞪大了眼睛，说哪儿顾得上喔，我们下雨还要施工哩。因为前一阵耽搁了工期，我们要坚决赶在8月底完成转序工作。大家紧忙紧忙的，我岂能临阵脱逃？

他的话语像悬崖落下的飞瀑，于是我便痛快地对其撂上一下：听说，你最近刚挨了批？

他的眼神倏地黯淡下来，发出轻轻的一声叹息。我知道，是触到他的"痛处"了，想必会引发一堆牢骚吧？

出乎意料的是，他只低了一下头，又很快抬起来，爽朗地一笑，情绪的起伏完结在一刹那。这有啥，他呷了口水。你知道，我们这个变电站工程量算整个藏中联网变电站工程中最大的，总挖方量六万九千立方，总填方六万立方，地势和土质虽然好，可石方量很大；还有，与我们合作的分包商虽然在房建、地铁和装饰方面响当当，可他们是第一次进入国网系统，很多工序、规范都不怎么熟悉，需要我们一次次协调、磨合。而且，专业分包模式也决定了咱的想法人家未必能全盘接受，只有一次次磋商才能实现。指挥部关注更多的是横向比较。虽然我们现在的进度有点慢，但我们保证能8月底完成转序工作，10月底基本实现装修！他的眼中射出一股锐气，似在提醒我他的从容与自信。我知道，他能做到。

云像一条时松时紧的腰带，绕在青山上，这会儿却风云变幻，落起雨来。渐渐地，天空如扣了一个水簸箕，雨越来越大。我打伞走进工地，果然见车辆在有序地吊装、挖掘，一干人在紧张施工。影子被拉成迷蒙的条形，冷气飕飕老远就能感觉到。天地陷入了混沌，山完全不见了。一个个子不高的中年男子快步过来，原来是分包商经理苏少登。大约高原的缘故，他的脸也有些发红，而爽朗的笑声透出他也是四川人。他似乎有点搞不明白，这节骨眼上会有人来采访。他捋捋头发说，我在这工地待了一个多月啦。说实话，咱做工程20多年了，还从没有在一个地方持续性地待过这么久！

国网的工程不一般啊，质量要求高，规范性也强，很多东西我们都要从头熟悉。我感觉压力挺大，可是也挺幸福的。"幸福？"在海拔 3000 米人烟荒寂的高原上施工而且据说这个项目将使其亏损几百万的分包商经理说出这俩字，让我颇感意外。是的，幸福。他把手抄兜里说，想想，人生能有几回搏？人生又能有幸做几个意义非凡的大项目？藏中联网可是咱国家的大工程，是国家实施西部大开发，服务西藏全面建成小康社会的重点工程，咱得从这一高度来理解这个项目。如果只纠结于工程的艰辛、亏损，还不早踩气球了？人就应该有奉献精神嘛。这项目不论对个人，还是对我们公司，都是一件很大的好事……听说，你们面临不少困难？我知道，西藏和其他地域有着明显不同，除了景致，还有民情，挑战自然也不会小。果然，他的眼皮一耷拉，一下变得有点儿激动，可不小呢！就说协调工作吧，咱就不知做了多少回。为了藏族同胞的利益，我们主动让他们为咱拉水泥砂子，水泥都是袋装的水泥，不是现成的商品混凝土，价格每吨也比平时高出四五百……

他侃侃而谈，从环境到施工细节，从工人到工程进度。看得出来，他内心是有一丝"委屈"的，可表现出来的却总是笑容。其实，不管是他还是张晓洪，内心都有一本"经"。是"藏中联网"这座冈仁波齐神山，将他们从四川招来，他们虔诚着，行走着，拼搏着，并为此自豪而振奋。当这世界上海拔最高、复杂度最大的工程完工的那天，便是他们开怀朗笑的一天，也是他们在职业生涯画下浓墨重彩一笔的一天。

男儿有"泪"不轻弹，他们不过是将委屈和泪水幻成了舍利子，要全心为它镀上七彩的光泽。

高冷之地的温柔

于静像个影子，飘过接待室门前。她正拿着笤帚，赶台阶上的水。水过去了，她也过去了。

可是，她的爱情故事却像一棵树，牢牢扎根在这高原，成长，开花，直到散出淡淡的馨香，使人沉醉。

她是一位新疆姑娘，自小跟父母在北疆长大。容长脸，话语温柔。我喊她入内，她搁下笤帚，腼腆地坐到对面沙发上，不时地搓一下手。

一个女孩家，千里迢迢跑到这高冷之地，忍受一天四季的气候，还全身长满了疙瘩，何苦呢？穆姝悄悄地在我耳根说："是爱情的力量。"

大概知道是在谈论她，一抹红云飞上她的双颊。而我心中浮起一阵暖意。在这苍冷的高原，也该有一抹爱的红色，调剂平淡枯燥的生活。

她安静得像处子，没办法，我只好慢慢掏她的话。我问一句，她答一句，大有不好意思的感觉。

还处在甜蜜的热恋阶段呢。但凡热恋中的人，都不想别人窥视她的秘密。

说起来，她的爱"源于"她的姐夫，她的姐夫既"淘气"又相当宠爱她。姐夫有一个哥们叫刘木。姐夫非常喜欢刘木，便做主将自己疼爱的妹子"许配"给了他。于静和刘木，一个在新疆一个在四川谈起了异地恋。时光浓长，思念则更浓长。每个深夜，他们都有煲不完的悄悄话。两人的感情很快升温。然而，天不美人，他们的感情出现一次波澜。2013 年，于静的小叔叔患癌去世了，和叔叔感情甚好的她受到极大打击，她蓦地悟到了亲情的可贵——关山路远，父母也万一发生个什么事儿，谁在身边？于是，她向刘木提出了分手。

夜涌上来，漫漶成无边的孤独。这不解人意的黑兽，一点一点地吞噬她。她觉得冷，孤单，更觉得爱情之路的苍白。蓦然，刘木的面容出现了，他的话语仍是那么柔和，眼神那么温情，承诺又那么郑重。真是一个好小伙子，可自己却扔了他。刘木的身影在她面前越来越真切、清晰，她才明白，原来自己有多么爱他，又怎么舍得将他驱出心的领地。刘木走了，"受伤"的却是自己。这偌大的空白，她无论如何也填补不起来？她很快瘦了下去。

姐夫看在眼里，疼在心里。他打定主意要促成这一桩好姻缘。这姻缘乃天作之合，容不得任何破坏。于是，某一天，他悄悄拿起了于静的手机，以于静的名义给刘木发了一条短信，说自己很快会来高原看他。

于是，你便来了？我笑着问。

她害羞地点点头。

摒除了时空距离，两个人长相厮守，终于不再忍受思念的苦楚。她每天给男友收拾房间，整理衣物，漫上心头的是蜜般的甜。

在新疆时，她有工作，在这里，她也不能闲着。于是，她便主动要求承担起了卫生的清扫。这工作看似简单，实则复杂。工地太大，天气又多变，时时都需要她"施展身手"。这不，刚聊完，她便着急说自己要去赶水，决不能让雨水影响了工友们的生活。

我追问，那你们啥时结婚呢？她已 32 岁，而她的男友刘木也已 37 岁，两人已属于标准的晚婚年龄。

她飘了过去，未做任何回答。

我只好去找刘木。在一群忙碌的身影中，我发现了他。他正匆匆赶去一个地方，我拦住，问他对女友的付出有何评价。本以为他会感激涕零，谁想他沉吟一下，说，其实，自己打心眼里并不想她待这里，一个女孩家，娇娇弱弱的，应该在大城市待着。这里少吃少穿，连水果都没得买。而她特别喜欢吃新疆菜，每次进波密县城，总要贪婪地来一碗新疆炒面，或是手抓饭、拉条子。而且，这里湿气太重了，她身上长满了红疙瘩……

说着，他眉头轻轻皱起来。君心为我念，我行慰君思。看得出来，两人感情相当牢固，他疼惜他的女友，不舍得她受丝毫委屈。

我看到他的安全帽上印着一个二维码，他自豪地说，这正是他们团队研发出的，没想在国网系统予以了推广。他的话语挺轻，表情从容而淡定，显已久经职场的风雨。他负责工地安全，每天，都会走遍每一个角落，每一处旮旯。

他说，"我 2006 年就参加工作了，2008 年裕隆 800 千伏换流站缺人，我被调了过去，从此便与工地结下了不解之缘。每年我都要出来。公司需要我们去哪儿，我们就去哪儿……"提到他的工作，他忽然来了兴致，抛出一个个专业术语，让文科的我云里雾里，应接不暇。波密 500 千伏变电站有此等人才，安全无忧矣。

可我还是执著地想追问那个问题：你和于静到底打算啥时结婚呢？我都替你急。

他轻轻吁一口气，说，我能不急嘛，本打算今年趁国庆东风的，看来又不成啦。工地太忙了，我实在没有时间；结婚的事情又很繁杂，到现在，还啥都没准备呢……

等他结婚，他都是近 40 岁的人了。不惑之年入洞房，别有一番滋味。

这便是国网人，等项目落地了，才会走进属于自己的小窝。一杯热茶，一碗热粥，有时真的是奢望。

而这，并不妨碍他们相爱。你看，雨后的波密，不是也常常出现雌蜺双虹吗？

"他们都不要俺了"

我正想折身返回接待室，一不留神撞到一年龄挺大的男人身上。他身形颀长，脸上嵌着几条深深的沟壑。还未等我道歉，他倒先笑起来。穆姝招呼道："顾师傅！"我一阵窃喜，他正是我想采访的顾队长——顾伟就。还未来波密时，就听林芝变的小蔡说，到波密一定要采访下顾师傅，他可有一包的故事呢！

我提出同他聊聊，他忙不迭地摇头："俺可没啥采访的，真的！"

他似乎经风历雨，把名利看淡了，将世情也看薄了。

可我还是决心打开他包里的故事。

"您身体还好？"

"还凑合。就是肠胃不太给劲。"他果然上了我的"引虎出山"当。

这时一阵急雨扑过来，洇在衣服上，出现了几个点子。他忙拉我和穆姝到一间半成的房下，说："不要淋到了。"我感到一阵亲切。

爽快的穆姝眯起眼睛：按说，顾师傅这会儿该待在成都喝茶、看报纸

287

呢！可他非要来这里！

她噘起嘴来，似乎想不明白，明明该退休的人了，放着好地儿好环境不去，干吗要自讨苦吃，来这异常艰苦的青藏高原？

我也想不通。

顾师傅又笑了，嗨，在成都，你想俺能坐得住吗？俺得看着这个项目上完，心里才好踏实。

顾师傅是江苏人，干施工队队长有30多个年头了。几乎每年，他都在工地上度过。风霜粗韧了他的双手，也磨砺了他的心。他知道施工中的丝丝缕缕，只要他在，工地就是安全的，就是稳妥的，就会如期完工，也往往会打造成一个个精品项目。

领导对他的无限信任，反倒使他产生了一种神圣的使命感和责任感。他说，公司一直在培养俺，还把"优秀技能人才"的荣誉给了俺，俺得用心呢，全力做好俺分内的事。俺就等着这个工程完工，做成一个优质工程，这是俺60岁前最大的心愿。

今年回家过几次？

他忽然别一下头，过了许久，才回过来，眼圈有点红：回家？俺家人都不要俺了……

不要您了？我一阵好奇。

顾师傅点点头，是啊，他们觉得我太不听话，又什么都指望不上……

最后一个字还没说完，他忽然一亮嗓子，用嘶哑的声音吼起前面一个开挖掘机的男子，说后面是一个水洼，挖掘机怎能开过去！驾驶挖掘机的人显然想走捷径，被他一吼又缩了回去。

他接着说，是啊，不要俺了……今年孩子买房子，得俺回去参谋，俺才回去过一次。2014年的时候，俺老母亲瘫在床上，一动不能动，偏偏俺老伴也要做手术，全家人都巴望着俺回去，可俺就是没回去。直到现在他们还怨俺。明年俺该退休了，可以回成都，可俺觉得，这个项目就像俺的娃，俺非得看着它顺顺当当生下来，获得大家的认可。俺家人又不理解

● 林芝变党员重温入党誓词，铭记入党初心，"把支部建到项目上"。人的思想问题解决了，其他一切才会迎刃而解。

了，说俺放着清福不享……

顾师傅的两个孩子都是硕士毕业，在杭州当教师，按说，这是他莫大的骄傲。做父亲的虽然很少参与孩子的成长，却以自身的勤勉和善良，无形中影响着孩子。至于老伴，当然是希望暮年有个人时时在身边唠话，弥补30年来受到的分离之苦。这都是可以理解的。"不要俺了"，何尝不是一种变相的疼惜呢？

穆姝拍了一下巴掌，这工地，还真离不开顾师傅呢！像俺们年轻人，虽然有学历，也有使不完的劲，可究竟经验不足。顾师傅在这里，可以手把手地教俺，面对面地唠嗑。

顾师傅说，是啊，安全无小事！俺得保证项目安全。就说上一个工程吧，有一个外协工，年纪轻轻竟然私自把塔吊的限位器给拆了，多危险啊！虽然能多吊几吨货物，可埋下了巨大的隐患，俺愣是让他把限位器原样给装上了……

他淡淡说着，眸子望向远处的雪山。雪山宽博，他的心也无比宽博。个人的利益，都被抛到了九霄云外。等这个工程结束，他才能回家，接受家人的抚慰，和那一声"爸爸"的甜蜜。

工地上的人和事不断地感染着我，让我时时处于一种新鲜、兴奋与激动之中，这不，我又遇到了他。

90 后爸爸的幸福

他叫杜陈，一听名字便是父母相爱的结晶，便是父母对其寄予了无限期望。而今，他也有了自己乖巧的女儿，却只得把她扔家里，任凭大海般的爱在夜晚的思念里泛滥成灾。

他只好把女儿这朵小花时时揣兜里。

他拿出手机，骄傲地让我看。相册里，一张张都是小女娃娃的照片，有吃奶的，有玩玩具的，有睡觉的，还有张大嘴巴哭闹的……这便是他的"爱库"，是他和女儿情感唯一的"线索"。

他说女儿对我可好了，上次打针，虽然平时都是她妈妈照顾她，可她喊的是我的名字！

女儿打针，喊自己，是对自己父爱如山的依恋！

我每天都得看看我女儿，不看我睡不着。哪怕晚上回来到 10 点，我也要妻子打开摄像头，看她睡觉的样子……

他一一数说着，我却差点流下泪来。我明白一个年轻父亲对幼女的那种舐犊之爱。这种爱是幸福的，也是揪心的，尤其在这相隔千山万水的雪域高原，更是一种难耐的煎熬。

上次回家，他又回到了工地，妻子便打来电话朝他发火，说好端端地他把女儿惯坏了，非要抱着她睡觉。现在他回来了，倒好，女儿再也不肯像以前那样一哄就睡着了……

父亲的爱就像牛皮糖，胶胶又黏黏。

我问，在家陪女儿的时间多不？

他摇了摇头，叹息道，我们这工作忙得很，女儿出生才七天我就过来了。

七天！宝宝还没长出眼睫毛呢，还只会像小鱼一样吐泡泡……

我妻子可娇气了，她今年才 24 岁，我一来，她就打电话，哭着说我不管她了，也不要女儿了。她带孩子没经验，产后那阵又忙乱不堪。回想起来，那真是一段痛苦的时期……

今年回去过几次？

一次。

等他再回去，孩子可不就长大了？也许会叫爸爸了。哦不，也许因为老不见他远远地躲开他呢。

那时他不知会多么的伤心。

他似乎非常在意自己在女儿心中的位置，坚持要占第一位。他和女儿有丝丝入扣的心灵感应，女儿一不舒服，他在这边就急得像热锅上的蚂蚁。

我女儿身体不太好，总爱发烧，前几天又烧了三十九度五……他说着，语气有点凄凉。

漫长的两年半时间，他只得在思念中度过。他想亲女儿，想搂她，抱她，也只能在梦中实现了。

这部小小的手机，便是他和女儿的天地。现在，他又沉浸在这天地里，嘴角渐渐浮起一丝微笑。

可我，想赶紧离开，我感觉潮意漫上我的眼睛……

中午吃饭时，又过来两个领导，是四川送变电建设公司抽调的分公司经理李建西和另一年轻项目经理邓科，两人一起帮助张晓洪开展工作。我想与李经理聊几句，可他总是在打电话。他的表情凝重，交代了这个，又交代那个，一副忙忙碌碌的样子。菜上来了，他终于停下来。过不几分钟，他又揪住身边一位瓦工老板，强调一定要注意质量问题，防火墙一定得达到"绣花"工艺。他谆谆对瓦工老板说了十几分钟，直说得他连连点头，做好保证。

看来，雨中的波密变电站，很快要天晴了。过一阵来看，将会是一番新风景；等到来年再看，一座银色的变电站将矗立在皑皑雪山之下，与天上的彩虹遥相辉映。

● 为避免工程建设对当地生态环境的破坏，包12标段的塔材均以骡马为主、索道为辅的方式运到每一个塔基，运输高峰期大约有140匹骡马同时工作。

第十章
高原湖畔的另一群游牧人

○ 徐 衎

8月的然乌镇，和7月、6月、9月，乃至一二月份都差别不大，宁静、闭塞而自足。雪山环抱的然乌湖像一块巨大的冰，反射着夏末初秋的天色、山色。大块大块完整的蓝、白、墨绿以及由这蓝、白、墨绿混合而成的一种赭棕色，只有在落雨时分才被击碎打散，也只有落雨的时候，小镇才有一点动静。

2017年8月8日上午9点半，我从林芝出发时还是晴空万里，经波密县短暂休整，到达位于昌都市然乌镇的西藏藏中和昌都电网联网工程500千伏线路工程包12施工项目部已经是当天下午5点半，阴了大半程的天终于下起雨来。气温骤降，白雾升腾，原本从项目部就能看见的附近山坡上的铁塔此刻也匿于云海中。

雨一直下。包12项目部常务经理占都晚一点也从安久拉山的施工现场撤回来。这位来自日喀则南木林县的藏族大汉身形魁梧，加上里外三层的冬衣，稍显臃肿，他呵着白气和我打过招呼后，准备吃过晚饭就召集全员召开安全质量月度例会。项目部西侧厨房的炊烟仿佛另外一些云，四川小伙安龙正忙着张罗晚饭。

出于现场管理就近办公的需要，项目部设在了包12标段的中间位置，也就是海拔3900米以上的然乌镇，而然乌镇本地无法供应新鲜食材，因此项目部的米面粮油和蔬菜禽肉都从波密补给。从波密县城到然乌全程129.4公里，来的路上，我和项目部驾驶员尼玛次仁在波密吃过午饭继续赶路前，尼玛次仁开车拐到波密县综合交易市场门口，事先联系好的供货商搬来麻袋装的米、西红柿、土豆、青椒、苦瓜、黄瓜、胡萝卜、茄子，把不大的后备厢塞得满满当当，最后还见缝插针地安插了好几桶食用油。尼玛次仁告诉我，项目部没有专门的后勤队伍，每个人都是后勤工作的一分子，只要谁去波密县或者八宿县办事了，那回来的车子一定不会空着。

晚上6点一刻，开饭了，大家坐了两大圆桌。安龙为大家烧了蒜薹炒肉、酱爆茄子、炒西葫芦、红烧鱼块。安龙之前在成都做火锅，烧得一手好川菜，出于对西藏的好奇，他离开成都来到包12项目部。考虑到项目部四川人与西藏人各占一半，还有来自宁夏的援藏干部，安龙努力调和众口，这也是占都的意思，一餐中，如果有三个川菜，那肯定还会有另外两个清淡的菜，从而最大程度地满足大家的饮食习惯。"五个手指头有长有短，把握好大局，整个大方向对了，再计较小细节。"这是占都在管理方面的经验之谈。

占都取了两个餐盘，一个分给我，他坚持客人优先，排在了我的后面。等待打饭打菜的过程中，占都一直用不快的语速，在给大家说一个什么笑话，于是他周围的人都大笑起来，包括我。活泼的空气持续整个用餐时间。

晚饭后的安全质量月度例会，又是另外一番面貌。

会前还出现了一个小插曲，当然这是对我而言的，项目部对于停电早已习以为常。2016年3月，包12项目部刚进驻然乌镇时，电力供应全靠当地一处小水电站，受季节因素影响，供电能力很不稳定，停电是然乌镇的家常便饭，占都当即向西藏自治区电力建设总公司申请了一台柴油发电机。这台从拉萨远道而来的发电机如今就安置在项目部门口，四周设置护栏，是整个项目部的"宝贝"。占都不无憧憬，藏中联网工程顺利完工后，将有效改变然乌镇供电短缺的现状，使然乌镇的老百姓能够更好地生产生活。

伴着发电机巨大的轰鸣声，占都主持的月度例会照常进行，从本月铁塔组立完成情况、人员设备投入情况到下个月工作计划，从安全质量环水保量化考核实施细则到严禁捕杀采食野生动植物的宣贯，占都事无巨细，逐项总结分析工作中的得失，遇到问题当场讨论共同解决，确保责任落实到位。

"每一基铁塔的检查情况一定要详细登记在册……注意螺栓齐备……包括清理留在现场的建筑垃圾……注意草甸保护和植被恢复……"会场上的占都一改晚饭时候的嘻嘻哈哈，表现出一名管理者应有的大局观和执行力。操心完"物"，占都又向项目经理白鑫询问"人员"问题。屋外的夜雨下个不停，例会一直进行到深夜 11 点半……

虽然施工人员上岗前都要经过严格的体检和安全培训，但真的到了现场，还是会有人员出现高原反应而不得不撤下来。调配施工人员及时补缺正是白鑫的工作内容之一，这一撤一补，中间至少需要五天时间。

降雨天气也使原本缓慢的施工进度受阻，我们从项目部出发驱车前往海拔 4000 多米的 L001 基塔，一路上路况并不理想，车子艰难行走在崎岖湿滑仅有半米宽的陡峭山路上，沿途地貌风化严重，不时有大小不一的石块滚落，还有许多带刺的低矮灌木丛和怪异锋利的石堆。包 12 沿线山势陡峭，地貌复杂，高寒缺氧，紫外线强烈，平均海拔在 4300 米以上，塔基坡度大多 40 度左右，少数塔位达到 60 度，接腿高差大部分在 10 米以上，最大高差达 15 米。

施工现场山势高，落差大，作业面狭窄，堆料困难，不稳定的地质，多变的天气以及高原缺氧都给施工作业造成极大困难。经常遭遇这样的情况，电力工人上塔之前还艳阳高照，爬到一半却下起雨来，为防止从杆塔滑落，工人们异常小心地冒雨从塔上缓缓撤回地面，终于双脚踏踏实实地落在了地上，身子也被雨水浇透。山里的天气也爱开玩笑，工人们钻进铁塔附近的营帐没歇多久，阳光再一次普照大地……

据白鑫介绍，高原一山有四季十里不同天，一年的有效施工时间不足七个月，项目部在宝贵时间内抢施工进度，倒排工期，确保重要节点工程按期完成。工人们在雨水和阳光的交替中加紧施工，有的工人因此感冒。在高原上感冒可不是闹着玩的，极易恶化成肺水肿。

第二天，雨水如故，下午1点半，一辆满员的工程车开进项目部。施工一队的工人们面目黑污，鱼贯而出，然后自觉地在医务室门口或蹲或站，有序等待医护人员的诊治。第一个接受诊治的阿里丰从一走进医务室便咳嗽不止，面对小护士让他挽起衣袖测量血压的请求，阿里丰从稍显迟疑，当小护士抬起他满是油污的胳膊，这位来自四川西昌的彝族大汉面露愧色，另一只手不好意思地抠着座椅边沿。为转移他的注意力，我问他在安久拉山上施工期间有没有比较难忘的事。他不假思索，用口音很重的汉语，说，不难忘，就是好好干活，不要破坏人家的东西。

阿里丰从被确诊为轻度高原反应和感冒，小护士为他开了一些搭配治感冒的药，他拿了肌苷口服液、葡萄糖注射液、复方甘草口服溶液，冲我点点头就出去了。这些撤下的工人将被送回然乌镇的驻地休整恢复，运送他们的工程车和雨水一起为这座安静的小镇制造了一点动静。不论是高原反应还是感冒，这些都在正常可控的范围内，白鑫回忆说，最严重的一次是年初一位工人从山上下来时已经呈现出肺水肿迹象，经项目部医护人员紧急做了处理之后，病人立刻被送到90公里外的八宿县高压氧舱，随后转到昌都市第一医院康复治疗。

鉴于高原施工的特殊性，如何确保施工队伍的凝聚力、施工人员的稳定性是摆在项目部众人面前的一个很现实的重大问题，这直接关系工程能否顺利推进。为此，白鑫认真做好每一位施工人员的档案资料，结合工人们上岗前的习服情况和体检报告，合理分配人力资源，务求在保证人员健康的前提下，安全开展施工作业。此外，只要天气晴好，项目部的医护人员就会开着救护车开展沿线巡诊，为扎营在山上的电力工人及时补充药品，测量血压、含氧量，随时跟踪每一位电力工人的身体状况。

318国道然乌湖段以风景优美闻名海内外，然乌湖更有"西天瑶池"的美誉。包12标段在这里建设施工，可谓"人在景中忙，景美人更美"。占都带领团队保质保量地完成了208基铁塔线路的基础开挖、浇筑施工任务，现正在全面进行铁塔组立施工阶段。小至团队的饭菜，大到方案的审查和项目协调，占都始终坚持高标准、严要求，都要亲自过问把关，俨然一台时刻开足马力的机器。在2016年底藏中联网工程线路施工标段综合排名中，包12标段取得了综合成绩排名第一的好成绩。

从1991年毕业入职西藏电建公司，这位来自日喀则南木林县的藏族大汉足迹遍布西藏所有县市，光在昌都就待了12年。占都见证了西藏电力发展的26年，回顾不短的个人"电建史"，占都颇有感慨，这一次藏中联网工程让他想起刚参加工作的时候。1991年，占都在那曲索县修水电站，当时施工机械化程度很低，施工材料全靠架子车运输，大坝大体积混凝土浇筑也因为机械化水平落后，只能靠人工"三班倒"不间断进行，20多年过去了，现在的机械化水平当然有了很大的发展，但是藏中联网工程海拔高、交通道路险，气候复杂多变，人在这样的环境下出力不足内地的60%，时晴时雨的天气也容易让施工人员感冒诱发肺水肿，工作效率都受到很大影响。许多施工工地在山脊上，光是爬上去就把人累得气喘如牛，更别说人力运输了。占都见此，二话没说，率先肩挑背扛，勘出一条条作业线路。

另一方面，环境保护的要求也给物资运输与后勤保障造成了不小的难度。为避免工程建设对当地生态环境的破坏，包12标段的塔材均以骡马为主、索道为辅的方式运到每一个塔基，运输高峰期大约有140匹骡马同时工作。在占都看来，骡马运输虽然周期长、成本高，但为了保护然乌湖国家级森林公园及安久拉山周边的生态环境，这样的付出是值得的。每完成一个塔基建设，占都总要将角角落落仔细检查一遍，绝不留下一块垃圾。"这里有严格的环保要求，项目部制定了《安全文明施工纪律》，严格审查施工分包队伍及人员进出场工作，要求施工现场始终保持清洁，做到工完、料净、场地清。318国道沿线这么美，然乌湖这么美，不能做千古罪人。"占都说。

从项目部到318国道再徒步登山到各个基塔，我听见身边占都的呼吸越来越粗重。信息员方仁挺透露，占都感冒已经快一个月了，因为这段时间经常跑现场盯架线工程、附件工程和线路防护等工作，就一直没好。其实，如果不是 2007 年的那场事故，占都的身体一直都是很棒的，也是在那场事故中，从未感受过高原反应的占都生平第一次见识到高反为何物。

那是 2007 年 3 月的一天，占都接到任务，与川电监理公司的邓春华及同事曲桑，前往阿里昆莎机场架设电网线路。当他们驱车行至海拔近 6000 米的玛永拉山时，突发雪崩，车辆陷在 60 厘米厚的深雪里无法前行。山中无信号，占都和曲桑当即下车徒手刨雪自救，与此同时，驾驶员不停打火发动汽车。可是风雪巨大，两人准备去刨右轮时，刚刨好的左轮又被风雪盖上了，这般无用功，加上巨大的体能消耗与山中酷寒迫使他们退回车里。从当天下午 4 点到次日凌晨两点，占都一行对被困车辆尝试了各种努力，都没有奏效。在被困了十多个小时后，车子终于重新发动起来，在此期间，邓春华因高寒缺氧，出现脸色苍白、口吐白沫的症状。凌晨 4 点，车子开到最近的帕羊村，四人在当地一户人家的院子里停留休整。十多个小时的奔波折腾使占都也感受到强烈的高原反应。

"头昏脑涨，整个脑袋好像要崩开了一样，那户人家的院子里有张桌子，我就把脑袋凑到桌角上顶着，还是晕，这是我第一次体会到高原反应，真的，从来没有过，恶心想吐但又什么也吐不出来，前一天的午饭之后，大家就没吃什么东西了，身体都很虚弱，驾驶员的状态也不是很好，也出现了和邓春华一样的症状。"占都心有余悸地回忆说。在当时那样危急的情况下，占都也早已透支完了体力，但凭借顽强的意志力，占都联合曲桑将两位不省人事的同事送回了车里。依占都的经验，离帕羊村最近的达金乡有一个卫生院。

由于驾驶员已经昏迷不醒，唯一摸过车的曲桑硬着头皮坐到了驾驶座上。为确保氧气流通，一路上车窗大开，坐在冷如冰窖的副驾驶座上的占都只得用抹布不停擦拭起雾的风挡玻璃。风雪路况加上新手上路，这一程他们开得异常缓慢，好不容易开到了距离帕羊村 30 多公里的冈仁波齐山脚的达金乡并顺利找到了卫生所，令人崩溃的是，简陋的卫生所里竟然连一张创可贴也没有，更别说其他急救用品了。占都和曲桑半开玩笑地说，完了，这次我们要死在神山下了。

卫生所的工作人员告诉占都，乡里有一所昌都人开的藏语学校，说不定那里会有氧气和药品。占都听了立刻打起精神，按照地址摸上门去。从卫生所到藏语学校的路很不好走，明知小石头硌脚，但占都已经连抬脚避开的力气也没有了，两只脚底板紧紧贴住地面缓慢地向前平移。藏语学校的人家正在睡觉，占都敲了半天门，主人才迷迷糊糊极不情愿地起来应门。门一开，占都顾不上礼节，像抓住了救命稻草一般，双膝跪地，哀求说："老板，求求你了，不管氧气多少钱，一定要卖给我，救救我的朋友……"两位昏迷的同事各自扒住一袋氧气，穷凶极恶地吸着，终于，两位虽然意识还模糊，但终于睁开眼了，为后续送往阿里人民医院抢救争取了宝贵的时间。

占都说，这是他工作以来遇到的最大最凶险的一次事故。这次经历给他的身体造成了无可挽回的伤害。过去，感冒打一次点滴，几天就好了，经过这次事故，五大瓶点滴打满一个星期也不见得会好，至少要一个月时间恢复。相比内陆平原，高原上作业的危险系数要高许多，强壮如占都，在苦寒的项目部一年也要感冒四到五次。20多年的工作经历，一个朴素的信念始终支撑着占都：带着这么多兄弟同胞出来，一定要把他们平平安安地带回去呀。

缺氧、头疼、疲惫、难以入睡等问题自进藏以来就一直困扰着虎久栋。作为援藏干部也是包12标段的项目总工，虎久栋自2017年4月17日从宁夏到达拉萨再辗转来到然乌，夜里经常需要吸氧来换取睡眠，胃病发作时，高原反应也放大加剧了疼痛，但他还是保持平原的作息习惯，每天早上第一个起来吃早饭，然后去施工现场检查工程进度，工人到场情况，施工现场与施工方案是否一致，是否存在违章，现场搜集亟待解决的施工问题，为下一个工序方案的编制做好准备。因为条件恶劣，安全管理要做的工作千丝万缕，高原高空作业的风险、一线施工人员的人身安全保障、地质灾害、汛期防泥石流还有交通运输安全，都需要虎久栋配合参与，辛勤的工作和高原反应，让他整个人都消瘦下来。他忙碌的工作节奏，全靠千里之外家人打来的问候电话来平衡。

虎久栋的家人一开始还会寒暄，那里天气怎么样啊？回答总是，这里一年四季都是冬天。时间长了，家人似乎仍舍不得放弃以天气作闲话家常的开场白，每次通话依然明知故问，那里天气怎么样啊？事实上，家人都非常清楚，包12项目部常年阴雨湿寒，大家一年到头几乎冬衣不离身，即使8月也都穿得圆滚滚胖墩墩的。虎久栋没有告诉家人的是，到包12项目部至今，他一共只洗过两次衣服。由于村镇改造建设，然乌镇的自来水从2016年10月就停了，包12项目部的用水全靠驾驶员开车到供水点运回来。

不确定因素多本就是送变电工作的性质，到了高原上就更明显了，低含氧量、气候多变、气压低、辐射强烈、工作效率相对降低、标段技术人员紧缺都是很现实具体的问题。进藏以来，虎久栋一直敏锐观察当地电力建设中存在的问题及短板，西藏电建先后承建了青藏联网工程格尔木—拉萨 ±400 千伏直流输电线路工程 7 标段、川藏联网 500 千伏输电线路工程、山南 220 千伏输变电工程等重点工程，以及 ±400 千伏青藏直流线路 280 公里、藏中电网 110 千伏线路 900 公里的运维检修任务，实施"三集五大"体系后，还承担西藏公司应急救援基干分队的职责，在业务方面，西藏电建公司具有电力工程施工总承包一级资质，具有较强的输电工程施工力量，但变电工程建设力量相对薄弱。

虎久栋从施工管理入手，对在建的每一个工程都了然于胸，他基本上每天都要抽半天时间到工程现场实地勘察，与施工人员交流，详细了解现场环境、施工管理模式、工程质量监督等情况，提出合理的施工管理建议，"工程建设质量关系到电网能否安全运行，责任重大，必须脚踏实地，精益求精"。

包12项目部还在海拔4475米的安久拉山山口设立了党员服务站，之所以选择这个位置是因为通常沿318国道骑行的"驴友"到达山口是在下午两点到4点这段时间，正是需要补给休整的节点。党员服务站由

○ 包 12 项目部还在海拔 4475 米的安久拉山山口设立了党员服务站，临时党支部在山口重温入党誓词宣誓。

项目部的七名党员占都、白鑫、虎久栋、潘凯、方仁挺、赵得胜、丁勇轮流值班，免费为往来驴友提供热水、充电、加气、休息等服务。从服务站墙上的经费支出明细情况公示表中可以看到，不论是电热水壶、储物架子，还是插板、纸杯、USB 多头数据线，都是包 12 临时党支部的党员们自发出资购买的。一位驴友在服务站的留言册上写下这样一句感言：到了天使山，竟有天使般的服务。"有我们这么胖的天使吗？"年轻的方仁挺在一边打趣，占都宽厚地笑了，两人如父子般的默契还表现在工作生活的许多方面。有时候，占都家里来电没接到，占都的家人就会打给方仁挺。

方仁挺是西藏电力建设公司招的第一个硕士研究生，2014 年毕业后一直跟着占都负责项目部综合管理工作，"坦白讲，这样的工作环境待久了，当然是很苦闷的，不说年轻人的社交娱乐了，就是找女朋友也有困难"。方仁挺回忆入职之初，有过落差有过动摇，但对专业的热爱与忠诚使他顺利度过了这一段适应期。这期间，占都毫无保留地和方仁挺分享自己当年的求学经历，分享他的青春苦闷。1987年7月，占都因为上大学第一次走出西藏，从日喀则坐火车到拉萨，再坐汽车到格尔木中转才能到成都，抛开交通不便的艰辛，占都在成都第一次感受到不同文化的冲击，譬如成都人的口头禅"锤子""他妈的"一度让他很不解不适，另外，高等数学等课程也让占都感到吃力，在很长一段时间内，他因为跟不上课程而充满挫败感，也产生过退学回家的念头，但一想到水利水电工程建筑是自己热爱的专业啊，占都咬咬牙，逐渐克服生活学习上的困难，坚持了下来。

方仁挺从没想过高大的占都会有相似的苦闷和因此引出的相似的动摇以及挣扎与坚持，相似的心路历程一下子拉近了他和占都之间的距离。方仁挺说，占总的青春故事听多了，自然而然觉得自己的苦闷、自己的摇摆不定都不算新鲜，何况他和占总一样，也是非常热爱本专业，才会一路读到硕士学位，"占总和我们年轻人说得最多的一句话就是，年轻人多学一点、多干一点、吃点苦没什么，毕竟这些阅历经验不像钱财这些身外物，是别人拿不走的"。

高原上的生活单纯，也单调。医务室的两位"95后"小护士何未、赵艳梅给项目部带来了许多活力与欢乐。两位四川妹子在接诊工作之余，也爱和项目部的哥哥叔叔们开开玩笑，给他们普及普及"王者荣耀"之类的新鲜事物。

"想家吗？"我问她们。

"还好，挺开心的。"出乎我的意料，这个问题我是分别单独问两位小护士的，但她们的回答惊人一致："虽然是单位分配我们过来的，但没什么排斥抵触心理，也不害怕，就觉得来西藏体验体验也是很难得的，大家都把我们当小妹妹，对我们都挺好的。"正说着，她们的"大哥"之一赵得胜从县城办事回来了，给她们带了一些零食，三个人吃着"好吃的"，说着"好玩的"，嬉笑打闹间，小护士们给"大哥"扎了个冲天辫。

难得天气不错又有空闲，占都吃完饭，喜欢散步到然乌湖边。采访的前两天，然乌一直下雨，最后竟连然乌湖也打湿了。下不完的雨，厚得发黏，从仿佛永不干涸的天空的高处，朝着然乌湖扑下来。湖面像一块阴沉沉的海绵，在迷茫的大地上隆起。然乌镇本身也升起了一片水汽，掠过水淋淋的墙，去和湖上的水汽相会。人无论朝哪个方向，呼吸的似乎都是水，空气终于能喝了。

偶有路过的牧民用藏语和占都打招呼，占都笑眯眯地说出一串藏语做回应。问他当地牧民都和他说了什么，占都笑眯眯地摇摇头，说，"我也不知道，听不懂，只是经常在这里遇见这些牧人。"事实上，占都又何尝不是一位高原湖畔的牧人？相比逐水草而居，占都和他的团队是逐工程而居。26年来，占都和工人们同吃同住，安全生产无事故，他自豪于利用专业所学，既实现了个人价值，又为西藏电力发展贡献了一份力，而在他平静如湖水的眼眸深处，分明还有一丝不与外人道的，对家庭亲情的深深眷恋与思念。

不吃辣，吃苦的湘电铁军

坐在我对面的陈利平一头清爽短发，瘦，一身蓝色牛仔服更显其瘦，如果不是他自报年龄50有余了，我真的以为他不过40出头，如果不是看见他往水杯里压入一大块白木耳，我也没察觉这位干了30年送变电工作的湖南人有什么不适。

他拿起泡了川贝和白木耳的水杯喝了一大口，然后离开办公桌走到窗边接一个电话。对方的问题和窗外的光同时袭向他，他双眼一眯，眉宇间挤出一道深深的悬针纹来。他说话的语气轻缓绵柔，表情却是凝重的。8月连续下了几天雨，通往山上施工现场的道路因为泥石流、塌方又毁了。陈利平正在抓紧联系挖掘机，希望尽快恢复交通运输。

如何保持上山道路畅通是困扰负责藏中联网工程包10标段的湖南省送变电工程公司最大最实际的问题。该工程位于昌都市八宿县境内，铁塔桩位共计 155 基，其中耐张塔 47 基，直线塔 108 基，沿线途经八宿县拉根乡和白玛镇，共计一县两镇，桩位平均海拔 4100 米，最高桩位海拔 4668 米，全线桩位位于西藏高寒高海拔地区，沿线桩位起伏较大，高山峻岭约占 70%，山势陡峭，地势起伏大，地质结构复杂。"许多标段都在国道沿线，我们包 10 标段是在县城里面，相当于腹地，远离过道，运输是最头疼的问题。"据陈利平介绍，工程沿线交通条件落后，有的只有机耕道，路况差，有的地方连修路都没办法，线路小号侧桩位至国道 G318 仅有两条机耕道连接，需拓宽和加大转弯半径才能使用，大部分桩位无进场道路，只能架设索道至塔位。

2016 年 3 月 25 日，刚进入藏南的第一天，迎接这支来自岳麓山脚、素有"湘电铁军"称号队伍的是一天一夜的大雪，"向前，向前，向前！我们的队伍高大上，崇山峻岭也不怕……"穿着厚厚的大衣，开着吉普哼着歌，"哐当"一下就陷雪里去了。像从筛子里筛落下来的鹅毛大雪，不一会就堆积了十多厘米，也把大家的心情压得格外沉重。加上严重的高原反应，走几步就像在平原地区一口气爬了十几层高楼，喘不过气来，大家伙儿的士气被打得七零八落。

看着越下越大的雪片，一口接着一口喘着粗气的陈利平也产生了很重的高原反应，胸口憋闷得像针扎了一般。从一个当地向导那得知，高海拔下到低海拔可以减少高反，接下来的几天里，陈利平带着队伍开始不停地爬山训练。"我爬前面，你们后面跟着，我爬到哪，你们就爬到哪，可别说你们连我这个 50 多的老人家都比不过呀！"陈利平一马当先，作为项目部负责人又是老党员，他深知自己就是这个团队的"主心骨"，只要自己不倒下，这个团队就能站起来。4000 米，4100 米，4200 米……虽然举步维艰，脚底如踩棉花，甚至有时手脚并用、有时连滚带爬，但想着回到项目部就能减轻高原反应，大家伙儿的脚底又望梅止渴般地生出了力量。在整个藏中联网工程，陈利平可能不是年纪最大的，但在整个包 10 项目部，他是最年长的那一位。陈利平这位 1987 年参加工作先后做过送电工、大组负责人、施工队队长、项目经理的湖南老大哥，带着这个年轻的团队上山下山体能训练，硬是克服了高反，大部队像春蚕一样完成了蜕变，也实地完成了前期调查，勘出了一条条施工路线。

高原上的基础施工相对于平原地区来说，材料、工序及后期保养都有很大的不同。为此，陈利平在项目部多次召集一线施工人员开展基础施工质量培训，带领技术人员现场勘测，跑遍每基桩位，通过开会讨论，试点浇筑，针对高海拔、缺氧的施工环境，制定了相适应的施工质量规范，确保工程的质量。项目部也有铁塔引下线安装、接地体制作、基础防护工程、排水沟砌筑等标准工艺的展示，营造精益化施工、精益化管理的良好氛围。陈利平抽调分公司多名技术骨干充当"同进同出"人员，确保每一基浇制现场都有技术人员现场管控。

面对具体问题，这位老送变电人也表现出果敢的决断力。2017年6月30日，在接到110千伏邦八Ⅱ回要在9月15日前送电的通知后，陈利平意识到工期紧迫。跨越110千伏放线段一共22基铁塔，在区段内到货只有四基的不利局面下，他当即决定，区段内索道运输最远、最重的四基铁塔由火车运输转汽运，为跨越施工争取了时间。正是有了他的果断，跨越段的组塔施工才能有条不紊地进行着。

包10标段工程不在G318沿线，这给运输造成了极大的困难。工程建设中对施工道路的扰动可分为三种：第一种是施工中对施工道路进行了开挖、回填，破坏了原本的植被根系；第二种是在高寒草甸区修筑道路时，将表层的草甸铲除，放置在一边；第三种是位于丘陵区的施工道路，在修路过程中将开挖土方倾倒至下边坡，导致顺坡溜土的现象。项目部针对第一种情况，在植被破坏地方通过种植沙地柏、草籽并及时养护进行植被的人工恢复，每一株沙地柏边上都倒竖着一个滴灌用的矿泉水瓶，有多少沙地柏就有多少矿泉水瓶，从坡上俯瞰远眺，甚为壮观；针对第二种情况，项目部对现有的草皮进行收集，集中进行养护，然后进行回铺；第三种情况的植被恢复主要需将坡面的弃渣进行清理，然后对施工道路进行人工植被恢复，对于强风化岩石，项目部还要专门修筑排水沟（管）、砌筑挡土墙、修筑保坎等进行加固。而针对塔基位环水保恢复，项目部主要采取清理生活生产垃圾、回填蓄水池、地锚坑、地网遮盖等方式。下一阶段，项目部对现场施工提出了更高的环保要求，工程塔材转运及组塔施工应尽量利用已有机耕道或原有施工便道，并做好施工便道临时截排水、临时沉沙、临时苫盖及临时挡护等措施，严禁新建施工便道；在带油器械、油料放置处及其他可能发生油污现象地方设置铁皮盒、水泥围堰等防漏油设施，防止油污滴漏污染土壤；施工营地配套设置垃圾池、垃圾桶等环保设施集中收集垃圾，严禁私自焚烧生活及施工垃圾；塔材堆放区尽量选择植被较少且远离河流的区域；高寒草甸区塔材临时堆放区域采用棕垫、钢板等进行垫护，有效保护地表植被。

2017 年 8 月 11 日午后，我和项目部执行经理沈博、项目总工许琦以及驾驶员蔡师傅四人驱车到位于拉根乡海拔 4800 米以上的山巅施工现场，沿路可以看到项目部用石方搭配钢筋夯筑起来的长方体土墙，但由于前一天下过雨，路况仍不是非常理想，行车中经常被路中央的各种落石拦住去路。我们四人不得不开开停停，随时下车清理路障。行至三分之一处，一处巨大塌方使我们知难而退。"要赶紧派挖机进场修复了。"沈博淡定地作出判断。我也问了有 20 多年驾龄的蔡师傅，虽然有丰富的驾驶经验，但谈到包 10 的这些施工线路，蔡师傅也满脸敬畏，路窄、没护栏、转弯余地不大，如果会车，必有一方要一直后退，直到找到相对宽阔的空地避让。蔡师傅一路小心打方向盘，左挪右移，我们总算安全下了山。在山脚，我们迎面碰上补给车队，他们是负责给山顶的施工人员运送食物和日常用品的，从我们这得知路况不容乐观，补给车队迅速联系山顶的多隆村、冷贡村、西巴村三个村庄，改由山顶骑摩托车的村民帮忙运送米面粮油。看得出，这样的状况频发，补给车队早已有一套成熟的应对办法。

"包 10 标段一共经过八个行政村：多隆村、冷贡村、西巴村、乃然村、波玉村、沙木村、旺北村、白嘎村，像多隆村、冷贡村、西巴村都是在海拔 4000 多米以上的山巅，我们进场施工前，购置了一些粮油米面给

"向前，向前，向前！我们的队伍高大上，崇山峻岭也不怕……"

村民们做见面礼，藏族同胞对于我们施工作业也很理解配合，像道路塌方补给的大车上不去的情况，如果没有他们帮忙用摩托车运输，那更伤脑筋。"项目部在八宿县落成不久，陈利平就主动走访县政府、当地寺庙，除了了解当地民俗民情以便"入乡随俗"更好开展工作外，还因为"与人打交道不会感到寂寞"。陈利平坦言，送变电工作走南闯北，面对的环境多元多变，能坚持下来的每一位送变电人肯定都有一套"苦中作乐"的方法。

助人，便是其中一大乐。

2017年7月1日，包10临时党支部以及部分团员青年代表在位于沙木村海拔近3800米的桩位上重温入党誓词。正在地里面为青稞发愁的当地村民尼玛看见了支部这面迎风招展，由国家电网公司领导亲自授予包10项目部的"党员先锋队"旗帜。尼玛用藏语与走在前面的许琦打了招呼。许琦赶紧喊来项目部联络员王进华。简单地交流后，王进华向项目部转达了尼玛的心事，人手不够，担心青稞被大风刮倒，减少收成。"这两天组塔工作比较紧张，我们回去合计一下，看看能不能抽出半天时间组织项目部党员、团员青年帮忙开展一次义务劳动。"项目执行经理刘江在青稞地边上当即拍板，随后得到了陈利平的大力支持。

2017年7月4日，许琦起了个大早，一间一间地敲了大家宿舍的门。然后早早来到办公室，就等着大部队一起出发了。

"军歌嘹亮步伐整齐……"上午9点，太阳刚升过山头，项目部三名党员、五名团员青年组成的"抢收队"来到了村民尼玛的青稞地。

由于大家伙儿都是第一次在高原上收割青稞，看似简单，真动起手来，才发现内有乾坤。收割的时候，用力过猛就容易连根拔起，连根带土又得第二次收割，这样不仅慢，还散乱。大家伙便向尼玛请教技巧。

"原来收割的时候，左手一定要握紧，还要往下压一点，右手不能用力过猛，不然容易带出泥土，还可能伤到自己。捆绑的时候，绑住了，再将青稞垛转两圈就好了。"谈起在高原上收获的新技能，许琦记忆犹新。

大家埋头在地里一直干到上午11点30分，近一亩的青稞地全部收割完毕。尼玛喜出望外，不仅拉着大家伙儿在地里面合影留念，还盛情邀请许琦他们到家里做客。尼玛给"抢收队"的每一位队员都倒上了热气腾腾的酥油茶。直到大家离开的时候，尼玛还不停地挽留——

"雅木（藏语：再见）！"

"雅木！"大家不停地挥着手。

在此之前，陈利平还组织项目部人员多次走访当地小学和贫困藏族同胞家庭。走访中，他们了解到，八宿县小学是八宿县规模最大的小学，集中了八宿县的大部分小学生。部分牧民家庭条件困难，家住高海拔山上，这些学生上学路途远，天气寒冷就更辛苦了。项目部掌握这一情况后，除了爱心助学金，还特意购置了童袜1200双，为贫困家庭的学子在上学路上添一点温暖。昌都市教育局送来的"情系昌都教育，爱心托起明天"的锦旗就挂在项目部的白墙上，像高原上的艳阳，鲜艳醒目。

为深入开展"党员先锋，电亮藏区"活动，包10项目部临时党支部联合昌都市八宿县白玛镇政府，于2017年6月28日在318国道上建起"共产党员服务站",服务站采用"1+1"运营模式,即每天由一名党员和一名材料站的工作人员进行值班,为往来游客和当地群众免费供应热水、加气、充电、休息等服务,服务站还定时安排医疗站医生和护士值班,提供免费体检服务。服务站内还设有爱心捐赠箱,所募集的资金将用于资助白玛镇的困难群众和当地的教育工作。许琦很自豪地说,我们的服务站可是上过中央电视台的。

即使工程停工从西藏返回长沙,项目部也不忘利用冬歇时间开展"花漾植物园,因你更精彩""三月学雷锋月"等青年志愿服务活动。项目部走到哪,乐于助人的欢乐就带到哪。这与陈利平豪爽豁达的性格有关,他坦言,自己在生活中计较得不多。从容平和的心态或许是他看上去比实际年龄年轻十多岁的重要原因吧。和大部分退休后打算回归家庭多陪伴家人以作补偿的送变电人不同,陈利平设想他的退休生活时说,我退休后还是会到处走吧,这么多年东奔西跑的,一直在家恐怕也待不习惯了,这也是几十年工作的影响吧,反正还是会经常在路上,我会和太极的朋友、佛门的朋友聚一聚聊聊天,工作原因认识结交的朋友很多,当然忘了的也很多,因为真的太多了……当我提到是否应该做点什么补偿家庭,这位湖南大汉欠了欠身,爽朗地笑了,管得了儿子管得了孙子吗……

然而谁又不记挂亲情家庭呢?

和许琦的交谈让我侧面了解了陈利平豁达开明下面的铁汉柔情,"陈总和我们年轻员工讲最多的一点就是,行善行孝不能等,亲情家庭的分量在我们这样的工作中显得特别重要"。

2017 年 8 月 6 日,许琦的妻子刘智群从他们长沙的家飞到拉萨,8 月 9 日到达昌都。从事医学科研的刘智群平时也很繁忙,这是许琦工作七年结婚四年以来,妻子第一次来工地探亲。即便是这难得的"第一次",许琦一开始的反应也是抗拒的,"现在正是施工的黄金期,我们不一定有时间照顾你,你确定你要来?"

忍着高原反应,刘智群从拉萨一路来到昌都,跟着丈夫上山出工,

"以前视频聊天或者电话，他会有一些高原反应的抱怨诉苦，现在我亲身来到现场，有了切肤的体验感受，他们的工作环境确实艰苦，来过这趟之后让我对丈夫和他的工作有了更深的理解，理解以后也更加担心，毕竟除了辛苦还有危险，那天我们一起上山，眼看一块大的落石掉在路中央，还有长期高原缺氧的环境对身体势必造成不良影响"。刘智群回忆说，刘琦第一次进藏就发生了严重的肺水肿，虽然第一时间送回成都接受了治疗，但因为远在长沙不能赶到丈夫身边，同为医学从业者的刘智群担心之余，感到深深的无力。

我问她两个人上一次见面是什么时候。刘智群想了想，今年 5 月，因为公司培训，许琦回了一趟长沙，再上上一次就是春节了，除了 2015 年生孩子的时候许琦请假回家陪产了几天，许琦就没休过年假。为了缓和一下气氛，我和刘智群开玩笑说，您简直是军嫂一般的存在。刘智群也笑了，说，比军嫂还惨，军嫂至少还有个转业复员的盼头，我这啥时候是个头啊……当然这是句玩笑话，在刘智群眼里，许琦本分踏实，虽然有缺席家庭生活的遗憾，但许琦也在用踏实的工作，努力用"家庭经济支柱"的形式参与这个家庭。"认识他的时候就知道了他的工作性质，如果没有做好心理准备我也不可能嫁给他的，只是希望他能够保重身体，平平安安的，特别是现在送变电工程在国内日趋饱和，说不定哪天，他就随团队到国外开疆辟土了……"

由于丈夫工作的关系，刘智群平时也会关注国家电网的动态信息，"我一到拉萨，首先看到的不是别的，就是各种铁塔，他们确实在改变着这一片土地"。按照刘智群的说法，春节前后是送变电人结婚的集中高发期，他俩当年就是在年前许琦出差的间隙领的结婚证办的结婚宴，"没有蜜月，因为结婚都是抽时间结的"。在更年轻一些的技术员郝鑫那里，情况就变成了：相亲都是抽时间相的。相亲结果可想而知，总共六七天的假期，好不容易相中了一个，好不容易处了两三天又不得不"漫长的告别"，项目部所在地的流动性以及回家休假时间的不确定，都加大了相亲成功的难度，高大健硕的郝鑫至少经历了十次失败的相亲，目前依然单身。

因此像殷勇和陈艳梅这样的"夫妻档"不仅羡煞项目部众人，就是在整个藏中联网工程中也是罕有的。大家伙儿都称殷勇是"工地最幸福的人之一"，毕竟已婚的男同事与妻子的见面间隔短则一年，长的两三年都不一定见得到。殷勇也毫不掩饰自己的幸福之情，夫妻俩的合作是从 2014 年 10 月开始的，殷勇在项目部负责财务、基金、技术协助等工作，妻子陈艳梅主要负责档案资料管理，孩子在湖北老家上幼儿园，由殷勇父母照顾。为了延长陪伴家人的时间，夫妻俩的休假永远是一前一后错开的，通常是丈夫从老家回到项目部了，妻子才从项目部回家，本来只有六七天的相伴时间这下又多了六七天。

员工们生活中的实际困难，陈利平都看在眼里。为此，陈利平特别设立了"双岗位"工作制：双副经理、双总工、双技术员、三个安全员，就是为了方便员工休假探亲又不影响工作正常进行。同时，项目部"职工小家"建设也开展得有声有色，针对工程地处高原，气候环境恶劣，职工下班后文娱活动少等情况，项目部以创造职工舒适工作环境和生活环境为出发点，因地制宜，建立了活动室和"职工书屋"，制订了详细的读书学习和文体活动计划。2017 年 5 月 1 日，包 10 项目部牵头组织，

○针对塔基位环水保恢复，主要采取清理生活生产垃圾、回填蓄水池、地锚坑、地网遮盖等方式。

联合包9项目部、包11项目部以及四川赛德监理项目部共同开展了"汇聚青春力量，展示青年风采"体育趣味竞赛主题活动，"画红鼻头""你画我猜""穿越障碍"等团队项目和掷飞镖、乒乓球、羽毛球、棋类等个人项目不仅丰富了项目部的文娱生活，也密切了兄弟标段之间的联系。

"一个团队在一个相对封闭的工作环境里一定要有生气，整个项目部的气氛一定要带活起来，这样团队才有活力，大家才有干劲。"工作之余，陈利平不分老小，和员工们打成一片，下象棋、喝茶谈人生，偶尔也搓点麻将。从2014年腊月开始，陈利平每年都会组织项目部全员春节前夕大聚会，硬性要求已婚员工带家属前来团聚，这不仅仅是同事之间的狂欢，更是一个家庭与另一个家庭的联结。

如果说苦中作乐是每一位送变电人的必备技能，那对于他们的家人来说，苦中作乐又何尝不是一门必修课。相对封闭的工作环境造就了项目部这个流动的"熟人社会"，在包10这个大集体中，他们相亲相爱的同时，也衍生出大后方一个更大的"熟人社会"。

刘智群告诉我，她和许琦的许多同事的妻子都成了闺蜜好友。许琦们在全国各地一线忙碌的同时，做妻子的就像一群军嫂留守家庭，照顾好每一个家，平时有空，年轻的妻子们会一块聚餐，聊聊育儿经，相应地就减少了一些孤单。"我们和许琦的同事都住在一个小区，买房的时候大家就商量好的，大家住在一起有个照应。我们建了一个微信群，叫'蹭饭群'，都是年龄相仿的几户人家，有了这个群，前线消息随时汇报，我们大后方的情况，他们也第一时间知晓。"许琦每次回家前都会在群里通知刘智群，往往这个时候，其他闺蜜就只有羡慕嫉妒恨了，"当然了，我也有羡慕嫉妒恨的时候"。刘智群笑归笑，说到丈夫归家的话题，脸上是显而易见的凝重。毫不夸张地说，许琦的每一次回家于她而言都是一场不小的情感上的地震，"回家前的几天，天天盼，望眼欲穿地盼；离家前的几天，天天数，一寸光阴一寸金地数；真的离开家回到了工程现场，又是日思夜想地想，至少要过去半个月，心情才会平复，生活才会恢复平静"。刘智群袒露心迹时瞥了眼坐在沙发另一头的许琦，许琦没有看我们，只是把头低了低。"我问了其他几位留守'军嫂'，"刘智群说到这里，笑着自嘲了一下，说，"大家的心情都差不多。"

结束和我的聊天，刘智群回到许琦的房间开始收拾行李，第二天也就是 8 月 13 日，她将从昌都飞回长沙，这是她在八宿县包 10 项目部的最后一晚。晚饭，食堂阿姨，一位爽朗的湘潭大姐特地多做了一盆熏鱼腊肉送别故乡人。桌上都是家乡菜，与挂在墙上展示湖南特色菜肴的"家乡的味道"的宣传板甚为应景。特别值得一提的是，包 10 项目部的食堂真的很好吃，虽然身处高原，但熏鱼腊肉、清炒油麦菜、红肠、农家小炒肉、凉拌黄瓜、青椒炒小鱼干等一系列湖南菜都很合大家胃口。我想除了湘潭大姐做法地道厨艺一流，还因为身处异地他乡，家乡的味道也似是故人来，味蕾刺激加上情感羁绊，美味不言而喻。湘潭大姐说，项目部的湖南菜都是改良过的，高原气候干燥，不能像在湖南一样做得很辣，你看他们每个人的宿舍房间里都有一台加湿器，还有，陈总的嗓子一直不舒服，也是因为干燥，慢性咽炎越来越厉害了。湘潭大姐话锋一转，湖南伢在这里虽然吃不得辣，但是吃得了苦啊。

食堂的窗外，八宿县城的灯光稀稀拉拉亮起来。许琦和刘智群一前一后走回房间，谁也不愿搅扰他们最后的相处时光；殷勇因为陈艳梅回家探亲了，这几天天天和郝鑫腻在一起，两个人哥俩好，跷着二郎腿，一人一杯热茶坐在"职工小家"的活动室里，有一搭没一搭地扯着闲篇；陈利平独自走出项目部，沿着项目部门前的冷曲河来回散着步。

暮色彻底浓成了夜色，陈利平回到项目部门口站定，远眺空无一物的夜空，就在几天前，一阵雨后，项目部门前的天空中出现了一道彩虹，他有感而发，作诗一首——

金光烁屋，瑞气盈庭。

项目门前彩虹莹。

天佑之，民勤之，国运昌盛人安之。

八宿现，藏中联网瑞气显。

天路入云端

长篇报告文学

○ 一支支电网建设队伍怀着崇高的使命感和责任感，挺进雪域高原，他们在精神上做好了为祖国这片土地上的同胞们奉献智慧和力量的准备。

第十一章
从东方来的那些人

○ 许　鹏

———

初秋的西藏朗县，湛蓝的天空悠然漂泊着朵朵白云，这些云朵时舒时卷、忽聚忽散，变化出千万种形状，惹得地上的游人们纷纷驻足，拍手称奇者有之，更多的人拿起手机、相机，想在这离天最近的雪域高原留下每一个最美的瞬间。此时，号称西藏江南的林芝地区正是草木丰茂、瓜果飘香，气温冷热适中，吸引了来自世界各地的游客流连忘返。

朗县地处西藏自治区林芝市东南，平均海拔 3700 米，全县有 1.8 万各族人民生活在这片"光明吉祥"的土地上。县城不大，三面环山，西面便是名闻天下的雅鲁藏布江。近期江上游降水较多，江水大涨，裹挟着泥沙的黄色江水滚滚流去，气势雄壮。县城只有两条比较繁华的街道，严严实实地停满了全国各地牌照的旅行车、工程车。因为外来人多，县城的大小酒店基本上天天满员。

在位于县城中心区域的菜市场，30 多岁的藏族水果店女老板巴桑正忙着招呼客人。得益于能说一口流利的汉语，巴桑经常能更多地将朗县本地出产的水果卖给来自全国各地的游客。巴桑的家就在朗县，丈夫在一家运输公司做司机，女儿上小学四年级，生活虽平淡，小日子却也过得有滋有味。她脸上总是笑盈盈的，一边很大方地请游客免费品尝各种水果，一边还用流行的网络语言与游客聊天。水果店里有西藏本地产的脆甜的梨子，有鲜红的苹果，有千年大树上结出的猕猴桃、核桃……

"我们西藏本地的水果因为海拔高等因素，一般都长不大，论外形都比内地的小。但雪域高原上病虫害少，我们也不使用化肥、农药，这些水果口感都很好，是真正的绿色食品呢。"巴桑说。林芝地区纬度低、海拔低，平均气温高，来自印度洋的暖湿气流为这里带来丰沛的降水，各个乡村都种植果树，树龄在千年以上的比比皆是。林芝地区广大农村的水果产量高，但人口少，消费能力有限，所以水果主要销往县城、拉萨等大城市。

心眼活泛的巴桑一直跟丈夫商量着把水果生意做大，因为首先能解决农村乡亲们的水果滞销问题，帮他们增加一点收入；另一方面则是为自己考虑，毕竟以后的日子里家庭的开销会越来越多。巴桑两口子最发愁的还是交通运输问题。同西藏的其他市县一样，林芝地区地域广阔，山高沟深，货物运输主要依靠省道甚至县道。而因为地质、地貌、地形、气候等自然原因，西藏的道路运输速度慢、效率低、安全风险高，既浪费时间，成本还很高。这个成为影响林芝甚至西藏地区经济社会发展的重要障碍。

"从朗县到林芝，开小汽车需要五六个小时，到拉萨要花七八个小时，大货车肯定需要更多的时间。"挨着巴桑水果店的一位卖蔬菜的藏族小伙说，要是把交通运输这个难题解决了，林芝每一个县、乡镇的菜和果子都能迅速便利地运到拉萨或其他省市，那就能卖到更好的价钱，他们从外地批发的蔬菜、瓜果也不会因为路上耽搁时间太长而腐烂。"我们这个生意就好做了，也都会发财！"

傍晚，朗县县城华灯初上，三三两两的居民沿着街道散步，几个小朋友在一个面积不大的中心广场上玩耍。在广场灯光较明亮的一角，两位藏族姑娘跳起动作麻利、节奏明快的现代舞蹈。在他们前面约三四米处，用矿泉水瓶子支撑着一部手机。手机开启了视频录制功能，正在记录着这两位活力四射的姑娘的优美舞姿。跳完一段舞蹈，俩人便跑到前面拿起手机，目不转睛地盯着手机上回放的视频，然后认真地交流分析那个舞蹈动作俩人没做整齐、这个节奏没跟上音乐。一番点评后，二人总结经验，然后重新跳一遍。如此反复训练，虽气喘吁吁，却乐在其中。

原来，两位姑娘喜欢跳现代舞，也报名参加了学校的舞蹈兴趣班。近期学校通知要她们准备参加一场规模较大、专业级别很高的舞蹈比赛，所以俩人在放学后抓紧时间排练，希望能在比赛中取得优异成绩，圆了她们的梦想。学校没有专业的舞蹈老师，两人便在网上下载了相关的视频，对照着揣摩练习。"跟着手机里的视频学，还是没有专业老师手把手教着更容易掌握动作要领。但学校的条件差一些，我们只能'自学成才'了。"跳舞的拉姆姑娘说。在朗县县城里，她们很少有机会跟别人交流现代舞的相关话题，因为懂的人实在是太少了。"希望我们以后能很方便、快速地到拉萨、北京、上海等大城市去，跟那里非常专业的舞蹈老师学习。"拉姆说出了自己的心愿。

中国是一个多民族共同组成的国家，国家的富强离不开每一位同胞的努力奋斗。同样，国家富强了，也要让每一位同胞享受到发展成果，让每一位公民都过上幸福的生活。每一位中国公民的期盼，组成了中华民族复兴的伟大梦想。西藏人民有所盼，中央政府便有所为。俗话说，要想富先修路。为了加快西藏经济社会的发展，让居住在雪域高原上的藏族同胞早日过上幸福生活，中央批准建设川藏铁路，打通又一条西藏与外界沟通交流的快速通道，改变昌都、林芝、山南等地区落后的交通运输状况，助力藏区经济社会快速发展。

西藏一些地区的老百姓发现，似乎是一夜之间，家乡附近的荒山野岭、高山深沟中涌来许多来自全国各地的人，虽然他们说着不同的方言，但都是为了干好一件事：建设拉萨至林芝的铁路！这可是一件新鲜事，因为林芝、山南高原上的许多藏族百姓还没有见过铁路，更没有在家乡坐过既安全平稳又快速经济的火车。这也是一件影响藏族同胞生活的大事。影响有多大呢？估计谁也不能精确地描述。大部分藏族百姓并不知道这些建设者来自哪个省份、那些省份的地理位置，他们只知道，这些同胞来自太阳升起的方向——祖国的东方。

这些来自东方省份的铁路建设大军中，有一些施工人员不在川藏铁路建设施工的工地，却干着电气化铁路建设不可或缺的重要工程——铁路供电工程。他们翻山越岭、跋山涉水，将一基基铁塔稳立在雪山之巅，把一根根银线穿引过万丈深渊。他们在雪域高原干着前无古人的事业，忍受高原反应给身体带来的种种不适，挑战生命极限；他们克服高海拔地区施工条件艰苦等困难，调动一切力量、凝聚所有智慧，全力建设精品电网工程，造福雪域高原。

二

党中央高度关注西藏地区的经济社会发展和藏族同胞的幸福安康，2017 年，藏中和昌都电网联网工程、川藏铁路拉萨至林芝段供电工程获准全面开工。其中的川藏铁路拉萨至林芝段供电工程建设投资超过68 亿元，将为电气化铁路飞驰在拉萨至林芝间提供可靠的电力供应，全面加强西藏中部电网的网架结构，促进西藏水电开发和节能减排，提高工程沿线的供电能力和供电可靠性……

不久的将来，工程全面建成后，藏族同胞的致富道路将越走越宽，与祖国的联系将更加紧密，巴桑不会再担心水果滞销、那些跳舞的年轻人可以方便地去各地与朋友交流……

2014 年 12 月，湖北省送变电工程公司的项目经理陈中、项目总工程师刘小寒、办公室主任兼材料员刘忠海等三人接到领导通知，被派往拉萨参加西藏电力经济技术研究院组织召开的会议，并到林芝地区考察，准备 220 千伏巴宜变电站建设项目的前期工作。

1975 年出生的刘忠海已经是一位老资格的送变电人，多年来因为搞电网工程建设而跑遍天南海北，参加过的大大小小的输变电工程数也数不清了。因为常年奔波在外，他也早已习惯在各种气候条件、地理环境中生活，北方的面、南方的米都能吃，东部湿润灵秀的水乡、西部干早枯寂的荒漠，他都能想方设法适应，在工地上乐观地工作。

有点神秘色彩的雪域高原，刘忠海和同事都是第一次踏足。"之前看一些介绍说，西藏这边海拔高，内地人一般来了都会出现高原反应，身体素质差点的根本无法在那里待着。所以，许多内地人在前往西藏前，都要喝一些诸如红景天之类的药调节一下身体，减轻高原反应症状。"刘忠海说。但他觉得这些预防措施对一般人来讲可能有必要，对于号称"电力铁军"的送变电人来说，各种恶劣气候、艰苦条件都经历得太多，早就练就了强壮的身体和顽强的意志，在青藏高原搞工程建设，身体应该没问题。

湖北省送变电工程公司的员工队伍是一支综合实力强大、工程建设经验丰富、创造了中国电网建设史上多个第一的优秀队伍。"我们公司参与建设了中国第一条 500 千伏输变电线路及变电站工程、第一条跨越长江的 500 千伏线路工程、第一座 ±500 千伏超高压换流站、首个特高压交流试验示范工程……"陈中说，刚开始时，同事们都觉得在藏中联网工程中承担建设一座 220 千伏或 500 千伏变电站，大家轻车熟路，轻而易举就能圆满完成任务。

结果，第一次到拉萨开会，初上高原的他们就意识到这里真的和以前待过的地方不一样，自己以前的想法太过简单了。刘忠海刚到拉萨，首次踏上高原的激动心情还未平复，就感觉心慌。当他爬上位于二层楼上的房间休息时，已是头晕目眩、力不能支，他简直不愿相信这会发生在身体强壮的自己身上。但高原反应是真切的，一下子让刘忠海服了软，迫使他一动不动地躺在床上，心里重新审视、定位自己对雪域高原的认识、态度。"第一次到西藏，不光是因为缺氧而头晕，经受过寒冷温热、酸甜苦辣考验的肠胃也反应强烈，很不舒服，看着任何饭菜都没胃口。"刘忠海说，当时西藏确实是给了他一个下马威。

对于大多数人来说，西藏是个充满神秘色彩的地方，那高耸入云的雪山、一望无际的原野、阴晴无定的天气、高寒缺氧，让许多人望而却步。走进雪域高原的人都知道，在这世界屋脊之上，自然环境非常特殊，人们必须顺应环境，才能在这里生存、生活。

一支支电网建设队伍怀着崇高的使命感和责任感，挺进雪域高原，他们在精神上做好了为祖国这片土地上的同胞们奉献智慧和力量的准备。然而，迎接他们的是无情的大自然，他们的血肉之躯能经受得住高原的残酷考验吗？

○ 能在世界屋脊上参加这海拔超高、条件极苦、要求极高、挑战最大的输变电工程建设，将是他们职业生涯中的一笔辉煌记录，是生命中最难得的宝贵经历。

三

根据规划，川藏铁路拉萨至林芝段供电工程要新建沃卡、雅中、林芝 500 千伏变电站三座，吉雄、卧龙 220 千伏变电站两座，扩建布久、山南、柳梧 220 千伏变电站三座；新建 500 千伏输电线路约 584 公里、220 千伏输电线路 440 多公里。工程沿线的平均海拔在 3750 米以上，施工环境恶劣，交通运输困难，生态环境保护压力极大。最终，湖北省送变电工程公司负责建设 500 千伏雅中变电站，湖南省送变站工程公司负责建设 500 千伏沃卡变电站。

于是，陈中带领十几位同事奔波几千公里，告别湖北省老家的亲人，来到 500 千伏雅中变电站建设工地——西藏林芝市朗县玖杰村附近，这里距拉萨市区 400 公里，距林芝市 235 公里，距朗县县城 18 公里。变电站站址位于 306 省道边上，背靠象山、元宝山，雅鲁藏布江从西南绕流而过。

雅中变电站所在地海拔高度为 3200 米。湖北省送变电工程公司的电网建设者们到此适应几天后，头疼、胸闷、失眠、肠胃不适等高原反应症状慢慢减轻，大家的心理压力也逐渐减轻，个个摩拳擦掌，准备在这高原之上大展身手、再立功勋。

兵马未动粮草先行。作为办公室主任和材料管理的刘忠海，身体刚感觉舒服一些，便马不停蹄地奔向当地的国土局、林业局、县政府、乡镇政府、村委会，办理工程建设申请临时用地、环保手续、征地青赔等，忙得不亦乐乎。

大家觉得似乎已经被高原接纳，可以在这里安居乐业了。没想到，现实很快再次打击了大家的积极性，这里的一切工作不像内地其他地区那样好做，意外情况频频发生，搞得电网建设者应对不暇、费尽心力。

朗县地区地形山多且高，河流纵横，要想找一处平坦的地方建设一座 500 千伏变电站，且尽量不占用藏族同胞本就稀少的耕田，这还真不容易。几经周折，电网规划者们终于在玖杰村的元宝山下找到一片理想的平地，用来建设 500 千伏雅中变电站。然而，当电网建设者进场进行"四通一平"工作时，却发现了一个出人意料的大问题。原来，元宝山是当地藏族同胞的神山，山上修建有古老的玛尼堆，而先前的规划将这个玛尼堆圈在了变电站内。

"必须尊重藏族同胞的宗教信仰，这方面的政策我们所有工程参建者早就学习宣贯过。所以，发现变电站站址占了一部分玛尼堆时，我们立即和规划部门沟通，修改了变电站站址规划，工程建设完全避开了那个玛尼堆。"陈中说他们不仅要尊重工程建设当地的宗教信仰、民风习俗等，工程项目部在土建工程的施工高峰期，雇用了十多位变电站附近的当地村民，让他们干一些简单的活计，可以增加他们的收入，也让当地人走进变电站建设工地，了解工程建设的目的和意义。"来干活的当地村民都很高兴，他们也非常乐观，每天就在工地上唱起欢快的藏语歌谣。"

湖南省送变电工程公司的建设者们也是开局不利，大家感到很恼火。500 千伏沃卡变电站位于桑日县许木村，海拔达 3900 多米。项目副经理陶文波的脸颊被高原刺眼的阳光和强烈的紫外线晒黑，加上他头发微卷，眼窝深邃，鼻梁高挺。不熟悉的人见了陶文波，都会以为他是藏族小伙。陶文波说："之前变电站附近的道路交通运输太不给力，严重影响了工程建设进度。"

工程建设者要来 500 千伏沃卡变电站，可以从林芝走 306 省道。这条省道基本上沿着雅鲁藏布江曲曲折折，许多地方坡大弯急，一边是雅鲁藏布江的激流千万年来切割出来的深渊，一边是一下雨就有碎石坠下的悬崖，正因为这样的路况，省道才严格限速，许多路段甚至限速 30

公里/小时。从林芝需开五个多小时的车才能到变电站。而从拉萨市到此，路程和花费的时间也差不多。

当湖南省送变电工程公司建设者来到规划的 500 千伏沃卡变电站站址时，一下子心里没了底。原来，从 306 省道到变电站站址还要走一段 302 县道，而这条县道在施工中，坑坑洼洼，一般的小轿车根本不能通行，项目部管理人员坐的越野车都被刮了几次底盘。"这都不算大问题，好歹有路走。走完 302 县道拐到许木村，就没有柏油路了。从许木村到变电站站址大概有四公里，这段路只是一条在山坡上的羊肠小道，别说车不能走，就是下点雨后人也不能行走。"陶文波说。

电网建设者一直被称为电力铁军，铁军就是要逢山开路遇水搭桥，无论遇到多大的困难，他们都要想方设法克服。为了保证建设物资早日运到工地，他们调来大型设备开山修路，耗时一年多，硬是在山坡上开辟出一条宽阔、平坦的水泥路来。不过，因为修这条路，沃卡变电站的建设进度受到严重影响。"比预期拖后了两个多月。"陶文波说，跟相邻的 500 千伏雅中变电站相比，那边已经开始电气安装，而沃卡变电站才开始吊装钢架构。

不仅仅是道路交通拖了沃卡变电站建设进度的后腿。500 千伏沃卡变电站站址原是一处山坡，东南是高山，西北为 80 米深的山沟。所以，湖电网建设者首先要"削山填沟"。他们用了四个月时间、花费 2000 多万元，终于在这山坡上平整出一块足够大的平地。当"四通一平"工程结束时，桑日县县政府的一位相关负责人来到这里，他为电网建设者创造的眼前的奇迹感到震惊和钦佩，甚至有点羡慕地说："你们平整出全县最好的一片平地。"

仅仅把这块地平整出来，还不能达到 500 千伏变电站建设的标准要求。这里处于高原地震带，变电站建设防震方面按可抵御八级地震标准设计。于是，电网建设者在填平的基础上打了 1000 多根混凝土基桩，使用水泥约 3600 立方米、钢筋 200 多吨。"虽然这样做增加了不少成本，但我们考虑更多的是要为西藏建设一座坚固的变电站。"湖南省送变电工程公司周小宝说。

在 500 千伏雅中变电站土建施工中，湖北省送变电工程公司项目部也遇到了"硬骨头"。在变电站前期的"四通一平"工程完工后，该公司项目部从兄弟单位手中正式交接来这片土地，大家准备大展身手，让藏族同胞早日看到高高耸立的钢架构、林立的现代化送变电设备。结果，刚一开始土建施工就发现这片土地下"情况复杂"。

土建施工人员发现，站址地下全是大石头，大的直径有四五米、高达两三米，不除掉这些"绊脚石"，土建施工根本没法进行。于是，项目部调来大型机械破碎机，将这些大石头一块块敲碎，运到站外作为进站道路的基石。然而，移走这些大石头后，"四通一平"的站址就不平了，出现了一个个大坑。"为了填平这些大坑，我们又派人跟变电站附近的玖杰村联系，从村民的地里'买土'，运到变电站填窟窿。"湖北省送变电工程公司项目部负责安全质量管理的金明说，村民们都感到很诧异，还有人来买土。其实，不管是将土里的石头敲碎后再运出做路基，还是不随意取土而去买土，都是为了严格执行环境保护规定。

四

藏中联网工程川藏铁路拉萨至林芝段供电工程进入土建施工阶段后，朗县、桑日县来了更多的"太阳那边的人"。

这个美妙的世界仿佛是上帝精心布置、设计的，大自然处处有它的别出心裁。青藏高原有人间的大美，令人向往，然而它却以高寒缺氧拒人于千里之外。就像一位深藏闺阁的美女，设计了许多难题，只有经过重重考验的小伙，才能一睹她的芳容、进入她的心里。

这些从东方内地来到雪域高原的电网建设者，都经历了神秘的高原美女的重重考验……

随着 500 千伏雅中变电站建设项目部成立，湖北省送变电工程公司的胡晨和刘梦媛第一次来到西藏朗县。胡晨负责测量、刘梦媛负责项目的后勤管理，两人都是 90 后，是一对让工地上的同事羡慕的恋人，他们准备干完这个工程就结婚。"之前也听别人说，西藏海拔高，内地人来了有高原反应，感觉挺恐怖的。"刘梦媛说，但等她到了变电站建设工地才发现，之前的心理准备还远远不够，"现实很骨感！"

刘梦媛 2016 年 7 月刚到工地时，一天早晨突然嘴唇发白，全身发抖，呼吸困难，被同事和医护人员紧急送往医院救治。"当时知道自己可能是高原反应，属于正常的生理现象，但自己的心理压力特别大，怕得了肺水肿、脑水肿等重症。"刘梦媛在医院里休养了两天就待不住了，要求回项目部去。因为，她的同事们都坚守在工地上，她不愿意让别人看到自己表现太差。高原反应人人都有，自己忍耐一下就过去了。"直到现在，我也没有告诉父母在西藏生病住院这件事，怕他们担心。"刘梦媛说。

500 千伏沃卡变电站海拔较雅中变电站高几百米，湖南省送变电工程公司的牛波接替同事来负责仓库管理工作。第一次到高原，牛波高原反应很大，头晕且疼，身体没力气，走路像踩在棉花上。第一天到了项目部，牛波被折磨得打不起一点精神，晚上只睡了两三个小时，没有办法工作，只能躺在床上吸氧。本以为缓两天就没事了，结果第二天他又呕吐不止。医生说这是高原反应的一种——肠胃反应。

几天下来，牛波仍在坚持，在努力适应这陌生而艰苦的高原环境。"我现在特别佩服在高原上工作的同事们，他们付出了太多。"牛波说。第三天，牛波终于不头疼了，身体舒服了很多，感觉自己像是获得了新生。

大家刚到工地时，住的是临时搭建的板房。雅中变电站位于山谷中，附近的土质全是砂土。这里每年的 5—9 月，每天下午 3 点就开始刮大风。肆虐的大风像是在刁难这些远方而来的电网建设者，要让他们体验一下它的厉害。它嚣张地刮起变电站内外的细沙，呼啸着扑向人的脸，使人不敢张嘴、不能睁眼。它见人还不退却，便怒气冲冲地把沙尘灌进人的脖子里，从板房的门窗缝隙中挤进去，把沙尘撒满电网建设者的床铺、杯盘、桌椅，以及它能到达的角角落落。有时它真的是气急败坏，直接将板房刮走，看着那些东方来的人在漫天沙尘中瑟瑟发抖……

雅中变电站项目部负责现场管理的专责蔡学启说，后来大家总结经验，将项目部的板房全部用钢丝绳紧固，为每个施工人员配发防尘口罩，在窗户上加装一条密封条。"就这样，房间和办公室里还经常有一层沙尘，每天都要打扫一遍。"刘梦媛说。

而每年的6—8月，是这里的雨季，经常有狂风暴雨。500千伏雅中变电站的医疗保健室大夫、来自四川电力医院的彭桂容对暴雨来临时的景象记忆犹新。高原上的云很低，到了雨季，山边飘来一片云，地下便是一场雨。那暴雨如瓢泼一般，地上一会成了河滩。"雨大时，积水涨到项目部的板房里了，感觉房子都要被冲走了。这里天气晴好时，山清水秀、蓝天白云，特别美。遇到暴雨，就感觉像是整个世界都变了。"彭桂容说，以前项目部的饮用水是从山上引来的泉水，下过大雨后，水里全是牛羊粪味。

后来，当地藏族同胞告诉项目部的人，在变电站东边不远处有一眼"神泉"，泉水冬夏不竭，水质甘甜，可以去那里打水喝。于是，项目部每天派人去打神泉水。据藏族同胞说，喝了神泉水的人，耳聪目明。项目部的同事们开玩笑说，喝了这神泉水，就能更好地建设藏中联网工程了。

500千伏沃卡变电站项目部的电网建设者们就没那么幸运了，因为变电站位置偏远，而附近的水质重金属严重超标，大家的饮用水是从74公里外的山南市运来的桶装矿泉水。而这里气候干燥，夏天的空气湿度是20%，到了冬天只有7%左右。大家即使不断地喝水，嘴唇还是干裂不止。

即使是喝神泉水、矿泉水，毕竟这里是海拔超过家乡几倍的雪域高原，时间长了，大家的身体也还是有反应。2017年1月份，雅中变电站几位在高原待了半年的电网建设者进行了一次体检，结果让大家很吃惊，几位参加体检的都有或轻或重的肾结石。医生的解释是，长期饮用不干净的水引发的。

彭桂容大夫说，高原海拔高、气压低，一壶水烧开要十几分钟，而且水到了 90 摄氏度就烧开了。这样就导致水里的一些细菌如幽门螺旋杆菌，不能被杀死。人长期饮用，就对身体造成伤害。沃卡变电站的技术员李晓林就因此而住院。2017 年 7 月份的一天，李晓林闹起了肚子，跑了几趟厕所，两腿迈不开步，头晕眼花。他并没有在意，以为是高原反应又来考验他。过了两天，李晓林像往常一样去项目部办公室，刚走到门口，便突然瘫倒了。

同事们以为李晓林在恶作剧，正想配合他大笑一阵。后来发现不对劲，就赶紧将他送往医院。"当我躺在医院病床上一动不能动时，感到很绝望、无助，自己身体一直挺好，年纪轻轻的，怎么会发生这种事情。"李晓林说。经过医生诊治，是饮食问题导致高原腹泻，再引起缺钾。在医生的建议下，李晓林回到老家长沙，在医院里治疗了 20 多天。8 月初，他带了几盒医生给开的一些预防药品，又回到了项目部。

人是铁饭是钢，一顿不吃没力量。在西藏高原，一个人在这里能像内地一样地吃喝拉撒，那他也就基本上适应了这里的环境。湖南人吃饭离不开辣椒，吃没有辣椒的饭菜就跟没吃一样。因此，沃卡变电站项目部专门请了家乡的厨师为大家做那熟悉的家乡菜，这饭菜自然是十菜九辣。

很快，问题出现了。一天刚吃完早饭，项目部食堂的大厨杨师傅来跟项目副经理陶文波请假。

"陶经理，我要请一天假，去一趟桑日县城。"杨师傅忧虑重重地说。

"你有啥子事情？你走了项目部的老乡不吃饭了？"陶文波问。

"最近解大手不顺畅，我去医院让大夫瞧一下子。"杨师傅目光中有点哀求。

"这点事你还要请假去县城耽搁一天时间，这里谁没遇到这事！"陶文波有点生气，他甚至怀疑这个老乡是在找借口，想去县城那繁华热闹的地方耍玩一天。

"实话告诉你吧，我都十多天没上大号了！再不解决，怕是要憋死了！"杨师傅急得要跳起来了。

"啊！这么严重，你咋不早点说呢？这样吧，今天上午有一辆送物资的车要去县城，我让他们捎上你去医院。"

杨师傅到医院挂了急诊科，医生给他实施了灌肠手术，解了他的燃眉之急。

后来大家才明白，湖南气候湿润，空气潮湿，吃辣椒可以发汗排毒，多吃一点是没有问题的。但西藏高原气候干旱，空气本来就干燥，空气也稀薄，人不容易出汗，吃一点辣椒就上火。大家还像在老家一样吃辣菜，怪不得都出现排便费劲的大难题。看来，这湖南人的"重口味"也得改一改了。

连吃喝拉撒睡都成问题，这些电网建设者如何应对、能否建设好工程？

五

在藏中联网工程工地上，到处可见"艰苦不怕吃苦，缺氧不缺斗志，海拔高追求更高"之类的鼓舞人心的标语。人在大自然面前是弱小的，客观世界不能改变，我们只有从主观上努力，要么顺从环境，选择舒适的地方生活。而有时我们不得不在陌生的、艰苦的环境中工作和生活，那么，只有靠强大的意志力和精神力量来支撑。

在一般的游客眼里，西藏是蓝天白云、青山绿水，雄鹰在直耸入云的雪山之巅盘旋，僧人在红墙白塔下讲经说法……确实，雪域高原是人世间最后一片净土，是世人向往的大美之境，是离天最近的地方，圣洁的雪山、如玉的圣湖和无垠的草地，让人流连忘返，身心回归久别的大自然。

刚到变电站建设项目部时，湖南省送变电工程公司的技术员兼资料员孙俊敏和其他同事一样，用手机到处拍个不停，似乎高原上的每一处山水、每一秒的云彩舒卷都是不可错过的美景，手机内存不够来存储这看不尽的美景，单反相机镜头也不足以展现这美丽的万分之一。"刚来工地的那两天，我在微信朋友圈里一发西藏拍的照片，就引来无数亲友点赞，他们的评论中充满羡慕嫉妒恨……"孙俊敏说。

然而，就像工地上的同事们总结的，内地人在高原上工作，是"眼睛在天堂，身体在地狱"。在青藏高原上，因为气候和环境特殊，内地看来一些无关紧要的小病，在这里却可能是致命的。8月25日，在雅中变电站医务室，来自重庆的45岁的电网建设者徐海波正接受诊治。他患感冒有两天了，感觉头晕、疼痛、浑身无力，一脸愁容，能明显感觉到他的心理压力很大。彭桂容医生给徐海波诊治完拿了一些药品后，并没有让他离开，而是和颜悦色地跟他聊天，试图化解他内心的忧愁。

彭桂容介绍说，最近昼夜温差大，天气阴晴不定，一会儿阳光灿烂，工地上气温很高，工人们就穿上单衣；一会儿风雨交加，凉风袭人，大家又赶紧套上厚衣服。这忽冷忽热的天气里，人就容易感冒。对感冒症状轻一点的，医务室给他们免费发放一些药品。而严重些的，则要及时送到工程总指挥部设在朗县县城的二级医疗站。"在内地海拔低的地区，患感冒一般都不会去医院，但在青藏高原，严重的感冒就有可能引起肺部感染，恶化为肺水肿等危急病症，真是会要命的！"彭桂容严肃地说。

在彭桂容的医务室墙壁上挂着一面写着"雪域天使忠于职守"的锦旗，它记录了一个生命得到挽救的故事。2017年3月30日晚，明亮的星星已经在夜空中眨起眼睛，劳累了一天的电网建设者准备躺在绵软的床铺上舒展一下疲惫的身躯。突然，一阵急促的敲门声打破了高原寂静的夜，正准备休息的彭桂容急忙打开房门，只见两个汉子喘着气焦急地说："医生，我们一个工友快不行了，您赶紧给看看去！"彭桂容二话不说，抄起医药箱就跟着他们跑向板房，连自己脚上穿着的拖鞋都没来得及换。

见到生病的工人时，彭桂荣发现他呼吸困难，病人说自己胸闷、咳嗽，身体很难受。经过紧急诊断，彭医生怀疑病人因感冒引起了肺部感染，于是一边急忙做初步抢救，一边安排医疗救护车将病人送往朗县的二级医疗站。在朗县做了进一步的治疗后，项目部又将病人转送到林芝市的一级医疗站。由于救治及时有效，这位工人的生命被挽救回来，身体也很快康复。项目部为了表达感激之情，给彭桂容大夫送了一面锦旗。

奋战在藏中联网工程工地上的千百名电网建设者都知道，在雪域高原上干活的人，都是经过挑选和体检的"精兵"。按照工程总指挥部要求，每位进藏参加工程的建设者都要进行全面的体检，有高血压、心脏病者会被直接拒绝。为了保障电网建设者的生命健康，总指挥部设立了三级医疗保障站所，医生们平时在电网建设工地巡视，指导工人们做好健康防护；在工人生病时，为他们提供及时的诊治。在工程建设中，少数电网建设者长时间在高原特殊环境下，身体会出现一些明显的症状，那些不适合继续在高原工作的，医生会根据实际情况为其开具一份"参建人员劝退告知书"。

对于那些登山爱好者来说，能登顶一座高山就是一次胜利和荣耀，他们不断追求攀登更高的山，因为高山在哪里，最高的荣誉也就在哪里。电网建设者也是如此，能在世界屋脊上参加这海拔超高、条件极苦、要求极高、挑战最大的输变电工程建设，将是他们职业生涯中的一笔辉煌记录，是生命中最难得的宝贵经历。所以，不到万不得已，不是无法忍受，他们必然是迎难而上、顽强坚持、坚守。

○雪域高原环境、气候特殊，增加了工程建设难度，何况这些努力超越自我、追求卓越的电网建设者要在西藏建设精品工程——雅中500千伏变电站！

　　彭桂容已为几位电网建设者开具过"劝退告知书"，无情地将他们从这项意义不凡的电网工程建设工地上"遣返"。虽然每次这样做，她都替那些憨厚朴实的工人惋惜，但职责所在，她更要为工人们的生命健康负责。不过，她也有不得不"徇私枉法"的时候，有些特殊的人在她的医务室享受着特殊待遇。雅中变电站项目经理、51岁的陈中便是特殊的一员。

8月25日中午，工人们照例在吃完午饭后短暂休息一会儿。陈中瞄了一眼位于项目部板房最西边的医务室，确认没有人后，疾步走了过去。彭桂容看到陈中这位"VIP"来了，打趣地说："怎么啦，领导身体欠安？"

"你再帮我量一下血压，我有点头晕。"陈中晒得脱皮的脸上黯淡无光。

"不用测量都知道，你的血压肯定还是偏高！"彭桂容早就对这位病人的身体了如指掌，因为陈中本来就有高血压，来到高原后更是严重。但作为变电站建设现场的第一负责人，陈中觉得自己没有不在一线的理由。

彭桂容熟练地给陈中测血压，又检查血液的氧饱和度、心率。结果在意料之中：血压177/106mmHg。这还算比较低的数值，彭桂容拿了点降压药塞到陈中手里，说了一句：你在工地上走慢点，事情再多也不能熬夜，不然这药也降不了你的高压！

"我在内地血压就高，这里海拔高、气压低，所以血压再高一些是正常的。"陈中明显在狡辩。

"我才不信你的歪理呢，我只看仪器的测量结果和总指挥部的规定，要是严格按标准，早该给你填一张'劝退书'了。"

"我倒是希望你能给我发一张'劝退书'，我也就不用在这高原荒野受罪，可以回家享福去了。"陈中说，谁让他是这支铁军的领头人呢，况且这项工程对促进西藏的经济社会发展意义重大，是一项造福藏族同胞的伟大工程，他当然不能缺席。

在藏中联网工程建设战线上，有许多电网建设员工像陈中一样在默默坚守，在为这项前无古人、泽惠后代的工程奉献着汗水和智慧。在500千伏沃卡变电站，负责质量检查的李杰每次和同事去工地上，都要全副武装：头上戴一顶大檐有护脸脖的帽子，眼睛着一副深色墨镜，嘴上是严严实实的口罩……即便如此，他和几位同事还是被晒得像非洲人一样黑。

　　刚从云雾笼罩的老家长沙来到高原时，李杰觉得几乎每天都能在灿烂的阳光里工作，很是舒服。很快他就觉得自己的判断有误，这里的紫外线太强了。因为每天要盯在工地上检查施工质量，李杰白皙的皮肤很快被晒得干黑，凡是衣服遮挡不住的地方都掉了一层皮。时间一长，他得了紫外线过敏症，在太阳底下待的时间长一点，就浑身发痒、长痘痘。实在没办法了，就让医生给开了中药，每天熬着喝，症状能缓解一些。

　　8月18日，孙俊敏突然肚子疼，他觉得可能是得了急性肠胃炎，便去医务室拿了点药，并告诉了远在家乡的女朋友。结果到了20日早上6点钟，肚子疼得更厉害了，连呼吸都困难。等他到医院排队挂号时，疼得已经无法站立，只能蹲在地上。经过医生诊断，他得了尿道结石。医生给开完药后，建议他多喝水、多跳动，有利于排出结石。于是，在同事们看起来有点荒诞的一幕出现了：孙俊敏不像正常人走路，而是像僵尸一样跳着走。在氧气稀薄的高原上，这种跳跃式行走，让他气喘如牛。还好，结石最终顺利排出来了。

　　孙俊敏等治疗完毕才在电话中告知家人，妈妈担心地说："你身体不好，工地那边的医疗条件也不好，还是回家来休养吧。"孙俊敏没听妈妈的劝告，他的责任重大，现场管理工作很忙，根本走不开，只能咬牙坚持了。

六

　　在雪域高原，因为极高特寒的地理环境和自然气候条件，人们认为一切生物都是上天的恩赐，所以对物品倍加珍惜。就连那些长得比较粗壮的大树，藏族同胞也认为其有神灵，在树的枝干上缠绕着一条条经幡和哈达。

　　藏中联网工程的建设者在这里遇到了物资供应难题，真正体会到了物以稀为贵。刘忠海负责雅中变电站建设的物资采购，同事们看他在办公室时在打电话，在工地上一边与施工人员核准物资需求一边打电话，坐在车上在打电话,急匆匆走在朗县的街上还在打电话……他忙得像个急速转动的陀螺,努力不使物资供应短缺而拖了工程建设进度。要做到这一点,刘忠海感觉压力山大。

"这项电网工程在西藏地区可以说是前无古人的,大部分物资都从几千公里外的内地厂家运来,一些基本的材料西藏有,但价格贵得离奇。"刘忠海掰着手指头说,变电站土建使用的 42.5 号水泥在内地大概 300 元一吨,变电站的水泥是从 300 公里外的山南市运来的,水泥出厂价就 700 多元一吨,运输费每吨要 140 多元,大货车司机还不愿意接活。内地 300 多元一立方米的商砼,在朗县县城要 580 元;工地大量使用的钢筋要从成都走 2000 多公里运到拉萨,再从拉萨转运到工地上;租赁大型机械也比内地贵一倍,机械用的柴油每升比内地贵两块钱……

为保证工程建设质量,刘忠海对每一根钢丝都要精挑细选。工程建设用的脚手架上的竹跳板在西藏竟然买不到,他便电话联系成都的一家质量可靠的供货商。供货商报价一块跳板 20 元,但得知刘忠海要他将货物发送到几千里远的朗县后,还以为刘忠海在开玩笑呢,因为一块跳板从成都到雅中变电站工地,运费要 50 多元!

在 500 千伏沃卡变电站,工程土建部分需要大量的砖,因为高原特殊的环境,这里的砖质量比内地差很多。为了保证工程建设质量,项目部安全监理工程师刘爽看着几位工人在砖厂一块块地挑选合格的砖。刘爽说:"在监理的眼里,一座合格的变电站,是由千百个建设标准组成的,不能有丝毫将就。"

在藏中联网工程投运之前,西藏电网的最高电压等级是 220 千伏,正在建设的雅中、沃卡、林芝三座 500 千伏变电站,是西藏电网的首批 500 千伏变电站。对于这些来自东方的电网建设者来说,建设 500 千伏变电站已没有任何技术、工艺难题。但雪域高原环境、气候特殊,增加了工程建设难度,何况这些努力超越自我、追求卓越的电网建设者要在西藏建设精品工程、树立一座丰碑!

2016 年毕业参加工作的肖宇辉又黑又瘦,在炎炎烈日下,他像一颗钉子般钉在沃卡变电站的工地上，眼睛盯着水准仪一动不动，连同事走到他身后都浑然不知。他一会儿蹲着、一会儿单膝跪地，在水准仪里反复测量，并不时指挥远处焊接槽钢的同事调整高低、水平。高原上的阳光特别刺眼，而负责测量水准又不能戴墨镜，肖宇辉不得不看一阵闭上眼睛休息一下。在他身后撑着一把太阳伞，那是为了减少进入水准仪里面的光线。"阳光太强烈，反光进入测量仪器后，容易产生误差，所以要多看几遍。"肖宇辉说，工程标准允许有一毫米的误差，但他和同事每次都更严格地要求自己，尽量做到没有误差。在高原上，人做一次蹲下起立动作都会感到缺氧喘气，而肖宇辉在工地上一蹲就是几个小时。

在雅中变电站，已是下午6点多，负责现场管理的潘万国还在指挥钢架构吊装。51岁的他已经干了20多年的变电站土建工作，面对第一次在高原上建设500千伏变电站，他说最大的难题是气候。这里昼夜温差大，半天阳光灿烂气温可达30摄氏度，而到了晚上，即使是在夏天，最低温度也就十摄氏度。如此大的温差严重影响混凝土的凝固质量。在内地，混凝土的初凝固时间约45分钟，在西藏则需要近两个小时，给防护带来了困难。

"在内地，一般变电站的电缆沟混凝土里是没有钢筋的，为了保证质量，在和设计单位沟通后，我们在雅中变电站电缆沟里加了钢筋。"潘万国说。为了保证混凝土浇筑质量，雅中变电站建设者选择在每天气温最高的中午时段浇筑。沃卡变电站项目部则采用"暖棚施工"，在浇筑500千伏继电室等重要建筑物时，搭建一个大架子，用毛毯等保温材料围起来，并在里面打开电热器，保证混凝土凝固有合适的温度。"高原的早晚特别冷，一些工人连上厕所都不愿意出被窝，还有人晚上准备一个饮料瓶子，解决小便……我们宁愿自己受点委屈，也要把工程质量搞好！"沃卡变电站项目总工周小宝说。

绿水青山就是金山银山。西藏的气候环境特殊，生态脆弱。电网建设者珍惜爱护这里的一草一木。在藏中联网工程总指挥部大院里，移栽了一棵有着1600年树龄的桃树，苍老粗壮的树干上长出了嫩绿的新枝，随着一阵清风摇曳，似乎在庆祝着它的新生。这棵桃树本生长在一座变电站的站址内，电网建设者不忍看它被毁于刀斧之下，就费了许多周折将它移栽，并悉心照料保证其成活。

雅中变电站的围墙高达六米，而内地一般情况下只需两到三米。为什么要建这么高？项目部的人解释说，为了降低变电设备运行噪声对变电站周边的影响。实际上，雅中变电站站外能动的只有那条雅鲁藏布江，并没有村庄或居民，项目部仍按最高环保标准做。工地上有人开玩笑说："这样能保证在变电站附近的牦牛能更安心地吃草。"

在同样远离居民区的沃卡变电站，为了做好噪声防控，项目部在围墙上安装隔音板。为了固定隔音板，就得在围墙内隔一段预埋螺栓……甚至为了与西藏当地的人文景观保持和谐，电网建设者将变电站的建筑外观设计为藏式传统风格。有人可能认为这样做太过细致，还会增加施工难度和成本，但电网建设者们觉得一切为了大美西藏，值得。

七

奋战在雪域高原上的电网建设者在克服身体生理反应的同时，还要发挥智慧和创造力去应对工程建设中遇到的种种难题，他们是在挑战生命极限、在创造电网建设奇迹。条件再苦工作再难，难不倒这些铁骨铮铮的汉子。但人非草木，孰能无情，这些与父母妻儿天各一方的人们在高原待久了，思乡之情也随日月流逝而酝酿发酵、心中对家人的愧歉也日益累积。自古忠孝难两全，这些东方来的电网建设者便认他乡作故乡、将藏族同胞当亲人，竭尽智力建设好藏中联网工程。

藏中联网工程绝大部分变电站和线路处在稀无人烟的山野，电网建设者最怕忙完工作后，要面对原始般的寂寞和对亲人无尽的思念。

42岁的刘忠海每天忙得不可开交，要同工程建设的各方协调工作，每天电话打个不停，因此他随身的包里一直带着一个大容量的移动电源。事情有时很繁杂或沟通不顺利，加上他顾不上喝水，因此常常嗓子冒火，脾气也就会大点。"我给爱人打电话，从来不敢犟嘴，自己觉得把照料一家老小生活的重担全压给她，理太亏。"刘忠海说，爱人曾生气地对自己说，她聪明一辈子，找对象时却瞎了眼。

刘忠海的儿子今年已经上高中一年级了，一直都没得到他这位四海为家的父亲的言传身教。此时的青年正是身体、思想快速成长的关键时段，也处在叛逆期，这几年的学习、生活环境对一个人的一生有着重要的影响。刘忠海也只能在晚上空闲时，通过手机视频和儿子说几句话。

在别人看来，刘梦媛能和男朋友胡晨一起在变电站项目部并肩工作，真是神仙眷侣。可实际情况是，负责后勤工作的刘梦媛和现场测量的胡晨一天很难见到面。即使在下班后可以厮守在一处，也是所有的知心话都说完了，除了那奔流不息的雅鲁藏布江江水和连绵不断的青山，这里再也找不到可以讨论的话题。晚上没事干时，刘梦媛就去项目部别的同事宿舍里串门、聊天，或者跟大家挤在一处在手机、电脑上看电视剧。夏季遇到恶劣天气，网络经常中断，她就去县城的宾馆、饭店"蹭网"。

负责安全质量的金明渴望找到心目中的白雪公主，但因为常年在西藏工地上，根本没机会跟女孩子们相处。最近，项目部的网络断了，忙完一天的工作后，金明和同事坐车去朗县县城。一路上，金明沉默不语，眼睛看着车窗外的连绵青山和滔滔江水，汽车播放着伤感的情歌，恰好能抒发他的心声。到了县城，他找了一家网吧，向总指挥部发送施工汇报材料。搞定所有工作，金明伸伸懒腰走到大街上。虽然县城只有两条很短的街道，但华灯闪亮、人来人往，金明还是觉得热闹，心情也好了许多。他和同事决定奢侈一下，去一家小馆吃烤串。

詹露是雅中变电站项目部一位爱美的小姑娘，她在自己的办公桌上养着一盆富贵竹，为办公室增添了一分生机。这里比湿润的南方家乡干燥很多，詹露专门买了一台加湿器放在办公室，尽管如此，她的脸上还是长出许多小痘痘。项目部在院子里种满了格桑花，鲜艳的花朵迎着灿烂阳光热情绽放，好似一张张笑脸，给这些远离家乡的电网建设者一点慰藉。

　　雅中变电站常常有不速之客光临——牧民们放养的牦牛。为了及时赶走这些可能给人员和电网设备造成损害的家伙，项目部从朗县县城捉来一只肥胖的斗牛犬，取名憨憨。憨憨似乎很不喜欢在这艰苦的环境工作，整天闷闷不乐地趴在项目部的窝里，充满忧郁的眼睛看着忙碌的电网建设者。一旦它发现有牦牛闯入自己的领地，立即精神抖擞地奔向敌人，展现出极强的战斗力。项目部的同事们很满意憨憨的表现，吃饭时专门给它留出肉骨头。

　　工程开工不久，憨憨有了一个新伙伴，一只流浪的小狗赖在项目部不走了。这只流浪狗比憨憨活泼，很能讨人喜欢，因此大家给它取名欢欢。欢欢很快就认识了项目部的每一位员工，它每天在项目部各个办公室走动，看到不是很忙的人，便蹭上前去撒娇、亲昵。不管是黑夜还是雨雪天，只要大门口有项目部的人回来，欢欢都会飞奔过去，摇着尾巴热情迎接。时间长了，大家都把欢欢当成项目部这个大家庭的一员。

　　在沃卡变电站建设项目部的院子里建有篮球架，在闲暇时，周小宝、李杰几个年轻员工就来一场高原对决。这里海拔3900多米，本来人就感觉氧气不足，他们竟然还进行这样激烈的运动。"打完一场球后，身体就动不了了，血液中的氧气都耗尽了。"李杰说，在海拔这么高的地方打篮球，就是向自己挑战，也是在互相激励，让大家都看看，我们有信心克服高原反应。

　　在高原上，人的体力消耗特别大。李晓林算了一下，项目部的同事们每天在工地上巡视、检查，行走步数都超过一万步。这里行走一万步消耗的热量，相当于内地的三四万步，他刚来的三个月里，体重减少了20斤，从一个小胖子瘦成一道闪电。喜欢安静的李晓林下班没事时就去爬山，变电站附近的荒山都被他走遍了，就连隐藏在山上荆棘丛中的羊肠小道，他也一清二楚。在山上散步时，他常常用手机从各个角度拍摄变电站建设工地。看着工地上一天天逐渐显示出变电站的样子，他很有成就感。

　　9月初，秋上高原，林芝市被一片金黄的秋叶包裹，空气中弥漫着成熟的味道。刘梦媛刚结束 15 天的假期，又从武汉来到雪域高原。她面前似乎还晃动着亲人的欢声笑语，唇齿间还回味着母亲做的美食，可眼前的风景提醒她，又来到了藏中联网工程工地。按照规定，内地的电网建设者在西藏工作两个月，可以休假 12 天。但实际情况是，高原有效的施工时间短，且到了 11 月份，天气寒冷、氧气稀薄，西藏自治区政府会要求全面休工。所以，电网建设者在保证工程质量的前提下尽力赶进度，许多人在高原上一待就是半年。

刘梦媛连续工作了三个月才休的假，短暂而宝贵的 12 天假期在往返路上就要"浪费"三四天。等到她身体刚适应了家乡的气候、环境，还没吃够最喜欢的家乡美食，却又该返回高原了。虽然内心有点不舍，可她知道自己干的这份工作、这项电网工程有多么重要。在前往林芝途中，架在公路上的一副醒目的大标语映入刘梦媛眼帘："衷心感谢以习近平同志为核心的党中央的亲切关怀，衷心感谢全国人民的无私援助"。她心里一热，觉得全身充满力量，迫不及待地想尽快到达变电站。她似乎已经看到欢欢正从变电站大门口向她奔来……

天路入云端

长篇报告文学

● 你们要让大家看看，虽然是从零海拔来到高原，但我们照样能打胜仗！

第十二章
米林故事

○ 刘紫剑

如果把林芝比喻成藏区的"小江南"，那么位于林芝西南部、相距林芝首府八一镇不足百公里之遥的米林，应该算得上位于"小江南"的核心区域了。米林被誉为"云端上的桃花源"，因其气候湿润、空气洁净、森林覆盖率高、含氧量达80%。"米林"藏语意为"药州"，应该是得天独厚的地理位置、众多的山川河流、复杂的地形地貌，为这边土地蕴藏了丰富的药材资源。

2017年8月中，我在这片神奇美丽的高山大河间来回穿梭了一周时间，结识了这样的一群人，听到了这样的一些故事。

这是我家乡

1

次仁的故事，应该从八岁讲起。

八岁的小次仁，胸前挂一个小筐，背上背一个小筐。每个筐里，是一只刚出生的小羊羔。三四月的日喀则，天气依然很冷。虽然外套都裹在小羊羔身上，次仁还是跑得满头大汗。

他必须一刻不停，饿了，伸手抓一把糌粑，渴了，仰头灌一口"秋古"（从牛奶中提炼酥油后剩下的奶渣水）。放下这两只小羊，离村十多里的草场上，还有十几只待产的母羊在"咩咩"叫。如果不把这些幼小的生命尽快送回羊圈，它们就极有可能被冻死。除了寒冷，在高原上四处游走、饥饿的狼和狐狸，还有天上盘旋的老鹰，也是小羊羔致命的威胁。

地上除了稀疏的枯草，就是大大小小的沙砾石子。次仁一边跑，一边小心地躲开这些硌脚的障碍。直到看见村口用木栅栏围起的羊舍，看到村里的土坯房，看到村巷里忙碌的乡亲，他才舍得把鞋穿上。母亲说过，一双鞋，要穿一整年。

"阿莫拉"（奶奶）抱过小羊羔，嘴里发出亲昵的啧啧声，紧接着把用羊皮做成的奶壶送到那些迫不及待的小嘴里。有些第二胎，或者第三胎的母羊，有了责任心，会跟着次仁跑回来，围着自己的孩子来回转。"阿莫拉"就会安抚它们，设法让它们亲自哺乳。

草场，如果叫草场的话，离村里越来越远，草也越来越稀少。"格拉"（师傅）的脸色也就越来越阴沉，冲着次仁大声地吼，嫌他早上来得迟，好的草场都被隔壁的生产队抢占了；嫌他送小羊羔跑得慢，眼看着又生下来好几只。母羊已经把胎盘和脐带吃掉，小心地一遍一遍把小羊羔身上的血水舔净，一步不离地守着自己的孩子。如果是上半天生的，赶晚上回家的时候，经过小半天的成长和锻炼，小羊羔就可以跟着回来。如果是下半天生的，就必须次仁用小筐子送回来。

草色还没有返青。一年里，不到半年的青草。多数时间里，"格拉"带着八岁的次仁，放牧着生产队的一千多只羊，来回找草吃。最远的地方，离村子十多里路。

次仁太累了，他在奔跑的过程中常常都能睡着。在村子与草场的路上，他机械地跑着，忽然脚上一阵剧痛，把他从睡梦中拉回来。风从脸上刮过，云在头上飘过，一个八岁的孩子，在日喀则的天空与大地之间，来回奔走，小小的年纪，已经体会到了生计的艰难。

次仁不喜欢放羊，但是没有办法。作为家里的老大，他一点也不敢懈怠，要帮着挣工分，才能确保一家五口人不至于挨饿。

这样的生活，次仁度过了三年。第一年，次仁每天只能挣到半个工分。第二年和第三年，就可以挣到一个整工分了。这三年里，生产队新添的小羊羔，存活率达到了百分之九十七八。

在匆匆的奔波中，偶尔，次仁会停下脚步，擦一把额头的汗，看着那些背着书包的孩子们。

次仁提出来，要去上学。

那是 20 世纪 80 年代早期，遥远的边疆也实行了土地承包，家里一下子分到了十几亩地，虽然都是贫瘠的旱地，但人们还是看到了希望。正是需要劳动力的时候，母亲当然不让，僵持了一段时间后，父亲终于点头同意了。父亲在兽医站工作，知道文化的重要性。

次仁比以前起得更早了，6 点钟就爬起来，拾粪。牛马的粪便想都不要想，主人现场都处理了。所以，剩下的，狗粪和猪粪是最好的，它们体量大，不一会就会拾满一筐。但更多的时候，这些好拾的粪便，已被更早的人们捡拾走了。次仁用一个小树枝扎羊粪蛋。黄土沙砾上，那些星星点点的黑色颗粒，成了这个少年最大的快乐。

等到太阳出来，次仁和村里的 17 个孩子，一起相跟着越过一条河，到离村子十几里的吉定镇去上学。20 多个村子集合来的 500 多学生，他们村的孩子们受到的嘲笑最多。因为他们村的孩子上学迟，年龄普遍偏大，多被老师安置在教室的最后一排。一遇到提问，十有八九答不出来。

小学只有两门课，数学和藏文。学制也只有三年。

三年以后，萨迦县以及周边的四个县城，只招了一个 49 人的初中班。次仁和另外两名同学成为他们小学的幸运儿。

初中四年，开设了五门功课：语文、数学、物理、化学、藏文。次仁感觉到时间总是不够用，成绩总是不够好，每天都在埋头苦学。然后，1989 年，他和另外 37 名藏族孩子，成为成都水力发电学校（现四川电力职业技术学院）的藏班中专生。

在那个气候湿润、水软风轻的城市里，次仁系统地学习到了汉语，大胆地与人交流，看不再光秃秃的山，看那么多叫不上名字的花草，看街上那么多的美丽女孩，兴奋而好奇地笑。

　　唯一的苦恼，就是吃不饱。"半大小子，吃死老子"，正是能吃的年纪啊。

　　晚上下自习回宿舍的路上，肚子一路大呼小叫。宿舍门前有一个小卖部，是学校统一经营的。次仁实在忍不住的时候，会买一个面包，或者一包方便面。钱花完了，就厚着脸皮赊。

　　小卖部由一个阿姨负责，40多岁的样子，总是笑眯眯地看着次仁。次仁后来才知道，按照学校的规定，小卖部是不准赊账的。而他当时寅吃卯粮，赊账成了每个月的常态，等到月初家里寄来钱了，把各类欠账一清，又剩不下几个了。

　　时间长了，阿姨提出来，次仁可以勤工俭学，用自己的劳动换取报酬。次仁很高兴，跟着阿姨骑三轮车从外面进货，从库房搬货，帮着卖货，反正学业又不重，只要有时间，次仁都到小卖部报到。

　　阿姨有三个闺女，最小的那个也在这所学校就读，每天下午几乎都来帮她母亲干活。有时阿姨忙，小卖部就留下两个年轻人经管。慢慢地，次仁发现他越来越怕看女孩子的眼睛了。两人眼神一对上，次仁就大脑短路，脸红得发烧，话都说不利索了。女孩子就嘲笑他的汉语，说还有这么笨的人呀，越学越不会说了。挖苦完了，从书包里掏出两个煮鸡蛋，有时是几个苹果，或者其他好吃的，斜着眼看着次仁笑。

　　那是多么幸福的时光啊。借着进货的名义，两人溜出去。次仁蹬着三轮车，车上坐着心爱的姑娘。次仁有使不完的劲，感觉能一直蹬到天边去。和风顺畅，柳丝轻扬，晚霞如画，歌声飞扬。次仁给姑娘唱藏歌。姑娘听不懂藏语，但能听懂音乐。听着听着，就哭了，不一会又破涕为笑。

　　然后，毕业的时候到了。姑娘被家里送到别的地方。次仁找过几次，总是见不到。一家人都避着他。女孩的父亲，也是学校的一个教授，托人给次仁送来一封信。信很简短，请他忘了自己的闺女，原因说来也简单：作为水电专家，他不止一次去过西藏，他明白次仁毕业以后，将会是一个怎么样的工作环境，他舍不得自己的女儿去那么艰苦、那么偏僻、那么荒凉的地方。

次仁拿着那封信，在操场上坐了一夜。这一夜，他把自己所会的藏歌都唱了一遍，唱完了，重复唱，直唱到嗓子沙哑，发不出声。

天亮了，次仁收拾好行李，头也不回地离开了学校。

作为西藏电力工业厅的委培生，次仁到单位报到以后，借了300块钱，回到他四年没有回过的家乡。为了供他上学，家里几乎没有变化。走进那破旧的栅栏院，低矮的土坯房，母亲抱着高出一头的儿子，哭得呜呜响。

次仁的第一份工作是拉萨市西郊小水电站的运行值班员，那是1993年。从那时开始，20多年过去了，次仁没有离开过电力系统，从拉萨，到阿里，到昌都，到日喀则……2017年8月9日，我在林芝市米林县藏中联网工程21标段项目部采访，党支部书记次仁坐在我的对面，黑黑的皮肤，洁白的牙齿，小平头，高而瘦。每次回答我的问题，他需要"嗯——"的一声过渡、思考，"嘛"的一声用来收尾。

嗯——党的政策嘛，就是太阳，在阳光沐浴下，我们藏民的日子越来越好了嘛……

嗯——父母都在老家，他们喜欢日喀则。不是有首歌嘛，韩红唱的……"蓝蓝的天上白云朵朵，美丽河水泛清波，雄鹰从这里展翅飞过"。房子也好嘛，三层楼，车子也有嘛。

嗯——爱人好嘛，在拉萨工作。孩子也好嘛，今年15岁了，特别黏我，在上海上中学。自己考过去的，学习一直好嘛。

嗯——国家电网好嘛，每个进藏的电网工程送来的不仅是电流，更是暖流。2011年竣工投运的青藏直流输电工程是一股暖流，这次建设的藏中联网工程更是一股暖流，他们送来了党的温暖，老百姓和中央的心贴得更紧了。这个工程是累、是苦，想一想我们吃点苦，乡亲们却过上了好日子。不说别的，就跟我小时候比，那真是一个天上，一个地下嘛……

说实话，见到王建的第一面，我有点失望。

作为西藏电建公司参建藏中联网工程 21 标的项目经理，他竟然不是藏族。当然，也没有想象中魁梧的个子、黝黑的肤色。唯一有点特色的，王建有双大眼睛。这双大眼睛长在女孩脸上，势必顾盼生辉；放在一个敦实、憨厚的汉子脸上，在表情达意时，只是显露出更多的真诚。

说起来，王建和搭档次仁是校友，不过他比次仁低了整整十级，算是个小学弟。但他的学历要比学兄高，是个大专。

这对学兄学弟也是有缘，先后毕业于一个学校，辗转奔波又先后进入同一个单位，去年联手搭班子，共同负责起西藏电建公司成立以来最重要、最艰巨的电网工程建设任务。

还有一点相同之处，两人在学校里，都有过一段难忘的初恋。

无果而终的次仁，是义无反顾地回到家乡。王建却是经过了一番艰苦的斗争。毕业后回到家乡，娶妻生子，孝老敬亲，一般来讲，是再正常不过的事情。但在那个时候，王建只想着离开这座让他伤心的城市，走得越远越好。在学校的就业意向单上，他选择了最远的西藏。

一笔一画填下"西藏"这两个字的时候，他还从来没有来过这座高原。关于西藏的点滴知识，来自于书本和影视剧，以及驴友的"心灵鸡汤"。他只是认为，西藏是可以净化心灵、安放灵魂的神秘天堂。

那一年，王建 22 岁。

如果把人生的经历分成若干个阶段，17 岁之前，算是王建的第一个阶段：早熟、持家的农家少年。

现在回想起来，是重庆市潼南县乡下的旖旎风光，是父母的终年劳作，是七八岁的时候背不起一大筐猪草委屈的哭泣，是十多岁割麦子难以忍受的刺痛和扎痒，是十五六就利用假日外出打工的艰辛劳作……

不想到单位报到以后，第一份工作比打工时更苦。那是 2003 年的下半年，藏北那曲的青藏铁路 110 千伏供电工程，平均海拔 4450 米，初到高原的王建，胸闷气短，头疼欲裂，即便如此，还要跟着老师傅一趔一趔上工地，组塔，放线，常常干不了几下，天旋地转，王建就要蹲在地上喘半天。那时单位对员工的关怀远没有现在这么到位，除了吸氧以外，没有多余的保护措施。王建只能选择硬扛着，用时间慢慢地来习惯。

晚上回到宿舍，那时的活动板房也粗糙，顶棚有缝隙司空见惯。晴天的时候，还自我安慰，可以抬头看星星。一遇到下雨，自嘲的心情也没了，一个夜里，倒腾几个地方，早上起来，被子还是不可避免地被淋湿了。安全帽到了夜里也有大用处，这儿放一个，那儿放一个，用来接水。

一进入10月份，天气猝冷，气温降到零下20多度。王建有一件羽绒服，每天晚上都穿着它睡觉，用以保存身上可怜的热量。白天到工地去，坐在工具车的车厢里，一路的寒风呼啸，下车的时候别人不扶都下不来，给中午准备的两个馒头也成了冰疙瘩。中午围着一堆火，王建学老师傅的样，把馒头扎在铁丝上，放到火上烤。烤热一圈，啃一圈。刚开始喝不惯酥油茶，喝一次，吐一次，吐了再喝，硬着头皮往下灌，连续几次，肠胃就无可奈何地接受了。

所以，王建有个观点：肠胃这个东西，是个贱脾气，好说不行，那就硬来。

王建呵呵笑：硬来的结果，就是现在西藏各地的饭菜，我是百无禁忌，吃啥都香。

中午，我在他们工地食堂吃饭，四菜一汤：水煮鱼，烧茄子，小炒肉，烧青菜，虾米冬瓜汤，白米饭一大锅。我说挺好呀，这么丰盛，嗯，味道也不错。

王建很自豪：那是——其他兄弟单位在我这吃过的都说好。这是四川的厨子，跟我们做饭不是一年两年了。其实说起来，还是领导重视，更多人性关怀，想着野外施工的兄弟们，工作苦一点、累一点，起码要把伙食保障好，吃饱了才有劲干活嘛。

说到领导重视，王建忘不了一个人，国家电网公司党组成员、工会主席刘广迎。那是我见过的最高领导，还握过手呢。王建津津乐道。

那是2017年4月6日，藏中联网工程开工典礼后，出席典礼的领导分头巡查，刘广迎来到21标段，握着王建的手，语重心长：作为西藏电建公司，更有责任把自己家乡的电网建设好。

也就是那一天，王建体会到了这个工程的不同凡响：这不仅只是一个电网工程，还是一个德政工程、民心工程，是促进国家能源可持续发展、维护川藏铁路大动脉畅通的战略工程。工程建成后，可以提高150多万西藏各族群众的生活质量，对于富民兴藏、民族团结具有极其重要的意义。

然而，工程的难度也是显而易见的。王建扳着指头给我罗列：21标段两条43公里多的单回线路，147基铁塔，全程处于高山密林中，沿线海拔3300—4500米，最高处的铁塔，人走上去差不多得一天；工程体量大，施工人员多，高峰时达500多人，是他以前当项目经理的三四倍；雨季时间长，从6月到9月，几乎天天都有雨；工程要求高，不管是安全、质量、技术……都比以前提高了很多。就以工程检测来说，施工单位有三检：初检、复检、专检，监理单位要检，业主单位要检、专业的质量监督要检，还有运行单位的检测，先后要经过七道手续。再说安全，每天出工前的班前会，收工后的班后会，每周一次的安全培训，不定期的安全教育和现场调考……在这么严格的管理下，截止到目前，我们的工程无一返工，现场无一事故，人员无一受伤。已经连续两个月获得工程分指挥部的先进建设单位了。

次仁告诉我，别看王建年龄小，但水平高、能力强、技术精，是非常优秀的青年干部。他给我看一摞厚厚的荣誉证，从2006年开始，王建连续多年获得单位的"安全生产先进个人"或"先进工作者"。"这是个干实事的人，"次仁评价，"就是苦了他的老婆孩子……"

王建这种工作性质，整天在野外跑，一晃就20大几了。父母眼看着王建的同龄人先后都成了家，快一点的，孩子都会打酱油了，知道催也不顶事，提前在家乡问好一个勤劳朴实的农家姑娘，熊柏霞。2006年春节假期，王建回家的第一件事，就是和相距16公里的小熊姑娘见面，两个人一点头，八天以后，就吹吹打打成了好事。

21 标段两条 43 公里多的单回线路，147 基铁塔，全程处于高山密林中，沿线海拔 3300—4500 米，最高处的铁塔，人走上去差不多得一天。

我起初以为听错了：八天……这也太快了！

王建呵呵笑：没时间呀。先结婚后恋爱，也挺好呀。

那年过了正月十五，王建就把新娘子带到拉萨，30 多平方米的单身宿舍简单收拾一下，就是新房。亲热不到一个礼拜，王建又到工地上去了。蜜月的热乎劲还没过，新娘子想跟着他一块去工地，王建坚决不答应，你是不知道工地上有多苦。熊柏霞一盘算，还不如在老家待着，起码人头熟。拉萨倒好，海拔高不说，王建一走，连个说话的人也没有。

新娘子又回了重庆，在家里帮他侍奉双亲。2008 年 4 月，先生了个女孩。2012 年 2 月，又生了个男孩。儿女双全，"好"事吧。但王建很理亏，俩孩子出生的时候，他都不在身边。女儿八个月大的时候，他才第一次回家，开开门他抱着孩子哭，妻子一边打他一边哭。老二生育的时候，更危险，早产一个多月，当时老婆大出血。现在两个人一有争论，老婆就把这事拿出来，王建立马低头认输，没话说了。

他给我解释：真得内疚呀。人生人，怕死人。一个男人，再有多大的事，也不能缺了这个关口。所以我对老婆，说宠也罢，说怕也罢，只要她高兴，怎么着都行。

不光宠老婆，王建对两个孩子也是满满的宠爱。老婆有时候说他，不能无原则地溺爱。王建明白，但是做不到。"一年才能见几天呀，亲都亲不过来，哪舍得说呀。批评孩子的事，教育孩子的事，讲道理的事，让老婆去得了。"王建很得意，"所以，两个孩子见我亲。每次我一回家，前后跟着我，他妈再也叫不过去。"

其实，最困难的时候，也就是老二出生的时候，当时在电话里听到老婆无助的哭泣，王建很困惑：我到西藏来干什么？我为什么要从事这样一份工作？我这样做有什么意义？

当然现在都过去了。王建告诉我：当然有意义了。西藏是我的家乡，建设好藏中联网工程，就是建设好我的家乡。

3

和王建一样，把西藏认作家乡的异乡人，还有李凯，安徽送变电工程公司青年管理干部，对口交流挂职帮扶西藏电建公司的援藏人员，现任21标段项目副经理兼总工。

李凯是一个精干的小伙子，言谈流利，反应敏捷。他认为2016年是他人生中一个重要的时间节点。4月30日，女儿呱呱坠地，给组建四年的小家庭带来了无尽的欢乐。7月中旬，被提拔为送电分公司技术科的副科长。9月中旬，一天忽然被领导叫去，通知到西藏开展帮扶工作。对这项任务，李凯第一时间内心是排斥的，毕竟孩子还不到半岁，再加上手头的工作刚刚铺开。

但他还是选择了服从命令，原因说来也简单。之前单位确定赴藏的那位同志因为家里有事，实在走不开，领导无奈之下，想到了他。他不想让领导继续为难下去。得到消息的妻子先是愣了一会，低低问一句：不去不行吗？

李凯沉默了半天。他不知道怎么回答好。

抱着襁褓里的孩子，妻子忍不住哭了出来。

那天是9月20日，五天之后，李凯就飞往拉萨，很快就来到林芝工地，开始了他全新的工作历程，也是全新的人生历程。

不同于故乡吉林德惠一望无垠的东北平原，也不同于工作地安徽合肥繁华拥挤的都市景象，一周的时间，李凯适应了高原的气候，融入新的工作环境中。项目部41名管理人员，绝大多数是年轻人，和李凯的年龄不相上下。李凯对这群新的同事赞不绝口：勤劳、朴实……

作为项目总工，除了协助王建负责项目的管理、安全、技术外，李凯的主要精力放在各项工作的标准化和精细化上，从责任分工，到资料归档；从技术培训，到安规考试……每一个细节，每一个关口，李凯不厌其烦，认真要求，精心提升，短短半年多时间，项目部的各项管理有了明显的改进。王建评价，我们连续两个月获得综合考评第一名，这个荣誉可不简单，说来只是朗县分指挥部下属六个标段的考评，但其他几个标段都是内地的建设单位，管理一向严格、规范，再加上，这个考评是由业主组织的，不打招呼，突击检查，可以说，检查结果是相对公平和客观的。我们西藏电建公司负责的这个标段，能够拿到，并且保持这个荣誉，李凯起到了重要的作用。

李凯把这归功于两点：一是管理团队的精诚团结，从项目经理王建，到党支部书记次仁，大家一心扑在工作上。二是项目部的年轻人好学上进，乐于接受新观点、新知识、新技术。李凯带了五个大学生，不到一年的时间里，这帮年轻人的工作态度、工作能力、专业技术……都有了空前的转变和提升。李凯认为，干好藏中联网工程只是他帮扶工作的一个目的，还有一点，就是通过这个工程，为西藏电建公司培养出一批技术专家和管理人才，这是他最大的心愿。

　　年龄只有 35 岁的李凯，一路走来，精彩不断。他是村里第一个考上大学的，"东北电力大学"的通知书在一双双粗糙的大手中来回传递，200 多名乡亲热闹了三天，庆祝他"鱼跃龙门"。大学期间，他牵头组建了校电子技术协会，担任第一任会长，两年多的时间里，带着一帮有相关爱好的同学们，做实验，搞小发明，所以除了专业知识以外，也涉猎到了其他领域的知识。不想正是这一点爱好，对他以后的工作起到了极大的作用。上班十年多时间，荣获国家实用新型专利十项，发明专利一项，单位成立了以他名字命名的创新工作室，管理创新成果获得安徽省管理创新一等奖、国家管理创新二等奖，先后荣获合肥市五一劳动奖章、安徽省电力公司劳动模范。

　　李凯最骄傲的是，他参加工作的第一站，就是我国第一条特高压工程，晋东南 – 南阳 – 荆门 1000 千伏特高压交流试验示范工程，施工点在河南巩义县，工作内容一句话概括：黄河大跨越。时年 24 岁的李凯，随师傅爬在黄河岸边高高的铁塔上，放眼四望，天高地阔，大河浩荡，禁不住一腔的雄心壮志，自豪感油然而生。后来，他又陆续参加了四次长江大跨越、一次淮河大跨越。他总结：咱们国家境内最重要的三条河流，长江、黄河、淮河输电线路大跨越，我都参与了。

　　我由衷地夸他：一个电建工作者，有这样经历的不多，为你庆幸。

　　庆幸我有一个好单位吧！李凯告诉我，他非常高兴，能够工作在安徽送变电工程公司，能够遇到一个关爱职工、以人为本的领导班子。2012 年 6 月份，项目部在新疆施工，其时李凯刚当上项目总工，每天忙得脚不着地。相处一年多的对象焦传霞在电话里问他：年底的婚礼准备得怎么样？在哪儿拍婚纱照？宴席设在哪个酒店？

　　李凯吞吐了半天，说：咱们……推迟一年……行不行？

　　好在对象通情达理，没有过多责怪。放下电话，李凯长出一口气。不想这个电话，被项目部的负责人听到了，给公司领导一汇报，一了解，原来不止李凯一个，工地上还有两个小伙子，也是一再推迟婚期。领导一拍板：来个集体婚礼，就放到工地上。

李凯给我看现场的照片：一基银白的铁塔上，大红横幅格外显眼："缘定戈壁，情系电网——安徽电力职工新疆西北联网工程现场集体婚礼"，三对新人正在放飞五彩的气球，近景是幸福的新人、洁白的婚纱、大红的地毯，远景是黄色的戈壁滩，是蔚蓝蔚蓝的天空。

从零海拔来到高原

1

陈海峰第一次出现高原反应，是在2016年3月14日，当天他从上海出发，直飞格尔木。下机后，走路，说话，吃饭，都好好的。但到了晚上，就是睡不着，前额发紧，脑子嗡嗡响。刚开始，以为是初到高原，有点兴奋；翻了无数个身，忽然想起来了：这就是传说中的"高反"啊。

第二天，勉强爬起来，坐车一整天，黄昏时分，到了唐古拉山山口。这么有名的景点，但车上四个人，没有一个敢下去，一边吸着氧，一边凑合着在车里调整位置摆POSE，和这个闻名遐迩的中国青藏公路最高点合影留念。陈海峰笑着给大家说：就别拿这照片在微信群里显摆了，要让人家看出来是在车里照的，还不被人笑死。

当晚歇在安多县城，海拔4800米。下了车，想着一天没好好吃饭了，一人要了一碗鸡蛋青菜面，胃里咕咕叫，但头晕得吃一口就想吐。最后，陈海峰也就是吃了两根青菜，连鸡蛋都没动。一年多以后，2017年8月8日，他还念念不忘那碗面，给我诉苦：什么面嘛！就要20多块钱——比上海都贵。

在安多倒是睡着了，却是一夜噩梦，陈海峰用残存的意识，努力想从梦境中醒过来，总是拔不出来。凌晨6点多，驾驶员把他摇醒：哥，咱赶紧走吧。我实在受不了啦。

逃命要紧！一行四人匆匆上车，直奔拉萨。到了海拔3600米的拉萨，明显感觉好多了。办理入住手续的时候，陈海峰才想起来，早上结账的时候，竟然忘了要回昨晚交的押金。

唉！他摇摇头，告诉我：一到高原，感觉脑子都不够用了，智力严重下降。

同车四个人，除了驾驶员，另两个，一个是老杨，一个是小邓。他们都是华东送变电公司的职工，此行过来，是为了参与藏中联网工程建设的。他们公司中标该工程的第 22 标段。整个施工点都位于林芝市米林县境内。最早听说工程在林芝干，几个人长舒一口气，因为他们都听说过林芝的美名，是西藏境内海拔最低的地区，只有 3000 多米，被誉为西藏的"小江南"，植被茂密，山水秀美，氧气含量达到内地的80%。

从拉萨到林芝的这一段路程，陈海峰心情愉悦，一路欣赏着美不胜收的藏地风景。车子沿雅鲁藏布江一路向东行驶，左手是念青唐古拉山脉，右手是喜马拉雅山脉，这些如雷贯耳的山水，竟然集中在眼前展现，是多么难得的幸运啊。陈海峰贪婪地看着窗外，高山雄伟，大江壮阔，使人心旷神怡、赞叹不已。

不想转过天来，一到工地现场踏勘，陈海峰傻眼了。全长 46 千米，单塔双回的线路，151 基的杆塔建设，所有的施工点，竟然都在大山上。而这里的山，高而陡，石质破碎，树还多，有些地方，几乎是原始森林。陈海峰用八个字给我形容：山高林密，树大沟深。

这是时年 33 岁的陈海峰第一次担任项目经理。首次上任，就是这么一个硬骨头，陈海峰眉头紧锁，内心焦虑，把全部的线路走径踏勘完，一路走一路倒抽凉气。毫无疑问，这是他从事线路架设工作 11 年来，大大小小经历过的十几个工程中，建设难度最大的一个。

怕不怕？怕！

干不干？干！

陈海峰始终忘不了第一次见到藏中联网工程总指挥王抒祥的那一刻。王抒祥拍着他的肩膀：你们是华东片唯一参建的一个单位，你们要让大家看看，虽然是从零海拔来到高原，但我们照样能打胜仗！

2

记忆中的少年时光，留给陈海峰印象最深的，是母亲的一次毒打。

聪明的孩子，小时候大多淘气，陈海峰就是这样。小学一二年级，不管班上多少同学，他总能考第一名。小小的成绩，带来小小的骄傲，陈海峰觉得学习不过如此。三年级的夏天，天气非常炎热，班上有几个男生总是中午到附近的小河里游泳、戏水，下午上课也不回来。陈海峰禁不住诱惑，有一天，也跟着去了。回来的时候，耽搁了两节课。等到下午下课的时候，陈海峰一出校门，就遇见了盛怒的母亲。没有一句责骂，上手把陈海峰掀翻在地，脱下鞋子，在屁股上就是一通狠抽。等到老师拉开的时候，陈海峰的屁股已经失去了知觉，哭得上气不接下气。母亲把鞋穿上，留下一句话：再敢逃学，比这还重。说完，扭身而去。

当时的小小少年，内心应该有惊恐，有怨恨。但到现在，陈海峰非常理解母亲的做法。外爷重男轻女，对六个子女中的老大，也就是母亲，没让上过一天学，从小在家里帮着大人劳作。十多岁的女孩子，就能上地挣工分。好强的母亲，受够了没有文化的苦处，所以她成家以后，坚定一个信念：再穷，再累，也要让所有的孩子都上学，能上多高上多高，能走多远走多远。

陈海峰显然做到了，2006 年到华东送变电工程公司参加工作以后，足迹遍及大江南北，江苏南通，安徽宁国，辽宁朝阳，贵州黔西……但不管在哪里，不管离家千里万里，他也忘不了安徽长丰县的那个小山村，时刻牵挂在心。

然而，遗憾还是留下了。他刚参加工作，被分配到江苏宜兴 50 千伏线路工程，上手很快，两个多月后，就以学徒工的身份担任工程部主管。一天夜里，接到家里电话，爷爷病逝。放下电话，他在项目经理办公室门前徘徊了半个时辰，还是没有敲门，给家里把电话回过去，吞吐了半天。父亲在那端问他：是领导的意思，还是你的意思？

他不说话。

父亲长叹一声：好好干活吧。过年早点回来，给你爷多烧几张纸。

11年之后，陈海峰谈到这一段，忍不住泪湿眼眶：爷爷最疼我了，上学时只要一回家，就偷偷塞给我十块八块的，而他自己，一直抽一块多钱的"大丰收"。

那年春节，陈海峰把两条"中华"放在爷爷坟头前，跪在地上，放声大哭。

再不能有愧疚，再不能留遗憾。陈海峰暗下决心，一定要多孝顺老人，自己吃苦无所谓，不能让老人受一点委屈。2009年在上海成家以后，虽然只有小小的70多平方米，陈海峰还是想把老人接过来，看看大上海，享享城里人的福。父母就在他结婚时来过一次，再不愿意来了。说起来，上海除了人多车多，楼高点，有啥好嘛，咋也不如家里畅快。父亲告诉他：你要真孝顺，赶快给我生个孙子，我跟你妈都想疯了，你不看村里给你一样大小的，人家孩子都上初中了。

为什么不生？我问。

陈海峰苦笑：一直想要，时间不赶趟。每次回家，也就是三五天，一年和妻子相聚，不到一个月，哪能那么巧就怀上。

陈海峰的妻子是个初中教师，刚好学校放假，她赶到工地来探亲。下午在食堂吃饭的时候，我遇到了，一个漂亮秀美的女士。她以茶代酒，敬我。我喝下一杯茶水，转头鼓励陈海峰：要拿出干工作的劲头，抓紧时间，好好努力，争取"中标"成功。

两朵红云飞上女教师的脸庞。陈海峰呵呵笑：托你吉言，"中标"成功。

3

下午，我们到工地去。考虑到我是进藏第二天，特意选择了一个爬山强度不大的施工点。一路的荆棘密林，陈海峰和老杨一前一后把我保护在中间。他俩说是半小时，我气喘吁吁，用了50分钟，挂坏了两根树枝，才爬到 14L141 号塔。老杨看看手机，安慰我：慢一点，海拔 3290 米了。

我有点惭愧。此前，他俩劝我就在山下看看算了。我很自信：没事！我在西安，常常参加户外爬山，进秦岭山里，也不是一回两回了。每次走下来，都是三五十里路。

我胸闷气喘，看腕上戴的运动腕带，心跳已到 135 次 / 分钟。看来在高原上，还是不敢大意。

所谓的施工点，就是密林中开出来的一小块山坡，倾斜度达四五十度。铁塔的四个基础，位于四个平面，所以四条腿长短不一，看起来颇为滑稽。杆塔组立不到三分之一，已经高达十多米，五个工人爬在上面组装、拧螺丝。十几个工人在下面搬运、用滑轮往上送杆材。陈海峰和项目点的责任人讨论技术上的事。老杨看我气还没有喘匀，笑笑说：这基杆塔，我来过三次。

他用手指着身后山峰的最高处：看那儿——是我们标段最高的一基铁塔，海拔 4200 多米，人上去一次，需要四五个小时。

我吃一惊：四五个小时，那整天就剩下爬山了。一来一回，时间都花费在路途上。

老杨摇头：这种施工点，工人一般都是把帐篷、铺盖带上，夜里就住在山上。

要住多长时间？

一级杆塔组立起来，20 多天时间。看个人情况吧，身体要能坚持，就一直住在上面。

20 多天——真够长的。

去年基础浇筑，时间更长。一基铁塔，四个基础挖坑，运送砂石和水上山，现场搅拌混凝土，回填浇筑，差不多需要两个多月。有的工人，就一直守在上面。

吃饭呢？

这是林区，防火要求高，山里不允许有明火。所以工人们吃饭，都是在驻地做好，用车子送过来，再用索道运上去。

我抬头看，青山巍巍，白云缭绕处，隐隐露出铁塔的雄姿。当时架设的索道，还没有来得及拆卸，感觉那索道，就一直通到云里去。

老杨个子不高，肤色黝黑，天庭饱满，方言浓重。跟他交流很费劲，有的话，需要重复好几遍。

老杨也是安徽人，明年就 50 岁了，是这个项目点资格最老的。从最低的 35 千伏，到最高的 1000 千伏，老杨先后干过 30 多个工程。他不无自豪地告诉我：线路施工，除了没有挖过坑，所有的工种，我都干过。

不过说起这个工程，老杨摇头：没遇到过这么难的。把我 28 年的工作经验都用上了，还常常遇到新问题。不光是技术上的，还有安全上的。

最惊险的一次，发生在去年 7 月份的一个晚上，老杨带着工人回驻地，遇到泥石流把路冲断。两个工人在前观察，不想又一拨泥石下来，瞬间埋到膝盖，后面的七八个人一齐上手，连推带拉，刚把那两人拽出来，更大的一拨泥石流涌来，看得大家一身冷汗。要不是人多力量大，那两人就被埋在里面了。

说到施工，最累的还是去年，基础浇筑期间。一个基坑，混凝土用料不等，20~50 方。不管多少，必须一次性浇筑完成，中间间隔不能超过两小时，所以只能夜以继日，加班加点，熬到凌晨四五点，或者一个通宵，都是常事。

说说家里吧。

家里——我都不好意思说。老杨点根烟，狠抽一口：我是个不孝子，父母亲过世，我都不在身边。父亲是 1998 年农历二月二走的，其实我初十离家的时候，父亲的肺气肿已经很严重了。我给他告别，他含着眼泪，半天说不出一句话。当时还没有手机，三哥把电话打到单位，单位再打到工地——江苏常州 220 千伏送电线路。整个工地只有一部电话。施工队队长晏六升把老杨从工地叫回来，通知他赶紧回家。从常州到芜湖，再到青阳，火车、汽车、摩托车，老杨一路紧赶慢赶，等回到家里，已是第三天的中午了。埋葬完父亲，等不到"头七"，又回到工地。

母亲也一样，2014 年 9 月初，87 岁的母亲害怕死在医院，坚持回

○ 看那儿——是我们标段最高的一基铁塔，海拔 4200 多米，人上去一次，需要四五个小时。

到家里。17 日上午，姐姐把电话打过来，哭着说母亲不行了，你赶紧给妈说句话吧。母亲在电话那端，已经发不出声，只能"啊啊"地叫，老杨在这边语不成声：妈你等等我，妈我马上就回来了。忽然电话里宁静下来，片刻的沉默过后，哭声顿起。老杨蹲在地上，抱着电话呜呜地哭。

对父母的亏欠，老杨只能在妻子身上加倍地补偿。工资奖金全部上缴老婆。不遗余力供孩子上学，花钱找人上最好的学校，不计成本请最好的家教。儿子也争气，2013 年考上了上海同济大学，2017 年毕业，应聘到上海的一家软件公司。

老杨大名杨照林。我给他竖起大拇指。

4

晚上回到项目部所在地，米林县南迦巴瓦酒店。吃过晚饭，到项目部门前散步，穿过一条马路，就是雅鲁藏布江。江面辽阔，江水浑浊，奔流迅疾。同行的郑超告诉我：现在是雨季，山上的水都冲下来了。其实到了冬天和春天，这一江水像蓝色的玉石，非常漂亮。

小郑 1985 年出生，还没有结婚，是个腼腆的小伙子，未语脸先红。

其实去年一车同来的几人中，小郑是"高反"最严重的一个。在拉萨的时候，人都昏迷了。先送到就近的一个小医院，人家不敢收。陈海峰求人家：先给做做检查嘛。好在一检查，不是肺气肿，一边输液一边吸氧，过了两天，小郑才醒过来。

陈海峰和好多同事认为小郑不适合在高原工作，劝他回家。小郑不服气。他自认是个身体素质挺好的人，又年轻，往日里身体不如他的都没事，他怎么就坚持不下来？从拉萨下到米林，海拔只下降了 600 米，小郑神奇地好了。更神奇的是，他后来去工地，去过最高的施工点，海拔 3900 米，拔高 1000 多米。他来回走了一趟，竟然还行。

就是气短胸闷嘛。小郑拍拍胸口，走慢点就行了。

那山特别陡，好几处悬崖峭壁。小郑第一次去，上山的时候手脚并用，用了五个多小时。下山的时候，就紧张了，抓住施工的绳索，一步一步往下蹭。直到第二天，小腿还在不停地哆嗦。当然，现在不会那么紧张了。几乎每天都要去工地，走得多了，也就习惯了。

我说神奇，是这些施工点已经超过了拉萨的海拔高度，但小郑都能受得了。一旦说到拉萨，小郑下意识地就紧张起来。后来他还去过一次拉萨，又是间歇性地昏迷。

我笑：你这可能是心病，对拉萨有了条件反射，身体各机能的一种自我保护。

小郑低着头笑：你说得对。

陈海峰给我介绍小郑时，说他为了工期推迟婚期。小郑都害羞了：这个真没啥写的。我们单位里，因为工作原因推迟婚期的太多了。真的，很平常的一个事。

再平常的事，也有它不一样的细节。小郑参加工作都八年时间了，说起来工作单位在大上海，但一年四季人在外面跑，压根就没有和异性接触的时间。

何况，陈海峰告诉我，上海本地姑娘瞧不上他们这些野外架线的——说起来是电力工人，收入在上海并不高，一点吸引力也没有。陈海峰呵呵笑：要不是我爱人是以前的同学，我很有危险呀。

小郑的老家在湖北黄冈，2015 年春节回家，见了一个女孩。双方都满意，就加了微信、留了电话，一直联络着。去年春节再见面，耳鬓厮磨几天，感情就升温了。两家老人就商量着今年"五一"把婚事办了。今年 3 月份，一到工地，小郑就感觉这个决定不切实际，晚上和对象视频聊天，绕了好几个圈，才把意思说明白。女孩有点发愣，过了一会儿问他：你跟你家里大人说了吗？

主要还是怕她不高兴，我们家好说。小郑笑嘻嘻地告诉我，女孩有好几天不理他，不过现在已经好了，每天都视频。他俩已经约好了，今年过年回家，一定把事办了。

我在他们项目部的会议室里采访，看见墙上的宣传展板，有几张学校和孩子们的照片，问刚从工地回来的陈海峰：这是怎么回事？

陈海峰指着照片给我一一介绍：这是我们公司内部组织的捐款捐物，这是我们和米林县里龙乡小学捐资助教，以及捐建"爱心书屋"的场面……

工程建设的顺利进行，与当地政府、居民的支持密不可分。华东送变电公司有一个优良传统，每到一个地方建设，要求项目部要和当地居民建立良好的关系，争取留下一点公司的痕迹。而这个要求，兼任项目部临时党支部书记的陈海峰一直记在心上。今年一个偶然的机会，陈海峰得知里龙乡学校有些学生家庭非常贫苦，就给公司做了汇报，得到公司领导的高度重视。公司在单位内部发动员工个人捐赠，收到捐款近四万元，书本一万多册，还有衣服、书包、玩具等。6 月 24 日，公司领导带着职工们的爱心，亲自过来，到学校现场送给孩子们，并且和学校建立了长期的帮扶计划。

照片上，孩子们抱着书包和玩具，翻着图画书，一张张童稚的笑脸上，洒满了明媚的阳光。

甲格村中

华东送变电公司的 22 标段，和西藏电建公司的 21 标段，项目部都设在米林县城。两地相距不到两公里，这两公里之间，基本上也就是县城的中心，两三条街道，三五层高楼房，数百个行人，繁华程度不及内地的一个乡镇。

采访 21、22 标段时，我住在县城东北侧的南迦巴瓦酒店，一路之隔，就是浩浩荡荡的雅鲁藏布江。两岸青山连绵，整天云山雾罩，正是藏中的雨季，一年八成多的雨水，集中在这几个月下。我是 8 月初进的藏，待了一周时间，每天都有雨，只是大小不同而已。

难怪看见陕西送变电公司的黄助威时，这个身高体壮的项目经理眉头紧锁，看着天发呆：这老天爷，能不能别下了……

陕西送变电公司承建 23 标段，项目部设在米林县的一个小山村，甲格村。车子出了米林县城，沿雅江逆流而上，大致方向西行，曲曲弯弯两个多小时后，把我放到公路边上的一排民房前。细雨连绵，我拎着行李看这房子，两层，外观陈旧，装饰是繁复的藏族图案，心里不由得一喜：挺好呀，可以住住原生态的藏族民居了。

不想进到里面，和内地的房屋没有区别，大白粉把墙壁刷得粉白，桌椅俨然是熟悉的办公桌椅。黄助威介绍，这儿原来是废弃的村委会，他们用了极低廉的价格租过来，重新粉刷了一遍，再到县城买些桌椅配进去，就是项目部了。和其他单位比起来，条件不是一般的差。包括吃饭也是，我是中午到的，下午吃到了久违的陕西面食，也就一碗面而已，连个咸菜也没有。

这个时候，天已放晴，黄助威见缝插针，又到工地上去了。年轻的马磊陪着我，不无歉意地笑：这个伙食……

我宽慰他：挺好的，我在西安，有时候也就一碗面。我是偶一为之，但你们就不行了，长期这样，只怕营养不良吧。

马磊苦笑：我们这个标段离城市远，项目部设在村里，对工程建设是方便了，只是苦了大家伙，地方太偏，买菜不方便，只能这么凑合着。

我看该标段的工程资料，线路的长度，工程的难度，和前两个标段没有大的区别。只是多了一份比较详细的地形地质分析：线路途经地形，其中峻岭5%、高山80%、山地15%；当地地质，普通土5%、松砂石35%、岩石60%，地质构造复杂，构造活动强烈，地震活动频繁；沿线山高坡陡，不良地质作用发育，以崩塌、滑坡、泥石流、危岩危石和冻土为主，具有点多面广、分布不均等特点。

马磊给我解释：这样的地形地貌、地质条件，一言以蔽之，输电线路工程建设所能遇到的、所能想到的困难，这个地方都有。所以我常常想，有了"这碗酒"垫底，以后什么样的工程，什么样的场合，我也不怕了。

他从电脑里调出照片给我看：悬崖峭壁上，岩石坚硬，草木青翠，褐色的工人撅着屁股，系着安全绳，小心翼翼地往上爬；山顶用塑料布搭起来的简易帐篷边上，工人们正在吃饭，粗糙的皮肤，破旧的工衣，满面灰尘……背景是巍峨的喜马拉雅山脉，是蜿蜒如玉带一样的雅江，是高远辽阔的天空上白云朵朵，是一只雄鹰展开翅膀，在海拔4000多米的天空上翱翔。

28岁的马磊，笑容总挂在嘴角，五年工龄，这是他参与的第三个工程，已经当上了项目总工。他是我走过诸多电建工地见过的数十个电建工人中，心态最好的一个。比如大家都认为供电单位比电建单位好，马磊不这样以为。他给我举例，他有几个同学分到了供电公司，都在县公司，工作十年八年，都不见得有他一年的经历复杂，不说电建工人走南闯北、四海为家的这份豪情和闯劲，就他每天接触的这些人，有县、乡、镇、村各级政府官员，有缠着闹着想多要点赔偿的老百姓，有找不到工头要不到工钱的劳务派遣工，有甲方、指挥部、设计单位、供货方……有的时候，还能见到一般人在电视上才能见到的大领导，你像……他扳着指头给我罗列。

马磊和爱人是高中同学，虽然大学不是一个学校，好在都在西安，同学聚会的时候互生好感，大二的时候明确关系，毕业时候谋划以后的生活，马磊给爱人描述电建公司多么厉害，收入多么高效益多么好……妻子学历很高，是个学法律的研究生，不过隔行如隔山，完全听信了马磊的话。结婚以后，才明白电建公司是个什么样的工作性质，两人"五一"摆的酒席入的洞房，八天之后马磊就到工地去了，6月12日回去参加安全培训，妻子憋了一个多月的火气终于得到发泄，把他狠狠教训了一顿，具体细节"不宜描述"。离家那天早上，妻子给他冷笑：想得美，你走不了。马磊不以为然，出门前一检查，身份证不见了，给老婆好话说了一箩筐，才把身份证拿到手，匆匆就往机场赶，差点误了飞机。

两人每天都视频，大约半个小时，多数时间里，都是老婆在那头说，马磊在这边笑着点头。他给我解释：人家学法律的，咱吵不过呀。再说了，即便吵得过也不能吵。吵得赢吵不赢只是战术问题，想不想吵却是战略问题。战略对头了，一切问题都不是问题。

我夸他：虽然你结婚只有一年，但悟性高、认识深、态度好，家庭生活一定幸福。

第二天中午，米林县发改委副主任拉巴次仁带着一个汉族司机来到项目部检查工作，老远见到马磊，很热情地打招呼，还给他递烟。

拉巴好像是第一次来，把项目部的几个文件夹翻了个遍，给我跷大拇指：你们国家电网这个公司厉害，在我们所检查的企业里，你们是管理最严格、最规范的一个。给项目部传达三个意思：这次检查是雨季安全普查，前两天某地塌方，伤了几个人；山上不能住人；雨天不能施工。

黄助威一个劲点头：放心吧您呐，我们和您一样小心。

快到中午的时候，拉巴交代完了，拍拍屁股就走，老黄和小马拦不住。我看着远去的车辆，禁不住感慨：没想到藏族的政府干部，也这么敬业、负责。

马磊点头：其实我发现，藏族的老百姓，身上有好多优秀的品质，知足常乐，与人为善。就说我们项目部吧，晚上睡觉，办公室也就是一把小锁，发电机和洗衣机就搁在院里，院子几乎是敞开的，在这个地方快一年了，没丢过任何东西，可谓是夜不闭户、路不拾遗。

我问：当地藏族老百姓对你们就不好奇吗？

他们更关注自己的生活。一般来的多是小孩子，五岁半的其米央珍，就住在隔壁，暑假的时候，几乎每天都来，这儿转转，那儿转转，我们把电脑打开，给她看动画片、玩游戏。还有的老乡，过来复印个照片、证件什么的。其他时间，他们就忙着喝酒、唱歌。

不干活吗？

干呀，一年也就忙四个月，五六月份挖虫草，七八月份采松茸。剩下的时间里，他们就是玩，自给自足，自娱自乐。

我是 8 月 10 日中午到的甲格村，12 日上午离开，不到两天时间里，避居大山深处的这个小山村，给我留下了深刻的印象。感觉此地的藏民，就像神仙一样过日子，只有四五十户 200 多人口的一个村庄，竟然还有酒吧。夜里 12 点，我完成手头的稿子，还听见他们在唱，男男女女，煞是热闹。虽然听不懂藏语，但那歌声中的安详、幸福、快乐，却可以实实在在地感受到。

这里的时差与内地相比，约一个小时，早上天亮得迟，晚上天黑得慢。第二天吃过晚饭，好不容易等到雨过天晴，我想出去走一走。马磊拦我：都 8 点了，天快黑了……

我谢绝了他的好意，一个人沿着公路走。

放眼四望，是高大巍峨、层层叠叠的群山，山的上半部分都被白云笼罩着。感觉那云就是从山里生长出来的，丝丝缕缕，连绵不绝，在天空汇聚起来，不断地加重、加厚，只有左后侧的云层后面，隐隐透出金黄的亮色，提醒我：那是落日，那是西方。

耳畔忽然听到人语声，是一声简短的、隐约的、快捷的、命令式的口气。我惊醒过来，左右看看，四周绝无行人，群山静默无语，雅江滔滔奔流，公路上一辆车也没有，鸟想必也休息了，天上静得可怕，暮色以可以感觉到的速度和力量，一点一点压下来。鸡皮疙瘩瞬间布满全身，我心底生出深深的恐惧，我是在西藏的高山大河之间呀……

扭头一路狂奔，直到转过一个山脚，甲格村的灯光出现在眼前，我才长出一口气，调整心情，放慢脚步。村口的矮墙上，两个小女孩舍不得回家，还在玩。

简短的交流后，我知道，她俩分别是三年级的卓玛和二年级的央珍。她们用流利的汉语问我：你是到这来旅游的吗？

我指指远处山上的铁塔，暮色中只能看出个大概的影子：我是来这里架铁塔拉电线的，这条线路修通以后，你们村里以后再不会停电了，冬天也再不会冷了。

两个小姑娘忽然对我行了一个少先队队礼：哦，你就是送来光明和温暖的电力叔叔呀。老师对我们说了，要感谢你们。

哦，你就是这光
明和温暖的电力叔叔呀，
要感谢你们

○ 本次累计接卸铁路车皮近 2000 个；二程运输转运 7586 辆次，累计运输里程达 750 万公里，是地球和月球距离的 19 倍，相当于绕地球赤道 187 圈。

第十三章
电力天路上的优秀"粮草兵"

○ 石小飞

望苍穹，逶迤千座山川；瞰五湖，勾勒万丈深渊。这是东方的世界屋脊，也是璀璨文明的西域胜地。为再次架起一条希望与光明的电力天路，国网物资人再次出发，鏖战高原。面对藏中联网工程这个迄今为止世界上最复杂、最具挑战性的高原输变电工程，国网物资公司、国网四川电力物资分公司和国网西藏电力物资公司的员工们克服严寒缺氧、运输艰险、安全挑战等种种困难，坚守雪域高原，努力保障物资供应，为电力天路的建设贡献着自己的力量。

2017 年 12 月 12 日，天还没亮，王力就起床了。惦记着当天要到货的变电站物资，再加上冬季的严寒缺氧环境，他裹着毛衣躺在床上，整夜处于迷迷糊糊的状态。刚进入梦乡，耳边的闹钟就响了。

王力是国网物资公司派驻藏中联网工程 500 千伏芒康变电站的物资供应专责。芒康变电站位于西藏昌都市芒康县城 14 公里外的拉乌山山顶，海拔 4295 米，是目前世界上海拔最高的 500 千伏变电站。收拾完毕，王力由驻地出发赶往芒康变电站。此时，天已大亮，阳光照在远方的雪山上，白色的雪山尖顶逐渐变成了金黄色，散发出耀眼的光芒。

○ 兵马未动，粮草先行。工程能否如期投运，物资供应工作是决定成败的关键一环。图为物资运输车队翻越海拔近 5000 米的业拉山。

物资供应面临的困难前所未有

雪山、青草、美丽的喇嘛庙、雄伟壮丽的布达拉宫、洗净人心灵的雅鲁藏布江、湛蓝的天空、纯净的空气、虔诚的佛教徒……提到雪域高原，没到过这里的人们眼前必然会出现这样一幅图景。是的，这里是一片净土，它是那么纯净和神秘，是那么让人着迷。但是，由于海拔高、缺氧以及交通不便，雪域高原上的好多地区也是生命的禁区。

藏中联网工程是迄今为止世界上最复杂、最具建设挑战性的高原输变电工程，也是继青藏联网、川藏联网工程后又一突破生命禁区、挑战生存极限的超高海拔、超大高差输变电工程，举世瞩目。兵马未动，粮草先行。工程能否如期投运，物资供应工作是决定成败的关键一环。

首先，我们可以从物资供应规模一窥该工程物资供应工作的难度。

藏中联网工程总投资 162 亿元，新建、扩建 110 千伏及以上变电站 16 座，新建 110 千伏及以上线路 2738 公里。工程 500 千伏线路约 1990 公里，共 25 个标段，其中昌林联网工程（3~21 标段）1406 公里，拉林铁路供电工程（22~27 标段）584 公里。500 千伏变电工程共计 500 千伏变压器 28 台，500 千伏电抗器 51 台，500 千伏组合电器 77 间隔，共计 156 台主设备，其中 79 台为超限设备，运输距离长、道路条件差、环境天气恶劣；部分运输路线长度达 6000 公里以上；公路、水路、铁路换装环节多，进藏铁路资源协调困难；沿途公路地质灾害和水毁频发，不确定性大，大件运输所面临的困难为总部直管工程之最。500 千伏线路工程中铁塔重量超过 22 万吨，共 3486 基；金具约 46.7 万套；绝缘子约 77 万片 / 支，导地线超过 1 万盘，约 4.3 万吨。本工程中需运输的物资重量总共超过 100 万吨，物资超长和超重件多，设备最大单体运输重量为 140 吨。

其次，藏中联网工程于 2017 年 3 月获国家发改委核准，计划于 2018 年年内投运。由于高原气候多变，冬季寒冷而漫长，有效施工工期短，这就对物资供应周期也提出了严苛的要求。为满足工程施工进度要求，需要在 2017 年冬歇期之前完成所有主设备的进场工作和线路的物资供应工作。

再次，我们可以从几个数字来看一下该工程物资供应的艰辛。设备物资合同交货地点为施工现场车板交货，其中大件（超限）设备运输总里程 32 万公里，平均每台大件设备运输里程为 4148 公里。线路物资采取两程转运方式，合同交货地点为四川、云南、西藏地区五个指定火车站。本次累计接卸铁路车皮近 2000 个；二程运输转运 7586 辆次，累计运输里程达 750 万公里，是地球和月球距离的 19 倍，相当于绕地球赤道 187 圈。

要万无一失完成这样大规模的物资供应工作，谈何容易。

除了庞大的物资供应规模，物资供应单位还面临着物资运送困难；物资生产任务重、窗口期短；铁路运力不足、一程运输周期长；藏区运输安全风险高、现场服务难度大等一系列难啃的"硬骨头"。

藏中联网工程所在地区处于世界上地质构造最复杂、地质灾害分布最广的区域，运输难度极大。工程所在地属藏中高山、高原地貌，平均海拔在 3750 米以上，最高海拔超过 5000 米，沿线均处于高海拔、低气压、缺氧、严寒、大风、强辐射和高原疾病多发区域。线路工程所经地区地质条件破碎，塌方、泥石流等地质灾害引起的断路频发，道路交通等基础设施建设比较落后，路况复杂，沿途海拔 4000 米以上的高山数十座，跨越雅鲁藏布江、澜沧江、怒江十几个来回，还将经过世界地质结构最不稳定区域——通麦天险，条件之艰难，绝无仅见。在高海拔、低氧、低温、大风和强烈的太阳辐射等工作环境下，可引起现场人员因缺氧而引发的胸闷、心悸、头疼、反应迟钝等症状，致使人的体力、脑力和劳动能力大幅下降，对物资现场装卸安全、服务效率产生非常大的影响。由于运输距离上千公里，工程安装调试期间大量紧急的物资售后服务及消缺补件任务都将对物资供应协调工作带来较大考验。工程的一些变电站海拔很高，物资供应人员长期驻守也会对人体健康带来极大挑战。

由于物资供应周期短，导致物资生产任务重、窗口期短。工程合同签订时间在 2017 年 5 月份左右，考虑一程和二程运输时间，加上施工现场小运时间，铁塔、架线材料供应商生产窗口期仅有四个月，时间紧、任务重。

"由于物资交货期集中，且部分供应商同期中标多项重点工程，产能饱和，供需矛盾突出。"国网物资公司副总经理张伟说，2017 年 6~11 月，铁塔需求主要集中在藏中联网工程、昌吉—古泉特高压工程、相关特高压配套及常规基建工程，累计铁塔需求 39.94 万吨，其中藏中联网工程铁塔需求量就占 34%。针对生产最为集中的六七月份分析表明，部分铁塔供应商的交货需求已超出其生产能力。"另外由于受工程海拔跨度大，设计风速、覆冰厚度不同等因素的影响，工程共有 605 个铁塔塔形；全线涉及大角钢的铁塔占比为 44%，但大角钢备料周期长，也给物资供应带来一定困难。"张伟说。

众所周知，电力工程线路物资供应商大多集中在我国东部经济发达地区，但此次藏中联网工程合同交货地点则分布于西藏、云南和四川，一程运输周期一般在 20~30 天左右。特别是交货地点为西藏的，进藏运输里程长、运输成本高、运力资源不足，且供应过程中受进藏车皮收紧、地震、洪涝等因素的影响，铁路运输遇到了较大困难。

毫无疑问，藏中联网工程的物资供应难度是前所未有的。2017年3月22日，藏中联网工程获国家发改委核准。冲锋号已经吹响，坚韧担当、迎难而上的国网物资人抖擞精神，挺进雪域高原，将在这里写下一段不朽的传奇，创造新的奇迹。

藏区工程全供应链管理模式应运而生

针对藏中联网工程物资供应工作的这些难点和实际需求，并借鉴川藏联网工程的成功经验，一种新型的工程物资供应管理模式应运而生。

2016年5月份，藏中联网工程物资供应工作会议确立了由藏中联网工程指挥部统一管理、国网物资部统筹协调，国网物资公司统一组织实施，国网四川电力物资分公司和国网西藏电力物资公司分工协作的"联合垂直管理"的藏区专项模式，开创了"生产催造—运输跟踪—中转接卸—二程转运—现场服务"的全链条管理体系。

在这个管理体系中，国网物资公司充分发挥国网调配中心统筹协调的职能，借鉴以往特高压工程物资供应保障的经验，承担物资供应统一组织实施职责；负责组建物资供应项目部，具体负责工程500千伏变电工程物资集中供应管理，以及线路物资供应的统筹管理职责，负责工程500千伏线路物资至中转火车站卸货之前的生产管控、催交催运和业务支撑工作。

在500千伏大件运输工作中，国网物资公司联合中电国际货运代理有限责任公司构建了"道路踏勘＋生产进度跟踪＋运输手续办理进度跟踪＋在途监控＋月协调例会"的全流程、专项协调的管理模式。在供应准备方面，国网物资公司、中电货代公司超前介入运输踏勘工作，先后组织开展三次运输方案审定工作，将运输实施阶段的不确定性降到最低。在供应跟踪方面，建立大件运输月度协调例会机制，在工程现场与供应商、承运商、指挥部、参建单位协调对接设备生产、发运、进站就位计划，协商解决供应过程中的矛盾问题，取得了显著实效；在藏中联网工程中沿用 MTM 运输监控跟踪系统，及时发现并制止擅自调整运输路线、超速行驶等违反运输方案的行为。在专项协调方面，提前发现并介入进度制约问题，协调召开供应研讨会、变电站现场办公会、厂内生产巡检，建立专项问题微信群，供应商每日报送生产运输进展，以确保协调成果的落地实施。

在 500 千伏线路工程中，国网物资公司、国网四川电力物资分公司和国网西藏电力物资公司构建了"物资接货中转站 + 二程运输安全检查点 + 现场服务组"管理模式，分别负责昌林联网工程、拉林铁路供电工程 500 千伏线路物资自火车站卸货经中转站到施工单位材料站的物资分拣、二程配送、移交验收、出入库管理、现场服务、变更结算、档案管理等工作。

此外，针对此次工程物资接卸与二程转运环节，三家物资供应单位建立了以交货地点（物资中转站）为管理中心，以"兵站"安全检查为管理重点，以物联网信息技术为管理手段，构建精确到站点、贯穿到全线、覆盖到全程的二次配送保障体系。为了实现对工程物资的集中调配，本次物资供应工作分别在云南丽江、大理设一个物资中转站，在西藏拉萨设立两个物资中转站，在四川成都设立两个物资中转站。由供应商通过铁路或公路将物资运输到指定火车站，由二程转运单位通过汽车短转到物资中转站，在中转站完成物资的接卸、整理、归类、配套等工作后，根据物资到货计划将铁塔以单基配套、导线按盘、绝缘子按件的方式，实施二次配送至施工标段。

说到藏中联网工程物资供应工作，"兵站式"管理是不得不提的一个词。

所谓"兵站式"管理，指的是考虑到物资运输道路交通条件复杂、海拔高、自然灾害频发等客观情况，物资供应单位借鉴运输部队的管理经验而建立的管理体系。即在物资二程转运过程中，国网四川电力物资分公司按照安全风险大小，将道路划分为 A、B、C 三个等级，分级制定管控措施，分段设置安全检查点，分别在四川泸定瓦斯沟和西藏芒康如美镇、邦达、云南奔子栏设置四个固定安全检查点，物资运送车队到了检查点必须停车接受检查。检查内容包括车辆情况、物资捆绑情况、驾驶员身体状况等。一旦发现车辆问题及时处理，针对驾驶员出现的身体不适情况及时进行治疗，提醒驾驶员安全驾驶、前方道路情况及注意事项，提供食宿保障等。"兵站"自设立以来，共对 7386 辆物资运输车进行了检查，发挥了非常重要的作用。

四川成都世顺物流公司承担着藏中联网工程 3~4 标段的物资运送任务。该公司总经理蒋斌认为，相比之前他们承担的新甘石联网工程的物资运送任务，此次藏中联网工程的物资运送任务量更大，物资运送距离更长，运输要求更高，社会关注度也更高，给自己的公司也带来了很大的压力。蒋斌说，由于海拔较高，川藏线一山有四季，气候多变，大山阴面的道路暗冰很多，再加上自然灾害频发，稍不注意就会发生意想不到的危险。另外，由于川藏线也是一条旅游线路，随着近年来自驾游人数的逐渐增多，车辆也逐年增多，也增加了发生交通事故的概率。这些都给运送物资的驾驶员带来很大压力。"兵站"的出现则起到了很大的作用。

蒋斌认为，"兵站"首先会给驾驶员带来心理上的变化。以前驾驶员在运送物资的过程中，何时停车检查、加油、吃饭等有比较大的随意性且不一定科学，这样就会潜藏某种危险。"兵站"的存在让驾驶员没有了后顾之忧，因为"兵站"的选址是物资供应单位经过科学论证的，前方有一个"家"在等着自己，驾驶员的心里是温暖的。其次，"兵站"的工作人员会对车辆及货物及驾驶员的身体状况进行全面检查，又让驾驶员吃下了一颗"定心丸"。再者，前方的路况是什么样的，需要哪些注意事项等，"兵站"工作人员都会进行提醒并发放安全须知卡，让驾驶员做到心中有数，遇到一些突发情况不会慌乱。

承担藏中联网工程 9 标段和 15 标段物资运输任务的四川电力运输公司副总经理刘军，多年前曾是川藏线汽车运输兵。他认为，"兵站"

式管理模式是川藏运输部队常年采用的管理模式，多年来发挥了巨大作用。此次藏中联网工程的物资运送借鉴这个模式是非常好的。回想当年自己在部队时驾车行驶在川藏线运送物资时，想到前方有战友在等着自己，就不会感到孤独，虽然当时川藏线的条件更差，但自己的心里是踏实的。刘军说，此次物资运输跟以往比差别很大，车队出发前，物资供应单位给物资承运商作了培训，要求他们不仅要承担运输任务，还要掌握一定的电力专业知识，要了解运送的物资是什么，用在哪里。另外还要求承运商给每一辆运输车都要安装 GPS，用于全程跟踪、监测行车速度，且要求车辆以五辆为一个单元编队行驶，以防运输过程中发生危险。此外，还制定了各项现场应急处置方案，确保物资运输过程中突发事件处理及时得当。

当然，"兵站"的设立位置、运输道路每一段的风险点、注意事项并不是凭空得来的，而需要前期大量的实地踏勘工作。针对工程物资运输距离长、路况差、风险高等特点，国网物资公司、国网四川电力物资分公司和国网西藏电力物资公司提前开展大件运输、线路物资二程运输路径实地踏勘，科学制定运输保障方案，做到保障措施精确到站点、贯穿到全线、覆盖到全程。全方位筛选运输队伍，保证路车匹配、车驾匹配。

物资供应绝不仅仅只是物资运输

"你好，是南阳金冠避雷器厂吧？我是藏中联网工程林芝变电站的物资供应专责师振宇。我发现你们的生产周报信息连续三周都没有变化了，是怎么回事啊？"

"是这样的，我们的国内原材料已经采购完毕，正在等待进口件到厂，进口件到厂周期为一个月。您放心，不会影响按时到货计划。"这是来自国网物资公司的藏中联网工程 500 千伏林芝变电站物资供应专责师振宇和避雷器厂家工作人员的一番对话。

如果把物资供应工作理解为仅仅是物资运输，绝对是非常错误的一件事。除了管理模式、组织体系、业务机制的建立及运输,物资生产跟踪与催交管理也是物资供应工作的重要组成部分。

从物资供应前期的招标文件审定、合同签订准备到物资排产管理,哪一项出了问题,都会给后期的物资供应工作带来非常大的不便。

"就拿物资供应前期的招标文件审定来说,招标文件中,我们沿用了川藏联网工程的经验,在招标文件中对物资装卸、包装材料、包装方式都提出了具体规范,细化到了角钢、连板、塔脚、螺栓等具体材料的包装工艺,另外还规范细化二次转运的装卸标准,比如塔材需要在运输车辆货厢底板上采用木方或草垫进行垫衬,避免镀锌层损坏,便于现场装卸;导线等需在圆盘边铁质包扎边缘与运输车辆货厢底板接触点两边位置采用15毫米的木方进行固定,避免导线在运输车厢内前后滚动……方方面面都要想到,一个没想到,就会给后边的工作带来麻烦。"国网物资公司物资供应部副主任佟明说,在物资供应前期,除了招标文件审定,合同签订准备环节也非常重要,以此次物资供应工作为例,由于招标后我国钢材、锌锭等原材料价格出现了大幅上涨,部分供应商出现弃标倾向,物资供应出现了较大的履约风险。国网物资公司超前研判,在原材料价格上涨初期即向藏中联网指挥部提供预警及应对建议,同时主动与相关供应商沟通,了解其诉求意图并进行协商,后期配合国网物资部、藏中联网指挥部研究付款比例,调整方案,实现甲乙双方利益最大化,也为需重新招标的标段争取了时间。

物资排产管理同样不可忽视。考虑到物资生产窗口期只有四个月,且与扎鲁特—青州特高压工程、昌吉—古泉特高压工程铁塔生产时间重叠,供应商产能饱和等情况,国网物资公司对在建的特高压工程、配套工程和藏中联网工程铁塔供需平衡进行了专项分析,实现对供应商供需情况进行分级预警。在专题分析的基础上,国网物资公司对提出预警的供应商重点进行排产跟踪,督促其精心组织生产,确保物资按期完成生产。

做好这些就万无一失了吗?答案是否定的。

八方审定排产计划是开展物资生产过程管控的主要依据。当供应商生产进度出现滞后于排产计划的趋势，或出现实质性滞后时，物资供应单位必须根据严重程度采取电话催交、函件质询、约谈、驻厂催造、通报等方式进行协调解决。师振宇与南阳金冠避雷器厂工作人员的对话就属于电话沟通，以防出现物资不能及时供应的情况。

打开供应商专题约谈协调会议纪要，我们可以看到：2017年6月5日，藏中联网工程指挥部、国网物资公司约谈12家铁塔供应商，协调约谈问题为5月份供应计划未能按期完成；2017年7月26日，国网物资部、国网物资公司约谈金具供货商西安创源公司，协调约谈问题为金具供应滞后……

"如果不能时刻掌握供应商的生产进度，将会陷入十分被动的局面。除了供应商生产报表监控、专项协调与约谈，还必须进行生产巡查和驻厂催造，落实约谈协调成果。"佟明说，为做到物资供应工作万无一失，国网物资公司、国网四川电力物资分公司和国网西藏电力物资公司克服地域分散、人手紧张的困难，先后三次组织相关人员深入供应商生产现场，督促其加大生产资源投入，提升本工程生产优先级次序，强化物资包装、配套与运输管理，保障物资供应进度与质量。打开藏中联网工程生产巡查和驻厂催交统计，我们会看到这样的记录：2017年3月2日至7日，藏中联网指挥部、国网物资公司驻吉林梨树公司和山东建兴公司，催交催运央视直播塔；2017年7月15日至8月31日，国网四川电力物资分公司驻厂催交八家铁塔供应商、西安创源公司和湖南景明公司……

"把工作做在前面，是保证工作后期顺利的必要条件，方能保证物资供应工作万无一失。"佟明说。

物资顺利运到施工地点，并不等于物资供应工作全部完成。接下来，还有物资的移交、验收和现场消缺。工程从物资交接组塔一开始，就建立开箱验收常态机制，对不同批次不同的物资，由工程建设管理单位组织物资供应单位、施工方、监理方和供应商五方现场开箱见证，确定物资差缺比例，明确相关责任。现场出现差缺补件后，由监理方、施工方和供应商现场人员进行确认，施工单位提交的现场抽查比例范围内的补件申请，经藏中联网工程指挥部定期汇总后，由物资供应单位督促供应商履行补件。

在各方的艰苦努力下，藏中联网工程全部线路物资于2017年11月份完成到货。12月7日，藏中联网工程线路物资供应工作总结会在云南丽江召开，标志着该工程线路物资供应工作全部完成，为工程按期投运提供了坚强的物资供应保障，实现了"零事故、零违章、零伤亡"的目标。变电站物资供应工作也将于2018年3月份全部完成。但这不代表物资供应人员能够完全卸下包袱，线路及变电站试运行阶段的线路和设备消缺等工作，物资供应人员必须全程在岗，工程建设方、线路运维方、供货商技术人员等还等着他们协调。

那些坚韧担当的国网物资人

"我看见一座座山，一座座山川相连，呀啦索，那就是青藏高原……"这首《青藏高原》，是坚守雪域高原的物资人最喜欢唱的歌。在雪域高原，国网物资人也和工程建设者一道，为这条举世瞩目的"电力天路"建设默默奉献着。

2017年4月下旬完成铁塔合同签订后，工程建设各项工作全面启动，现场施工也进入黄金周期，物资需求迫切。国网物资公司、国网四川电力物资分公司和国网西藏电力物资公司先后于4月份和5月份在西藏林芝召开工程甲供物资排产计划审定会。审定会期间，这些物资供应"粮草兵"坚持每天工作十小时以上。由于不适应当地海拔，部分人员出现高原反应。但他们没有停下手头的工作，匆匆就医后，带着氧气瓶和抗心绞痛药物继续工作，以极强的专业素质和顽强作风，保质保量高效率完成了两次排产审定会的相关工作。

今年45岁的王继春担任藏中联网工程7个500千伏变电站（开关站）

天路入云端

长篇报告文学

● 物资运输车队行驶在悬崖峭壁间。在雪域高原，国网物资人也和工程建设者一道，为这条举世瞩目的"电力天路"建设默默奉献着。

物资供应项目副经理。从 6 月 1 日进藏以来，他没有回过一次家。他说，对于派驻变电站的物资供应人员来说，必须等到工程全部投运，才算完成任务。

"工作千头万绪，实在回不去啊！"王继春说，公路条件差，现场工作繁忙，对七个变电站（开关站）进行一次业务巡检就需两周，时间不知不觉就过去了。王继春说，自己常驻林芝藏中联网工程指挥部，那里海拔 2900 米，和常驻左贡、芒康的同事们相比，自己算是很幸福了。"500 千伏左贡变电站海拔约 4100 米，500 千伏芒康变电站海拔约 4300 米，环境低温、缺氧、风沙大，天气变化无常，长时间待在那里，人体机能降低，反应变慢，特别容易发生高原反应和高原疾病，那里的同事们才是真正的英雄。"

王继春说，受高原自然环境影响，西藏最适宜施工的时间是每年 7 月份至 11 月份，有效工期很短。由于今年多项特高压工程同期在建，导致主力生产厂家产能不足；再加上国内一些镀锌厂家环保要求不达标，导致产能压缩或关停，对铁塔、金具的生产也造成了较大影响。王继春和同事们一道，全力协调，多措并举，召开供应工作现场办公会 20 多次，确保了线路、变电物资的按时供应。

11 月 18 日，米林县发生 6.9 级地震，震源深度约十公里，共引发余震 300 多次，波及六县（区）。当时，正在睡梦中的王继春被地震惊醒。地震稍停，他马上下楼，按照应急演练流程，立即联系驻守各站的物资供应专责，了解人员情况和变电站受地震影响情况。收到一切安全的回复后，王继春悬着的心放了下来，他立即将情况向上级进行了汇报。

6 时 50 分，王继春的手机又响了。看了一眼手机，他发现是母亲打来的电话。父母都 70 多岁了，目前住在山西老家。由于常年转战于各个特高压工程，他已经很久没回去看望父母了。此时的林芝天还没亮，四周一片漆黑。寒风中接起电话，电话那头传来母亲熟悉的声音，说在新闻里看到林芝发生了地震，问他怎么样。儿行千里母担忧，不管你走到哪里，父母关注的焦点都在哪里，不管你长多大，你永远是父母眼中的孩子。挂断电话,这个转战南北的"铁汉"忍不住潸然泪下。

　　500千伏林芝变电站的物资供应专责师振宇10月16日从朗县调到了林芝。他9月份进藏,已经慢慢适应了西藏的海拔气候,身体和精神状态都有了较好的转变。他是驻藏七个变电站物资供应专责中的几个单身汉之一。虽然已经30岁了,但由于常年驻守工程现场,师振宇至今仍没有找到女朋友。他说,现在最怕接到母亲的电话,因为电话主题只有一个,那就是催着他找对象。前几天刚接到母亲电话,问他和国庆节回家时见的相亲对象处得怎么样,他没敢告诉母亲,他回到西藏一周后就收到了女孩发给自己的短信,说感觉两个人不合适,理由是他的工作地点太不固定了,不能给她安全感。师振宇说,加上这次,自己已经相亲16次了,处对象时间最长的一个持续了半年,但半年时间里两个人只见过两次面,最后无疾而终。师振宇笑着说,婚姻还是讲缘分的,看来目前还是缘分未到。每当自己赶往林芝变经过当地村子时,看到藏族同胞那一张张淳朴的笑脸,就由衷地感到自己付出的一切都是值得的。

　　除了与建设方顺畅沟通,与供应商的良好协作也是保障物资供应的必要条件。12月1日,500千伏波密变电站物资供应专责杜治满在变电站查看主设备到货情况时,发现因土建施工原因,导致到货的500千伏电抗器不具备卸货条件。驾驶员称设备已运到波密县城三天,车辆又即将面临年检到期的困境,再加上滞留波密县城食宿成本过高,个人无法负担。了解情况后,杜治满马上和施工单位项目经理沟通,协调土建队伍及时完成施工。12月3日,设备顺利卸车,驾驶员顺利离开了。

　　今年28岁的王力说,除了高原反应和严寒,远离家乡和亲人的孤独感也非常折磨人。实在想的时候,就和亲人视频聊天。由于信号时有时无,每次通话总是断断续续的。但这却是自己最大的精神支柱和安慰。王力说,虽然这里很苦,可想到自己参与了国家这么重要的工程,为西藏人民幸福作出了贡献,就打心眼里高兴,觉得自己的工作有意义。

　　除了驻变电站的物资管理人员外,驻物资中转站的管理人员也每天忙得像陀螺一样。湖北宜昌人刘亚文是国网西藏电力物资公司员工,担

○大家提起国网四川电力物资分公司员工谢喆（右二），都纷纷竖起大拇指，称他为"铁汉子"。

任拉林铁路供电工程拉萨材料中转站站长，负责500千伏线路物资在拉萨的接收、转运管理工作。有一次，刘亚文当天20时得到消息，火车站马上会到货32个车皮物资，但当时物资中转站存货量基本处于饱和状态，如果不能紧急处理，不仅火车站的积压物资容易损坏、丢失，而且还会产生大量额外的费用。刘亚文当机立断，第一时间组织装卸、运输单位负责人召开临时会议，启动应急预案，安排增加了车辆及人员，通过改变配送模式，对火车站积压物资进行抢运。等抢运工作安排完毕，已是第二天凌晨2时。经过一夜的紧张抢运，到货物资顺利卸车。

拉萨平均海拔3650米，氧含量只有平原地区的60%。经历了几个月的风吹日晒雨淋，曾经白白胖胖的刘亚文换了副模样，身边的人都开始叫他"小黑胖子"。他开玩笑地说："肤色深一点，更有男性的阳刚之美。"

在拉萨，还有一位毕业于英国名校、主动请缨进藏的小伙，他叫谢喆。由于在国网四川电力物资分公司表现优异，他曾被选拔到国家电网公司总部物资部挂职锻炼，并被评为国家电网公司优秀挂职锻炼人员。当他主动请缨担任藏中联网工程拉萨中转站的项目经理时，同事感到大为惊讶——令人艳羡的学历、优异的表现、领导的肯定，他本无须再前往艰苦的藏区来证明自己。

"作为一个年轻人，我就应该到祖国需要的地方去奉献自己，而不是证明自己。不去西藏，我会后悔一辈子！"他坚定地说。超过 4000 米的海拔、不到平原一半的氧气含量让谢喆吃不下饭，睡不着觉，每动一下都喘息不止。夏季，太阳烤得人脸上嘴上直脱皮，风沙一吹，皲裂得更加严重，一着水就生生地疼；冬季，风夹杂着雪花挂起阵阵风沙，谢喆和队员们在风雪中喊着号子、喘着粗气、嘴唇憋成了酱紫色、双手也冻得裂开了道道口子。"条件再艰苦，我也不能退缩！"

经过 287 天的艰苦鏖战，谢喆带领兄弟们克服种种困难，圆满完成了拉萨中转站的物资运输供应任务，全力确保了藏中联网工程物资的顺利供应。至此，大家提起谢喆，都纷纷竖起大拇指，称他为"铁汉子"。

王力、师振宇、王继春、杜治满、刘亚文、谢喆……这就是国网物资人——电力工程建设的"粮草兵"。他们顽强质朴、刚毅坚卓，凭借无私的奉献精神与过硬的专业本领，与全体工程建设者一道奋战在高原天路上，为早日"点亮高原"燃烧着无悔的人生。

"那是一条神奇的天路呦，把人间的温暖送到边疆，从此山不再高路不再漫长，各族儿女欢聚一堂……"听着这悠扬的歌声，站在高高的山顶举目远眺，一座座铁塔高高耸立，一条条银线闪着耀眼的光芒。毫无疑问，这些歌词不仅适用于青藏铁路，也同样适用于藏中联网工程。让我们记住这些数字：工程所在地平均海拔 3750 米以上，最高海拔超过 5000 米；物资总共超过 100 万吨；接卸铁路车皮近 2000 个；二程运输转运 7586 辆次，累计运输里程达 750 万公里，是地球和月球距离的 19 倍，相当于绕地球赤道 187 圈……可以预见到的是，这些纪录今后将很难被打破。

这条世界海拔最高、世界海拔跨度最大、世界自然条件最复杂、物资运输条件差、施工难度极大、绿色施工要求高、西藏地区线路最长的云端上的电力天路必将在中国电力史上写下浓墨重彩的一笔，坚韧担当、勇往直前的国网物资人和工程建设者们一道，用他们艰辛的付出，把自己的名字镌刻在了这条电力天路上。

● 那些建设电力天路的队伍里有许多鲜为人知的故事，他们用自己的坚持和努力，默默地为藏中乃至西北、西南电网的安全稳定运行付出着自己最美好的年华。

第十四章
看不见的天路防线

○ 袁宁廷

西藏，一个早已被我熟知的地方，我至今坚守在这里。青藏联网工程的沿线，留下了我的身影，印记下了我的足迹，我在这条翻越唐古拉山的电力天路上，且行且奋斗过。藏中电网，自青藏联网后，以 220 千伏电压等级屹立藏区。川藏联网，更是将藏中电网的电压等级提升到更加坚强的 500 千伏。在电力天路的建设中，我亲眼目睹了西藏电网由弱到强的艰辛历程，同时，也以一名电网通信人员的身份参与其中。在铁塔的指引下，在高原稀薄的空气中，我追随着电力天路，没有终点，只有起点。

那些建设电力天路的队伍里有许多鲜为人知的故事，他们用自己的坚持和努力，默默地为藏中乃至西北、西南电网的安全稳定运行付出着自己最美好的年华。

一个人的采访

2018 年 7 月 24 日，我自告奋勇地接受了采访藏中联网工程调试阶段的任务，提前结束休假，收拾行囊，从湖南老家回到第二故乡拉萨，直奔藏中联网工程调试现场。

前往总指挥部林芝前，我来到国网西藏信通调度大厅，向信调副主任胡晶询问藏中联网工程各站间的传输通道是否打通，藏中联网工程联调工作是否具备条件？胡晶告诉我："7 月 20 日，藏中联网工程涉及各站间的传输通道已经畅通无阻，各新建站内调度电话均已开通，目前各变电站内信息通信设备已经完成预验收工作，藏中联网工程在信息通信传输层面已经可以为联调工作提供坚强保障。"

第二天，从拉萨前往林芝的途中，晴雨交替，为了能够尽快开始采访，我打电话联系到西南分中心调度运行处副处长胡翔，想问问他目前在哪个变电站。电话接通后得知，此次藏中联网工程联调工作将从四川境内巴塘站开始，一路沿川藏联网各站开展工作，目前他正在前往巴塘站的路上，预计抵达波密站是在9月初，所以只好对他进行电话采访。

此刻他正在318国道进藏方向的路上，而我则在318国道西藏境内出藏方向的路上。不知是他的信号不好，还是我的信号不好，电话总是断断续续，而且一直杂音不断。胡翔在电话中向我介绍："藏中联网工程东起藏东地区芒康站、西至藏中地区许木站，原川藏联络线塘澜线、塘乡线升压至500千伏运行，将藏中电网、昌都电网与四川电网互联。藏中联网工程安控系统衔接现有川藏联网安控系统、藏中电网安控系统，实现从四川木里站至藏中地区的长链式电网稳定控制措施，重点应对通道故障后的暂态稳定、频率稳定和电压稳定风险。同时，为兼顾藏中、昌都电网孤网运行需要，藏中联网工程安控系统联调工作完成后，藏中及昌都电网安控系统仍具备原有孤网控制策略。藏中联网安控系统涵盖换流站、500千伏厂站、220千伏厂站以及110千伏厂站，累计装置213套。其中，换流站1座，500千伏站点12座，220千伏站点16座。"我问整个调试有多少人参加，胡翔说："五百多人。西南分中心调度、国网四川电力的调试人员担负着主要工作，参建单位和国网西藏电力配合。西藏公司的340多人肩负着新设备调试后的投运重任，参与投运前的调试工作显得尤为重要，正是学习、适应的好机会。"

我明白藏中联网工程的调试工作不仅涉及西藏各站，还包括了四川境内涉及川藏联网的各站。胡翔告诉我："藏中联网工程调试工作负责继保和系统的两位负责人熊俊、汤凡正在林芝站现场调试，你可以去现场向他俩多了解了解情况。"话没说完电话信号又断了。我一看是我的手机没了信号。等一有信号，我马上让司机靠边停车，再次拨通胡翔的电话，问了胡翔最后一个问题："咱们调试工作涉及了这么多的站点，到底有什么意义？"

胡翔告诉我："我们调试工作是变电站投运前最后一阶段的工作，是为了给电网建立三道防线。这三道防线存在的意义是保证电网的安全稳定运行，第一道是继电保护装置，第二道是安全稳定控制装置，第三道是失步解列及频率电压紧急控制装置。这三道防线，不是搞我们这个专业的人，基本不知道它们的存在。"

此时天空又下起了雨，远处米拉山上的铁塔又隐入云端。我知道铁塔就在那里，虽然时隐时现，但傲立山巅。极目远眺，铁塔挽起银线远去，我，似乎看见了正在各个站点悉心调试的人……

调试工作组里的好搭档

2018 年 7 月 27 日，我从林芝八一镇的晨曦中醒来，远处山上的皑皑白雪依稀可见。面对霞光中的八一镇，我早已习惯了她的清澈与静谧。这是第几次在她的柔情的怀抱中醒来，我已无法数清，因为自 2013 年进入国网西藏电力以来，由于工作关系，我到林芝地区公务的次数很多，每次来到八一镇，我都会刻意为她多停留一下。

来到 500 千伏林芝站内，和 2017 年 4 月我来这里参加保障藏中联网工程开工动员大会时的情况一样，站内依旧没有手机信号。凭着以往工作中的经验，我独自来到站内的继保室，一进门就看到一个戴着四川送变电公司安全帽的女孩，正在继电保护柜前工作，我轻声向她询问哪位是熊俊，她头都没抬，给我指了下正在最里面开电话会议的年轻人。

绕过女孩身后插满线的调试设备，走到熊俊跟前，此时他正对着电话会议系统的座机问道："波密、左贡是否就位？"我不想打扰他的工作，就在一旁找了个没用的绕线盘坐了下来，一直到半个小时后他开完早会，我才上前说明来意。看上去才三十多岁的他，头顶已经有了不少白发夹杂在密集的黑发间，我十分诧异地问："感觉你是 80 后啊！怎么满头白发啊？"

熊俊无奈地笑了笑回答我："不止 80 后，我是 1978 年的，都 40 岁了。"

我说："40 岁也不至于满头白发吧？"

熊俊挠了挠头道："我们做安控的，每天考虑的事太多了，头发白得早很正常。我刚开完早会，这会儿不算太忙，你有什么问题抓紧时间问，一会儿我可能会比较忙。"于是我开始了对熊俊的采访。

通过一上午的接触，我了解到熊俊是西南分中心继电保护处专责，研究生学历。2007 年开始上岗继电保护，2009 年至今主攻 500 千伏变继电保护相关工作，在国家电网西南分中心从事继电保护、技术监督、专业管理、安控等工作。

我问熊俊刚见面为什么那么不耐烦，他告诉我藏中联网工程至今，进藏多少次他自己都不记得了。每次进藏看到的都是不同的风景，但是一路上心中所想的都是如何开展工作，因为每次开展调试工作涉及的站点非常多，调试工作还没开始自己就会很焦虑。参与调试的人员每次都很多，这次藏中联网工程调试组的几十号人，分布在各站。每个站只有 2 到 4 天的调试时间，在这么短的时间内要把工作安排得井井有条，同时还要保证人员和系统的安全，工作中还要让相关运维人员熟悉安控系统，运维人员只有熟悉了系统，后续的运维才会有保障。所以从进藏的路上开始，自己倍感重任在身。

熊俊说西藏并不荒凉，只是植被少。这次联调工作进藏，他一路从拉萨过来，经过林芝变、朗县变、许木变、山南变，最后回到拉萨。一路从草地走到了树林，从树林走到了森林，又从森林回到了树林，最后回到草地。熊俊在巴塘到朗县这一路上内心深处感觉非常空旷，有了一种行走在云端、荒芜在两边的感觉，因为这一路海拔都在 4000 米以上。从朗县到拉萨再到许木也可以这样形容。巴塘的沿线，特别是芒康变和左贡变，4000 多米的山上，变电站显得非常不真实，仿佛是凭空画在了山顶，变电站周围非常非常荒芜。但，的确是真实的。

藏中联网工程在川藏线沿线布满了铁塔，熊俊说这就是我们电力人的风景。熊俊每次看到川藏线通道走廊上布满的银色铁塔和银色线缆，都会觉得很壮观。有一次熊俊从水洛到乡城，需要翻越大山，看见弯弯曲曲的山路旁全是铁塔，与颠簸的道路相映成辉，内心感到十分自豪。藏中联网工程为荒芜的川藏公路沿线增添了很多人造的风景，最美的就是电力工人树立的那些"铁树银花"。

熊俊觉得这次藏中联网调试工作中最困难的是人员组织，每个站，特别是芒康变和左贡变，他每天都会去询问现场调试人员的身体状况。安控调试工作是强度非常高的脑力工作，仅调试方案就有 1000 多页，熊俊说厚度只能用尺子去量，每天对工作量的定义就是，完成多少尺。联调工作中有很多数据的交互，每一个交互以及结果都要通过现场试验来验证，每天的调试工作强度都很大，如果精力不集中，身体有恙，数据分析时常会出差错。

面对高强度的工作任务，熊俊和调试组成员只能靠一股吃苦精神拼命地去克服，而这仅仅只是想把每天的工作干好。

我问熊俊干吗这么拼？

熊俊告诉我，这就是他的工作，没有什么多高尚、崇高的精神在里面；这就是他和他所在小组的工作，每个人只是把自己的责任尽到。

熊俊觉得家里人对他的工作比较支持，每次进藏他都会告诉家里人需要离开多久，什么时候回家。他说这是给家里人的一个期望，对自己也是一个期望。如果是遥遥无期，他和家里人都会很难接受。熊俊在平时的工作和生活中习惯首先确立目标是什么，然后再分阶段实施，这样不管是感情上还是工作上，都会有的放矢。家里人思念他，他也可以有个盼头。比如熊俊这个月初进藏开展调试工作，大概月底就能回去，这样熊俊和家里人都会觉得分别的时间短一些。这是熊俊的精神支撑，他的精神胜利法。

回不去的地方叫故乡，到不了的地方叫远方。

熊俊的离家时间虽然没有施工人员那么长，但干得久了，也会觉得麻木。对藏中联网工程的施工人员来说，一离开家就是一年半载，故乡和远方的区别更明显。

在藏中联网工程的安控联调工作中，熊俊每天都会以电话会议的形式将安全措施宣贯到各站。对于正在运行的变电站，联调开始前，熊俊都会要求现场工作人员对安控装置进行物理隔离，物理隔离就是断开调试中的设备连线，且要保证两个断点。这是熊俊多年来工作中一直坚持至今的习惯。

熊俊每天晚上回到驻地，稍稍休息，就开始协调第二天工作中的相关业务，比如通信通道的问题、安控装置退出的问题和各站工作现场安全措施的问题。之后，又有条不紊地做继电保护的工作，校核定值、编写操作规程。最重要的是计算安控系统的定值，每一个点都要多次校核。最后要把当天调试工作的资料收集起来，把版本情况、定值情况收集全后，再和前一天计算出来的定值进行对比。因为安控系统的调试最主要的就是定值的设定，一旦定值出现误差，保护装置很容易误动作，影响电网的安全稳定运行。每天做完这些工作以后，熊俊才会睡觉，确保白天能够全身心地投入到调试工作之中。

联调工作的意义是保证电网投运后能安全稳定地运行。熊俊说藏中联网工程的安控结构和策略制定工作从两年前就开始了，期间开了多少次讨论会，熊俊也记不清楚。联调工作的目的是确保适应藏中电网运行方式的策略能够有效地在现场应用。调试完毕后才能进入电网的启动调试阶段，所有的调试工作不仅是投运的先决条件、必要条件，而且是充分必要条件。

作为一名党龄 16 年的党员，熊俊说藏中联网工程的党建工作不仅切合实际，而且富有成效。整个工程沿线有许多党员服务点，工程建设期间对藏区的群众和川藏线上的游客提供了不少帮助，真正做到了哪里有党员、哪里就有旗帜、哪里就有堡垒。调试工作正式开始前，国网西南分部组织所有的党员举行了出征仪式，安控联调小组成立了党员先锋小组，每位党员在调试工作中都会冲在最前面，干好工作的同时也树起了党员的旗帜。整个分中心 50 多人中，只有五六个同志不是党员，在这样的队伍中，每个人都会按党员的标准严格要求自己。

藏中联网工程调试小组在选拔成员时，首先要求大家体检，其次是要求意志坚定。因为调试工作可以说是高强度的脑力劳动，身体不好肯定坚持不下去工作；意志不坚定，在调试现场干两个小时可能就会退却，根本不可能每天从早上九点半一直干到晚上七点。熊俊说藏中联网工程第一阶段的调试工作能够顺利完成，工作组成员都是靠热情和一股拼劲坚持下来的。这种坚持本质是一种责任。每名成员的工作都可以说是超越、奉献，因为每天都会加班，如果大家完不成当天的工作任务，是不会离开自己岗位的。没有人因为高原反应而停下自己手中的调试工作。

熊俊说调试工作中不同专业的边界并不好界定，不同专业的对接就像齿轮一样，都是凸起点和凹进去的部分紧密接触才能确保调试工作无缝对接。采访过程中，熊俊接到了调度的电话，需要写一个预案。我问熊俊，预案不是应该调度写吗？熊俊没有多余的思考，立马暂停采访，开始践行齿轮理论一说，用手机在现场写起了预案。整个采访过程被打断了很多次，因为熊俊在接受采访时电话总是响个不停。

熊俊有两个儿子，老大都 8 岁了，经常在外工作的他，对孩子和妻子没有愧疚感是不可能的。工作之余，有信号的时候，熊俊都会抽空跟两个孩子视频，讲这里有什么好玩的，有什么历史故事，沿途的风景有多美。熊俊不会告诉孩子这里的条件有多么的艰苦，因为那样会让孩子畏惧高原，熊俊希望自己的孩子能够对高原有一种向往，将来有机会一定会带着两个孩子走一遍川藏线，看看电力天路，看看与川藏公路、铁路相互映衬的铁塔、银线是如何延伸向云端的。

采访结束时，熊俊掏出手机给我看了一张前几天拍到的彩虹照片，他说当时立马发给了妻子，让她给自己的两个儿子看，因为这是熊俊人生中看到的最宽、跨度最大的彩虹，赤橙黄绿青蓝紫七种颜色都在里面，山、水、彩虹、铁塔、银线交互在一起，十分壮观。

中午在项目部吃饭时熊俊向我介绍了汤凡。饭还没吃完，我就开始了对汤凡的采访。惜字如金的汤凡，回答问题时能说一个字就不会说两个，一直到当天的工作结束，我才算对他有了一定的了解。

汤凡，男，1984 年出生，2015 年 10 月和熊俊一起进入国家电网公司西南分部工作，系统运行处专责。

2014 年川藏联网工程启动调试时汤凡第一次来西藏，他用平淡的语气告诉我当时他从成都一路坐车走 318 国道进藏，随着海拔渐渐升高，在内地从来没有晕过车的他，一路上晕车非常严重，不知是 318 国道太崎岖还是高海拔的原因，一路上吐了很多次。这次藏中联网工程的调试，汤凡带了很多晕车贴。他说，他不能倒在雪域高原。

汤凡告诉我，他在藏中联网工程调试工作中主要负责电网运行方式的修改与实施。虽然前期藏中联网工程的安控结构和策略制定历时 3 年，经过了多名专家的审定，但工程实际情况与调试方案不可能完全吻合，加之西藏电网相对其他省份薄弱许多，从藏中到四川线路长 1600 多公里，只有两回线路，很多都是同塔双回线路，故障风险点很高；虽然从 3 年前藏中联网工程安控结构和策略的定制开始自己一直在研究藏中电网的结构，但是，藏中电网经常在临界负荷的情况下运行，调试工作面临很多问题，安控结构和策略在调试过程中需要根据实际情况调整的地方非常多，确确实实是工作至今最难的一次调试。藏中联网工程调试至今，他花费大量的时间和精力，一遍遍地完善安控策略，几乎每天调试工作结束后，都会在住的地方加班到凌晨一点，为第二天的调试工作做准备。

我问汤凡，你每天工作这么忙，有时间想家人吗？

汤凡笑了笑告诉我，肯定会想啊！上藏中电网建设工地的时候都是爱人帮我收拾行李的，而且两个孩子，大的才四岁，每次离家时，两个孩子都围着我不让走。在西藏，跟孩子视频的时候，孩子都会问我什么时候回家，我的回答基本上都是"工作做完了爸爸就回去"。

人在藏中一心调试，妻儿远方情系亲人。7、8 月是西藏的雨季，汤凡的爱人关注最多的就是西藏的新闻，只要她看到这边有什么地质灾害的报道，就会立刻打电话过来问汤凡在做什么，总是叮嘱汤凡一定要注意安全。虽然藏中远离汤凡的家乡四川资阳几千公里，但是汤凡去每个变电站都能听到妻儿熟悉的四川话，这让他觉得自己并没有离开家乡，也许是离开家的次数多了，也就明白了天下没有远方，人间都是故乡的含义。平时工作中，汤凡和四川送变电的人接触得比较多，感觉自己跟他们比起来要幸福很多，他们当中有许多人离开家已经一两年了，故乡和远方在他们心中还有什么两样？就说西藏电网检修公司的运行人员吧，第一次接触500千伏电压等级变电站，工程建设期间他们就已经入驻工作现场了，住在变电站的项目部里，他们中大部分都是90后的年轻人，家不在西藏，汤凡觉得他们已经把西藏当成了自己的故乡。汤凡跟他们接触多了，觉得自己的付出根本不算什么。在这次调试中，汤凡总会尽最大的努力把藏中各站的策略、定值做到完美，不出丝毫偏差，不给藏中电网留下一点安全隐患，不给将要长期在西藏工作的这些年轻人留下一点点的麻烦。

我问汤凡藏中联网工程调试的意义是什么，是不是对藏中联网工程的检验？

汤凡告诉我，安控联调工作不只是对藏中联网工程的检验，重要的是检验之前制定的措施是否有效，从而保障藏中联网工程能够正常投运，保证投运后电网的安全稳定运行。调试工作完成后的启动调试，才是对藏中联网工程的真正检验。用熊俊的话就是，汤凡制定安控措施，调试工作就是来检验措施是否正确有效。

汤凡和熊俊是调试工作的老搭档，两人配合十分默契。在500千伏林芝变调试现场，两人合在一起基本上是调试工作的大脑，汤凡制定调试整体的计划和每条线路的定值，熊俊则负责在现场把指令下发到其他各站的调试现场。调试工作中出现问题两人会共同探讨解决方案，指挥其他各站的调试人员调整定值，确保安控系统能够有效动作。

采访结束时，汤凡告诉我，藏中联网工程的调试工作让他觉得是在给一个很瘦弱的人输血，输血时又要考虑他的承受能力。其实他和熊俊

○ 汤凡和熊俊是调试工作的老搭档，两人配合十分默契。

在工作中给自己增加了很多工作量。我问他为什么？汤凡说，西藏电网相比内地电网要弱得多，藏中联网工程又是西藏电力公司第一次接触500千伏变电站，调试中发现保护动作时间超过设计时间虽说在允许误差范围内，但我一定要重新计算，调整定值，要让动作时间更短，让咱们西藏电网能够更加坚强。能让西藏电网坚强，我多做一点工作没什么。这是我的责任！

我问汤凡，熊俊给自己增加了什么工作？

汤凡告诉我，熊俊刚来500千伏林芝变的时候就发现失步解列柜的压板顺序和运行人员操作习惯不符，他马上叫来施工人员进行整改。施工人员说是按照设计图纸安装的，熊俊非要纠正不可。他不怕麻烦，给设计院打电话，要求做设计变更，把压板顺序调整过来。

我不明白为什么，就继续追问汤凡。

汤凡告诉我，如果运行过程中，投错一个压板可能会搞停整条线路！熊俊是为电网安全考虑的，把压板顺序改过来，降低运行人员误操作的概率，是对咱们电网负责。

惊呼中我敬佩熊俊的爱岗敬业精神！

在我离开前，汤凡特意建议我采访一下负责林芝变 500 千伏系统调试的小姑娘李佳霜。我问为什么，汤凡说，她的工作项目很多，常常加班到深夜，昨晚她一个人又在继保室加班。我说，好呀！是个典型！我先不打扰她的工作了，改天专门采访她。

波密站里的预备党员

离开 500 千伏林芝变回到八一镇，天已经黑了，手机突然收到一条强降雨蓝色预警信号，波密至墨脱一带有中到大雨。还好不是林芝至波密一带，按照采访计划，明天我要去 500 千伏波密变。

又一次在八一镇的怀抱中醒来，天阴沉沉的，没有曙光。虽然八一镇到波密只有两百多公里，但是限速加路上下着小雨，赶到波密镇时天已渐黑。

2018 年 7 月 29 日一早，500 千伏波密变调试工作现场。在变电站门口登记完，我戴好安全帽，独自走向变电站的继保室。继保室里面一个调试人员都没有，我只好转身。这时看到正对着继保室大门的主变上有人工作，就问了下安控调试人员在哪。

近两层楼高的主变上，一位头戴红色安全帽、脸上皮肤很黑的工作人员对我讲："我就是。这不没下雨吗，我抓紧时间做一下主变的测试工作。"

我跟他说明来意后，他收起安全绳，从主变上气喘吁吁地爬了下来。

等他呼吸渐渐稳定，我帮他脱下安全绳后，才跟他聊起来。这一聊就是一个多小时。我知道了他的名字叫潘勇，1985 年出生，重庆人，

○ 调试工作中经常需要在主变上爬上爬下，主变的高度有两层楼高，仅仅是爬上去就会让人呼吸急促。

入职四川送变电工程公司 10 年，继电保护调试员，波密变继电保护调试技术负责人。2017 年 6 月底入藏从事昌都农网建设工作，2018 年 5 月 16 日抵达波密变，第二天就开始做波密变的继保调试，直到今天，波密变的调试工作才接近尾声。

潘勇初次到西藏就是海拔 3500 米至 4200 米的昌都，高原高强紫外线和干燥稀薄的空气让他用了半个月的时间才适应。此次藏中联网工程

波密变的调试工作，潘勇让自己工作班的兄弟们在抵达波密变后，先休息一天，等身体稍微适应了这里的气候，才开始组织大家开展一些低强度的工作。

潘勇告诉我，他在抵达波密变时，最开始提的是"6·30"的目标，相当于只用一个半月的时间要把所有的调试工作做完。波密变的设备非常多，涉及500kV、220kV、110kV、35kV、10kV五个电压等级的设备。高原环境相对内地空气密度、湿度都很低，500kV设备的绝缘都是按照750kV电压等级做的，绝缘套管非常高，调试试验挂线时要比内地500kV变高了许多，不少地方需要用吊车的配合才能把测试线挂到试验点。调试工作中经常需要在主变上爬上爬下，主变的高度有两层楼高，仅仅是爬上去就会让人呼吸急促。

变电站附近手机信号很不好，经常连支持手机通话的信号都没有。潘勇曾经尝试过用手机跟家里的妻子孩子视频，但是画面非常卡，只能每天晚上给家里打电话聊一会儿。潘勇为了跟家人联系时能方便些，特地跟着项目部去县城买菜的车跑到波密县城，办了张在站内信号最强的电信卡。潘勇的手机不支持电信卡，办卡时只好又买了部电信手机。

我问潘勇为了能跟家里人联系，总共花费几千元办卡又买手机值不值？

潘勇爽快地说，肯定值啊！离家这么远，每天晚上能跟家里人通通话，是在这里唯一温暖的事了，而且能让心静下来，每次听到孩子叫一声爸爸，感觉很亲切，觉得白天干了那么多工作也没那么苦那么累了。我从三月份离开家一直没有回去过。小孩才3岁多，最开始的时候跟孩子视频，他都会问我去哪工作了，我告诉他，爸爸去西藏工作了。他又问西藏是哪里，我只能告诉他在很远的地方。真的，如果不跟孩子聊聊天，我真怕等我回去的时候孩子会忘了我。现在每次视频，孩子跟我讲得最多的就是下次能不能不去那么远的地方工作了。潘勇说着说着表情凝重起来，他说他跟自己妻子认识了11年，结婚到现在差不多也有10年了，每次打电话妻子抱怨最多的就是"为什么还不回家？家里的灯泡、水管坏了都是邻居帮着修的。孩子又是我一个带。跟你结婚和没结婚都是一个样。"

我问潘勇藏中联网工程调试阶段的工作最困难的是什么？潘勇告诉我，来到波密变后刚好赶上雨季，好像每天都会下雨，每天的工作计划都要做两份。因为工期比较紧，为了按期完成，下雨的时候我会带着大家去做室内的工作，天晴的时候再去做室外的工作，最多的一次室内室外的工作一天之内轮换了4次。还有就是在变电站里每天都要戴着安全帽，一天的工作下来头发都是油乎乎的，变电站里只有一个热水器，水压又很不稳定，有时候想洗个头都比较困难，只能等到周六或者周日去波密县城洗个澡，然后吃点儿好的，和兄弟们改善一下伙食。

电磨砂轮和水泥摩擦的声音非常吵。这是变电站里的施工人员在做水泥的抛光工作。潘勇带我去他住的板房里。开门的时候，钥匙掉在了地上，弯腰捡时，我看到从他的上衣口袋里掉出来一枚党徽。他赶快拾起，吹掉灰尘，用自己的衣襟把党徽擦拭干净，重新放回了口袋里。这时我才注意到潘勇另一边的上衣口袋里别着一支黑笔、一支红笔、一支电笔。从潘勇上衣口袋里别着的这三支笔，我能深刻地感受到这位年长我几岁的老哥平时工作的严谨和仔细。

潘勇的宿舍是一间离 318 国道很近的板房，十几平方米的房间内摆了 3 张一米宽的单人床，拥挤但不凌乱。进屋后我问潘勇，你干吗不把党徽佩戴在胸前？潘勇说，他现在是预备党员。每天的工作都需要爬上爬下，万一把党徽划坏了，这不好。我心中立马多了一种感动：党徽在一名预备党员的心中竟然这样的重要！潘勇搬了把椅子让我坐下，自己坐在床边，继续跟我讲：他从参加工作开始，每年都会写一份入党申请书，整整写了 9 年，直到今年才被发展成预备党员。这时一辆货运卡车从 318 国道经过，能够清晰地听出卡车拉了很重的货物，甚至连换挡的声音都能分辨出来。于是我问潘勇，你宿舍的周边环境这么吵，每天晚上能休息好吗？潘勇说，波密变紧挨着 318 国道，习惯了就好了。他岔开话题讲，在变电站门口有一个板房搭建的共产党员服务站，他白天空闲的时候很喜欢待在那里，帮助最多的就是骑行川藏线的游客。说着，便拉着我出了宿舍，一定要让我去那里看看。

走进板房搭建的共产党员服务站，墙壁上那面鲜红的党旗上和党旗周围的空隙处，写满了感谢的话语。在这些密密麻麻的话语中，我一眼就看到了"西安雷浩哲在此避雨"，瞬息浮现出一个在雨中艰难前行的身影，我不知道他是徒步还是骑行，但是我从这简短的 9 个字中感受到，这个共产党员服务站为他遮过风、挡过雨，他可以等到雨停了，再去追逐他丈量川藏线的梦想。

中午潘勇留我在项目部里吃午饭时，建议我回到林芝后去采访一下林芝变的李佳霜——这位四川送变电在藏中工地唯一的女性。我很高兴地答应了："嘿，这个李佳霜还真是了不起呀！汤凡也让我采访她。"

我得去芒康变继续采访。潘勇看我上了车往芒康方向走，忙拦住了我的去路，告诉我前几天 318 国道波密至昌都方向的路被泥石流冲断了，而且这几天雨又断断续续地一直下，劝我不要继续再往昌都走了，还把芒康变安控调试工作负责人崔建飞的电话给了我，叮嘱我一定要注意安全。

我只好先回到波密县城，从宾馆前台了解到往昌都方向的路确实在抢修，于是放弃了前往昌都的计划。晚上八点多，我拨通崔建飞的电话，从他有气无力的话语中听得出，待在芒康变真的非常苦。

通过电话采访，我了解到崔建飞目前也是一名预备党员，1984年出生，入职青海送变电工程公司10年，现为调试分公司施工一队队长、500千伏芒康变安控调试工作负责人。崔建飞说他的故乡在河北保定，青海是他的第二故乡，西藏是他人生中的重要转折点，他能来到西藏参建意义重大的电网工程，是对他人生经历的充实。

我在电话中问崔建飞是坐飞机来西藏的吗？

崔建飞有些气喘吁吁地告诉我，他和他的施工一队于2018年3月就从西宁出发，先坐火车到成都，然后在成都坐飞机到香格里拉，再从香格里拉坐汽车来到芒康变。入藏的第一感觉就是青海的山根本不算什么，青海跟西藏比起来简直是一马平川。从香格里拉一路到芒康，翻过的山都很壮阔，险峻的公路在金沙江和澜沧江冲刷出的大峡谷中间蜿蜒曲折，一路上看到咱们的电力铁塔屹立在山头，银色跨越了金沙江和澜沧江，一直伸向云雾中的芒康变，感觉这就是电力建设者的天路。

芒康变安控设备的安装调试工作都是崔建飞所在的施工一队承担，在藏中联网工程安控调试工作中，崔建飞每天都是第一个到达工作现场，也是最后一个离开的。崔建飞告诉我这是他应该做的，因为这是他的责任。为了这份责任，他每天工作结束后才有时间跟家人联系。他说他和媳妇孩子已经分开了127天，他爱人的身体不太好，经常生病，每次生病都是把孩子送到幼儿园后，才有时间去医院检查治疗。媳妇不光要照顾4岁大的孩子，还要照顾婆婆，维系一个家庭的重担全部压在了她的身上。

崔建飞每次离开家都会告诉孩子，爸爸要上工地了，可孩子并不理他。这次来到西藏，崔建飞跟孩子视频，孩子不敢看他。他问孩子为什么不敢看他，孩子还是不理他，他只好继续问孩子，是不是怕看见爸爸

○ 崔建飞说他的故乡在河北保定，青海是他的第二故乡，西藏是他人生中的重要转折点，他能来到西藏参建意义重大的电网工程，是对他人生经历的充实。

后会更想爸爸，孩子这才点了点头，说："爸爸，我想你。"

崔建飞说到这里哽咽了，我赶快换了个话题，问他在藏中联网工程海拔最高的变电站工作，自豪吗？

崔建飞沉默了一会儿说，参加藏中联网工程让他感到很骄傲，不是每个人来到这里都能坚持下来的。芒康变所在的山顶长满了草，半山腰是枫树林，虽然环境艰苦，但是真的很美。等工作结束了，会给儿子捡几块变电站周围的小石头带回去，因为这些石头能够见证自己在世界上海拔最高的 500 千伏变电站工作过。

谈到芒康变调试工作中最大的困难是什么，崔建飞告诉我，每天干完活加完班回到驻地，没有什么娱乐活动，看看"一级建造工程师"之类的书；每周末，才有时间去县城洗个澡，顺便改善下伙食。项目部的板房非常紧张，有时候回来得稍晚一些，就会没有住的地方，只能住在没有窗户的房子里，为了能多呼吸点氧气，睡觉的时候又不敢关门，每次看到兄弟们住这样的宿舍，我都会觉得调试工作中最大的困难就是克服这里艰苦恶劣的环境。

挂了崔建飞的电话后，我的心中仿佛压上了一块巨大石头，沉重得让我想哭。

变电站里的格桑花

2018 年 7 月 30 日，我带着没能抵达芒康变的遗憾回到了林芝，第二天一早，我再次回到 500 千伏林芝变。熊俊和汤凡在林芝变的调试工作已经完成，正前往许木变的路上，他们要赶在 8 月 1 日前抵达许木站，从那里开始拉林铁路配套工程的启动投运工作。

在 500 千伏林芝站的项目部里，我见到了正在整理资料的李佳霜，我惊讶地发现，她就是那天我采访熊俊时在继保室里埋头为我指路的女孩，于是我问她知不知道我为什么要采访她，李佳霜摇了摇头。我告诉她，是因为汤凡和潘勇都说你很了不起，经常加班到很晚。接着我问李佳霜为什么那天晚上只有她自己加班到那么晚。李佳霜告诉我，那天汤凡告诉她继保系统的故障录波开关数据录入得有问题，她得知后为了不影响第二天的工作进度，自己就在没有通交流电的继保室里重新录入故障录波开关数据，所以才摸黑加班做完。

我问她一个人怕不怕黑？李佳霜带着有些骄傲的语气回答：别以为我是 90 后的女孩子就会怕黑，虽然这是我第一次来西藏，也是我第一次离开四川，但我可是 2015 年就参加工作的继电保护调试员。林芝站内 500 千伏的继保系统是我一个人花了两个多月的时间一点点地完成的。刚来这里时，全部都是乱糟糟的，继保设备所有的线都没有接，我自己一点一点地把它们理出来接好，直到现在，每根线都很规整，虽然最初它们很丑，但是经过我努力工作之后，它们现在很漂亮，完全符合接线标准。

● 林芝站内 500 千伏的继保系统是我一个人花了两个多月的时间一点点地完成的。

　　李佳霜住在离施工现场不远的项目部，宿舍是简单的板房。在藏中联网工程调试工作中，四川送变电调试分公司在藏中工地只有她一个女孩子。第一次离家这么远的她，每天只能把热水提到宿舍里简单地洗漱一下，不能每天洗热水澡对于爱美爱干净的她来说，显然是一种煎熬。

　　当我问她有没有男朋友时，她害羞地笑了。我跟她解释这只是采访中的"花絮"，她才小声地告诉我，有了，不过人在成都。林芝站内手机信号非常差，两个人平时只能靠微信联系，一开始的时候，李佳霜的男朋友不能理解女孩子干吗要出差工作，而且一待就是几个月。为了这件事两人争吵过很多次，这让每天都得待在变电站里的李佳霜萌生了放弃的念头，直到李佳霜把藏中联网工程的宣传片发给男朋友，他才理解了她。

　　从来没有来过高原的李佳霜，刚到项目部的第二天就开始感冒发烧，曾经在工作中受伤的膝关节也出现了很多积液，打弯都很困难，于是她只好请了假，飞回成都住了 5 天医院，等关节腔没有积液了就又立即返回林芝继续工作。

李佳霜告诉我，在她来西藏工作前一直不理解自己的父亲。父亲也是一名电力职工，从她记事起，父亲就经常离开家去很远的地方工作，而且一走就是几个月。每次父亲离家时她都会问妈妈，爸爸为什么老出门？别人的爸爸可以每天放学时去学校接孩子，我的爸爸为什么很少来学校接我？为什么我每次想爸爸的时候，电话总是打不通？直到来西藏工作了两个多月，李佳霜才明白自己的父亲当时为什么那么做，那时候自己的爸爸也和自己现在一样，是在为电网的建设做贡献，电话打不通是因为自己的爸爸工作的地方和这里一样没有信号。

李佳霜越说越激动，眼角渐渐流出了泪水。我没有打断她。她哭着说，咱们这个藏中联网工程，宣传起来是国家电网人辉煌的成就，但这辉煌成就的背后有多少个家庭的泪水，又有多少个孩子缺失了父爱母爱，有谁会知道？！

从李佳霜的话语中我听出了怨恨。她怨恨的也许是她的父亲。但不管怎样，她的父亲曾经为国家电网的建设付出过青春和泪水，而此刻，她自己同样为国家电网的建设付出着青春和泪水。

格桑花是高原最美的花朵，李佳霜，就是变电站里最美的格桑花！

2018年8月1日，藏中联网工程正式进入启动投运阶段。在这之前有很多我没有采访的人都参与了启动投运前的继保、安控和失步解列及频率电压紧急控制的调试工作，正是因为这些为电力天路筑起防线的人，一直在默默奉献，藏中联网工程才能在正式投运后，用这三道看不见的防线去确保西南电网和藏中电网能够安全稳定的运行，为藏家儿女送去光明。